三国

李庆西 ⊙ 著

如何演义

图书在版编目（CIP）数据

三国如何演义：三国的历史叙事与文学叙事/李庆西著. —北京：
生活·读书·新知三联书店，2019.6
　ISBN 978 - 7 - 108 - 06422 - 6

　Ⅰ.①三…　Ⅱ.①李…　Ⅲ.①随笔 - 作品集 - 中国 - 当代
Ⅳ.① I267.1

中国版本图书馆 CIP 数据核字（2018）第 274675 号

责任编辑　吴　彬
装帧设计　刘　洋
责任校对　常高峰
责任印制　卢　岳
出版发行　生活·讀書·新知 三联书店
　　　　　（北京市东城区美术馆东街 22 号 100010）
网　　址　www.sdxjpc.com
经　　销　新华书店
制　　作　北京金舵手世纪图文设计有限公司
印　　刷　河北鹏润印刷有限公司
版　　次　2019 年 6 月北京第 1 版
　　　　　2019 年 6 月北京第 1 次印刷
开　　本　635 毫米 × 965 毫米 1/16　印张 25.5
字　　数　306 千字　图 72 幅
印　　数　0,001 - 5,000 册
定　　价　48.00 元
（印装查询：01064002715；邮购查询：01084010542）

目录

序言

演义：

历史迷官的逃逸路线

（我梦见我在旷野疾走。虫声四处。有魑魅在我背后追赶，挥着捕蝴蝶的袋状网，在我脑后挥来挥去。而我脑后并无昆虫类的东西逸出。……疾走，忽然跌了一跤，被掼在有司案前。有司慈眉善目，冷冷一笑：交代，交代你的叙述方略！……我醒了。——《拟野草之十一》）

我在上世纪八十年代的老朋友，识得其人之前往往先识其文。那年在《文学评论》（一九八二年四期）读到一篇《关于曹操形象的研究方法》，讲的是"文学曹操"和"历史曹操"的异同，依艺术规律和审美要求立论，判定小说角色"扭曲"历史人物未必就没有其合理性。立论雄辩而且文采飞扬，就大佩服。那年见到李庆西，握手道了久仰，才知道那是他的大学毕业论文，发表的前两年写就。他的本业是出版社编辑，编了很多重头书籍。业余写些"张三李四王麻子"之类王蒙很欣赏的"新笔记小说"，也搞评论，论证"寻根派也是先锋派"，是一个跨领域的写作者。香港人的说法是"四围都风生水起"，有几年还沉迷于研究明史，只是不见他再讨论"三国"。

　　岁月匆匆，原来庆西并未撂下对三国和三国叙事的阅读和研究。他读陈寿的《三国志》及裴松之的注，读范晔的《后汉书》，读《三国志平话》和"三国戏"，读《资治通鉴》和《通鉴纲目》，从十年前开始，陆续以学术随笔（又叫"知性散文"）的方式，发表总题为《老读三国》的专栏文章。"老读三国"一语双关，一是反用了"少不读西厢，老不读三国"的俗典，二是点出年纪和岁月，平添了一派沧桑况味。文章越写越多，竟然写到近三十篇之多，书名也改为《三国如何演义》了。

　　"三国如何演义"这个大题目，带出的似乎还是小说家讲史与史家叙事的分野，其实庆西早已彻悟"文学本位"也是一种偏执，所谓虚构／非虚构的二元分立，远远不能说清楚三国叙事和阅读的"历史层积"，必得运用谱系学等多重方法，方能一探诸多历史情境和叙事策略交织而成的众声喧哗。都知道正史叙事难免许多剪裁、修饰和虚构，小说家讲史亦对应了实在的"想象的真实"。但这里的关键是不再囿于现代文体分类学的"小说"概念，如实地把《三国演义》看作"演义"。由此至少必须提出四个问题：什么是"演义"，演的什么"义"，为什么要"演义"，以及——如何"演义"？

　　演义者何？"演义"一词最初出自《后汉书·逸民传·周党》，其中云："党等文不能演义，武不能死君。"《易·系辞上》云："大衍之数五十，其用四十有九。"高亨注解云："《释文》引郑云：'衍，演也。'先秦人称算卦为衍，汉人称算卦为演，演与衍古字通也。"若以此解释为据，可看出，"演"与"衍"相通，均含有引申、推广、发挥的意思，所谓"演义"，就是要对其中蕴藏的深刻道理进行阐发。演义工程的崇高由此获得合理性，其间的踵事增华虚拟铺排，极尽其"衍"的能事。然而演的是什么义？却仍需从它所依附的史传传统中袭来。

《三国志通俗演义》，以"演义"标目，旨在于借"事"演"义"，通过相关史事的叙述，一再标举求仁政、尚忠贤、恶奸佞的伦理价值。明代庸愚子解释这"义"，直接将其溯源于"史"："夫史，非独纪历代之事，盖欲昭往昔之盛衰，鉴君臣之善恶，载政事之得失，观人才之吉凶，知邦家之休戚，以至寒暑灾祥，褒贬予夺，无一而不笔之者，有义存焉。"继而指出《三国志通俗演义》"一开卷，千百载之事豁然于心胸"，"其他得失，彰彰可考。遗芳遗臭，在人贤与不贤，君子小人，义与利之间而已"。

为什么需要演义？这就说到了"通俗"（思政教育）的功能——明代修髯子说："史氏所志，事详而文古，义微而旨深，非通儒夙学，展卷间，鲜不便思困睡。故好事者，以俗近语，檃括成编，欲天下之人，入耳而通其事，因事而悟其义，因义而兴乎感，不待研精覃思，知正统必当扶，窃位必当诛，忠孝节义必当师，奸贪愚佞必当去，是是非非，了然于心目之下，裨益风教广且大焉。"

说起来头头是道，其实知易行难，这一番大道理落实到叙事实践，就产生了庆西所说的诸般"悖谬"。

其一，《三国演义》叙事逻辑最明显的悖谬是优汰劣胜：在小说语境中，刘备绝对是"政治正确"，作为汉室嗣息，又极具"以人为本"的仁厚色彩，更有诸葛亮这样安邦定国的良相和谋略大师，加之关张马赵黄等骁勇善战的一流战将，政治上军事上都占尽优势。然而最具政治优势的蜀汉最先出局，赢家是篡汉的曹魏，最后得天下的又是篡魏的司马氏。跟历代的"成王败寇"完全拧巴，用"分久必合，合久必分"的宿命论，或"是非成败转头空"的虚无感慨，都无法解决其中的悖谬。

其二，三国语境中的"忠义"，常常漂移不定，毫无准则可言。英雄主义实际上往往与机会主义互为表里——"英雄"既以天下为念，成其功业与建树，不能不倚助机会主义运作。落实到故事里，心机、谋略与手腕不仅是叙事策略，也被作为一种英雄品格而加以描述和褒扬。譬如，刘备得益州之前，投靠过袁绍，依附过吕布，归顺过曹操，又奔走于刘表、孙权之间，那些豪强没有一个是他真正的盟友，也没有一个彼此能够好聚好散。作为权且之计，如此蝇营狗苟斡旋于各派势力，要说是生存之道抑或未可厚非，可是却被誉为英雄韬略。

其三，人物描写的悖谬，就是鲁迅所说的"欲显刘备之长厚而似伪，状诸葛之多智而近妖"。表面看来是描写用力过度带来的反效果，然而东汉以来对士人风神的关注恰恰带来人物行为举止的"表演性"，其间的表里情伪往往暧昧不清。余嘉锡的《笺疏》，说到华歆这个京剧里"破壁揪伏后"的小花脸，为何却在陈寿《三国志》里一直"高大上"，曰："自后汉之末，以至六朝，士人往往饰容止、盛言谈，小廉曲谨，以邀声誉。逮至闻望既高，四方宗仰，虽卖国求荣，犹翕然以名德推之。华歆、王朗、陈群之徒，其作俑者也。"而后世不断升级到了"忠义神武灵佑圣帝"的关羽，在小说语境中也不掩他的刚愎自矜。（关羽的谥为"壮缪"，谥法："武而不遂、死于原野曰壮，名与实乖曰缪。"实在是的评，后世改"缪"为"穆"，也是拨乱反正的一招。）庆西认为三国人物在种种天人交战之际的多变应对，反而因此"演义"出一批性格复杂的"立体人物"。

庆西细析三国叙事中处理"悖谬"的诸般策略，自是精彩纷呈。由此可知，何为"演义"，演的什么"义"，其实都不那么重要。——如何演义？这些个"如何"带出的历史信息（即历代叙述者的"文化想象"），才是关键中的关键。

与此相关，庆西还对三国叙事中的"地理空间想象"多有心得："《三国演义》以小说讲史，地名不仅表示事件发生地点，亦涉及职官制度、政区地理和军事活动路线等等，不能仅视同文学手法。"小说多以州名指称州治所在城邑,如"青州城""冀州城""徐州城""扬州城"等，这类地名具有多重模糊性,不能确指某地某城。关羽千里走单骑时的"长安、灞桥",曹操起兵援汉中时的"潼关、蓝田",孔明六出祁山时的"剑阁"都只是历代诗文里具有象征意义的地名,若落实到古代地图上去认真摸索,一定糊涂。依志书,当日鲁肃若在水边设宴,应该是资水或湘水之滨。从资、湘挪至长江,小说家换了地理背景,是借以衬托关羽一身英雄壮气。"不用说,唯有浩浩荡荡的长江才能给人那种任尔驰想的气势。"《三国演义》以大量篇幅极写在西凉、辽东、南越这些边远蛮荒之地的征战,至少从空间上重温了"大一统"的辽阔想象。至于魏蜀吴的"宅京"工程,于乱世劳民伤财大兴土木,并不只是一味追求淫逸享乐,而是为了呈示"大国威仪",以及"上合于天"的合法性。

少读三国,老来还读三国。三国实在是中国文化常读常新的历史教科书。这短短一百年的历史为何在国人的认知中占有如许地位?答案也许真如庆西兄所言：原因或许并不在于历史本身,而是叙述建构的某种想象和情感,那是一个被毁灭的儒者的理想国,那些故事里充满忠义与悲情,智谋与权变,以及至今依然困扰国人的种种伦理语境。

（我梦见我在山径上疾走。应该是服食了"五石散",皮肤非常敏感,触处皆痛。宽袍大袖,在山径上疾走。……视觉、嗅觉、听觉,皆敏感灵捷。远处有山民野唱。……凉风习习,大汗淋漓。……我行散,故我存在。——《拟野草之十二》）

黄子平

二〇一八年夏末于北角

前记

　　三国故事国人几乎耳熟能详。从前，其传播途径主要是三国戏或饭后茶余的口传叙事。我这一代人读过《三国演义》的已不在少数（包括儿时阅读的小人书），现在读小说之外还有影视作品，还有年轻人喜欢的电玩《三国杀》之类。据说，现在有些年轻读者更热衷于寻踪溯源，从《三国志》和其他史著中去挖掘更多内容。这些形式各异的文本提供了许多自我复制和迭代变异的三国故事，足以构成一个巨大无比的叙事迷宫。

　　我很早就着迷于此。作为一个巨大的文化存在，它足以笼罩许多人的精神世界，它以令人喜闻乐见的叙事内容，将某种古老的意识形态植入你的心灵。小时候听长辈说，吕布好端端的毁在貂蝉手里，后来关大王月下斩貂蝉，就是要斩去祸根。那时还不大能理解"红颜祸水"的古训，只是在书里找来找去没发现关公跟貂蝉有何牵扯，心想这肯定不是全本。许多年后才知道，三国故事有许多小说之外的文本，每一种讲法都有它背后的话语支撑。

　　自王国维作《红楼梦评论》之后，人们对中国古典小说逐渐有了比较深入的研究。但具体说到《三国演义》，说深说浅都是绕着说，譬如做文学史的不会忘记告诉你"尊刘抑曹"如何违背历史真实。历史不怎么强调人格与情感因素，如果说历史就是陈寿笔下的成王败寇，小说讲的却是不以胜败论英雄。按照小说的叙事逻辑，你会怀疑那种具有"合法化"功能的历史叙事，因为悲情和无奈之中有着某种精神诉求。小说里讲忠勇节义，讲"汉贼不两立"，过去尽被斥之"封建糟粕"，现在怕是又引为"传统美德"了（或既是糟粕又是美德，他们熟悉学术的辩证法），反正很少有人根据小说文本考察这套话语的伦理架构。

其实，"五四"一代文化人就不喜欢"忠勇节义"这套叙事话语。鲁迅在《中国小说史略》《中国小说的历史的变迁》的论述中，对《三国演义》评价明显偏低。钱玄同将之视如《说岳》一类，认为作者"文才笨拙"。胡适基于三国故事能使妇孺皆晓的事实，称其"魔力"不小，却也以为文学价值不高，将之归入"二流以下"（《再寄陈独秀答钱玄同》）。不过就当日情形而言，自亦不必苛责前贤，那时候他们亟欲鼓吹文学改良（或是革命），寄希望于新文学，对此不遑细辨。

我最早论及三国的文章是《关于曹操形象的研究方法》，是我的大学毕业论文，一九八二年发表于《文学评论》。文章主要论证不能以评价历史人物的标准评价文学人物，当时有些学者要维护二十世纪七十年代"评法批儒"给曹操指定的政治形象，究诘小说（毛宗岗本）如何歪曲了曹操。我觉得小说里的曹操符合其角色定义，是书中塑造最好的艺术形象，我借此论证文学的自身规律，是从艺术和审美角度立论。二十世纪八十年代初期，文学理论与批评亟欲摆脱政治束缚，对文学本体的关注亦是一种学术风气。

以后很长时间，我没有再写过有关《三国演义》的文章。不过隔一两年会重新翻阅这部小说，只是兴趣而已，当然我对中国古典小说的兴趣不止这一种，出于兴之所至的阅读自然不是学术研究的意思。我知道，真正搞古代小说研究的多半不会据守文学本体，那种学问大抵在文本之外，自是不必沉浸于文本解读。但我有时会想到小说的意义生成，想到叙述与叙述对象的关系，想到《三国演义》作为一种叙史方式对历史的重述与误读……

过了二十多年，我才意识到，完全据守文学本体也是一种局限，因为《三国演义》这样的讲史小说本身不完全是文学文本，亦须从历史和伦理的角度去认识。而且，这部小说与历史的关系很复杂，不仅对应汉末三国的历史状况，它所要表达的东西也带有三国叙事文本衍变过程以及小说成书的历史因素。

岁月老去，思虑散逸。胡乱地想来想去，倒是不断开通文本解读的路径。

十年前有一阵重读《三国演义》（罗贯中著，毛宗岗评改，上海古籍出版社一九八九年版），开始关注过去未予重视的另一个视角，也即《三国志》及裴松之注所引史家叙事。当然，与三国相关的正史还有《后汉书》《晋书》和《资治通鉴》等（另，《宋书》天文、符瑞、五行诸志记述的休咎事验，差不多有一半属于这一时期）。从这些史著看三国风云，感觉像是又打开了几扇窗子，眼前出现许多异样的风景。史家叙事和小说家讲史各具要旨，但此中的差别不像原来想象的那样，关键不在于真实或是虚构，而是各自表述中所传递的历史消息。在互文见义的对比中，可以看出，不同的三国叙事自有不同的意图和策略。

汉灵帝死后大将军何进与阉宦势力的斗争是一个大事件，但小说将何进描述为刚愎自用的颟顸角色，整个过程也只作为引出董卓的铺垫性情节。可是从《后汉书》本传看，何进决意革除"天下所疾"，很有一番摧陷廓清的抱负，他与太后百般周旋，甚至不惜站到自己家族的对立面。作为一个励志进取的失败者，小说却没有把他写成悲剧人物，为什么？因为在小说语境中何进的外戚身份跟十常侍一样令人厌憎，这里不能忽视叙述者的情感与立场。其实，当初的情势跟后人的认识不一样，汉末自党锢之狱以来，外戚与士族结盟已形成一种政治传统，如当年窦武、陈蕃便是。

小说与史传对同一人物或同一事件的不同叙述，往往包含不同的伦理认识。如《三国志》叙说刘备战场上屡屡抛妻弃孥，让人一眼看出嘲讽之意——其未能整齐阃内，有违风教之旨，何论"治国平天下"？小说家却借其家室屡经丧乱的史实，刻画刘备对女色不甚用心，更于忧患中苦其心志、动心忍性的大人之风。史家着眼于修身齐家，小说家却道"妻子如衣服"，似乎置于截然不同的历史语境。再如曹操杀吕伯奢之事，《三国志》的隐匿态度与《三国演义》之精彩描述恰成对照。此事见诸裴注所引王沈《魏书》、郭颁《魏晋世语》和孙盛《杂记》，并非后世小说家之结撰，陈寿撰史不取此节，自有掩饰回护之意。《三国志》记述曹操行事往往托于目标与纲领之大义，顾不得些许"不仁"之事。曹操杀吕伯奢之际尚为国家奔命，小说里陈宫碍于曹操刺董卓之义，未能下手除去这"狼心之徒"，却想："我为国家，跟他到此，杀之不义，不若弃而他往。"京剧《捉放曹》便是抓住陈宫这句话大做文章，戏中一迭声的"悔不该"，实是纠结于心的"仁""义"之辨。

这样的例子很多，无须逐一举述。作为"讲史书者"，从宋元"说三分"到杂剧传奇乃至近世之三国戏，从《三国志平话》到《三国演义》，既然以讲述历史的方式娱乐大众，自有被某种约定话语挟持的叙史观念，亦自有别于晋宋史家。

确实，不能简单地将《三国演义》定义为文学作品，应该说这是一种跨界的叙事文本，或许可以说是带有文学性质的普及版三国编年史。鲁迅批评《三国演义》"实多虚少"和"描写过实"（《中国小说的历史的变迁》第四讲），就是说它不大像小说。鲁迅辨析宋代"说话"的若干分类，简约地归纳为"讲史之体"与"小说之体"两种体式——从根上说它们本来就是两路。南宋钱塘人吴自牧记述当日临安市井"说话"概况，关于"讲史书者"有此具体说明："谓讲说《通鉴》、汉唐历代书史文传，兴废争战之事。"（《梦粱录》卷二十）毫无疑问，《三国演义》正是这路数。不过，考虑到叙述方便，我在自己的文章里还是按从众原则将《三国演义》称作小说或讲史小说；不仅是作为区分史家叙事的一种标识，而且我并不否认这部作品的文学要素。不大像小说的小说，亦未必不能是伟大作品。强调《三国演义》的叙史特点，主要是开通与其他史家叙事进行比较的一个角度。

从各种历史书写到戏曲小说之重述，三国叙事的诸多文本可以说是一种层累地造成的文化堆积，其中不同历史层面携有的政治伦理态度以及所捏塑的人格形态，往往最后在小说里形成叠加效应，这也是小说叙事中某些悖谬现象之来由。当然，《三国演义》相比史传有着更多的虚构和想象空间，亦自有其审美取向和叙事技巧。比如，虽败犹荣的蜀汉悲剧，集忠勇节义于一身的关羽其人，诸葛亮"六出祁山"和姜维"九伐中原"的辉煌战绩，便是用一系列文本事件构筑另一种历史存在。

其实，三国只是一个短暂的割据时期，即按《三国演义》叙事时间不过百年历史，而史学界往往以二二〇年曹丕称帝作为这一时期的开端，并以二八〇年东吴灭亡为结束，前后正好一个甲子（即如万斯同《三国大事年表》起讫年份），如果视作东汉、西晋之间的一个空档（从献帝禅位到司马炎登基），其间仅四十五年。我在阅读和写作时，想到过这样几个问题：这个历史过程何以在国人心目中显得格外重要？同样是政权割据的南北朝长达一百七十年，为什么人们对那一时期的认知程度却远不如三国？显然是因为三国有一套妇孺皆知的叙事文本，也即《三国演义》，还有至今仍在人们记忆中的那些三国戏。可是，这段被叙述的历史并非骄人的汉唐盛世，亦非两宋时期的人文辉煌，原因或许并不在于历史本身，而是叙述建构的某种想象和情感，那是一个被毁灭的儒者的理想国，那些故事里充满忠义与悲情，智谋与权变，以及至今依然困扰国人的种种伦理语境。

陈寿撰《三国志》以曹魏为正统，虽不尽合理，体例上亦显得别扭，却是代表了某种历史共识，那就是企图寻找一种统辖性的存在方式。秦汉时期形成的大一统局面是可以产生多种释义的历史记忆，用钱穆的话来说，就是"国家民族之抟成"（《国史大纲》第三编第七章）。其要义在于，将春秋战国以来裂土分封的贵族专制逐步改造为具有行政意义的郡县制度，这样政治上似乎顺理成章地纳入儒家先贤设计的礼治之道。可是汉末豪强纷争的乱局打破了这种大一统，似乎一切又回到了战国以前的局面。顾炎武有谓战国时"邦无定交，士无定主"（《日知录》卷十三），其实三国时期亦如此，这种情形在《三国志》叙事中自有充分体现。由于汉室已是要被革除的对象，在魏晋史家眼里，只有抽象的圣王之道，并没有具体的"国家"观念。但是《三国演义》的叙事话语却完全更新了士族集团的政治伦理，从异姓结契到家国大义，刘关张和诸葛亮的故事勾勒了君臣之道的理想模式，亦在想象中建构国家意识的终极信念。应该说，这是解读三国的一个基本着眼点。

陈寿撰史带有某种"元叙事"的理论预设，以为历史书写应符合具有某种演化轨迹的构想型式，成王败寇的历史消息自然包含王朝兴替的伦理逻辑。然而，如果将历史理解为一个民族的共同"记忆"（抑或包括共同的"想象"），作为文学作品的《三国演义》则有另外一种叙史意义。原初的记忆可能溟漫不清，史家叙事亦不无想象成分，小说家大可用自己的想象去修正前人的想象，以填补历史记忆。譬如，《三国演义》将"匡扶汉室"作为大目标，衰靡不振的汉室就成了光荣与崇高的象征。在国家意识召唤下，放大和凸显了忠勇节义的英雄气概。小说家之所以同情弱势的蜀汉一方，并非出于文学史家所谓"刘姓天下"的正统观念，而是痛感于宋元以后中土沉沦的现实悲况，代入了被凌辱者的抵抗情感。沉沦之中重述恢复汉室之旧梦，明显是召唤国人之历史记忆，强调华夏民众之国家认同。逆境奋起的英雄叙事对于饱受欺辱的民族来说意义重大，这是《三国演义》对于国人心灵建构之所以产生重大影响的根本原因。

由于这个时期呈现一种多极的格局，各方势力大有纵横捭阖的活动空间；在《三国志》和晋宋史家的叙述中原本不乏战国纵横家的诡谲套路，在小说中更是表现为英雄主义与机会主义互为表里的特点。最明显的是智谋的广泛运用，这也是小说最主要的虚构成分。那些极富想象的计谋，一方面作为对英雄叙事的补充和增益，同时也以手段诡诈抵消了赋予行为本身的道义内涵，构成某种值得探讨的叙事悖谬。在国人的记忆中，从田忌赛马的古老寓言开始，智谋就成了弱者的取胜之道，至少借以获得某种精神优胜。从王允连环计到周瑜打黄盖，从诸葛亮空城计到姜维谋结钟会，那些故事情节让人津津乐道，亦无疑印证了某种智谋崇拜的文化心理。

　　总之，从历史到文学的三国叙事浓缩了一种精神建构，其中的话语衍变很值得研究。

　　说实在的，过去并未想到要专门去研究三国和三国叙事，当初大学毕业论文拿曹操作题目是有某个偶然的机缘。关于本书的写作，最初并没有一个完整思路，早先的几篇可以说是出于某些零散的想法，如《十常侍乱政》《白门楼记》《"捉放曹"及其他》等，写作的间隔都有两年多时间。起先并没有打算写成一个系列。自二〇一五年二月，《刘备说"妻子如衣服"》一文在《读书》杂志发表之后，该刊编辑卫纯先生建议我开设一个"老读三国"的专栏，从那时开始对自己的书写对象有了整体考虑，也加快了写作节奏。

　　二〇一六年年底，《读书》杂志编辑出版"读书文丛"，将我的《老读三国》列为　种，其中收入先期完成的几篇关于三国的文章。此后这个系列并未搁笔，卫纯曾打算以后再出增订本，补入后来写成的篇什。但现在整个系列的篇数和篇幅都是《老读三国》的三倍之多，我觉得作为增订本重出不是很合适。所以，现在另行编纂，仍由生活·读书·新知三联书店出版。

　　收入本书的文章共二十七篇，分别叙及三国时期主要人物、事件和人文政治现象，并有专文讨论相关地理、职官和吏治风俗诸事。这些文章除了一部分刊于《读书》，其他发表在《书城》《上海文化》和《中华读书报·文化周刊》。这里要感谢这些杂志和报纸的编辑们，他们也是我写作的动力。当然，特别要感谢卫纯先生，没有他的鼓励和督促，恐怕不会有这本书。

　　黄子平兄慨允为本书作序，吴彬女士担纲责任编辑，使我深感荣幸。我与他们分别相识于一九八四年，在奥威尔预言不祥的年份，我们相期于光明。几十年来相隔天南地北，好在能以文字相聚，即如白发渔樵浊酒把盏——"古今多少事，都付笑谈中。"

李庆西

二〇一八年六月十日

卷 上

十
常
侍
乱
政

《三国演义》的故事从汉末黄巾造反说起，刘关张桃园结义乃以民间豪强势力抵抗另一种来自民间的破坏力，历史的是非成败于此衍生诸多不同说法。当日不第秀才张角率众举事，号曰"苍天已死，黄天当立，岁在甲子，天下大吉"，风云激荡之际各色人等相继亮相。其实，最初登场的不是英雄叙事的主角和配角，只是第三等或第四等以下副末角色。书中开篇就说宫里的宦官如何深得桓、灵二帝宠信——说到窦武、陈蕃诛阉不成，反为所害；说到蔡邕上疏痛斥妇寺干政，竟被曹节构陷。东汉自桓帝延熹八年（一六五）始有党锢之狱，至此宦官把持朝政近二十年之久，宫廷内逐渐形成一个有"十常侍"之称的强力集团。有道是："张让、赵忠、封谞、段珪、曹节、侯览、蹇硕、程旷、夏恽、郭胜十人，朋比为奸，号为'十常侍'；帝信张让，呼为'阿父'。朝政日非，以致天下人心思乱，盗贼蜂起。"这寥寥数语交代了汉末乱世的政治氛围。

不过，十常侍在文学叙事中只是一闪而过的历史魅影，几乎像是某种道具而算不得人物。宦阉之乱作为一个过场，《三国演义》将其戏份压缩到最低限度，就像多米诺牌局中的第一张骨牌，仅仅用作推动后边情节的发力点。即由十常侍乱政引出何进辅政，而何进之颟顸造成董卓篡国，董卓之骄奢又惹来十八镇诸侯起兵讨伐；宦官和外戚势力相继灰飞烟灭，此后便是各路士族豪强不断争斗与兼并，终而一步步导出曹、孙、刘分鼎天下……一幅波澜壮阔的历史画卷由此环环相生，层层递进，正如毛宗岗所谓"董卓不乱，诸镇不起，诸镇不起，三国不分"（第五回《发矫诏诸镇应曹公　破关兵三英战吕布》总评）。可是，第一张骨牌是怎样推出去的呢？回首当年汉家宫阙的喋血之夕，不由让人惊叹，那一幕在文学的复述中竟被戏谑化轻薄化了。

《三国演义》的叙述时间始于东汉中平元年（一八四），也就是"岁在甲子"那一年，幼冲即位的汉灵帝刘宏已进入其御宇海内的第十七个年头，而真正富于戏剧性的突发事件尚在五年之后。围剿黄巾的战事波澜不兴，张角及其余党很快就被灭了，当士族精英铲平底层造反者之后，上层的两拨势力——宦官与外戚——开始掐上了。中平六年四月，灵帝病危之际，用宦官蹇硕计谋召大将军何进入宫，名曰商议后事，实欲借机除之。灵帝不愿让何皇后所生皇子辩入继大统，想传位于王美人所生皇子协，这节骨眼上何后异母兄何进无疑是一大障碍。且说何进刚到宫门，便有司马潘隐通报宫里的密谋，他急忙回去召集自己人商议对策。这边踌躇未决，那厢皇上已崩，蹇硕与十常侍诸阉决定秘不发丧，欲将何进诱入宫里干掉，把皇子协扶上大位。消息竟又走漏，何进速引司隶校尉袁绍和一班大臣，率五千御林军浩浩荡荡开入宫内。在灵帝柩前，百官呼拜声中，闯入者扶立皇子辩即皇帝位。何进转眼成了何国舅，兵不血刃先破一局。蹇硕见大势已去，慌忙逃入御花园，被中常侍郭胜所杀……这是《三国演义》第二回（《张翼德怒鞭督邮　何国舅谋诛宦竖》）所述情节，然而史书的记述却与此大相径庭。

关于灵帝死后数月间的宫廷争斗，范晔《后汉书》有许多小说家未予采用的内容，主要见诸灵帝、董皇后、何皇后、何进、董卓、袁绍及宦者诸纪传。有意思的是，那些出于史官手笔的叙述竟每每见性见情，许多环节上也更富文学况味。所以，不妨将《三国演义》与《后汉书》相关纪传对照阅读，一者是小说家讲史，一者可视作史家之小说家言（按，正是这种由《史记》开创的以人物为叙述主体的史著模式，奠立了中国文学的叙事传统）。可见彼此不同的着眼点导出历史叙述的话语歧途。

一

从灵帝死到皇子辩即位，《后汉书·何进传》是这样描述的："六年，帝疾笃，属协于蹇硕。硕既受遗诏且素轻忌于进兄弟，及帝崩，硕时在内，欲先诛进而立协。及进从外入，硕司马潘隐与进早旧，迎而目之。进惊，驰从儳道归营，引兵入屯百郡邸，因称疾不入。硕谋不行，皇子辩乃即位，何太后临朝，进与太傅袁隗辅政，录尚书事。"可予注意者，这里并没有何进引兵闯宫的场面（按，小说里也未见其场面，只是三言两语的概述）。皇子辩得以顺利即位，是因为何进屯兵在外而"称疾不入"，这对蹇硕来说正是悬于头顶的达摩克利斯之剑，所以"硕谋不行"。然而，不仅大节目有出入，若干细节上与小说文本亦有差异。如，蹇硕诱骗何进入宫只有一次，是在灵帝死后而不是之前，此与《三国演义》不同。又，潘隐在宫门外"迎而目之"，是用眼色示警，这要比小说中以言语通风报信来得生动有趣。还有，小说中写蹇硕事败后被郭胜所杀，似与何进闯宫发生在同一日，而《后汉书》说到这一节叙述时间上明显有间隔，而事情也不是这么简单。

蹇硕是被同僚出卖的，《何进传》这段叙事夹杂着人情世故与当事者心理压力的纠葛。何进掌握局面后，蹇硕"疑不自安"，便给中常侍赵忠等写信，密谋于宫内捕诛何进。可是他万万没有料到，十常侍中的郭胜见信起了异心。郭胜与何进是同乡，向为何太后所宠信，他暗与赵忠等打起自己的小算盘，非但不卷入蹇硕的阴谋活动，反倒把信交给了何进。蹇硕就这样稀里糊涂地被卖了，让何进逮住把他灭了。事情是败露在郭胜手里，但到《三国演义》中就跳过中间环节直接成了郭胜杀蹇硕。

无论史家还是小说家笔下，起初宦官一方似乎只是蹇硕一人在与何进对抗，宦者并没有休戚与共的抱团意识。其实，蹇硕不能算是十常侍中的一员，他的职位是小黄门而不是中常侍。不过，其地位很特殊，灵帝托付遗命的是他，因为他手里握有兵权。中平五年，灵帝为分何进兵权，置西园八校尉，由蹇硕统领禁中防卫。《何进传》曰："以小黄门蹇硕为上军校尉……帝以蹇硕壮健而有武略，特亲任之，以为元帅，督司隶校尉以下，虽大将军亦领属焉。"这西园八校尉中还有袁绍、曹操等人，均位列其后，甚至连何进也在他统辖之下。作为宫禁和京师卫戍部队的最高指挥官，他以为枪杆子就能指挥一切。

二

"十常侍"之名，盖出《后汉书·宦者列传》所引郎中张钧的奏书。中平元年四月，张钧上书曰："窃唯张角所以能兴兵作乱，万人所以乐附之者，其源皆由十常侍多放父兄、子弟、婚亲、宾客典据州郡，辜榷财利，侵掠百姓，百姓之冤无所告诉，故谋议不轨，聚为盗贼。宜斩十常侍，悬头南郊，以谢百姓。"

《宦者列传》开列了一份灵帝时的中常侍名单，如谓："是时（张让、（赵）忠及夏恽、郭胜、孙璋、毕岚、栗嵩、段珪、高望、张恭、韩悝、宋典十二人，皆为中常侍，封侯贵宠，父兄子弟布列州郡，所在贪残，为人蠹害。"看来"十常侍"是一个概乎言之的说法，这十二人中，只有张让、赵忠、夏恽、郭胜、段珪五人在《三国演义》之十常侍名单上，二者对照大有出入。

蹇硕是小黄门，不应在十常侍之列，已如前述。汉代宦阉之官名目繁多，且分属不同部门，后人混淆也很常见。中常侍与小黄门皆属少府，虽说都在宫内"掌侍左右"，但职阶相差很大。《续汉书·百官志三》："中常侍，千石。本注曰：宦者，无员。后增秩比二千石。掌侍左右，从入内宫，赞导内众事，顾问应对给事。"又："小黄门，六百石。本注曰：宦者，无员。掌侍左右，受尚书事。上在内宫，关通中外，及中宫已下众事。诸公主及王太妃等有疾苦，则使问之。"不过，小黄门不只是宫里跑腿的角色，其近侍帷幄，既"受尚书事"，亦往往是中朝大佬。按，钱穆《国史大纲》第三编云：（东汉）内朝尚书位微而权重，外廷三公并峙，仅有虚位，无实权。

《三国演义》开具的十常侍名单中，《宦者列传》仅侯览、曹节、张让、赵忠四人有传，其中提到名字的还有段珪、夏恽、郭胜、封谞四人。不过，侯览早于熹平元年（一七二）被人举奏"专权骄奢"而自杀，曹节则卒于光和四年，封谞因暗通黄巾于中平元年坐诛，可见侯、曹、封三人绝无机会掺和灵帝死后的宫闱事变。其余数人，显然张让、赵忠是核心人物，过去灵帝最信任他们，常云："张常侍是我公，赵常侍是我母。"（《宦者列传》）

三

蹇硕死后局势并未稳定，因为十常侍毫发未损。袁绍反复劝说何进，宜乘势尽诛宦官。何进也想动手，但是何太后不许。因为太后的母亲舞阳君及太后另一个兄弟何苗收受宦官们的贿赂，都在太后面前替宦官求情。这些要节，《三国演义》大体采用《后汉书》的记载，只是扼述其要，未尽其详。其间还有一个外戚杀外戚的插曲，就是何氏兄妹与董氏姑侄之讧。《后汉书·皇后纪》称：眼见皇子辩即位，何氏临朝，灵帝的母亲董太后也亟欲参预政事，却总被何太后阻拦。这董老太自恃亲侄董重是骠骑将军（按，《百官志一》："将军……比公者四：第一大将军，次骠骑将军，次车骑将军，次卫将军。"）腰板也很硬，忿然大发晋辞——而今你如此嚣张，不过就是依仗你兄弟嘛！要让董重割了何进的脑袋来见她。未料何太后这头先下手为强，一边逼董氏迁宫还乡，一边让何进带兵包围董府。结果董重自刎（按，《灵帝纪》所述与《皇后纪》有异，谓"五月辛巳，票［骠］骑将军董重下狱死"），董氏在惊恐之中暴病而亡。此事《三国演义》所述亦同，只是添加了宴会上两宫争吵的一出闹剧，还有张让给董太后出谋划策一节。毛宗岗夹评中批曰："一班女子小人。"

何太后之所以不欲与宦官撕破脸皮，不光是家人贪贿说情的关系，有一个重要缘由《三国演义》没有提到，《何进传》引录张让的一番话里透出若干内情，其诘问何进曰："先帝尝与太后不快，几至成败，我曹涕泣救解，各出家财千万为礼，和悦上意，但欲托卿门户耳。今欲灭我曹种族，不亦太甚乎？"所谓"先帝尝与太后不快"，是指光和四年（一八一）宫里的一桩公案。当年何太后刚混上皇后时跟王美人争宠，王氏生下皇子协即被她鸩杀，可下手忒狠几乎弄得自己翻船，事见《后汉书·皇后纪》。《皇后纪》略云："帝大怒，欲废后，诸宦官固请得止。"倘非张让诸辈出手援救，当年她早就被废了。其实，何氏家族的发迹整个离不开宦官集团的强力支撑，不但太后自己心知肚明，何苗劝说何进放过宦者时也提到这一茬，有谓："始共从南阳来，俱以贫贱，依省内以致贵富。"（《何进传》）甚至可以说，直到灵帝死后，十常侍还是站在何氏一边，他们没有卷入蹇硕的阴谋活动就是明证。

所以，何太后面对董氏姑侄可以毫不手软，对十常侍却是一味姑息养奸。尽管出了蹇硕的事儿，她仍然让宦官把持宫禁，坚称："中官统领禁省，汉家故事，不可废也。"（同上）事情坏就坏在她这一手硬一手软，以致后来情势发展就远远逾出她所能掌控的范围了。

《三国演义》说何进"本是没决断之人"，其实这辅政的国舅自有苦衷，他没法说服太后跟十常侍作切割——何太后立场模糊似乎又印证了"妇人误事"（毛宗岗夹评）的老例。他又想到宫内的警卫还攥在宦官手里，实在不放心。左右为难之际，袁绍出了个馊主意，发檄召各镇兵马围聚京师，试图造成压力态势，即所谓"以胁太后"。何进以为此计大妙，便采纳了。可是，主簿陈琳马上跳出来反对，《何进传》称，陈某以为"此犹鼓洪炉燎毛发耳"，又谓："大兵聚会，强者为雄，所谓倒持干戈，授人以柄，功必不成，只为乱阶。"关于此节，《三国演义》里边还另有一个反对者，那就是曹操。"但付一狱吏足矣，何必纷纷召外兵乎？"曹操这话很精辟。此语未见《后汉书》，出自王沈《魏书》："太祖闻而笑之曰：'既治其罪，当诛元恶，一狱吏足亦，何必纷纷召外将乎？'"（《魏志·武帝纪》裴松之注）可是有一点他不明白：如此大费周折并非用外兵捕诛十常侍，而是针对太后的逼宫。太后欠宦官太多，何进须造成"天下汹汹"之势，让太后觉得现在该是宦官亏欠王室了。张弦开弓之际，太后才是鹄的。本来何进足以对付十常侍，问题是十常侍却能搞定太后，而太后偏是何进的禁箍咒；王室内部三股力量互相钳制，显然形成了一个石头、剪刀、布的连环套。袁绍召外兵之议，未尝不是对外戚的失望之举，这时候他亟欲引入打破均势的第四种力量——士族豪强。

当然，何进、袁绍都没有料到，召外镇入京竟是引狼入室，结果来了董卓。此后三十年纵使天翻地覆，诸侯挟天子而令天下竟成常态。

四

《三国演义》第三回"议温明董卓叱丁原　馈金珠李肃说吕布"又拉开腥风血雨的一幕。十常侍得知董卓屯兵城外，决定先下手除去何进。还是前次的老办法，张让等人耍了个花招说服太后降诏宣何进入宫。事先宫内已埋伏五十名刀斧手，黄门传旨只让何进一人进入，一班随从都阻在青琐门外。在这个故事中，何进十足是个笨蛋，不顾曹操等劝阻，竟"昂然直入"。结果在嘉德殿门口被张让、段珪等带人围住，伏兵齐出将其砍为两段。等在宫门外的袁绍始终不见何进出来，便是大喊大叫，未料宫墙上竟掷出何进首级。这细节有一半虚构成分，笔墨用处极好，给人一种突如其来的震撼。接下来便是何进部将在宫门外放火，袁绍、曹操等引兵突入宫内。混乱中，赵忠、程旷、夏恽、郭胜四个"被赶至翠花楼前，剁为肉泥"。而张让、段珪等劫拥少帝及陈留王，逃至北邙山，被一路追杀。最后张让投河而死，段珪被追兵所杀。

当然，在《三国演义》安排中这些只是开场打闹台，要等董卓出场才算入戏。据《后汉书·何进传》记述，大兵压城之际，宫内宫外、太后、宦者和何进三方面有着更多的互动关系，而小说叙事干脆剪除了那些枝蔓，若干波云诡谲的事件尽被抹去。其时，何进采取了一系列战术部署，任用袁绍为司隶校尉，（按，《三国演义》第二回就给袁绍安了这头衔。《后汉书·百官志三》：司隶校尉……掌察举百官以下及京师近郡犯法者。明于慎行《读史漫录》卷四："汉时司隶校尉，假节奉使，得以便宜诛戮，其权甚重。"）察举宦官犯法渎职之事；调部下王允为河南尹，以掌控洛阳。又命董卓摆出进兵宫禁之态势。局面搞得很严峻，太后哪里见过这阵势，终于慌神了，只得悉数罢免身边的中常侍和小黄门，打发他们各归乡里。按袁绍的意思，是将这些宦官统统杀掉，而何进这时候还想放他们一马。这大概是七月间的事情。

然而，又是何太后给了十常侍翻盘的机会。等到何进稍有松懈，张让等人开始设法另谋变局。《何进传》读到这儿才知道，张让跟太后还有一层隔着不远的亲戚关系，原来他的儿媳是太后之妹（按，宦者多有养子。如桓帝时中常侍曹腾，养子曹嵩，乃曹操之父）。有谓："（张）让向子妇叩头曰：'老臣得罪，当与新妇俱归私门。唯受恩累世，今当远离宫殿，情怀恋恋，愿复一入直，得暂奉望太后、陛下颜色，然后退就沟壑，死不恨矣。'"他及时打出了最后一张牌，其目的是要回宫里当差，只要盘踞宫内他就有机会。见公公叩首跪求，儿媳便去央求自己老妈（也就是太后的母亲舞阳君），老妈找了太后说情，于是十常侍又得以回宫内重新上岗。由此可见，除何进以外，何氏一家都跟十常侍有着扯不清的关系。

到了八月，何进打定主意要尽诛诸常侍，派人驻守宦官住处，只要太后一松口便伺机下手。可是十常侍棋先一着，以后事况则与《三国演义》相近——何进被诱入宫内，前引张让诘问何进那段话就是这时在嘉德殿前说的。这一刻，洛阳皇宫里的烛光斧影彻底改变了帝国命运。十常侍在步步被动中伺机杀出，却未实现大逆转，何进丧命反倒激起袁绍及其部曲闯宫屠戮。《何进传》称"（袁）绍遂闭北宫门，勒兵捕宦者，无少长皆杀之"，死者二千余人。何进的弟弟何苗也被认为是与宦者同谋，为何进部将吴匡率兵攻杀。兵燹之后，董卓入城，废少帝，立陈留王（皇子协）为献帝，又迫杀何太后与舞阳君。及此,《三国演义》书入正传,而正如《何进传》所云:"汉室亦自此败乱。"

五

从《后汉书》记载中可以看出,十常侍并非一开始就跟何氏一家作对,相反彼此间却有着沆瀣一气的勾结关系(按,东汉和帝以下屡见宦者谋诛外戚,传述中的水火之势似乎遮蔽了十常侍与何氏的结盟)。而灵帝死后的立嗣之争只是蹇硕在兴风作浪,可是为什么何进非将十常侍视为心腹大患?也许,这何国舅何大将军既据辅政之权,真是想有所作为。《何进传》里有一句话约略交代了这份动机,有谓:"(何)进素知中官天下所疾,兼忿蹇硕图己,及秉朝政,阴规除之。"虽说把蹇硕那笔账算到十常侍头上有些不公平,但十常侍本身也罪该当剐,何进欲剪除"天下所疾"自有一番摧陷廓清、整顿乾坤的意思。当他决然立意之际,不知是否意识到,实际上他就跟自己整个家族站到了对立面。

经历过桓帝延熹八年以来的屡次党锢之狱,宦官名声实在太坏,何进虽知张让、郭胜等宦者与自家关系深厚,但他要依靠的还是袁绍、袁术、王允、吴匡、董卓那些外朝士族人物。他不会不感受到新兴士族政治势力在迅速崛起,像袁氏门生故吏遍天下,董卓麾下兵强马壮,使明眼人都能觉出内朝之虚弱。党人与宦人缠斗多年,实际上凸显了"清议"的影响力,士大夫前赴后继之精神力量本身就是一种激浊扬清的政治话语。而反观十常侍一班宦官,虽有擅权之便,却不可能有任何执政理念。所以,要想成大事的何进决定跟谁合作,应该不是一个大费踌躇的问题,何况外戚与士人联手已有前例,如当年外戚窦太后的父亲窦武与太傅士人陈蕃便是。

因为有整齐天下的抱负，何进倒有纳言从谏的胸怀，本传称其亲客部属劝之清选贤良、为国除害，传中屡见"进然其言""进然之""进甚然之"云云。而《三国演义》中的何进则完全不是这种形象，十足是个刚愎自用的蠢货，前后竟有三次不听曹操进言。一是灵帝病笃之时，曹操反对贸然入宫捕杀宦官，"何进叱曰：'汝小辈安知朝廷大事！'"二是议召外兵时，陈琳、曹操俱反对，曹操鼓掌大笑，曰"但付一狱吏足矣"云云，"何进怒曰：'孟德亦怀私意耶？'"三是何进最后一次入宫时，陈琳、袁绍、曹操都料到此去凶多吉少，曹操劝他应先召十常侍出宫，"何进笑曰：'此小儿之见也。'"这"叱曰""怒曰""笑曰"之中，无不透出何进的窳陋可笑，而曹操每次唱反调都凸现此人的卓尔不凡，乃为以后彰显曹操之雄才大略作了有力铺垫。其实，曹操那时还是个跟班的，《后汉书》未列其传，而诸传中亦未引述小说里曹操那些精辟言语，多半是那会儿没他说话的份儿。

从何进与十常侍周旋的整个过程来看，他不是那种很有政治智慧的人物，却也绝不是傻瓜。关键是一盘好棋坏在他手里，还搭上自家性命，未免让人轻看。可是他输了吗？如果从铲除宦阉的目标来评估，他是百分之百的赢家。他脑袋一掉，对方也全玩儿完。《史记》里边就有这样的故事：信陵君救赵，侯嬴北向自刭以送公子；荆轲刺秦，田光自杀以激荆卿。都是一命抵一局，何进为什么就不能出于同样的思路以命谋局呢？他死在十常侍手里，袁绍那帮人能放过他们吗？他要是不死，太后那儿大抵还是难以搞定。没有人知道何进是怎么想的，看上去他是中了人家的阴招，大将军也过于托大了。《何进传》论曰："岂智不足而权有余乎？"其实这里表达了对某种质疑的质疑。（按，李贤注曰："言智非不足，权亦有余，盖天败也。"）传论对这个问题未予正面回答，而是话锋一转："《传》曰：'天之废

何进谋杀十常侍，《三国演义》清初大魁
堂本插图

商久矣，君将兴之。'斯宋襄公所以败于泓也。"事已至此，汉室还
不该亡吗？这是一种超越成王败寇的历史观，也是悲剧性结论。可
是后人并不把何进视作悲剧人物。原因在于：他毕竟是外戚，后世
的士人难以对其身份认同；再者，他负有亡汉的罪责。《后汉书》的
叙事尚未有那种强烈的汉室正朔观念，而在《三国演义》里边就有
了完整的国家意识形态建构。记得王夫之《读通鉴论》（卷八）说到
此节，分析何进败因有七条之多，细看都是《三国演义》的见识。

六

《三国演义》说，张角起事前，其党羽马元义已暗中结交封谞，
以为内应。这事情似乎有些匪夷所思，却也并非小说家虚言。《后汉书·

宦者列传》称："（张）让等实多与张角交通。后中常侍封谞、徐奉事独发觉坐诛，帝因怒诘让等曰：'汝曹常言党人欲为不轨，皆令禁锢，或有伏诛。今党人更为国用，汝曹反与张角通，为可斩未？'"张让几个把事情都推到若干已死的中常侍身上，这才摆脱干系。看来确有其事。看来，十常侍之侪有政治能量，却实在没有政治头脑，他们跟张角那些草莽人物搞在一起干什么呢？难道宦者也想改朝换代自己做皇帝不成。其实，他们无法控驭乡野四郊的风雨雷霆，因为他们本身处于民众的对立面。但是这班人有能力改变政治秩序，他们的权力欲望就是一种颠覆力。

虽说中国的改朝换代多由农民起义推动，但是更多的起义事件并无结果，大多数底层造反未曾对政权产生实质性影响。据《后汉书·灵帝纪》，汉灵帝在位的二十二年间，不算西羌、鲜卑、南蛮、西南夷等周边地区叛服无常，起自民间的造反事件就持续不断，而声势浩大的黄巾起义尽管震撼一时，可是汉王朝并未垮在他们手里。古代的哲人早就看出，最容易改变政治格局的就是宫闱内乱，《论语·季氏》曰："吾恐季孙之忧不在颛臾，而在萧墙之内也。"

二〇〇九年一月十二日记

汉末三宗室

　　汉末州郡拥兵割据，分裂局面由此形成。灵、献之世，宗社式微，汉室宗亲却不乏执掌部州之例，如《后汉书》诸传有刘虞、刘表、刘焉三者。《三国志》无刘虞传，除刘表、刘焉（子刘璋），另有刘备、刘繇（兄刘岱）亦为方镇；其余宗室人物不足为论，如刘晔、刘放，皆曹操近臣。《魏志·刘晔传》曰："（刘）晔睹汉室渐微，已为支属，不欲拥兵。"刘晔大概是早已看清形势，天下已非刘姓之天下，故弃而不争。抑或，这正是陈寿叙史的一个基本点。比如评骘刘繇，有谓："至于扰攘之时，据万里之土，非其长也。"（《刘繇传》评曰）在陈寿看来，曹操代汉自是正道，别人拥兵据土都是瞎折腾，即使刘备"折而不挠，终不为下者"，却也"不逮魏武"（《先主传》评曰）。

　　刘备借扫荡黄巾之机趁乱而起，终于三分天下而有其一，庶几亦为汉家天子。但陈寿称之"盖有高祖之风，英雄之器焉"，乃谓起于草莽，实与诸宗室阀阅不同耳。诚然，刘备的宗室身份亦有疑义，卢弼《三国志集解》举证已详，此姑不论。原先"贩屦织席"的刘备出道时层级太低，跟刘焉、刘虞那些州伯大佬并无交集，《三国演义》将他们编织进刘备的故事，是一个有趣的案例。其实，刘表颇为关键，刘备与之相遇于危难之际，日后相处亦久。史家对刘表的评价是"外宽内忌，好谋无决"（《魏志》表传评曰），实际上这是一个具有多面性和许多可能性的人物。刘表死得早，不然"复兴汉室"之人也许就不是刘备了。当然只是也许。当然，历史不能假设。问题是史书之描述尚有讨论余地，对于某些历史人物亦可重新认识。而作为讲史小说，《三国演义》之叙事法则绝不同于史家的叙述，这不仅在于几多虚构成分或艺术渲染，根本区别亦在如何处理人物关系。

本文略说刘焉、刘虞、刘表，借以考辨宗室人物与宗社命运之纠缠，亦见史家和小说家各是如何一种叙述与想象。

刘　焉

《三国演义》开篇写黄巾作乱，以幽州太守刘焉出榜招募义兵，引出刘关张来投军。（毛宗岗夹注曰："一个姓刘的，引出一个姓刘的来。"）刘焉是汉鲁恭王苗裔，号称中山靖王之后的刘备，见到刘焉就像是找到了组织。书里说，"三人参见毕，各通姓名。玄德说起宗派，刘焉大喜，遂认玄德为侄"。

此节自是小说家虚构，《三国志》只说刘备"率其属从校尉邹靖讨黄巾贼"（《蜀志·先主传》），这跟刘焉扯不上。况且，刘焉其人并未做过幽州太守。就职官而言，"幽州太守"这名头就不对。东汉地方建制为州、郡（国）、县三级，太守是郡一级长官，而幽州乃十三部州之一，其长官称州牧或刺史（光武帝建武十八年改州牧为刺史，至灵帝中平五年又改为州牧，详下）。《三国演义》往往将刺史（州牧）与太守混为一谈，如第十回（《勤王室马腾举义　报父仇曹操兴师》）曹操讨伐徐州，是将杀父之仇归咎"太守陶谦"，而之前第五回（《发矫诏诸镇应曹公　破关兵三英战吕布》）诸镇讨董卓，徐州一镇乃称"刺史陶谦"。

部州长官由刺史改为州牧，说来跟刘焉有很大关系。据《蜀志·刘二牧传》及《后汉书》本传，刘焉是由南阳太守迁入朝枢，先后担任宗正、太常（皆九卿之列，分掌宗室名籍和礼仪祭祀），从履历上看，他与剿戮黄巾的军事行动根本不沾边。不过，黄巾之乱倒是在他眼前闪现了某种政治机遇，《刘二牧传》曰：

> （刘）焉睹灵帝政治衰缺，王室多故，乃建言曰："刺史、太守，货赂为官，割剥百姓，以致离叛。可选清名重臣，以为牧伯，镇安方夏。"

按汉代官制，刺史是监察官，属中央派驻的巡视员，品秩低于郡守。以察吏监临郡国之事，乃汉代特制，武帝置十三部州，遣刺史"周行郡国，省察治状，黜陟能否，断治冤狱"（《汉书》百官公卿表颜师古注引《汉官典职仪》），其初只是划定巡察范围。至成帝时改刺史为州牧，各州州牧成为实际上的行政人区。所以，刺史与州牧相比其权较轻，后者才是握有军政大权的封疆大吏。刘焉建言恢复州牧，乃有所图谋，意在南方交阯（交州，约今两广至越南中部）。如果躲避战祸、另谋发展，交阯或许是不错的选择。然而，侍中董扶却撺掇刘焉去益州，有谓："京师将乱，益州分野有天子气。"董扶是研究图谶的大师，这话吓不死宝宝却激活了帝胄血脉的躁妄之念，于是刘焉将目标转向益州。

说来也巧，其时益州刺史郤俭"赋敛烦扰，谣言远闻"，朝廷正欲治罪，加之并州、凉州乱象迭生，几位刺史连连被杀，整顿部州已迫在眉睫。在这种情况下，刘焉所谓"清名重臣，以为牧伯"的建议被朝廷采纳，他本人也如愿以偿被派往益州——"出为监军使者，领益州牧"。当然，同时选任州牧的不止刘焉一人，裴松之注引《续汉书》曰："是时用刘虞为幽州，刘焉为益州，刘表为荆州，贾琮为冀州，虞等皆海内清名之士，或从列卿尚书以选为牧伯，各以本秩居任。"

从中平五年（一八八）入蜀，到兴平元年（一九四）病卒，作为"清名重臣"的刘焉经营益州六七年，实在乏善可陈。他莅任之前，蜀地已是闹得天翻地覆，有马相、赵祗等以黄巾之号起事，纠合万余之众，旬月之间攻破蜀郡、广汉、犍为三郡。刺史郤俭被杀，幸赖益州从事贾龙率军抗击叛逆，刘焉到来之际战事已消歇，史书说法是"州界清净"。刘焉治蜀，手段无非是恩威并重：一手是"抚纳离叛，务行宽惠"，并大量收纳荆、雍移民。《华阳国志》卷五曰："时南阳、三辅民数万家避地入蜀，（刘）焉恣饶之，引为党与，号'东州士'。"（《后汉书》《英雄记》皆称"东州兵"）另一手就是杀人立威，不知找了什么借口，杀掉州中豪门王咸、李权等十余人。这使得蜀中官员、缙绅大为惊恐。当初平乱迎焉的贾龙发觉这位新上司"阴图异计"，联结犍为太守任岐讨伐刘焉，结果被刘焉用"东州兵"（一说羌人）剪灭。

还有一手，更令人匪夷所思，刘焉让世号"米贼"的张鲁去占领汉中，擅命其"督义司马"。其实，张鲁的天师道跟黄巾军的太平道是同气连枝的关系，本身亦是"逆贼"一路，可刘焉并不忌讳这些。传称张鲁"断绝谷阁，杀害汉使"，显然是刘焉的意思。当时天下大乱，州牧、太守各自经营独立王国，亦未足为奇。可是，刘焉怎么跟张鲁搞到一起，诸史语焉未详。《刘二牧传》云："张鲁母始以鬼道，又有少容，常往来（刘）焉家。"《后汉书》本传亦称："沛人张鲁，母有姿色，兼挟鬼道，往来焉家。"皆寥寥数语，而闪烁其词，"少容"、"姿色"与"鬼道"，不啻暗示刘焉鬼迷心窍，惑溺其中。

张鲁攻打汉中时，刘焉派遣别部司马张修率兵策应。张修亦是教中巫人，可是拿下汉中，张鲁却杀了张修，收编其部队，将汉中占为自家地盘。张鲁后来归降曹操，刘焉死后其子刘璋继任州牧，汉中早已是肘腋之患。以后刘备入蜀，就是刘璋请来讨伐张鲁，不想到头来鸠占鹊巢，里里外外都拱手让与刘备了。

本来刘焉谋求益州，是要伺机称帝，《三国志》《后汉书》都说到刘焉在蜀中造作舆服"僭拟至尊"的事儿。荆州牧刘表讥抨刘焉，搬出"子夏在西河疑圣人"之典故，将刘焉比作名声僭孔的子夏（《通鉴》胡三省注："表盖言焉在蜀僭，疑使蜀人疑为天子也"）。可是，刘焉的天子梦终而未能成真。他羁留长安的两个儿子被董卓所杀，而屋漏偏遇连阴雨，悲痛之际又是"天火烧城，车具荡尽"，一气之下痈疽发背而亡。

整个儿看来，刘焉的故事极具谶纬色彩，所谓"益州分野有天子气"，后来果真应验，却是刘备做了皇帝（也是"一个姓刘的，引出一个姓刘的来"）。焉、璋父子经营蜀地二十余年，是给另一位姓刘的捎留地盘而已。或许，这就是《三国演义》用刘焉引入刘备的叙事动机。

年画《取成都》，天津杨柳青

刘　虞

《三国演义》第二回（《张翼德怒鞭督邮　何国舅谋诛宦竖》），刘备又遇上了姓刘的恩主，就是刘虞。此人乃光武帝一脉，东海恭王之后。灵帝末年，渔阳张举、张纯造反，刘虞出为幽州牧，率刘备等前往征讨。此前刘关张因鞭笞督邮逃离安喜县，投靠代州刘恢（此为小说虚构，同名历史人物乃西汉赵共王，高祖第五子），是刘恢将刘备三人推荐给刘虞。渔阳平寇之后，刘虞表奏刘备大功，朝廷赦免鞭督邮之罪，乃有咸鱼翻身之日。

刘虞其人，《三国志》无传，大概陈寿认为此人无关大局。《三国演义》将他拽进来，也只是一带而过，但刘虞的贤良形象给刘备做了很好的铺垫。刘虞剿灭张举、张纯之事见《后汉书》本传，其中并未说到刘备（按，刘备参与讨张，仅见《先主传》裴松之注引鱼豢《典略》数语，显然跟刘虞没有直接关系）。刘虞此番主政幽州，可谓临危受命。其实早在黄巾作乱之前，他就担任过幽州刺史，本传称其"为政仁爱，念利民物"。幽州地处边陲，刘虞绥抚有方，守境安民，政绩卓荦。有曰："民夷感其德化，自鲜卑、乌桓、夫馀、秽貊之辈，皆随时朝贡，无敢扰边者，百姓歌悦之。"

作为刘家人的宗室长者，刘虞最为史家称道的是没有政治野心。初平元年（一九〇）董卓挟献帝迁都长安，翌年袁绍与冀州刺史韩馥试图另立刘虞为帝，以与董卓对抗。袁、韩派人去劝说刘虞，却被断然拒绝。本传云：

（刘虞）厉色叱之曰："今天下崩乱，主上蒙尘，吾被重恩，未能清雪国耻。诸君各据州郡，宜共戮力，尽心王室，而反造逆谋，以相垢误邪！"固拒之。

此事亦见《魏志》《武帝纪》《袁绍传》。在刘虞意识中，皇权与国体无论如何不容颠覆（即使献帝只是年仅十岁的孩子，且被董卓挟持），袁绍、韩馥另立朝廷的企图无疑是"反造逆谋"。置身君君臣臣的堂庑之上，如此一根筋的政治伦理真是粹然而质朴。然而，局面已是"天下崩乱"，各据州郡的军政大佬都在蠢蠢欲动，都变着法儿做大做强，不是挟天子以号令天下，就是自己想做皇帝。即便以承续汉统、靖匡王室相标榜的刘备亦早已看清形势，诚如王夫之所谓：先主之志，无非"乘时以自王而已矣"（《读通鉴论》卷十）。相形之下，刘虞怎么说也是一个另类。

耐人寻味的是，《三国演义》写袁绍主盟十八镇诸侯讨伐董卓，写袁绍如何夺了韩馥的冀州，却只字不提当初袁绍和韩馥拥立刘虞之事。何以隐而不彰？大概是不愿申明刘虞的政治伦理，因为想做皇帝的都是"逆谋"，这便碍了刘备的事儿。刘虞标树甚高，完全排斥宗室人物"乘时以自王"的选项，若是以他这类人物为标杆，刘备的使命就失去合法性了，其野心亦即不能为言语叙述所伪饰。关于刘备"匡扶汉室"之使命，《三国演义》采用了一种巧妙的模糊叙述：一方面强调刘备为皇家救难扶灾的赤胆忠心，譬如参与衣带诏密谋之类；另一方面，则表现其自成霸业之抱负，如"煮酒论英雄"之韬光养晦，寄身刘表处"髀肉复生"之感慨，"隆中对"听诸葛亮说天下大势等都是这个意思。诸葛亮所谓"大业可成，汉室可兴"，强调的是刘备"帝室之胄"的身份，从而描绘了一幅总揽天下英雄，瞻望百姓箪食壶浆之图景。这是要解救献帝于危难，还是以宗室身份取代汉家天子？这事情好像不容你细想。

刘虞倒是一心要解救献帝，派义士田畴私行入长安，与献帝联络。本传有谓："献帝既思东归，见（田）畴等大悦。"于是遣侍中刘和（刘虞之子）潜出武关，试图到刘虞这儿搬兵救驾。不料，刘虞属下公孙瓒暗中勾结袁术，将刘和扣为人质，还夺走刘虞奉迎献帝的人马。这前前后后是一个颇为曲折的故事，却未见于《三国演义》。公孙瓒本是刘备的"发小"，在小说里是被赞许和寄予同情的人物。可是在史家笔下，公孙瓒完全是穷兵黩武、凶残暴戾的硬派角色，与刘虞之宽厚为政大相径庭。道不同不相为谋，时间一久，两人闹掰了。初平四年（一九三），积愤不已的刘虞终于起兵攻伐，其十万大军竟不敌刁蛮善战的公孙瓒，最后兵败身亡被斩首于市。

《后汉书》传末论曰："刘虞守道慕名，以忠厚自牧。美哉乎，季汉之名宗子也！"显然，这样的人物置于当日天下纷争之情境，实在有些不合时宜。刘虞派往长安的田畴亦不似汉末三国人物，更像是战国时的侠客。《魏志》本传称其"好读书，善击剑"，有勇有谋，性格狷介，袁绍父子和曹操屡次征辟不就，一生躲避仕宦之途。

有一件事很蹊跷，似乎刘虞也有伪饰的一面。本传谓："初，（刘）虞以俭素为操，冠敝不改，乃就补其穿。及遇害，（公孙）瓒兵搜其内，而妻妾服罗纨，盛绮饰，时人以此疑之。"也许，你可以说人都有两面性。也许，这事情本身或是史家记述亦可怀疑。

刘　表

一直四处奔窜的刘备，跑到刘表这儿才算喘了口气。《三国演义》第三十一回（《曹操仓亭破本初　玄德荆州依刘表》），刘备离开袁绍，会合汝南刘辟，想趁虚攻打许昌。但曹操赢得官渡之役即挥师南下，将刘备打得狼狈不堪。刘备欲投荆州，尚不知人家是否收留他（"但恐不容耳"），可孙乾跑去一说，刘表大喜曰："玄德，吾弟也，久欲相会而不可得。今肯惠顾，实为幸甚。"（按，刘焉认刘备为侄，刘表称之吾弟，这辈分不知如何安排。刘表长刘备十九岁，以年岁而论实是两代人。）刘表以儒雅著称，喜欢结交天下名士，所以刘备在荆州颇受优待。

刘表亦鲁恭王之后，早年与张俭等人陷党锢之祸，党禁解除后辟为大将军何进掾佐。初平元年，孙坚杀荆州刺史王叡，翌年刘表出阁接任刺史。据《三国志》裴松之注引司马彪《战略》和《后汉书》本传，当时江南"宗贼大盛"，又有袁术屯兵鲁阳（今河南鲁山），刘表未能往州治汉寿赴任，只身到了宜城（今属湖北），延揽蒯越、蔡瑁等人出谋划策。蒯越有一个颇具哲理的说法："理平者先仁义，理乱者先权谋。"刘表心领神会，于是邀集宗部大佬五十五人（《后汉书》谓十五人）开会议事，竟然把这些老大全都杀了。如此一来，"江南悉平"。但看此事，这人就是个狠角色。

荆州地处四方通衢，亦四战之地。刘表以远交近攻为守境之策，一方面结交冀州的袁绍，一方面防拒南阳的袁术、孙坚。后来李傕、郭汜攻入长安，刘表遣使奉贡，被任命为镇南将军、荆州牧。再后来，曹操迎天子至许昌，刘表照样遣使奉贡。他手下一个叫邓羲（又作邓义〔羲〕）的官员反对如此两头观望，刘表却道："内不失贡职，外不背盟主，此天下之大义也。"（裴注引《汉晋春秋》）及至曹操与袁绍相持于官渡，又有韩嵩、刘先等亟劝依附曹操，他依然不肯选边站队。《三国志》将此描述为一种谋而不决的性格，亦谓其多疑之心。可是，凡此种种，恰恰说明此公身段很灵活，绝非头脑冬烘。

刘表不肯归顺曹操，总有人不爽。建安三年（一九八）长沙太守张羡率零陵、桂阳三郡叛乱，乃因郡人桓阶策反，为曹操夺取荆州作内应（《魏志·桓阶传》）。刘表对外用兵相当谨慎，剿灭内乱下手却忒狠，结果这一事件反倒成了刘表控制荆州的一个转折点。建安五年，刘表平定长沙、零陵、桂阳三郡，真正掌握了荆州全境。《后汉书》本传云：

> 于是开土遂广，南接五领，北据汉川，地方数千里，带甲十余万。初，荆州人情好扰，加四方骇震，寇贼相扇，处处麇沸。（刘）表招诱有方，威怀兼洽，其奸猾宿贼更为效用，万里肃清，大小咸悦而服之。关西、兖、豫学士归者盖有千数，表安慰赈赡，皆得资全。遂起立学校，博求儒术，綦母〔毋〕闿、宋忠等撰立五经章句，谓之后定。爱民养士，从容自保。

《三国志·刘表传》亦称"地方数千里，带甲十余万"，蔚然一方大邦。刘表经营荆州，自然不能没有开物成务、奋发蹈厉的实干精神。他出身阀阅，却不是刘璋那种继承父业的牧二代，更不是坐享其成的"暗弱"主公，从最初剪灭江南诸郡大小宗部，直到将荆州完整地掌控在自己手里，其间尽有守疆拓土的胆略与手段，可想不乏一番艰辛曲折。然而，《三国志》的传述却相当偏颇，其要点则是描述刘表的另一面：心存疑忌，不能用善。荆州这块肥肉未献与曹操，竟归咎于刘表的昏庸与人格缺陷。

至于《三国演义》里边的刘表，更是"虚名无实"的庸辈（这是曹操煮酒论英雄的评语）。第三十三回（《曹丕乘乱纳甄氏　郭嘉遗计定辽东》），曹操与诸将商议西击乌桓，曹洪担心刘表派刘备趁虚袭击许都，而谋士郭嘉认为刘表不足虑："刘表座谈客耳，自知才不足以御刘备，重任之则恐不能制，轻任之则备不为用。"这话出自《魏志·郭嘉传》，而《刘表传》又谓："刘备奔表，表厚待之，然不能用。"这都是说刘表没有胸襟也没有眼光。其实，郭嘉的说法大有问题，既然将刘备看得那么透，轻里重里拿捏得那么准，这哪是"座谈客"的心思？可是，"座谈客"三字偏是成了盖棺论定的调子，小说家搜罗史传中这些贬损刘表的细节，更将此公刻画成"虚名自爱，文而无用"（毛宗岗评）的草包形象。

刘表接纳刘备而置之不用，说是"外宽内忌"也对，但这何尝不是一种手腕。之前曹操收留刘备亦是这个套路，虽以豫州牧、左将军等官爵笼络，却将之羁束于许昌。后来袁术经徐州欲与袁绍会合，曹操让刘备去阻击，程昱、郭嘉极言"刘备不可纵"（语见《武帝纪》）。曹操稍有疏忽，刘备就如鱼入海了，而刘表则始终将刘备攥在自己手里。

其实，刘表抨击刘焉僭拟，自己并非没有"乘时以自王"之念。《魏志·刘表传》裴注引《先贤行状》所述"郊祀天地"之事，并非空穴来风。《后汉书·孔融传》说得很明白："是时荆州牧刘表不供职贡（按，此与《汉晋春秋》所言相悖），多行僭伪，遂乃郊祀天地，拟斥乘舆。诏书班下其事。"幸而孔融以国体大局为由，力谏"宜且讳之"，才未被宣扬。又，《晋书·刘弘传》亦谓刘表曾命人作"天子合乐"，更欲当庭演奏云云。当然，刘表最终未能称帝，大抵是时机不成熟，此中自有审时度势的斟量。

刘备投靠荆州在建安六年（二〇一），至十三年，曹操遽然南下，刘表却病死。刘备在荆州安安稳稳待了八年，这下又要跑路。因为刘表的少子刘琮继任荆州之主，很快就举州降曹。《三国志》《后汉书》都说到刘表立嗣不当，以至琦、琮二子"遂为仇隙"。然而，《三国演义》却写刘表病中两次嘱咐死后让刘备自领荆州（几乎复制陶谦三让徐州的故事），而刘备一再辞让，最后立下"令玄德辅佐长子刘琦为荆州之主"的遗嘱。这些情节，包括蔡夫人与蔡瑁等伪造遗嘱让刘琮继位，完全不见于三国、后汉诸史。小说家叙述何以与史家满拧，自是各有叙事立场。陈寿是以刘表之无能反衬曹操之英明，而罗贯中要拿借托孤之事为刘备背书。

《三国演义》将帝胄血统作为刘备承祧汉室的合法性，只是汉室宗亲不止刘备一人，这就要举述刘表之无所作为，刘璋之昏聩暗弱。相比之下，只有刘备才能拯救汉室，才是复兴大业之唯一希望。先主不出，如苍生何？这是小说家的叙事逻辑。

顺便说说刘表之死，《魏志·刘表传》只说是"病死"，《后汉书·刘表传》则透露，其病况跟刘焉一样，亦是"疽发背卒"。他们都是鲁恭王一脉，莫非有着相同的家族病史？

余　论

汉代自平息吴、楚七国之乱后，进而抑损诸侯，顾炎武以为由此导致"中外殚微，本末俱弱"，是为西汉覆亡之根由；而反观"光武中兴，实赖诸刘之力"，乃谓宗室诸侯系乎国运。其说见《日知录》卷九"宗室"条。顾氏生逢鼎革之世，哀叹明亡于宗室不振，极赞汉初与唐代之制——"皆以宗亲与庶姓参用"。又谓："灵、献之世，荆表、益焉，各专方镇，而昭烈乘之，以称帝于蜀，若颠木之有由蘖。其与宋之二王航海奔亡，一败而不振者，不可同年而语矣。"此以遗民心态将宗室作为救亡之希望，未是正理，只能说是一种情感寄托。

再者，拿"光武中兴"说事儿，有些罔顾事实。刘秀与兄刘縯趁赤眉之乱起事，所率舂陵子弟固然多有刘姓宗人，却并未得益于"荆表、益焉"那样的方镇势力。反倒是，刘玄、刘婴、刘盆子，还有刘永，这些刘姓宗亲被各种势力拥立或自立为天子，一个个都在给刘秀添堵。既是帝胄之脉，歪瓜裂枣似乎都有御宇天下的合法性。

《后汉书·刘縯传》曰：泚水之役大破莽军后，"诸将会议立刘氏以从人望，豪杰咸归于伯升（按，刘缜字）。"但刘缜认为此非善计，有谓："闻南阳立宗室，恐赤眉复有所立，如此，必将内争。今王莽未灭，而宗室相攻，是疑天下而自损权，非所以破莽也。"刘缜所言"宗室相攻"极有预见性，不唯当世，汉末亦是。刘焉、刘表若不是"疽发背卒"死得早，刘备何以"乘时以自王"，怎么说也得互相掐个你死我活。

二〇一六年十二月十二日记

『捉放曹』及其他

《三国演义》第四回《废汉帝陈留践位　谋董贼孟德献刀》中，曹操刺董卓未成，仓惶出逃，路经中牟县为陈宫手下所获。陈宫自非俗吏，视曹操为忠义之士，不但将其释放，自己亦弃官随之逃亡。曹操慷慨放言："吾将归乡里，发矫诏，召天下诸侯兴兵共诛董卓。"这匡扶汉室的大目标着实让陈宫眼前一亮，竟毅然挂冠相从。可是，途中杀吕伯奢一节，完全颠覆了陈宫的英雄想象。曹操因疑心而错杀吕氏一家，并不认悔，却说"宁教我负天下人，休教天下人负我"，这让陈宫看出此人"原来是个狼心之徒"。最后在客店里，他想杀掉已经熟睡的曹操，拔剑之际转念又想："我为国家，跟他到此，杀之不义。不若弃而他往。"结果撇下曹操赶紧闪人。

小说中这个段子，就是京剧《捉放曹》的基本剧情。但小说轻轻带过的一转念，在京剧里成了压轴的重头。陈宫在客店里寝食难安，听着一遍遍更鼓响，从初更耗到了五更，"一轮明月照窗下，陈宫心中乱如麻"，于是一连大唱"悔不该"。曹操做什么事情从来不后悔，后悔的是陈宫，他必须为价值选择付出内心的究诘。曹操可以不仁，陈宫却不能不义，这个故事纠结于"仁"与"义"的冲突。在三国

曹操兴兵报父仇，《三国演义》清初大魁
堂本插图

叙事语境中，"仁"是小德，"义"是大德，"义"字所涵括的忠勇节
义往往有着更多的指向——不但关乎上者理想、襟怀与局度，更关
乎国家社稷，乃至君君臣臣体制内之政治正确。陈宫不杀曹操，自
是深明"我为国家"之大义。

弃曹之后，陈宫与曹操还有两次相遇，两次言语交锋都离不开
"仁"的话题。第十回（《勤王室马腾举义　报父仇曹操兴师》）中，
曹操因父亲一家被陶谦部将张闿所害，起兵讨伐徐州，陈宫来为陶
谦说项。陈宫谴责曹操沿途屠戮百姓之"不仁"，曹操却反诘其当初
背弃而去之"不义"。曹操有曹操的道理："仁"乃良心与情感，指
向个体一端；"义"则表示责任与担当，或可谓之中国式契约精神，
包含士者以社稷为念之操守与使命。曹操显然不能接受以"仁"害"义"
的道理——按誓约"召天下诸侯兴兵共诛董卓"，曹操并未食言，所以认为是陈宫背信弃义。及至第十九回（《下邳城曹操鏖兵　白门楼吕布殒命》），吕布在白门楼被缚，陈宫一同推出问斩，二人再度见面。曹操本想劝降，以其老母妻子相胁迫，陈宫却道："吾闻以孝治天下者，不害人之亲；施仁政于天下者，不绝人之祀。"很明显，这是据于道德制高点反制对方（陈宫引颈就刑之后，曹操还真是善待其老母妻子）。他径步走下城楼时，曹操大有留恋之意，书中写道："操起身，泣而送之。"这是矛盾纠葛中的无奈与悲凉，绝非忽然来了仁爱之心。可是陈宫不降，没有转圜之机，曹操只能硬着头皮践越"仁"与"不仁"的话语陷阱。

一

三国人物中，吕伯奢身份迥异，他顶多是个庄园主，并无军政背景（虽然扯上是曹父结义兄弟）。故事里窜入这样一个人物，实已嵌入个人化叙事话语，难免产生修辞风格的差异。《三国演义》话说天下大势，推其治乱之由，本是演绎各路豪强消长相倾，按说无暇顾及平头百姓之个人命运。其实，吕伯奢只是一件活道具，符号化的芸芸苍生而已。这里忽然拈出曹操因生疑而杀人的插曲，是写其"不仁"，也是表现一种杀伐决断的性格。写吕伯奢无辜被害，自非悯恤苍生，而是交代陈宫与曹操分道扬镳之由。曹操杀吕一事，不见于《三国志》，却也并非小说家虚构，它来自裴松之注释所引诸史：

王沈《魏书》："太祖以卓终必覆败，遂不就拜，逃归乡里。从数骑过故人成皋吕伯奢，伯奢不在，其子与宾客共劫太祖，取马及物，太祖手刃击杀数人。"

郭颁《世语》："太祖过伯奢。伯奢出行，五子皆在，备宾主礼。太祖自以背卓命，疑其图己，手剑夜杀八人而去。"

孙盛《杂记》："太祖闻其食器声，以为图己，遂夜杀之。继而凄怆曰：'宁我负人，毋人负我！'遂行。"

其中王沈《魏书》成书在《三国志》之前，是陈寿撰史的基本材料之一。但陈寿撤除了这种个体偶发事件，大概以为此等叙事过于细碎，不似史家之笔。其实《魏书》倒是官修史著，从裴松之注诸多引述可见此书颇重言语细节（魏晋文士品藻人物大抵如此）。照《魏书》这个说法，曹操应是正当防卫，按说陈寿毋须为之避讳。但问题在于：如果任其枝蔓衍生，未免给《魏晋世语》和《杂记》里曹操因疑杀戮的故事提供了茬口。以陈寿的"大叙事"眼光来看，历史应该符合具有某种演化轨迹的构想型式，在中牟县乡村发生的这一幕（不论是被人打劫还是因疑杀人）都与本质化叙述无关。所以，作为过程之镜像，史家叙事不应该出现吕伯奢及其家人（或宾客）这样的干扰因素。

史家往往采取这样的原则：过程尽可屏蔽，绝不能纵容想象。

对照裴注提供的大量补遗性质的引述，可以看出，陈寿对许多事件都作了芟夷枝叶的处理。抹去其中的细节是为了不纠缠历史真相，按当今的说法就是"宜粗不宜细"。譬如，关于曹操父亲被害一事，《三国志·魏志·武帝纪》说是"为陶谦所害"。但韦曜《吴书》给出的说法是陶谦部将张闿见财起意，并非陶谦授意。《吴书》亦是《三国志》所据资料来源之一，但此节陈寿偏弃之不用。这样处理便是坐实曹嵩为陶谦所害，等于给曹操讨伐徐州提供一个正当理由。清人赵翼《廿二史札记》举述《三国志》种种"回护过甚之处"，此即一例。在《武帝纪》中，凡有损曹操形象的负面事况，总是千方百计回避。譬如，写曹操大败的赤壁之战竟无任何过程叙述，仅以寥

年画《战宛城》中的曹操，山东潍县

寥数言咎于疫情："公至赤壁，与（刘）备战，不利。于是大疫，吏
士多死者，乃引军还。"（又，《蜀志·先主传》："时又疾疫，北军多
死，曹公引归。"）相反官渡之战曹操以少胜多，则长篇累牍大书特书。
再如，建安二年战宛城，其曰："张绣降，继而悔之，复反。公与战，
军败，为流矢所中，长子昂、弟子安民遇害。"此节亦故意隐去曹操
一桩糗事。张绣何以"悔之"又"复反"，这里只字不提。《张绣传》
说到这一节躲不过去，乃谓："太祖纳（张）济妻，绣恨之。太祖闻
其不悦，密有杀绣之计。计漏，绣掩袭太祖。"原来是曹操战地猎艳，
临时包养了张绣的婶子，弄得人家很没面子，只好撕破脸皮。如何
掩饰曹操种种秽行，委实让陈寿大费周章。

从某种意义上说，史家这些伎俩很像《一九八四》中温斯顿那
个真理部档案司的工作。

其实，前人看得很透，明儒焦竑有曰："法《春秋》者曰'必须直辞'；

宗《尚书》者曰'宜多隐恶'。甚者孙盛实录，取嫉权门；王韶直书，见仇贵族。致使阁笔含毫，狐疑相仗。刘知几谓之'白首可期，汗青无日'，盖叹之也。"（《澹园集》卷四《论史》）

二

《三国志》不写"杀吕"，同样也没有其前戏"刺卓"之事。当然，很难说曹操刺卓是否曾见史家记载，魏晋史著大多亡佚，其事死无对证。不过，裴注引王沈《魏书》提到，当初何进、袁绍谋议解决阉宦问题，曹操反对召董卓进京，认为"当诛元恶"。小说中"但付一狱吏足矣"之语即出于此。其初"元恶"是十常侍，以后是董卓；当初曹操的建言未被采纳，此时京都大乱，何不自己动手？以曹操的思路和行事风格未尝不作此图谋。小说家写"刺卓"，大抵基于这样的情理。其实对于刻画曹操之壮怀、之机警权变，此节极为重要。

然而，对应"捉放曹"及其之前这一段，《武帝纪》仅三言两语：

> （董）卓到，废帝为弘农王而立献帝，京都大乱。卓表太祖为骁骑校尉，欲与计事。太祖乃变易姓名，间行东归。出关，过中牟为亭长所疑，执诣县。邑中或窃识之，为请得解。

按此叙述，曹操确曾离京潜行，途中确实被人执缚，但陈寿不在乎这里边是否有一个精彩的故事，至于此中有何缘由亦按下不表。这里，关键是写出曹操不与董卓沆瀣合流。陈寿要表明曹操心存高远、自有瞻瞩，只能约略交代弃董而去的事状。但是，为何"变易姓名，间行东归"？却又含糊其辞。曹操如果不是"图谋不轨"，不至于落到像是被通缉的地步。其中显然隐去了一段史实。

史家笔下如此闪烁其词，宛似一页漶漫不清的记录，给人留下许多想象的余地。

也许，在陈寿看来，像曹操这样一个"运筹演谋，鞭挞宇内"的大人物，实不该去充当这种干脏活的杀手，何况谋刺未遂又像是黑道马仔跑路，更逊于专诸、聂政一类。

正史与野史，史家之叙史与小说家之讲史，其人物定位自有差异，着眼点是如此不同，很难说何者是具有"合法化"功能的历史叙事。

三

逮住曹操的中牟县那位亭长显然不是陈宫。从裴注提供的史料看，曹操去见吕伯奢，亦并无陈宫同行。陈宫此人，《三国志》无传，《武帝纪》提到陈宫仅寥寥数笔，要则二处：一是兴平元年（一九四）"张邈与陈宫叛迎吕布"，一是破下邳时"生禽（擒）（吕）布、（陈）宫，皆杀之"。《吕布传》中的陈宫只是吕布身边的策士，未见有何韬略，给吕布出谋划策多半不被采纳。史料表明，陈宫原先是在曹操手下，其时领兵屯守东郡，却率部投了吕布。《三国志》关于陈宫诸项事节大抵来自鱼豢《典略》：

> 陈宫，字公台，东郡人也。刚直烈壮，少与海内知名之士皆相连结。及天下乱，始随太祖，后自疑，乃从吕布，为布画策，布每不从其计。下邳败，军士执布及宫，太祖皆见之，与语平生，故布有求活之言。太祖谓宫曰："公台，卿平常自谓智计有余，今竟何如？"宫顾指布曰："但坐此人不从宫言，以至于此。若其见从，亦未必为禽也。"太祖笑曰："今日之事当

云何？"宫曰："为臣不忠，为子不孝，死自分也。"太祖曰："卿如是，奈卿老母何？"宫曰："宫闻将以孝治天下者不害人之亲，老母之存否，在明公也。"太祖曰："若卿妻子何？"宫曰："宫闻将施仁政于天下者不绝人之祀，妻子之存否，亦在明公也。"太祖未复言。宫曰："请出就戮，以明军法。"遂趋出，不可止。太祖泣而送之，宫不还顾。宫死后，太祖待其家皆厚如初。

小说中白门楼一节尽取之于此（《后汉书·吕布传》略同）。然而，有关陈宫的这些零星史料很难拼凑成一个完整的人物，这里让人疑惑的是"始随太祖，后自疑，乃从吕布"一句。陈宫背弃曹操投奔吕布，乃其命运之转折，可是《典略》并没有解释何以"自疑"，为什么要弃曹投吕。陈寿在《吕布传》里让陈宫这样劝说张邈："今雄杰并起，天下分崩，君以千里之众，当四战之地，抚剑顾眄，亦足以为人豪，而反制于人，不以鄙乎！今州军东征，其处空虚，吕布壮士，善战无前，若权迎之，共牧兖州，观天下形势，俟时事之变通，此亦纵横之一时也。"这恐怕是陈寿的杜撰。言辞铿锵鞞鞳，却并未涉及国家社稷之大义，只是依傍豪强、浑水摸鱼的纵横家思路，实在看不出此人有何卓尔不群的胸襟或眼光。

另外，《资治通鉴》有一说法，陈宫"自疑"是因为曹操杀了一位叫边让的退休官员：

> 汉献帝兴平元年……前九江太守陈留边让尝讥议操，操闻而杀之，并其妻子。让素有才名，由是兖州士大夫皆恐惧。陈宫性刚直壮烈，内亦自疑，乃与从事中郎许汜、王楷及邈弟超共谋叛操。（卷六十一）

边让是当时有名的文士,《后汉书·文苑传》有记载,其早年入大将军何进幕府,便有"时宾客满堂,莫不羡其风"之誉,而蔡邕对他更是推崇备至,曹操杀边让之事亦见此传(按,《三国演义》中边让是因为引兵救援徐州陶谦,被曹操部将夏侯惇截杀于途中)。但《通鉴》说陈宫因曹操杀边让而"自疑",乃与张邈部属共谋叛曹,其说不知有何来由。这种仗义而行的风格很像是《三国演义》里的陈宫,与陈寿笔下那个趁乱卖主的陈宫判若两人。

边让不是吕伯奢,其影响要大得多。但不管曹操杀的是哪一个,都是"不仁"的佐证,足以让"刚直壮烈"的陈宫改变对曹操的看法。《三国演义》刻画陈宫这一人物,正是扣准了这种弃曹动机,塑造了"仁者必有勇"(《论语·宪问》)的形象。而《典略》所记白门楼陈宫就刑前与曹操对话,同样也是大义凛然的气概,小说中二人问答全出于此。值得注意的是,陈寿在《吕布传》里保留了陈宫回答曹操挟其母相胁的发问,"老母在公,不在宫也",其言亦壮。曹操闻之动容,于是便有"太祖召养其母终其身,嫁其女"的后事交代。如此看来,作为历史人物的陈宫应该有着某种难以掩抑的人格光辉,但陈寿主要以反叛曹操、辅佐吕布列其行状,怎么看也只是一个附骥流寇的江湖策士。

史籍的漶漫与抵牾给小说家留下了用武之地。小说中陈宫是一个比较丰满、完整的人物,他与曹操分道扬镳是价值取舍之异趣,显然这样处理更符合情理与逻辑。作为一个失败者,陈宫的命运令人嗟喑,然其咎责不在自身,因为他只是一个被叙述的对象。既然历史人物陈宫已经碎片化,被整合成文学人物的陈宫只能按人性的理则来塑形。

历史叙事从来都不是"以人为本",即使讲史小说也只能是"以强人为本"。《三国演义》的陈宫虽"刚直壮烈",却往往以常人心怀裁量人物、判断形势，这就注定他只能是一个不合时宜的悲剧人物。

四

"仁"，作为儒家学说之核心价值理念，当然是裁量人物的重要标准。其实，《三国演义》写曹操种种"不仁"之事，极为重视道德评骘。写尽曹操身上的道德污点，不仅是塑造复杂性格的文学手段，亦是为烘托刘备如何仁厚之侧笔。但作为一部讲史小说，《三国演义》绝非仁学教科书，其叙事逻辑归根结底受制于国家－英雄史观。分久必合——以国家为目标、由乱而治——以强人为主导，这番摧枯拉朽的人变局必是各镇豪强的风云际会，而整顿乾坤的使命亦必然悬诸道德之上。所以，对"仁"与"不仁"的究诘不是最重要的，因为在三国人物眼里，"仁"只是手段，不是目的，而即便作为目的亦未尝不能转化为手段，就像"修身齐家"总是为着"治国平天下"。

比如刘备，此公可谓三国第一仁者，其仁厚之德，同样亦是策略与手段。刘备樊城撤退时携数万百姓渡江，路衢拥塞，日行十余里，有人劝刘备暂弃百姓先行，刘备说了一句"举大事者必以仁为本"(《先主传》作"夫济大事必以人为本")；此际不肯忍心而去，自是"举大事者"之仁民思路，虽云难能可贵，却并非仁心本义。所以，民间素有"刘备摔孩子——收买人心"的歇后语，这种诛心之论正是数百年来受众的灼见。其实，作为手段之"仁"，曹操亦擅用这一手，如刘备为吕布袭扰来投奔曹操，程昱力主除掉这潜在对手，而曹操偏是大有容纳之怀。再如关羽，失了下邳，与甘、糜二夫人同入曹营，曹操待之算得仁至义尽。所谓"举大事者"，"仁"与"不仁"总是跟目标与手段相纠集，细看此中之转圜，或孰轻孰重之计较，不难寻绎机会主义选择路径。

明季王夫之有谓："天下至不仁之事，其始为之者，未必不托于义以生其安忍之心。"（《读通鉴论》卷九）这几乎是一项英雄造世的叙事策略。曹操的行事方式正是"托于义"，托于国家、朝廷，托于目标与纲领之大义，所以尽有诸多"不仁"之事亦无碍大局。在历史的宏大叙事中，"仁"的道德原则很难诉诸芸芸众生之个体关怀。在这一点上，小说家讲史与陈寿撰史有着大率相同的叙事原则。虽然小说明显有"尊刘抑曹"倾向，《三国志》则以曹魏为统纪，但这只是王业与霸业之区别，而王霸杂之才是英雄叙事的总体意向。

陈宫从杀吕伯奢一事中得出"操卓原来一路人"的结论，乃就二者"不仁"而言。但曹操毕竟不是董卓。在董卓手里黄钟瓦釜尽皆毁弃，而曹操倒有收拾山河的整合之功。比起袁绍、袁术、公孙瓒、吕布、刘表、张邈、张鲁等各路豪强以及被曹操剪灭的董卓旧部，曹操明显胜在"国家"之名义，从"匡扶汉室"到"挟天子令诸侯"，都是打"国家"这张牌。其操弄国柄也是用周公辅成王的故事，这就是曹操执政的"合法性"。历史叙事永远是成王败寇，曹操一统北方，终成王霸之业，在史家眼里就是"明主"。王夫之纵论汉末乱局，有曰："所谓雄桀者，虽怀不测之情，而固可以名义驭也。明主起而驭之功业立，而其人之大节亦终赖以全。唯贪利乐祸不恤名义者，不可驭之使调良……曹操可驭者也，袁绍不可驭者也。"（《读通鉴论》卷九）

五

其实在儒家祖训中，"仁"并非一个绝对的价值标准，孔子就说过，"君子而不仁者有矣夫，未有小人而仁者也"（《论语·宪问》）。这就是说：既为君子，"仁"与"不仁"就不那么重要了，君子未必都要

刘玄德平定益州，《三国演义》清初
大魁堂本插图

做谦谦君子。即便刘备那样的"仁者"，自然也有"不仁"之事。小
说第六十二回（《取涪关杨高授首　攻雒城黄魏争功》），刘备兵不血
刃夺了涪关。次日犒赏三军，置酒作乐，书中写道：

> 玄德酒酣，顾庞统曰："今日之会，可为乐乎？"庞统曰：
> "伐人之国，而以为乐，非仁者之兵也。"玄德曰："吾闻昔日武
> 王伐纣，作乐象功，此亦非仁者之兵欤？汝言何不合道理，可
> 速退。"庞统大笑而起，左右亦扶玄德入后堂。

此番酒后吐真言，亦非小说家臆构，此节来自《三国志·蜀志·
庞统传》，文字大略相同。"伐人之国，而以为乐"，庞统的讥刺实
际上道出刘备内心的惶惑。曹操行"不仁"之事，托于义而无须责
于内心。刘备却不同，刘备托于义，还想托于"仁者之兵"，而以"仁

者之兵"行"不仁"之事，内心可谓五味俱全。第六十五回（《马超大战葭萌关　刘备自领益州牧》），刘备兵临益州城下，刘璋出降之际，刘备握手流涕对刘璋说："非吾不行仁义，奈势不得已也。"

"奈势不得已也"，直是亮出一副硬道理：要振兴汉室，做大做强，一匡天下，兄弟只能对不住了。这种舍"仁"求"义"之说（并将牺牲之义理强加于牺牲者），使仁者刘备以生"安忍之心"，更是恶人曹操行事的一贯逻辑。其得已不得已，一概取决于战略发展之价值考量，此亦托于历史主义之"注定之目的"，古今同慨者也。

二〇一四年十月八日记

王司徒之坚守

骄阳似火。月光如水。白日黑夜，水深火热……

李傕、郭汜杀入长安，火光中已是血流成河。慌乱奔走的吕布只想赶快甩掉眼前的噩梦。残垣、废墟、烧焦的梁柱，四处弥漫着刺鼻的尸臭。马蹄踏过一地瓦砾，如蝇逐臭的大兵满街乱窜，颓圮的汉家宫阙愈显晦暝。青琐门外，兀然又见那一袭缁衣，吕布勒马大喊："公可以去乎？"秉笔待书的史官冷不丁发问。缁衣人一番慷慨志节，转身走入黑洞洞的门内。没有丝毫犹豫，吕布请他上马出城，他拒绝了，决意留在城内侍奉天子，抱定赴死之念。

此公就是司徒王允。汉献帝初平三年（一九二）六月，董卓死后不到两个月，长安城内又是一番翻天覆地。当初，王允与司隶校尉黄琬、尚书仆射士孙瑞等人密谋诛杀董卓，只是盘算着如何干掉老贼，却未悉心安排善后事宜。他们没想到董卓手下这几个将领会造反。其实也不是完全没想过这一茬，诛董卓之后王允也想要赦免其部曲，既而又打消此念。他想：以赦罪安抚此辈，先就按了"恶逆"之名，又以这名义特赦，岂不让人觉得拿他们没辙……王允不循权宜之计，坚称一岁之内不能有两次大赦（诛董卓后已大赦天下），

李催郭汜犯长安,《三国演义》清初大魁堂
本插图

决意解散董卓留下的西凉军队。他以为解散了就一了百了,殊不知
外界已风传要杀尽凉州兵,李催、郭汜、樊稠、张济这些人岂是俎
上鱼肉,闻讯就炸了锅了。李催原本屯守陕陌,一时间纠集数千人,
急吼吼杀向京师,一路收罗散兵游勇,比至长安已有十万余众。朝
廷没有多少兵马,吕布如何英勇也抵不过这班急了眼的虎狼之师。

吕布走了,率数百骑出武关,奔南阳而去。王司徒仍坚守阵地。

李催、郭汜占领长安第二天,杀了黄琬。五日后,杀王允,皆
灭其族。翻看《后汉书·王允传》,此公确是铁了心要陪天子赴难:

城陷,吕布奔走。布驻马青琐门外,招(王)允曰:"公可
以去乎?"允曰:"若蒙社稷之灵,上安国家,吾之愿也。如其

不获，则奉身以死之。朝廷幼少，恃我而已，临难苟免，吾不忍也。努力谢关东诸公，勤以国家为念。"

在《三国演义》中，王允赴死见于第九回（《除暴凶吕布助司徒　犯长安李傕听贾诩》）。小说家让王允从宣平门城楼上跳了下去，乃自《后汉书·董卓传》"王允奉天子保宣平城门楼上"一句演化而来（按，张璠《汉纪》谓"司徒王允挟天子上宣平城门避兵"），这情形是格外壮烈，其最后陈词可谓字字是血。但王允将朝廷、社稷担于一身（"朝廷幼少，恃我而已"），却是过于自我崇高化。此际献帝之得以存活，汉室之苟以存亡续绝，绝非倚恃他王允的热血忠诚，恰恰是因为当日诸镇纷争之乱局——从董卓到李傕诸辈，乃至后来的曹操，都还需要这样一个统辖性的王权象征。

一

王允一生很不容易。《后汉书》本传称，"允少好大节，有志于立功。常习诵经传，朝夕试驰射"。虽出身士族，很早就被人视为"王佐之才"，岂料入仕后竟屡遭牢狱杀身之祸。

他十九岁出为郡吏，反腐惩恶，不惮风险，一上手就灭了贪横放恣的小黄门赵津，为晋阳除去一县巨患。可赵家在宫内有人，不断递话谮诉，桓帝火头上来，拿太原太守刘瓆问罪，下狱处死。不曾想捅了娄子，王允在外边躲避了三年。可是，还仕后又惹麻烦，因继任太守王球任用流氓为吏，王允犯颜相争，王球震怒之下动了杀心。这节骨眼上，幸赖贵人出手相救，本传谓："（并州）刺史邓盛闻而驰传，辟为别驾从事。"捡了条命不说，从郡吏到州佐，又越上一个平台，真可谓因祸得福。别驾从事是辅佐州刺史的重要职务，王允由是而知名。

此后有一段混得不错，至灵帝光和七年（改中平元年，一八四）黄巾蜂起，王允已是豫州刺史。那阵子忙着讨伐黄巾，王允立了大功，与皇甫嵩、朱儁等受降数十万之众。他从缴获的书牍中发现中常侍张让暗中交结黄巾的证据，原本指望灵帝能借以惩处那些宦官，到头来竟是不了了之。本传谓："灵帝责怒（张）让，让叩头陈谢，竟不能罪之。"殊不知，这事情给他自己埋下祸根。第二年，张让找茬中伤王允，终而将之押进牢里。这前前后后关节很多，史家的记述十分简略，其中充满难以想象的变数——"会赦，还复刺史。旬日间，复以他罪被捕。"刚刚被赦而官复原职，一转眼又抓进去了。这里没说明白是怎么回事。

本传又记，杨赐往狱中送毒药让王允自杀，亦颇令人惊心。杨赐时为司徒，考虑到王允一向清高，不愿使之更受屈辱。王允却厉声拒之，曰："吾为人臣，获罪于君，当伏大辟以谢天下，岂有乳药求死乎！"史家笔墨极简，却偏于描述王允之刚直不阿，传中更有"投杯而起，出就槛车"云云。杨赐一看这情形，即与大将军何进、太尉袁隗一同上疏为王允求情。这三人地位很高（太尉、司徒在三公之列，大将军品秩比之三公），总算给他保住了性命。岁末大赦，可唯独王允不在赦免之列。三位大佬继续进言，第二年才将王允释放。

不过，杨赐的职位这里说得不对。据《灵帝纪》，其司徒一职早在光和四年（一八一）就罢免了，翌年为太尉，至中平二年又为司空。其时袁隗亦非太尉。这都不是大问题（反正皆位列三公），差池在于，杨赐担任司空一个月后就死了。从时间推算，王允的狱案最早始于中平二年，而《灵帝纪》谓"三年春二月"大赦天下（这与本传"是冬大赦"亦未合榫），此际杨赐早已不在人世，岂能再为王允殚思竭虑？史家的舛迕不去讨论，可以肯定的是，王允之事成了朝臣与宦官争斗的焦点。

汉末政局是几方面势力互相渗透与绞杀的纸牌屋，朝臣、诸镇、宦官与外戚，哪方面也不消停，狗血剧情接连不断。王允背后是大佬们的角力，他就是一枚倒霉的棋子。他拒绝服药自杀，似乎亦是不愿被作为局中之弃子。这背后不是没有故事，却早已湮灭于斑驳漶漫的历史文本。处于当日"宦者横暴，睚眦触死"的境况，王允出狱后格外小心，变易姓名，辗转河内、陈留各处。

三度死里逃生，两回髡钳而亡命，一生至此亦足够传奇。

二

中平六年（一八九）夏四月，灵帝死了。王允奔丧于京师，这才重返官场。三年之后戏码变了，斗争从官场转向宫闱。皇子辩即位，何太后临朝，何进、袁隗据辅政之位（实际上正是何进改变了汉末政局，参见本书《十常侍乱政》一文），王允亦随之入局。本传谓："时大将军何进欲诛宦官，召（王）允与谋事，请为从事中郎，转河南尹。献帝即位，拜太仆，再迁守尚书令。"这时其职位已在九卿之列。但据《后汉书》王允、何进诸传，在与宦官的对决中，王允似乎并无明显作为。何进诛杀宦官的障碍在于太后，继而权力轴心又从宫闱转向几股武装力量，王允虽身居台阁，终究还是局外人。

不过，王允绝非闲棋冷子。在汉末残局中，日后自有此公的杀招。

及何进被阉宦所害，董卓率兵入朝，迅速平定乱局。于是废少帝，立陈留王（是为献帝），又迫杀太后。百僚大会之后，董卓柄国专政且大行凶逆。但董卓显然注意到阉宦落败的教训，又试与士大夫和衷共济为执政方针。《后汉书》其传称："及其在事，虽行无道，而犹忍性矫情，擢用群士。"在任用士夫贤者之同时，又重新审理陈蕃、窦武及党锢旧案，起用像黄琬、何颙那些曾被打压的党人。在这个背景下，王允的官场地位非但稳固无虞，且又加官晋爵。《王允传》谓：献帝初平元年（一九〇），"（王允）代杨彪为司徒，守尚书令如故"。《献帝纪》亦谓：同年二月，"董卓以太仆王允为司徒"。王允晋阶三公之位，名义上也成了朝中大佬。

董卓如此笼络士大夫，自然是考虑其执政之合法性。此际关东各路豪强借镇压黄巾已迅速壮大，董卓不能视之不见，其挟持的中央政府如果没有士夫贤者装点门面，那就更不能为诸镇所接受。所以，董卓一边大施淫威，一边还要营造和谐宽松的政治气氛。世人往往只看见专制者之面目狰狞，其实他们从来都有身段灵活的一面。值得注意的是，颇为董卓看重的王允，这时候亦竟一反常态，同样以灵活的身段与董卓拉近关系。

几乎就在王允擢升同时，董卓作出迁都长安的决定，《三国志·董卓传》有谓"卓以山东豪杰并起，恐惧不宁"。此事大臣中反对者不少，如《后汉书·黄琬传》称："琬与司徒杨彪同谏不从。"董卓只能委之王允，而迁都当年其本人尚留镇洛阳。王允自是少不得劳心劳力，倒也不算白忙，这事情成了他进而取得董卓信任的契机。本传称："及董卓迁都关中，（王）允悉收敛兰台、石室图书秘纬要者以从。既至长安，皆分别条上。又集汉朝旧事所当施用者，一皆奏之。经籍具存，允有力焉。"史家这样的记述，不能不让人联想到刘邦攻取咸阳后萧何之作为。所以，在第二年董卓还都之前，"朝政大小，悉委之于（王）允"。

三

关于王允与董卓的关系，《后汉书》本传又如次概括："（王）允矫情屈意，每相承附，（董）卓亦推心，不生乖疑。"王允收敛了嫉恶如仇的一根筋性格，对他来说，这不啻就是一种变脸。其实，董卓那边未必毫无戒备。在用吕布刺董卓之前，王允上表，拟任杨瓒为左将军，士孙瑞为南阳太守——计划是让他们各率军队出武关，以讨伐袁术的名义，实质分路攻击尚在洛阳的董卓。但董卓偏是否决这二人的外任，似乎隐隐觉着这里边有什么不对。王允第一个计划就这样胎死腹中，好在董卓并没有直接怀疑到他头上。

初平二年二月（据《献帝纪》），董卓引还长安。据《后汉书》董卓、皇甫嵩诸传，董卓入城时搞了一个百官迎路拜揖的盛大仪式。史书上没有详细描述，但想必王允应该就是率百官出迎的主事者之一，想必应该有这样的一幕：火辣辣的阳光下，迎着扬起烟尘的车队，这年逾半百的老头露出诌媚的笑脸……史官隐去了这一切，却记下了另一桩有趣的事情。按董卓吩咐，朝廷表彰迁都工程有功人员，封王允为温侯，食邑五千户。这是很重的赏赐，王允硬是推辞。倒是士孙瑞提醒说：执守士大夫本分这没错，可也要看什么时候。现在姓董的都把自己搞成"太师"了，你却独自标榜高节，这可不是和光同尘之道啊！王允一听就明白了，自己多少也得同流合污才是，半推半就受了二千户的封赐。

王允的无间道需要格外的忍辱负重，因为他早已失去上线，只能听从自己内心的召唤。但他并不是一个人在战斗，同僚中不乏同仇敌忾的抵抗人士，而桓、灵二朝党锢之祸无疑强化了士人不畏强暴的精神传统。

《后汉书》关于王允等人密谋诛董卓的记述互文相出，亦互有舛驰。本传说到王允的圈子里有黄琬、郑太、士孙瑞、杨瓒等人；而《吕布传》只提及吕布和士孙瑞，《董卓传》则多了一个卫尉张温。但是，按《党锢列传》的说法，其核心人物则是董卓的相府长史何颙，有谓：

"及董卓秉政，逼（何）颙以为长史，托疾不就，乃与司空荀爽、司徒王允等共谋卓。会爽薨，颙以他事为卓所系，忧愤而卒。"可是再看《郑太传》，议郎郑太（公业）至少是一个召集人的角色，"公业家有余资，日引宾客，高会倡乐，所赡救者甚众。乃与何颙、荀攸共谋杀卓。事泄，颙等被执，公业脱身自武关走"。郑太与何颙显然是一伙，但何传有王允，郑传则无，二传分别提到的另一荀姓成员却并非一人。荀攸是荀爽的族孙，莫非祖孙一同参与其中？

但《三国志》明确说到荀攸卷入此事，《魏书·荀攸传》谓："董卓之乱，关东兵起，（董）卓徙都长安。（荀）攸与议郎郑泰（即郑太）、何颙，侍中种辑，越骑校尉伍琼等谋曰：'董卓无道，甚于桀纣，天下皆怨之。虽资强兵，实一匹夫耳。今直刺杀之，以谢百姓……'事垂就而觉，收颙、攸系狱。颙忧惧自杀。"按此说，郑、何等人应是另一个圈子，王允不在其中，否则"事垂就而觉"，别人不是跑路就是下狱，王允岂得无事？

何颙、郑太他们的精英会所"日引宾客，高会倡乐"，哪能不走漏风声。王允不大可能搅乎在那里边。他不尚空谈，做秘密工作就要比那些人更具含垢忍耻的功夫。

四

刺董卓之成功，关键是吕布倒戈。至于《三国演义》所述"王司徒巧使连环计"，完全是小说家演绎，貂蝉亦非真实存在的历史人物。王允用美女引诱和策反吕布，是这部推崇诡诈之术的小说第一个大计谋，读者无不耳熟能详，自不必复述。但这里要说的是，如此以美女加杠杆撬动政局，是有历史经验的阴谋传承，如越王勾践将西施献与吴王夫差就是显例。当然，小说家将之处理成貂蝉、吕布、

王允授计诛董卓，《三国演义》清初大魁堂本插图

董卓三角关系的连环计，亦将那种龌龊意味推向了极致。

原本的历史故事相对简单，在《三国志》《后汉书》中，吕布是因为与董卓发生过一点冲撞，又与其侍婢私通，唯恐被发觉而"心不自安"。收纳吕布，王司徒并未费多大周折，是他自己找上门的。历史的变局往往发生于不经意之间，缘于当事人某些卑琐动机。可是，当婢女置换成国色天香，一下子就拓展了想象的空间，人物之重新设计使得男女苟且之事注入了江山美人的隐喻。小说家如此编排，不仅丰富了叙述层次，亦将重心转移到王允一边。王允以周密设计给董卓下套，显然更有性格呈示的意思，亦更符合此公的使命。

如前所述，在吕布刺董卓之前，已有许多人在密谋除去董卓。另外，其间还有越骑校尉伍孚手刃董卓之事（那种贸然行动只是荆轲刺秦的简化版）。这些之所以都不成功，或是因为他们沉溺于高谈阔论而缺乏行动力，或是像伍孚那种自杀性出击根本就没有谋划。与董卓不共戴天的士大夫们不能收敛那种"匹夫抗愤，处士横议"的婞直之风，实际上也就使自己处于"老大哥"的监控之下。

董卓之所以对王允没有多留一个心眼，只是因为王允已将自己改造为一名合格的卧底。至于吕布，那本来就是董卓的人，当李肃的长戟刺入董卓袍内的铠甲，他竟大呼曰："吕布何在？"只是没想到吕布的矛尖接踵而至。没想到的是：权力之淫威也会导致窝里反。

以教科书上所说的历史规律而言，灭掉董卓的应该是关东诸强——孙坚有过不成功的讨伐，可是还有袁绍、袁术、曹操等新兴力量。然而，历史偏偏就是在没有想到的地方开了一扇门，于是这就有了令人匪夷所思的后续文章。

五

铲除了董卓，王允一度成为长安城里最有权力的人物。按《献帝纪》所说："司徒王允录尚书事，总朝政。"当然，吕布作为诛董卓的拍档亦位陟显赫。《三国志·吕布传》："（王）允以（吕）布为奋威将军，假节，仪比三司，进封温侯，共秉朝政。"有意思的是，这回吕布也封了个温侯，王允将当初董卓给自己的封邑又给了吕布。这里，关于董卓死后的执政者，二说各异。究竟是王允"总朝政"，还是王、吕二人"共秉朝政"，其实不难断识。

所谓"共秉朝政"自是一句虚辞，王允不可能让吕布跟自己平起平坐。《后汉书》本传说，王允素来轻视吕布，所谓"以剑客遇之"。对于吕布这种赳赳武夫，可以论功行赏，但绝不能由之干预朝政。譬如，吕布要求将抄没董卓的家财分赐公卿、将校，王允说什么也不同意，弄得吕布很没面子。本传中有一段话可予注意，将王允的性格概括得很到位。是谓：

> （王）允性刚棱嫉恶，初惧董卓豺狼，故折节图之。卓既歼灭，自谓无复患难，及在际会，每乏温润之色，杖正持重，不循权宜之计，是以群下不甚附之。

从卧底变成了老大，王司徒重新做回自己——事实上又走向另一个极端。也许是压抑得太久，现在作为执政者，他开始放任自己刚愎自用的本性。他以为凭着自己对汉室的绝对忠诚，完全可以号令天下（献帝只是十一二岁的孩子，尚不能视事），所谓握生死予夺而势倾海内。他不肯赦免董卓的部将就是致命的失误。本来，李傕那些人并没有想到要造反，其初还派人到长安乞求朝廷开恩。王允拒绝赦免，这就逼得人家只能以死决之。

王允不肯网开一面，似乎源于某种深究罪愆的嗜好。不必说李傕、郭汜等人，就连当朝大儒蔡邕也被他视为董卓一党。只因为董卓被诛，蔡邕言语中不意流露几分悲悯，亦"有动于色"，王允当即勃然叱之，认为蔡邕"怀其私遇，以忘大节"。于是，便以通逆罪名收付廷尉治罪。此事见于《后汉书·蔡邕传》。其实，蔡邕根本就不可能是董卓同党。董卓固然看重蔡邕才学，亦想为己所用，而蔡邕却不喜欢此人，还曾想避之而远去。蔡邕在士大夫中名声甚广，王允不会不知道蔡与董的实际关系，但他还是将之视为敌对分子。

蔡邕下狱后，太尉马日磾跑来说情，直言此案"所坐无名"，况且蔡邕有志作后汉史，亦请王允能考虑到这一点。王允回绝的一番话，如今读来也令人心惊——"昔武帝不杀司马迁，使作谤书，流于后世。方今国祚中衰，神器不固，不可令佞臣执笔在幼主左右。既无益圣德，复使吾党蒙其讪议。"也是哪壶不开提哪壶，王允在意的正是历史书

蔡邕像，明王圻《三才图会》

写的话语权，那就更不能放过蔡邕。结果蔡邕瘐死狱中。消息传出，当日缙绅诸儒莫不流涕，另一位大儒郑玄则闻而叹曰："汉世之事，谁与正之！"

王夫之评价王允说过这样一段话："至于（董）卓既伏诛，王允有专功之心，而不与关东共功名，可收以为用者勿能用，可制之不为贼者弗能制，而关东之心解矣。允以无辅而亡，李傕、郭汜以无惮而讧，允死，而天下之心遂为之裂尽。"（《读通鉴论》卷九）这只是就策略而言，并没有真正说到紧要之处。

王允执政时间不足两月，史家没有留下更多记录。但从李傕、蔡邕诸事来看，清理队伍、整肃思想的大清洗已经开始，没有董卓的长安城内直是另一番恐怖气氛。

二〇一七年七月二十五日记

白门楼记

　　《三国演义》第十九回（《下邳城曹操鏖兵　白门楼吕布殒命》）写吕布覆灭。曹操堑围下邳，用郭嘉、荀彧之计决水淹之。破城之日，吕布在白门楼上疲于应敌，疏怠中被宋宪、魏续用绳索绑了献于曹操。京剧《白门楼》说的就是这段故事，吕布被缚后有一段苍凉跌宕的唱词：

　　　　[西皮导板]

　　　　今日里在阵前打败一仗，

　　　　[慢板]

　　　　似猛虎离山岗洒落平阳。

　　　　想当初众诸侯齐会一堂，

　　　　约定了虎牢关大摆战场。

　　　　一杆戟一骑马阵头之上，

　　　　战败了众诸侯桃园的刘关张。

　　　　今日里失小沛身入罗网，

　　　　怕的是进帐去一命身亡。

[二六]

俺好比夏后羿月窟遭殃，

俺好比楚重瞳自刎在乌江。

俺好比绝龙岭闻仲命丧，

俺好比好比三齐王命丧在未央。

莫奈何进宝帐将贼哄诓，

[摇板]

屈膝跪低下头假意归降。

最后两句亦有版本另作——

[西皮快板]

没奈何进帐去哀求丞相，

屈膝跪低下头吕布归降。

不论是归降还是诈降，整个唱段充满悲怆难抑的意味（从前名家叶盛兰的演唱更显得百感凄恻）。生死之际，吕布想起当初虎牢关大战刘关张那辉煌一幕，想到了后羿被害、项羽自刎，更自况闻仲与韩信……，可谓抚今追昔、感触万端，而一连四个"俺好比"，活脱脱勾画出一幅英雄末路的图景。

京剧的唱词多半是一种内心独白（起到言语交流或场景描述作用的尚在少数），而相反中国小说却很少有这种表述形式。《三国演义》里原本没有这番言辞，吕布的这一唱段自然是戏文敷陈，旨在凸显一种令人扼腕的悲剧感。接下来，还有吕布最后一段戏，这回的唱词是对刘备的诘问，其押尾回应张辽的一句西皮摇板尤为悲愤，更显一股牛 × 劲儿：

某死后汉室中英雄还有谁？

倘若诉诸文艺学之"英雄"概念，吕布这番自诩未免有些可笑，但是在当日豪强纷争的语境中，英雄、枭雄乃至奸雄并无多少区别。刘备有枭雄之称，曹操更负奸雄骂名，并不妨碍二人煮酒论英雄。曹操放言"今天下英雄，唯使君与操耳"，所论要则在谁能问鼎中原。吕布向无雄图大略，自遭李傕、郭汜之乱，出关后几乎成了流寇。其投奔张邈时，陈宫鼓吹张、吕联手拿下曹操的兖州，有谓"今天下分崩，英雄并起"，自是割据一方的意思。可见《三国演义》之"英雄"语义分歧，亦无人格准则与道德底线。

一

吕布不比项羽，更不是阿喀琉斯那样的英雄。

其实，吕布形象并无明晰的定位。概言之，这是一个让人钦佩又招人鄙夷的角色，或者说在中国人心目中他既是英雄又是小人。"人中吕布，马中赤兔"，乃是一说；"三姓家奴，翻覆无常"，又是一说。此中分际不同于西方人所谓"有一千个观众就有一千个哈姆雷特"，这既非接受之"误读"，亦非源自人物性格本身的复杂难解。《三国演义》中的复杂形象是曹操和刘备，吕布是相对简单得多的人物。不过，吕布这种黑白镶嵌的面目，又往往简化为黑是黑、白是白的极端形态——这恰是中国的"看官""看客"们一向所喜闻乐见。

一个有趣的现象是，传统戏曲中的吕布形象分明更倾向于正面化表达。比如，按京剧行当吕布是生角中的翎子生（雉尾生），在那种类型化的角色分配中俨然归于正派人物。舞台上，吕布英姿勃勃的扮相总是非常讨人喜欢。

显而易见，"吕布戏貂蝉"演绎的是英雄美人的生命炫丽，是力与美的天作之合（按，再想王司徒重扶汉室的苦心孤诣就显得龌龊了）。大战濮阳的吕布将曹操杀得抱头鼠窜，显得神勇、豪迈，光彩耀人（按，京剧《战濮阳》通常只演吕布破曹一节，不提后续之败局）。而"辕门射戟"又是吕布独擅胜场，如此优容倜傥、仁义备至，大有定夺乾坤之慨；毛宗岗第十六回《吕奉先射戟辕门 曹孟德败师淯水》总评曰："吕布恐袁术取小沛，则徐州危，其劝和也为己，非为备也。"小说明言吕布私心，京剧《辕门射戟》却尽现吕布仁义。最后白门楼虽说是栽了，倒恰好以悲情入戏，那是虎落平阳，恰如一曲英雄咏叹。但看京剧《白门楼》，那吕布求降并不乞怜，小说里乞求松绑等细节在戏中亦尽被撤除。

二

吕布的故事见诸《三国演义》第三回至十九回，这十七个章回中唯有第七回、第十回未见吕布出场，在"前三国"叙事中，吕布不但起穿针引线作用，也是各方纵横捭阖之枢纽。如果没有吕布刺董卓的窝里反，轮不到曹操来挟天子令诸侯；如果不是他与袁术、刘备之间关系的翻翻覆覆，曹操也不可能坐收渔利，借机统一山东，毛宗岗第十七回《袁公路大起七军 曹孟德会合三将》总评曰："借天子以令诸侯，又借诸侯以攻诸侯。"然而，尽管吕布的存在是影响诸镇力量消长的重要砝码，可他本人并没有更大的野心——在诸镇纷争的乱局中，他只想占得自己的一席之地。

可予注意者，吕布并不介意别人图谋天下。他以为袁术早晚要做皇帝，起先对于袁术为子求亲一事响应积极。一看自家女儿有后妃之望，夫人严氏先给他拿了主意，"纵不为皇后，吾徐州亦无忧矣"。这说明吕布的自我定位恰是甘为人臣。其实，吕布一直在袁术和曹操之间摇摆不定——挟天子的曹操俨然已是中央政府，而兵多粮广的袁术可能是未来的天子。联姻的事情结果被陈珪插了撬杠，吕布转而去巴结曹操，还让陈珪的儿子陈登把袁氏派来送聘礼的韩胤押解许都，由曹操去发落。陈登许都之行归来，有一细节颇有意思。吕布本来指望曹操正式授予实职（他已自封徐州牧，却未得中央政府认可），此际获悉陈氏父子皆获爵禄，自己的期望却全然落空，恼怒之下要斩了陈登。陈登却自有一套说法让吕布消了气，所言曹操有谓"吾待温侯如养鹰耳"，未尽吕布所愿是因为"饥则为用，饱则飏去"，是要用吕布这只"饥鹰"去对付袁术、孙策、袁绍、刘表那些"狐兔"。吕布一听自己能被曹操豢养，能为曹操所用，竟乐得屁颠颠的——"曹公知我也！"

如此看来，即便按《三国演义》的修辞策略，吕布也很难被认为是一个"英雄"。

从杀丁原到刺董卓，从出关投袁术、投袁绍到辗转张扬、张邈麾下，吕布一直在寻求可以依傍的主人。早在李肃替董卓来策反之时，他就感叹"恨不逢其主耳"——这真是他一生的遗憾。在汉末豪强争霸的乱世中，吕布自己算不上一方诸侯（这一点后边再讨论），只能去找靠山，抱人家粗腿。古人有曰"良禽择木而栖"，对于吕布的"翻覆无常"，其实倒也不妨如此解读。问题是，吕布这只"饥鹰"能算是"良禽"吗？

三

如果说吕布总让人觉得不失英雄范儿，那是因为武艺高强，人又长得英俊。《三国演义》里吕布第一次出场是在董卓聚议废立的宴会上，丁原直指董卓"篡逆"，此时从李儒眼里看出，"见丁原背后一人，生得器宇轩昂，威风凛凛"。（按，"嘉靖本"曰："见丁原背后一人，身长一丈，腰大十围。弓马娴熟，眉清目秀。"）丁原敢冲撞董卓，是身后有吕布护驾。当宴会散去，吕布又出现在董卓眼里，"忽见一人跃马持戟，于园门外往来驰骤"，未闻其名，已见英姿威武之态。"器宇轩昂，威风凛凛"云云，这样的描述正是戏曲中吕布造型的根据。当然，舞台上那个扮相英武的翎子生远比文字刻画更具感染力。

作为真实的历史人物，吕布的容貌与身材未见正史记载，《三国志》和《后汉书》都没有任何描述，应该不会格外出众。按说，《三国志》状写人物颇有魏晋士人"品藻"之趣，喜欢谈涉姿貌、容止之类，如传述袁绍即谓"绍有姿貌威容"，说到袁绍儿子袁尚亦有"貌美"之语。另如，刘表"长八尺余，姿貌甚伟"；臧洪"体貌魁梧，有异于人"；公孙瓒"有姿仪，大音声"；管宁"长八尺，美须眉"；崔琰"声姿高畅，眉目疏朗，须长四尺，甚有威重"等（略检《魏书》各传）。当然小说不妨无中生有，凭空结撰。小说与戏文里的吕布被塑造成帅哥型男，显然关系英雄美人之设，若非一副好模样不能与貂蝉相匹配。而美女貂蝉亦非正史上的人物，此人是为王允的连环计而虚构的角色。《魏志·吕布传》只是说"布与卓侍婢私通"，担心被董卓察觉，便主动与王允、士孙瑞密谋诛卓。正史上那位不具名的侍婢，到了《三国演义》里成了有倾城倾国之貌的貂蝉——更重要的是，男女苟且之事变成了匡扶汉室的宏大叙事，一种行动介质变成了一个扭转乾坤的行动者，变成了"江山美人"的等值符号。当然，"红颜祸水"的意义也随之极度放大。

自然，史书上不能不提到吕布的"虓虎之勇"。《魏志·吕布传》曰："吕布字奉先，五原郡九原人也。以骁武给并州。"其特意拈出"骁武"二字。《后汉书》本传更作"以弓马骁武给并州"。又，王粲《英雄记》曰："（吕布）为人粗略，有武勇，善骑射。为南县吏，受使不辞难，有警急，追寇虏，辄在其前。"另外，《魏志》本传还有"布便弓马，膂力过人，

年画《凤仪亭》，天津杨柳青

号为飞将"之语。不过，陈寿、范晔的史笔传述并未说明吕布有盖世之勇，也未提供与他人对阵厮杀的具体情形。其实，按史书描述的情形也许是关羽、张飞更显神勇。《蜀志》关张马黄赵传云"关羽、张飞皆称万人之敌"；赵翼《廿二史札记》撮述各史传记者称："汉以后，称勇者必推关（羽）张（飞）。"（见"关张之勇"条）

在一般读者心目中，吕布自然天下第一。因为《三国演义》有阵前交手记录，这是可资比较的依据。关于三国武将高下座次，民间通常的排行是"一吕二马三典韦，四关五赵六张飞"（按，马超和赵云位置或有对调之说），但吕布以下都有争议。吕布这个第一，乃由虎牢关一战成名，三英战吕布，自然也是吕布战三英。而更有甚者，濮阳城外一对六，吕布被典韦、许褚、夏侯惇、夏侯渊、李典、乐进六员大将团团围攻，也竟毫发无损全身而退。除此，尚有为数不多的几次与高手单挑，如面对夏侯惇、纪灵之辈，吕布都占尽优势。

虎牢关三英战吕布，《三国演义》清初大魁堂本插图

可见，从历史文本到文学文本，从小说叙事到戏曲表演，吕布的形象一再升级。

人中有吕布，马中有赤兔，加上绝色貂蝉，一套英雄话语这就齐了。这是一种审美元素叠加的脸谱化造型，对后世的文艺创作影响很大。

四

董卓死后，当初讨伐董卓的各路武装开始互相厮杀，吕布不由自主地搅在其中。可是，除了衰老病死的陶谦——临终前将徐州让给了刘备，吕布是最早出局的。徐州后来虽为吕布所得，可是夺占大郡无助于让吕布跻身豪强之列。当日在大佬们眼里，吕布与刘备都是不听话的小弟。所以，曹操施计"二虎竞食"，欲使刘备与吕布火拼；所以，袁术以联姻为诱饵，想让吕布灭掉刘备。曹—袁是豪强之间的博弈，而吕—刘更像是街头马仔争夺地盘，跟人家不在一个层次上。江海横流，各显本色，刘备韬光养晦暂且依附曹操，吕布却成了匆匆而去的"过客"。

吕布的不成气候，有多方面原因，亦与出身有关。《三国志》和《后汉书》本传都未交代吕布的出身，但《英雄记》言其"本出自寒家"，可以推断他绝非出身于豪门。东汉政治是门阀士族的游戏，撰史者必然看重这一点，如果吕布是官 N 代、士族豪强 N 代，正史上不会漏过这一笔。《三国演义》美化了吕布的仪容风姿，拔高了他的武功身手，偏未给他编造一份体面的身世与履历。

光有一身好武艺不行，吕布缺的是门阀势力。他是由乡勇到佐史，再到郡州帐下，这样从基层一路上来的。他在丁原、董卓那儿不管怎么得势，也只是一个高级扈从。后来傍上了司徒王允，那人却是不顶用的空心大佬。东汉末年，有头有脸的各镇诸侯皆为上族豪强。袁绍、袁术"四世三公，门多故吏"，自不必说；曹操号称汉初相国曹参后裔，是中常侍曹腾养子，生父曹嵩官至太尉，朝野人脉极广；刘表是汉室宗亲，早已盘踞荆楚；孙坚号称孙武之后，虽县佐出身，讨董卓时已是长沙太守……总之，当日讨伐董卓的各镇诸侯都不乏拼爹拼祖宗的老本，所以才各有各的地盘。那时候能够出来混的，大概只有刘备和吕布没有士族豪强背景。刘备早年贩屦织席，家底不厚，虽说剿黄巾时节就拉起了队伍，却一直挂靠别人麾下。不过，刘备毕竟是中山靖王之后，这份王室血统是他日后定鼎蜀汉的政治资源。说来，真正白手起家的只是吕布一人。吕布为什么非要抢占刘备的徐州，无非是要弄一块像样的地盘，有郡州之名方可成一路诸侯，这好比如今所谓借壳上市的意思。

吕布的覆灭由徐州陷落而起，但徐州之陷一半陷于陈珪父子的无间道。陈登往许都诣曹操，拜广陵太守，"登辞回，操执登手曰：'东方之事，便以相付。'"此节《三国演义》与《三国志》《后汉书》所述皆同。陈家父子在徐州是体面人士，刘备还尤其赏识那个陈登。（毛宗岗誉之"英爽高明之人"）可是，像这样的人物偏是瞧不起吕布这般草根出身的主儿，所以宁愿给曹操做卧底，也不肯替吕布出力。比如，对刘备就另眼相待。陶谦二让徐州时，陈登亟劝刘备"明公勿辞"。说来真是凄惨透顶，关键时刻能与吕布结援为助的也只有臧霸、孙观那些"泰山寇"。

五

吕布注定成不了大事。此人是独狼、是搅局者，终于也是失败者。

王夫之有曰："吕布不死，天下无可定乱之机……天下未宁而吕布先殪，其自取之必然也。吕布殪，而天下之乱始有乍息之时。"（《读通鉴论》卷九）就历史而言，这种说法显然夸大了吕布的作用。但看《三国演义》，吕布确是各方的绊脚石。曹操、袁术要用他灭刘备，他偏跟刘备搞在一起；濮阳、定陶败后，刘备收容了他，他却趁人家出征南阳之际夺了徐州。他跟袁术暗通款曲，又想去曹操那儿讨好，到头来，他把所有的人都得罪了。

按说，辕门射戟是吕布一生做得最漂亮的一件事，他却也未必真漂亮。表面上看，他的劝和颇似黑道大佬主持公道，救了刘备，又防了袁术坐大，两边摆平，里外都顾到，行事很有老大范儿。其实不然，这一来首先得罪了袁术，纪灵回去禀告此事，袁术气得七窍生烟："吕布受吾许多粮米，反以此儿戏之事，偏护刘备！"再者，

年画《辕门射戟》，陕西凤翔

刘备一边并不领情。此事过后，刘备即在小沛招兵买马，而张飞还夺了宋宪、魏续的百十匹好马。事关生死存亡，刘备岂能指望朝三暮四的吕布！吕布赶来问罪，张飞一言道破："我夺你马你便恼，你夺我哥哥的徐州，便不说了！"人家并没有忘记他背后捅刀子的事儿。双方一闹掰，刘备便往许都投曹操去了。从这一步开始，离白门楼的结穴就不远了。

吕布是一个没主见的人，唯独射戟劝和是他自己的决断，他与陈宫计议要救刘备一节，"嘉靖本"中陈宫表示反对，曰："刘备今虽受困，久后必纵横，乃将军之患，请休救之。""毛本"中陈宫未置可否。毛宗岗夹评："吕布从来没主张，独此番大有定见。"何以非要来此一举？其是否射中画戟小枝乃谓"从天所决"，这实在是假天意行大佬之威权。平日里要听曹操、袁术的吆三喝四，好不容易遇上这么一桩能由自己来主持局面的事儿，他当然不会轻易放过。吕布虽说并无觊觎天下之心，可也很想越过小弟层面爬上老大的位置。

"辕门站立三千将，统领貔貅百万郎。"你看帷幕拉开，吕布引中军和四军士上场，起霸、亮相，煞是威风。看京剧《辕门射戟》，真让人以为吕布是能够把弄乾坤的大人物，把人捏在手心里的那种感觉实在是好。不必说辕门中军叱喝双方下书人的神气劲儿，不必说吕布坐帐调停的淡然自适，单看其中一段唱词（叶盛兰演出本），便知此人完全进入了一种谵妄状态。

〔西皮小导板〕
忆昔当年战疆场，
〔西皮快板〕
众诸侯见某心胆慌。
丁原不仁被俺斩，
戟刺当胸董卓亡。
虎牢关，打一仗，
杀败桃园翼德张。
一人能敌千员将，
〔西皮散板〕
谁不闻名心胆慌。

用现在的话来说，还真拿自己当盘菜了。

六

从辕门射戟到白门楼被缚，形势可谓急转直下，吕布的世界几乎一夜崩塌。由于刘备跑到曹操那边去了，他自己便成了曹操的活靶。与刘备相比，吕布显得毫无城府，几乎不懂得弱者的生存之道。也许，从某种意义上说，这是一个可予同情的人物。同情也由于机会不均等——他没有曹操、二袁的门阀势力，不比刘备那样的天潢贵胄，也缺乏孙策的地缘之利，而他流窜于沂、沭、汴、泗之间，又恰为四战之地……当然最要命的是，他未得成大事者的厚黑之道。所以，他的郡州大梦注定要成泡影。权利之被褫夺不需要别的理由。

吕布有弑逆的恶谥，倏此倏彼且屡施杀手，这一点使他不可能被宽宥。王夫之说过，"布之恶无他，无恒而已……与无恒者处，有家而家毁，有身而身危，乃至父子、兄弟、夫妇之不能相保"（《读通鉴论》卷九）。不可恕是因为他破坏了以家族亲缘为中心的伦理规范。尽管曹操杀吕伯奢的恶行比吕布有过之而无不及，却与弑逆不同，因而在对曹操做正面评价时也就成了可以忽略的污点。至于吕布，王夫之的看法是很有代表性的，通常历史学者不会对他作正面评价。然而，有一个问题还是值得思考：一个弑逆之徒，一个四处奔窜的流寇，为什么在《三国演义》中会成为一个让人爱恨交加的角色？为什么又在戏文里演绎出不少光彩夺目的英雄叙事？

白门楼一幕在小说里颇有喜剧意味，到京剧里变成了一出虎落平阳的悲剧。京剧《白门楼》虽有真投降与假投降两种版本，却都淡化或是回避了所谓"节义"问题，是以凸显英雄末路之悲凉。其实，在汉末豪强纷争的语境中，吕布的降与不降无关乎大节，归降一事之于他，几似如今职场跳槽。《三国演义》本身是一部混合着机会主义与忠勇节义思想的叙史作品，而生存之道与人伦之道恰是其中两个悖离的主题，彼此形成有趣的反讽。倘以投降作为苛责的理由，那么像刘备未立蜀汉之前，归顺过曹操，投靠过袁绍，依附过刘表，又有何节操与义行可言？按正史上的说法，自曹操围城之日，吕布就想投降，负隅抵抗是碍于陈宫等部下阻扰，如《魏书》本传曰："布欲降，陈宫等自以负罪深，沮其计。"围城三月之后，已是上下离心，吕布见大势已去只得认栽。如曰："布与其麾下登白门楼。兵围急，乃下降。"这时陈宫已被部将绑了。《三国演义》变主动为被

白门楼曹操斩吕布，《三国演义》清初大魁堂本插图

动，用被缚替代"下降"，是取"缚虎"之隐喻，虎落平阳，困兽犹斗，多少透着一种悲剧情调。按，《魏志·武帝纪》曰："布将宋宪、魏续等执陈宫，举城降，生禽（擒）布、宫，皆杀之。"这与《吕布传》所述相异。《三国演义》生缚吕布的描述大抵源自此节。

关于吕布之"下降"，《后汉书》本传倒另有一说："布与麾下登白门楼。兵围之急，令左右取其首诣操，左右不忍，乃下降。"可见破城之日，吕布做何抉择让人大有想象的余地。"令左右取其首诣操"一语，竟是英雄气十足。有此雄气壮节，或是另一个吕布。

二〇一二年六月九日记

官渡疑云

　　《三国演义》写官渡战役，从关羽解曹操白马之围说起，事在第二十五回后半截"救白马曹操解重围"。袁绍遣大将颜良从黎阳渡河，在南岸白马与增援刘延的曹军相遇。颜良连斩宋宪、魏续二将，又杀退武艺不俗的徐晃，直使曹营诸将栗然。这时程昱给支招儿，让关羽出战。书中写道："曹操指山下颜良排的阵势，旗帜鲜明，枪刀森布，严整有威，乃谓关公曰：'河北人马如此雄壮！'关公曰：'以吾观之，如土鸡瓦犬耳。'"关羽纵马下山，直冲彼阵，"河北军如波开浪列"，猝不及防的颜良竟被一刀劈翻。于万军之中直取上将首级，表现关羽之威武神勇，小说家之艺术夸张直如神来之笔。

　　不过，《三国志》曹操、袁绍纪传述及此节，只说颜良被斩，未说死于谁手。《武帝纪》谓："使张辽、关羽前登，击破，斩良。"关羽自下邳城外被擒，已为曹操效力。这里"前登"是打头阵的意思，张辽列于关羽之前，莫非是他操刀斩良？《袁绍传》此节相当简略："太祖救（刘）延，与良战，破斩良。"《后汉书·袁绍传》亦谓："曹操遂救刘延，击颜良斩之。"但看《蜀志·关羽传》，明确说是关羽之功：

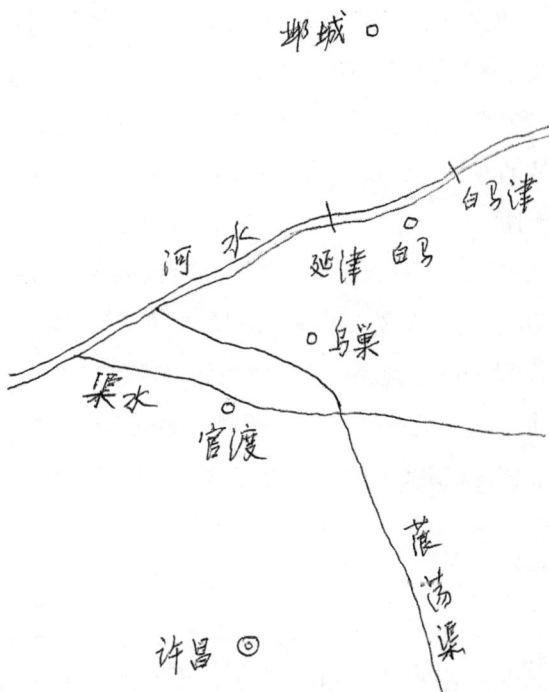

邺城 。

河水

延津 白马

白马津

乌巢

渠水

官渡

蒗荡渠

许昌 ◎

官渡之战辗转白马—延津—乌巢—官渡—线

绍遣大将颜良攻东郡太守刘延于白马，曹公使张辽及关羽
为先锋击之。羽望见良麾盖，策马刺良于万军之中，斩其首还，
绍诸将莫能挡者，遂解白马围。

还真是关羽，这不是小说家杜撰。斩颜良这事儿，搁在其他纪
传中可作缺省之笔，《关羽传》却不能轻易放过。只是请关羽出战并
非程昱建言，其时程昱正带兵守鄄城（见《魏志》本传）。白马之战
是整个官渡战役的序幕，随后袁曹两军在延津、官渡、乌巢、仓亭
几处相持与厮杀，自建安五年（二〇〇）二月开战，至七年五月袁
绍兵败病死为止，历时两年之久。关于这次战役的历史记载，主要

见于《三国志·魏志》的《武帝纪》《袁绍传》及裴松之注，还有《后汉书》的《袁绍传》及李贤注。另外，曹操帐下荀彧、荀攸、贾诩、钟繇、程昱、郭嘉、董昭、崔琰、王粲、赵俨诸传，对此均有涉及。跟从曹操征战的曹仁、张辽、乐进、于禁、张郃、李典、许褚诸将，传中亦各有记述。

陈寿撰《三国志》以曹魏为正统，将曹操视为"明主"，其叙史倾向性相当明显。反之，《三国演义》"尊刘抑曹"，则是一种反向立场。这样拧了个劲儿，小说家讲史与史家叙事难免有许多抵牾。而且，史家记述的事况未必处处合榫，即便同一部《三国志》亦不免互相乖迕。如果细核官渡之战的各种叙事文本，不能不发现诸多疑点。

一

首先，战事缘何而起？《武帝纪》语焉不详。据《武帝纪》《袁绍传》，是袁绍率先渡河进犯，好像就是抢地盘，亦如当初吕布四处侵扰。但据《蜀志·先主传》，袁绍讨曹跟刘备有关，似乎亦有"匡扶汉室"的意思。先是，刘备离开曹操后，杀徐州刺史车胄，占据下邳、小沛，乃"遣孙乾与袁绍连和"。《孙乾传》亦谓："先主之背曹公，遣乾自结袁绍。"《袁绍传》不经意透露："备杀刺史车胄，引军屯沛。绍遣骑佐之。"可见刘备与袁绍着实已是盟军关系。此后刘备被曹操击溃，转道青州投奔袁绍。《先主传》又谓：当镇守青州的袁谭护送刘备到平原，"绍遣将道路奉迎，身去邺二百里，与先主相见"。其时袁绍已兼并冀、幽、并、青四州，诸镇中堪称老大，竟亲自远赴二百里外迎奉惶然流窜的刘备，实非同寻常。何以如此抬举刘备？不妨作想，袁、刘结为同盟是否另有背景，比如献帝衣带诏？《先主传》说到刘备在许昌时与董承、王子服等受密诏同谋诛曹大事，而《武帝纪》写曹操东征刘备之前，突然插入一句："五年春正月，董承等谋泄，皆伏诛。"此句看似前后不接，却透露出这正是曹操要追杀刘备之真正原因。而刘备出离许昌，难道不就是传送诛曹密诏的天子使者？

更多的情节不见于史书。古人以纪传体撰史，比较接近隐去叙述主体的小说笔法，除了卷末"评曰""赞曰"一类评语，通常不以叙述人口吻说事，以标榜叙史之客观。其倾向性主要表现在写什么和不写什么。《三国志》对衣带诏一事不能不提，却是相当简略而含糊。《武帝纪》干脆不予明说，只是"董承等谋泄"一语带过。就叙事语境而言，此事若是秉笔直书，不啻申明天子诛曹密诏之合法性。

但另一位史家范晔并不如此维护曹操，《后汉书·献帝纪》分明记述："五年春正月，车骑将军董承、偏将军王服、越骑校尉种辑受密诏诛曹操。"同书《袁绍传》尽管大书传主悖惑无能，却道其讨曹师出有名，全文刊录袁绍宣示天下的檄文。其中列数曹操种种恶行，有谓"历观古今书籍所载，贪残虐烈无道之臣，于操为甚"。这份檄文据说出于大才子陈琳手笔，可谓义正词严，气势不凡。《三国志》诸传对此只字未引。从衣带诏到讨曹檄文，皆以表明这是一场讨逆之战，而不是诸镇之间打乱仗。

讨曹檄文在《三国演义》中见于第二十二回（《袁曹各起马步三军　关张共擒王刘二将》），刘备派孙乾与袁绍"连和"之后，袁绍即起兵讨曹，但当时双方在黎阳相持未战。至第三十回（《战官渡本初败绩　劫乌巢孟德烧粮》），曹、袁对阵官渡，彼此在阵前詈斥，袁绍便祭起衣带诏这法器：

> 曹操以鞭指袁绍曰："吾于天子之前，保奏你为大将军，今何故谋反？"绍怒曰："汝托名汉相，实为汉贼，恶罪弥天，甚

于莽、卓，乃反诬人造反耶！"操曰："吾今奉诏讨汝！"绍曰："吾奉衣带诏讨贼！"

"吾奉衣带诏讨贼！"毛宗岗批曰："只此七字，抵得一篇陈琳檄文。"这是将衣带诏与讨曹檄文联系到一起，小说家替袁绍强调出兵的合法性，倒更像是替史家申明大义。

然而，陈寿眼里的乱臣贼子却是袁绍。但看《魏志》的《武帝纪》《袁绍传》，完全回避了官渡之战的起因与是非，而在王粲、桓阶诸传中，却从传主口中道出曹操抵拒袁绍的正义性。如《王粲传》谓：

（曹操取荆州后）太祖置酒汉滨，粲奉觞贺曰："方今袁绍起河北，仗大众，志兼天下，然好贤而不能用，故奇士去之……明公定冀州之日，下车即缮其甲卒，收其豪杰而用之，以横行天下；及平江汉，引其贤俊而置之列位，使海内回心，望风而愿治，文武并用，英雄毕力，此三王之举也。"

又如《桓阶传》，则谓曹操之举乃"仗义而起"：

太祖与袁绍相拒于官渡，（刘）表举州以应绍。阶说其太守张羡曰："夫举事而不本于义，未有不败者也。故齐桓率诸侯以尊周，晋文逐叔带以纳王。今袁氏反此，而刘牧应之，取祸之道也。明府必欲立功明义，全福远祸，不宜与之同也。"羡曰："然则何向而可？"阶曰："曹公虽弱，仗义而起，救朝廷之危，奉王命而讨有罪，孰敢不服？"

以王霸之道称颂曹操，乃强调一种历史合法性（太史公以后的史家大多认同这种既成事实的政治正确）。如此借传主之口说事，也是纪传体史著常规套路。如同小说人物作为叙述者，其言语即是"存在"，这就是元故事叙事。

二

刘备是否投身官渡之战，或者以怎样的方式介入，也是一个问题。但关羽先替曹操拔了头筹，这不啻是一个暗示：搭台唱戏的是刘备，砸台子的也是刘备这哥儿俩。颜良被斩后，《魏志·袁绍传》记云："绍渡河，壁延津南，使刘备、文丑挑战。"《武帝纪》所述略同，文丑就死于是役（非如小说所云被关羽斩杀）。但《蜀志·先主传》《后汉书·袁绍传》都未提到刘备参加延津南岸的战事。《魏志·荀攸传》有一段记述值得注意：

> 太祖拔白马还，遣辎重循河而西。袁绍渡河追，卒与太祖遇。诸将皆恐，说太祖还保营，攸曰："此所以擒敌，奈何去之！"太祖目攸而笑。遂以辎重饵贼，贼竞奔之，陈乱。乃纵步骑击，大破之，斩其骑将文丑。

从白马"循河而西"正是延津。这里亦未见刘备出战，是袁绍亲率大军渡河而来。延津之战在小说中出现于第二十六回（《袁本初败兵折将　关云长挂印封金》），采用《武帝纪》与《袁绍传》说法，让文丑、刘备前后杀到。只是小说里又将关羽差遣一回。但刘备远远看见"汉寿亭侯关云长"大旗，来不及招呼已被曹兵冲散。整个官渡战役期间，小说叙事焦点置于刘备、关羽兄弟暌隔之念，中间插入关羽辞别曹操，封金挂印、过五关斩六将诸事。刘备一边则虚写，关羽先后斩颜良、文丑，袁绍两番拿刘备问罪，大有寄人篱下之况味。盖因《三国志》于此语焉不详，小说家自有虚构余地。但是，前后皆以刘备、关羽相呼应，这条若隐若现的主线使得战争叙事显得有

云长延津诛文丑，《三国演义》清初大魁堂本插图

些支离破碎。

关于刘备在官渡战役中的活动，《先主传》透露一个重要事况：

> 曹公与袁绍相拒于官渡，汝南黄巾刘辟等叛曹公应绍。绍遣先主将兵与辟等略许下。关羽亡归先主。

按，《武帝纪》亦谓："汝南降贼刘辟等叛应绍，略许下。绍使刘备助辟。公使曹仁击破之。备走，遂破辟屯。"刘备带兵去汝南，是深入敌后的战略运动，这事情显然比延津出战重要。汝南在许昌以南，靠近荆州，此番远征路途之远甚于小说中关羽千里走单骑。《先主传》和《关羽传》都提到关羽此时已回归刘备（《关羽传》有谓"奔先主于袁军"），可想关羽亦随同南下，其阵容颇壮。奇怪的是，《关羽传》《袁绍传》及其他诸传竟未提及此事。《三国志》诸传记述官渡战役是有一搭无一搭，笔墨缺省太多，或是给人遮掩之感。

与《三国演义》叙述有所不同，实际上刘备先后有两次南下运动。上引《先主传》一段文字后，紧接有以下一节：

> 曹公遣曹仁将兵击先主，先主还绍军，阴欲离绍，乃说绍南连荆州牧刘表。绍遣先主将本兵复至汝南，与贼龚都等合，众数千人。曹公遣蔡阳击之，为先主所杀。

这段记述表明：一、刘备会合刘辟袭击许昌的计划没有完成，原因是被曹仁阻击；二、刘备自汝南返回袁绍本部，至此与袁绍尚为盟友，三、其后，刘备想脱离袁绍，以联结荆州刘表为由，率本部兵马再度抵达汝南。问题是，陈寿的表述极为简略而迫促，如"先主还绍军，阴欲离绍，乃说绍南连荆州牧刘表"一句，将两件事并在一起说，好像是这样一个叙述逻辑：刘备之所以返回，是要劝说袁绍派自己去联络刘表，借以趁机脱身。如果说刘备当时就想脱离袁绍，回来岂非多此一举？其实，此中必然有一个时间间隔，或由形势变化，或是终于意识到袁绍不堪大任，刘备这才决意离去。

刘备撤了，袁绍是否觉得被人涮了？没有文字记载。

问题还不止于此。刘备第一次前往汝南，是要会合投靠袁绍的黄巾余党刘辟，一起袭击许昌。《武帝纪》《先主传》都是这么说的。但有意思的是，刘辟此人数年前早已就戮。正是《武帝纪》建安元年纪事中说到："汝南、颍川黄巾何仪、刘辟、黄邵、何曼等，众各数万，初应袁术，又附孙坚。二月，太祖进军讨破之，斩辟、邵等。仪及其众皆降。"刘辟是被曹将于禁所部干掉的，《魏志·于禁传》亦云："从征黄巾刘辟、黄邵等，屯版梁，邵等夜袭太祖营，禁帅麾下击破之,斩辟、邵等,尽降其众。"《三国志》何以如此错乖?清人赵翼《廿二史札记》对此大惑不解,感叹"一纪中已歧互若此"。其实,这倒不一定就是搞错了,大变活人亦自有其妙用,考虑到陈寿竭力维护曹操的撰史立场,抑或杜撰"伪事件"作为一种叙事策略?

三

官渡的搏杀不仅是王寇之役,历来还被认为是以少胜多的著名战例。不过,所谓以少胜多,宣传要诀在于交战双方寡众悬殊。如果是比例接近,以少获胜亦自可嘉,却不至于让人津津乐道。官渡一役,《三国志》所述双方兵员相去甚远,倒是让人大感惊讶。《武帝纪》竟称曹、袁两边人数为一比十。如谓:"是时袁绍既并公孙瓒,兼四州之地,众十余万,将进军攻许。"又:"时(曹)公兵不满万,伤者十二三。"另外,《魏志·荀彧传》亦称曹操"以十分居一之众,画地而守之,扼其喉而不得进"。

然而,《武帝纪》描述双方布防倒完全不像是兵力悬殊的样子。是谓:"八月,绍连营稍前,依沙堆为屯,东西数十里。公亦分营与相当。"可以想象,倘若没有相应的兵力,其"分营与相当"从何说起?陈寿既要宣扬曹操的威武之师以一当十,又要让曹军摆出大兵团作战阵势,故而《武帝纪》及诸传描述战场态势多用"相拒""相持"一类字眼。当然,需要强调敌众我寡时自有另一套说法。比如,《荀彧传》即谓:"太祖保官渡,绍围之。"

根据《武帝纪》《袁绍传》,双方移兵官渡后,基本上是对攻的阵地战。《武帝纪》曰:"绍复进临官渡,起土山地道。公亦于内作之,以相应。"实际上曹军并未被袁军所包围,袁绍没有那么大的兵力优势。《袁绍传》的记述较为详细:

绍为高橹，起土山，射营中，营中皆蒙楯，众大惧。太祖乃为发石车，击绍楼，皆破，绍众号曰霹雳车。绍为地道，欲袭太祖营，太祖辄于内为长堑以拒之。

再看《后汉书·袁绍传》，相关文字亦略同。《三国演义》第三十回描述的双方攻防战就取自这一节。这种工事对垒不同于马背上厮杀，双方既是相持日久，任何一方兵力不可能具有压倒性优势。所以，《武帝纪》裴松之注对双方兵力悬殊的说法提出有力质疑：

臣松之以为魏武初起兵，已有众五千，自后百战百胜，败者十二三而已矣。但一破黄巾，受降卒三十余万，余所吞并，不可悉记。虽征战损伤，未应如此之少也。夫结营相守，异于摧锋决战。本纪云："绍众十余万，屯营东西数十里。"魏太祖虽机变无方，略不出世，安有以数千之兵，而得逾时相抗者哉？以理而言，窃谓不然。绍为屯数十里，公能分营与相当，此兵不得甚少，一也。绍若有十倍之众，理应当悉力围守，使出入断绝，而公使徐晃等击其运车，公又自出击淳于琼等，扬旌往还，会无抵阂，明绍力不能制，是不得甚少，二也。诸书皆云公坑绍众八万，或云七万。夫八万人奔散，非八千人所能缚，而绍之大众皆拱手就戮，何缘力能制之？是不得甚少，三也。将记述者欲以少见奇，非其实录也。按《钟繇传》云："公与绍相持，繇为司隶，送马二千余匹以给军。"本纪及《世语》并云公时有骑六百余匹，繇马为安在哉？

裴注的驳议在在透彻，每一条都很有说服力。仅曹军获胜后坑杀袁军七八万人（《献帝起居注》谓七万，《后汉书·袁绍传》谓八万），这绝非不足一万士卒所能办到。

曹操以一万兵力战胜袁绍十万人马，在小说家看来亦有悖常理。《三国演义》给出的双方总兵力尽管也是这个比例，却将员额都增至七倍：曹军为七万，袁军为七十万。但关键是，小说中袁军并未将所有的兵力都投入官渡战场。第三十回写到袁军部署：

> 袁绍移军逼近官渡下寨。审配曰："今可拨十万守官渡，就曹操寨前筑起土山，令军人下视寨中放箭……"绍从之。

七十万大军何以只用十万守官渡？其余六十万干吗去了？小说未予明说。但是，小说家知道一比十的配置没法搞阵地战，以曹军七万对付人家十万还说得过去，因而不得不修正《三国志》的悬殊比例。小说家讲史不能没有现实感，史家讲故事倒是直奔革命浪漫主义。

四

曹操之所以能于官渡胜出，按《武帝纪》《袁绍传》之说，主要是断了袁军的粮草。一次是派徐晃等偷袭运粮车（《武帝纪》称袁绍运粮车有"数千乘"之多），一次是曹操亲率五千人马攻击转运粮草的乌巢。后一次是许攸的主意，许攸本是袁绍的谋士，因贪贿被究劾，投奔了曹操。袁绍得知乌巢被攻，做出一个错误决策，只派少量骑兵往乌巢救援，却让张郃、高览等主力部队去攻打曹操大营。这大概是搬用"围魏救赵"的战法。但张郃等拔寨不成，闻说淳于琼守卫的乌巢已失，便投降了曹操。于是袁军大溃，袁绍带着袁谭弃军而走。

这也是小说第三十回后半截的故事梗概。小说因为有细节铺垫，读来倒不觉突兀，尤其最后袁军溃败一节处理尚好。裴松之为《魏志·张郃传》作注，参核《武帝纪》《袁绍传》，发现一个问题：

曹操乌巢烧粮草,《三国演义》清初大魁堂本插图

本传称张郃等降曹是见大势已去,而《武帝纪》《袁绍传》说是张郃
投降而导致袁军大溃,彼此因果参错。其实,无论孰因孰果,这都
过于简率。相比之下,小说叙述多少有些层次:让降曹的张郃、高
览往劫袁绍大寨,又扬言攻邺郡、取黎阳,断袁军后路,然后曹军
八路齐出……这才使袁军俱无斗志,彻底崩溃。耗费这些笔墨,是
弥补史传叙述可信性之缺失。

　　以粮草定胜负,看似很有道理,其实大谬不然。因为袁军并非
小股部队纵深突入,十万大军粮草不可能只囤于乌巢一处。官渡战
役战场拉得很开,从白马、延津斜插西南,迤逦二百余里,诸史并
未说到袁绍的战争动员能力不足。相反,如《魏志·赵俨传》则谓:"时

袁绍举兵南侵，遣使招诱豫州诸郡，诸郡多受其命。"连许昌以南的豫州诸郡都响应袁绍，而近处河内、东郡一带何愁不能解决一时之给养，其十万之众怎么突然就不战而溃？

再看《三国志》和《后汉书》两篇《袁绍传》，都说到当地百姓多叛离曹操而倒向袁绍，一曰："太祖与绍相持日久，百姓疲乏，多叛应绍，军食乏。"一曰："相持百余日，河南人疲困，多畔应绍。"这就是民心向背，在史家叙述中也完全被忽略了。

其实，曹军也缺粮，劫了对方运粮车却"尽焚其谷"，人家的粮草未能为己所用。袁军没有粮草就趴窝，曹军不吃不喝还能打胜仗，这也太神了。陈寿倒是在《魏志·贾诩传》中给出一个制胜法宝，说来简单至极，就是破釜沉舟，决一死战：

> 袁绍围太祖于官渡，太祖粮方尽，问诩计焉出，诩曰："公明胜绍，勇胜绍，用人胜绍，决机胜绍，有此四胜而半年不定者，但顾万全故也。必决其机，须臾可定也。"太祖曰："善。"乃并兵出，围击绍三十余里营，破之。绍军大溃，河北平。

本来是被人家包围，这下曹操豁出去玩命，须臾之间就来了个反包围。这种描述缺乏起码的可信度。贾诩夸赞曹操"四胜"，有"决机胜绍"之说，却又认为半年之久搞不定对方是"但顾万全故"，那么曹操的"决机"原本何在？

作为一种历史文本，官渡战役唯独没有疑问的一点是曹胜袁败。那些年湮代远的故事残缺不全，却有着僭述的特征。似乎对史家来说，过程只是想象与叙述，或曰某种建构，而结局才是最本质的东西，因为结局早已判定成王败寇。

二〇一六年二月二十三日记

汉祖迷津

——刘备大撤退的三种叙事

一

汉建安十三年（二〇八）秋七月，曹操南征荆州，大军未至，刘表病死。刘表以少子刘琮为嗣，可曹军一到襄阳，刘琮即举州投降。其时刘备在樊城，闻曹军迫近仓皇撤退。这一段是赤壁之战的前戏，《三国志·先主传》记述如下：

> 先主屯樊，不知曹公卒至，至宛乃闻之，遂将其众去。过襄阳，诸葛亮说先主攻（刘）琮，荆州可有。先主曰："吾不忍也。"乃驻马呼琮，琮惧，不能起。琮左右及荆州人，多归先主。比到当阳，众十余万，辎重数千辆，日行十余里。别遣关羽乘船数百艘，使会江陵。……曹公以江陵有军实，恐先主据之，乃释辎重，轻军到襄阳。闻先主已过，曹公将精骑五千急追之，一日一夜行三百余里，及于当阳之长阪。先主弃妻子，与诸葛亮、张飞、赵云等数十骑走，曹公大获其人众辎重。先主斜趣汉津，适与（关）羽船会，得济沔，遇（刘）表长子江

夏太守琦众万余人，与俱到夏口。

刘备戎马一生，要数这回的溃退最为狼狈，携十万之众，却没有多少可用兵力，硬是让曹操一路追杀（后来章武二年猇亭大败，撤退时吴兵并未穷追）。《先主传》此节重点是这样几层意思：一、曹操兵至宛城，刘备自樊城南撤（现今两城相距不到一百四十公里），此际诸葛亮欲乘隙拿下襄阳，刘备因刘表临亡托孤而于心不忍；二、刘备转移的目的地是江陵，因为江陵囤有"军实"（粮草军械）；三、携百姓辎重行动缓慢，行至当阳，刘备让关羽率船队先行，自己被曹军堵截，只能"弃妻子，与诸葛亮、张飞、赵云等数十骑走"；四、刘备等逃出重围，临时改变路线——"斜趣（趋）汉津"，恰与关羽船队相会，又纠合刘琦万余部众，从沔水（亦即汉水）顺流而下至夏口。

刘备起初未与关羽船队同行，说是不忍抛弃逃难的民众，上述引文省略一段刘备"夫济大事必以人为本"的言述，当然这并非本文关注重点。为表现刘备之仁心，传中更有不听诸葛亮劝其夺襄阳一例。敌军压境之际，诸葛亮给出这样的馊主意，让人匪夷所思。卢弼《三国志集解》引清人王懋竑驳曰："夫跨有荆、益，乃隆中之本计，而以当日事势揆之，恐诸葛亮未必出此。是时曹操已在宛，军势甚盛，先主以羁旅之众，乘隙以攻人之国，纵（刘）琮可取，（曹）操其可御乎？先主之欲南据江陵，人众数万，操以五千骑追之，不战而败，至弃妻子而走，其不能拒操也决矣。"王氏所言道理甚明。

《通鉴》（建安十三年）记述此事不取《先主传》之说，所谓劝说刘备"攻琮"这等荒唐建议，被胡乱安到刘备某个属下头上。如谓："（刘备得知刘琮降曹）乃呼部曲共议。或劝备攻琮，荆州可得。"诸葛亮即如陈寿所言将略不足，该不至于如此缺乏军事常识。

二

《三国志》叙事疑点不唯前述一例，诸纪传互文相出，亦多有舛
驰。如关羽分道转移，是否如《先主传》所说在当阳登船，更是值
得讨论的问题。此事《关羽传》另有一说：

> （刘）表卒，曹公定荆州，先主自樊将南渡江，别遣（关）
> 羽乘船数百艘会江陵。曹公追至当阳长阪，先主斜趋汉津，适
> 与羽船相值，共至夏口。

按这里说法，樊城撤退一开始，关羽就乘船走了。樊城在汉水
北岸（与襄阳隔水相望），自有行舟之便。从樊城走水路，是沿汉
水顺流而下，从夏口入长江，再溯流而上至江陵。夏口在今武汉市，
樊城至此，如今走高速公路将近三百五十公里，从夏口往江陵（今
荆州市）亦近三百公里。当然，实际水路里程可能远了不止一倍（按，
古今水道变化甚巨，两地距离已难估测，姑以现今陆路里程作模糊
参照）。不过，当时还有另一条水道，就是经汉水转入夏水，二水交
汇处在今湖北仙桃县附近。夏水是长江自江陵分水向东形成的河道，
航运能力受长江水量影响，其时已是秋九月之后（《武帝纪》："九月，
公到新野，琮遂降，备走夏口。"），很难说是否仍能通航。不过，秋
季未必皆入枯水期，后建安二十四年（二一九）关羽水淹七军就在
秋天（《关羽传》："秋，大霖雨，汉水泛溢，禁所督七军皆没。"），
其时汉水暴涨亦必然灌入夏水。倘若走夏水，路程自是缩短许多（如
今从仙桃到荆州市的高速公路大约一百三十公里）。但不管怎么说，
船队从樊城到江陵，都要走一个>形绕行路线。后半程走长江还是
走夏水，自有大>形或小>形之区别，可即便抄近路走夏水亦是迢
迢之途。很难想象，刘备仓促之间安排这般大范围的分兵转移。

回到《先主传》，所谓关羽在当阳附近登船，这说法明显经不起推敲。当阳夹在汉水和沮水之间，但距离西边沮水更近。《水经注》卷三十二载："沮水又东南迳当阳县城北。"（从谭其骧《中国历史地图集》上看，更靠近当阳的是汇入沮水的漳水）如果关羽真是在当阳改换水路，由沮水南下是绝对合理的路线，因为沿沮水到江陵不用绕远，按现代华里概算只是两三百里顺水之程。反之走当阳东边的汉水，那就跟刘备"斜趋汉津"的路线相同，时间上既先于刘备，不可能在汉水上与之相遇。但问题是，关羽的船队并未抵达江陵，却偏偏在汉水与刘备相遇，可见他走的不是沮水这条路线。江陵是关羽与刘备分手时约定的目的地，此际曹军还在身后，由沮水南下不会受阻，按说没有理由改变路线。可是关羽偏偏未去江陵，最后却出现在汉水这边，这实在不好解释。综核上述各点，《先主传》所谓在当阳"别遣关羽"的说法显然不成立。

就可能性而言，关羽船队从樊城进入汉水是唯一选项，况且刘备屯于樊城，在当地征集船筏比较容易操办（及至当阳陷于曹军围追堵截，仓促之际如何采办"数百艘"船只）。《先主传》将船队出发地点摆在当阳，是一个不能解释的问题。但是由樊城出发，也并非完全顺理成章。且不说路途太远（太远不是不可能），只是汉水舟行中与刘备相遇，时间上大有参差。刘备携众"日行十余里"，从襄阳到当阳至少得耗去一个月。况且，他在当阳滞留的日子不会太短，其间不但遭遇曹军截杀，还有东吴鲁肃来访的外事活动。《吴志·鲁肃传》有谓，刘表死后鲁肃即请命往荆州吊唁，意在联刘拒曹：

> （鲁肃）到夏口，闻曹公已向荆州，晨夜兼道。比至南郡，而（刘）表子琮已降曹公，（刘）备惶遽奔走，欲南渡江。肃迳迎之，到当阳长阪，与备会……

《先主传》未提及鲁肃到当阳，但裴松之注引《江表传》也说到此事，曰："孙权遣鲁肃吊刘表二子，并令与（刘）备相结。肃未至，而曹公已济汉津，肃故进前，与备相遇于当阳，因宣权旨，论天下势事，致殷勤之意。"刘备偶有喘息之机，与远道而来的鲁肃"论天下势事"，想来是何等快意。及至刘备"斜趣（趋）汉津"，这过程没有十天半月恐怕不行。而关羽从樊城顺流而下，盘桓四五十日尚未进入长江，仍在汉水漂着，这事情好像亦未能以常理揆度。

三

当然，也有另一种可能，这完全是一个"文本性"迷宫。关羽船队不可求证的诡异路线，或是由沮水之名造成的某种混淆。

在刘备、关羽转移的地域内，实际上有两条称作沮水的河道。一条是上文提到在当阳附近与漳水会合的沮水（又称沮漳水），《水经注》卷三十二："沮水出汉中房陵县淮水，东南过临沮县界。又东南过枝江县，东南入于江。"另一条沮水就是沔水（汉水）上源之别称。将沮水视为沔水上源，是现代学者勘定，古人好像未有明晰的界说，如《水经注》卷二十七："沔水出武都沮县东狼谷中。沔水一名沮水……出河池县，东南流，入沮县，会于沔。"又如《汉书·地理志》（武都郡）："沮水出东狼谷，南至沙羡南入江，过郡五，行四千里，荆州川。"《汉志》和《水经注》所说的沮水，不仅指沔水（汉水）上源，亦是整条河流的名称或别称。这两条沮水最后都注入长江，一者在江陵，一者在夏口——前者是刘备撤退原定目的地，后者是最终抵达之地。不妨作想，如果出发地和目的地交叉换位，汉水由樊城向南直抵江陵，沮水过当阳逶迤向东通往夏口，这样关羽由水路前往江陵的计划显然就变得相当合理，时间上与刘备会于汉水（按《汉志》《水经注》

此图是刘备襄阳撤退可能途经的范围。从当阳去江陵，无论走陆路还是水路都比较近便，其"斜趣（趋）汉津"显然是舍近求远

之说亦是沮水）也说得通。或许，这就是史家构想的地理文本。

　　陈寿撰《三国志》抑或未细审荆州地理（参见本书《三国地理杂俎》一文），他不一定清楚刘备撤退路线上是一条沮水还是两条沮水，但他不会不知道沮水就是沔水、汉水，他也知道狼奔豕突的刘备最终要借助这条水道走出困境。尽管《先主传》和《关羽传》都未出现沮水这名称，但这不等于他不能将汉水上游的沮水与流经当阳的沮水勾连到一起。当然，河道应该在江陵以北拐一个大弯朝东而去……可以肯定，如此整合的沮水最后不是在江陵而是在夏口汇入长江。这思路简明扼要让人喜欢，但关羽究竟在樊城还是在当阳登船，仍是一个悬置的问题。也许原始史料的含糊其辞已隐约给出不同指向，本来史家撰述自有取舍，陈寿却完全耽于陈述断裂扯开的思路空间，

计划与变化的两种行进路线好像本来就是一种文本性存在。想来悬置亦未尝不可，结果是在《先主传》和《关羽传》各置一说。这手法未免让人想到两面下注的对冲策略。

当然，这都是揣测。作为"也许"的可能性，同样也见诸耽于文本阐释的阅读史。

四

根据现存史料，很难判断刘备在汉水登船的具体地点。《先主传》《关羽传》都说"先主斜趣（趋）汉津"，但这个称作汉津的渡口究竟在何处，有些费人猜详。《中国历史大辞典》（历史地理和秦汉魏晋南北朝诸卷）没有这个词条，谭其骧《中国历史地图集》（秦汉三国西晋两册）亦未有这一地名标示。清代学者赵一清《三国志补注》引顾祖禹《方舆纪要》，认为是在扬（杨）水汇入汉水之处：

> 扬水在沔阳州景陵县（按，三国时为竟陵县）西南，旧自荆州府监利县流入境。《水经注》：扬水东入华容县，又东北迳竟陵故城西，又北注于沔，谓之阳（杨）口，亦谓之中夏口。先主当阳之败，张飞按矛于长坂，先主以数十骑斜趣汉津，遂渡夏口，是矣。

但有趣的是，顾氏《方舆纪要》又说此处在荆门州治以东：

> 汉水，州东九十里。自钟祥县流入境，又东南流，入潜江县界，谓之沔水。先主败于当阳长坂，济沔，与刘琦俱到夏口，即此处也。（卷七十七 湖广三）

沔阳州、荆门州都是明清地名，前者在今仙桃县一带，后者即今荆门市，这两处相距不近（以现代华里为计有三四百里），古时亦挨不到一处。不过，顾氏倒是提到沔阳州一个称作"汉津驿"的地名："汉津驿，州城东北一里。驿前有江北渡，东接汉阳，西接潜江、景陵，为一州之津要。"（《方舆纪要》卷七十七）可是此处偏偏不提刘备"济沔"之事，看来顾氏并未将此"汉津驿"视为彼"汉津"。

汉津这个地名在《三国志》里出现好几处，除上引《蜀志》刘备、关羽二传，《魏志·文聘传》有谓"又攻（关）羽辎重于汉津"，《徐晃传》亦称"又与满宠讨关羽于汉津"，说的都是建安二十四年往樊城、襄阳解救曹仁之事。文、徐二传提到的汉津，大抵距襄、樊不远，不能认为就是刘备"斜趋汉津"的渡口。

另有一例，亦不妨略作讨论，即《江表传》所云"（鲁）肃未至，曹公已济汉津"。鲁肃往荆州吊唁刘表，原本目的地自然是襄阳，因"曹公已济汉津"，便与南撤的刘备相遇于当阳。据《三国志》诸传，曹操的军队是从宛城、襄阳一路南下（《先主传》称"曹公将精骑五千急追之，一日一夜行三百余里，及于当阳之长阪"），并非自东边扬州方向侵入。也就是说，曹军渡过的汉津只能是在樊城与襄阳之间，这跟刘备登船之汉津绝非一处。可以设想，如果"曹公已济汉津"之汉津靠近当阳，那么"先主斜趋汉津"岂不是自投死路。

汉津，大抵泛指汉水沿线之渡口，并不是一个专有地名。

五

刘备自樊城开始的大撤退，在小说《三国演义》里边是重头戏，第四十回（《蔡夫人议献荆州　诸葛亮火烧新野》）至四十二回（《张翼德大闹长坂桥　刘豫州败走汉津口》）写了整整三章。其中长坂坡一战尤为精彩，赵云、张飞之神勇成了让人津津乐道的谈资。

年画《长坂坡》，天津杨柳青

但小说与历史叙事有些差异。首先，撤退起始地点推至樊城以北的新野，似乎是要在时间上给出一个战略缓冲期。所以，小说也写了诸葛亮劝刘备取荆州之事，但背景绝非《先主传》所述的惶遽时刻。其时刘表病已危笃，荆州尚未由刘琮做主，倘若刘备取而代之，至少可以组织有效抵抗（火烧新野、水淹曹军可为佐证）。从这类细节可以看出，小说家显然比史家要重视叙事逻辑，剪裁史料的同时亦有甄选和补苴之功。至于关羽的分道撤退，在第四十一回（《刘玄德携民渡江　赵子龙单骑救主》）中是这样交代的：

> 刘备过江到襄阳，却说玄德拥着百姓，缓缓而行。孔明曰："追兵不久将至，可遣云长往江夏求救于公子刘琦，教他速起兵乘船会于江陵。"玄德从之，即修书，令云长同孙乾领五百军往江夏求救。

这里跟《先主传》《关羽传》所述有几点不同。其一，虽说大

刘玄德纵走江夏，《三国演义》清初大魁堂本插图

撤退目的地仍定为江陵，但关羽是去江夏刘琦处搬救兵，不是直接
奔江陵；其二，关羽出发地既不是樊城也不是当阳，而是过襄阳之
后；其三，这里未明说走水路还是走陆路，但军情紧急，骑马毕竟
比乘船快捷，应该是走陆路。《三国志》所谓"别遣关羽乘船数百艘，
使会江陵"的说法，显然让小说家觉得疑点重重，关羽是从哪儿走
的，《先主传》和《关羽传》各持一说，至于走的哪条水路亦莫衷一
是。小说家自然不比史家更熟悉三国地理（小说中地理舛误更不在
少数），却比陈寿更在意常识和事理，所以要撇开这桩麻烦。因而，
后来在汉津拒敌的关羽亦未率船队而来，是诸葛亮和刘琦安排船只
接应刘备。

就当日情势而言，没有比往江夏搬救兵更为急要之务，相比江陵储存的"军实"，这才真正是解燃眉之急。小说家无疑给"别遣关羽"找到了一个更好的理由。在临近当阳时，关羽尚无音信，刘备又让诸葛亮和刘封再往江夏。后来，正是关羽搬来刘琦的一万军马，解救了已成"釜中之鱼，阱中之虎"的刘备。

在曹军紧追不舍之下，刘备"斜投汉津"，终于与关羽、诸葛亮相遇。这里出现了《先主传》和《关羽传》标识的关键地名。刘备大撤退一路过来，这是化险为夷的转折点。诸葛亮料定刘备不能往江陵去，只能奔汉津这边，早已安排船只接应。不过，他们的船队并没有去夏口，而是根据刘琦的建议直放江夏。在小说中，鲁肃造访亦被挪至刘备到江夏之后——这一节插在当阳乱军混战之中似乎不好处理，当然这样安排亦是不想过于突出东吴联刘拒曹的主动性，要给诸葛亮舌战群儒、劝说孙权留出戏份。

六

按《三国志》记述，大撤退的路线是樊城—襄阳—当阳—汉津—夏口，小说将起迄两端变成了新野和江夏，其中长坂坡、汉津口依然是叙事轴心。整个地理框架多少有些走样，却似乎并未偏离历史叙述的基本面，只是陷于汉沮迷津的关羽终于找回自己的使命。然而值得注意的是，在历史文本中休眠的人物一旦被激活，颇有寄慨的文学情怀很容易注入更多内容。京剧中有一出关公戏就叫《汉津口》（当然是据小说改编），乃自关羽请刘琦出兵救应说起，继而诸葛亮登场安排水陆二路……回过头来，再轮替交代追与逃的曹操和刘备，场次转换有如电影蒙太奇。溃败当阳的刘备是衰到家了，一迭声哀叹"唉，想我刘备，好生命苦"；扼据汉津的关羽则是高大上，引吭大唱"青龙偃月威风凛，赤兔胭脂起风云"。一者显得惶恐无措，一者却是威风八面，作为主公的刘备如此卑微，成了表现关羽忠勇大义之映衬，此中隐然写入民间看客们的关帝崇拜。

讲史小说和讲史的戏曲，归根结底也是历史文本，同样的话语事件换个说法，便使得原本有些无厘头的历史叙述变得合理化和情感化了，同时抹上了因时因势的政治伦理色彩。其中尽有种种误读和颠覆，或是放大了某些想入非非的理解与感怀，而重述再度印证了主体存在的暧昧。历史作为一种话语方式，也是历史故事的故事，本质上是一个操作性概念，其间文学性重述可以抹去史家逞性弄巧的痕迹，让人领悟到无限修正的可能。

二〇一七年七月四日记

千里走单骑之路线图

一

关羽斩颜良、文丑之后，得知刘备在河北袁绍处，便封金挂印，带着两位嫂嫂离开许昌去找刘备，一路上过五关斩六将……《三国演义》这一段最为读者熟稔。

按，《三国志》记载，建安五年（二〇〇）关羽在下邳城外被曹操擒获，官渡战役初期替曹操出战，解曹军白马之围；闻知刘备在袁绍军中，旋而"奔先主于袁军"（见《武帝纪》《关羽传》）。小说中千里走单骑的故事，就是从"奔先主于袁军"这句话演绎而来。

按小说第二十七回（《美髯公千里走单骑　汉寿侯五关斩六将》）描述，关羽离开许昌，先后经过五处关隘，即：东岭关—洛阳—沂水关（汜水关）—荥阳—滑州黄河渡口。其中第一处东岭关是虚构的地名，自无可考，但下一站洛阳在许昌西北，由此可知关羽大致朝西北方向行进。可是到了洛阳之后，其路线陡然向东偏北而去，因为第三处沂水关，亦即汜水关，在成皋附近。从成皋到荥阳，再到滑州渡口，一直奔东北方向（参见谭其骧《中国历史地图集》第

关云长五关斩将，《三国演义》清初大魁堂本插图

三册）。

　　这里有两点须作辨析：其一，沂水关一名无稽查考，"嘉靖本"与清初"大魁堂本"均作此名，一些通行版本亦常作汜水关。沂水，无论作为地名或是河道，都在徐州东莞郡、琅邪国（今山东临沂一带），与关羽走单骑的路线不符。在"嘉靖本"中，这沂水关也是诸镇讨伐董卓的主战场，而"毛本"写讨董卓时则作汜水关。汜水入河处在成皋之东，处洛阳与荥阳之间，由此可断，沂水关应是汜水关的讹写。按，《水经注》卷五："汜水又北迳虎牢城。"故汜水关又名虎牢关。但小说分明写成两个地方，如：董卓让李傕、郭汜把住汜水关，自己带李儒、吕布等去守虎牢关（第五回《发矫诏诸镇应曹公　破

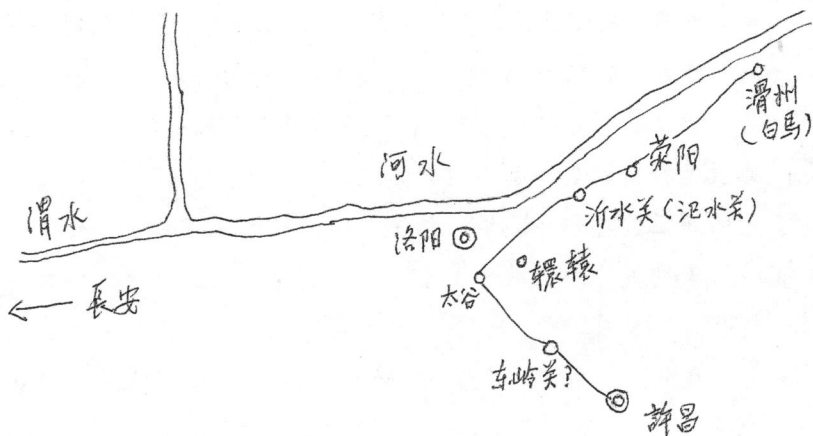

千里走单骑之路线图

关兵三英战吕布》)。其二，滑州是一个不确切的地名，这里大概是指东郡或白马县（就是关羽斩颜良的地方）。滑州乃隋代所置，三国时为东郡，治所在白马县（按，当时"州"是最高一级地方行政区划，相当现今省一级；其下是"郡"，相当现今地市一级）。东郡境内黄河渡口不止白马津一处，延津也是一处重要渡口。小说交代含混，不能断定关羽渡河是在哪一处。

总之，关羽带着甘、糜二夫人走了一个近似<形的路线。这让许多读者很疑惑，甚至感觉"诡异"，为什么关羽要如此迂回行进？互联网上讨论此事的帖子很多，一种比较集中的意见认为，《三国演义》是袭用宋元说话人设计的路线，其原本起点不是许昌，而是长安。如，百度贴吧有网名"擎天柱小哥"的一个帖子：

> 他为何要兜这么大的一个圈子，给我们留下这段可谓史上最牛的"兜圈运动"呢？罗贯中将西安灞桥"搬"到许昌。这并非罗贯中的地理失误。罗贯中虽然没有实地考察这段路线，

但在关羽辞别曹操寻找兄长的情节上，他还是沿用了早期说书人的说法，并将之略有改动，才造成如此的局面。

实际上，早期的说书人，并没有弄清楚关羽辞别曹操时，曹操已经定许昌为都，他们还以为曹操仍在长安。所以在元代的《三国志平话》里，仍将关羽辞曹的地点定为长安，并按照长安城外的灞陵桥，虚构了"灞陵挑袍"这样一个故事情节。

灞陵桥本为灞桥，在今西安市东灞水之上，汉唐人常常在此折柳送别，有"年年柳色，灞桥伤别"之说，故为后人所熟知。说书人将灞桥虚构入关羽辞曹情节，原本自然。

这样，按照说书人的故事，关羽便从长安出发，一路东行，过洛阳、汜水关、荥阳、黄河渡口，完全正常，并没有任何地理上的绕圈失误。很显然，罗贯中折服于说书人"灞陵挑袍"的精彩故事，将之完整保留，但在写《三国演义》的时候，却发现关羽从长安出发，是一个明显的低级失误，因而就按照历史，将关羽辞曹的起点从长安改为许昌。

一个无法回避的事实是，罗贯中虽然改变了出发地点，却无法改变关羽的出行路线，所以他仍然保留了洛阳、汜水关、黄河渡口，并在洛阳之前虚构了个东岭关。而灞陵桥，也只好从长安搬迁到许昌，成为这次莫名其妙的"兜圈运动"的起点。

网上的帖子很难分辨是原创还是转帖，但相同或相似的观点很多，不另举述。

从地图上看，如果是从长安出发，关羽的路线就没有大的转折。这种说法自有依据。的确，在元无名氏《三国志平话》（以下简称《平话》）中，曹操并未移驾许都，董卓死后献帝仍在长安。关羽降了曹操，便跟着去了长安。所以，关羽离别之日就有灞桥挑袍的情节。

二

《平话》凡上中下三卷，关羽千里独行一节出现在卷中。不过，这里有一个细节值得注意，其曰："（关羽）令人收拾军程鞍马，请二嫂上车，出长安，西北进发。"问题是"西北进发"，那岂不是奔凉州而去？大方向就反了。也许，说书人缺乏地理常识，以致东西不辨。这《平话》确实叙述混乱，文字粗鄙亦多错舛，恰如胡士莹先生所说"书中人名地名，亦触处皆谬"（《话本小说概论》第十七章）。再说，他朝西北方向走，具体方位也不对。灞桥是在长安东边，《三辅黄图》卷六："霸桥在长安东，跨水作桥。汉人送客至此桥，折柳赠别。"这说的究竟是不是长安，倒也让人疑惑。

或许压根就是说书人随口乱喷。不过，说书人嘴里的长安，是否只能坐实为历史地名之长安，却是一个可以讨论的问题。以汉唐帝都闻名的长安，在历代诗文中一再被人吟咏，实际上往往说的不是长安那座都城，而是用作帝京的符号和代称。如，李白"总为浮云能蔽日，长安不见使人愁"（《登金陵凤凰台》），念叨"长安"是感叹金陵故都之衰落。又如，辛弃疾"西北望长安，可怜无数山"（《菩萨蛮·书江西造口壁》），其遥望的"长安"是沦陷的汴京。又如，张可久"云淡淡月弯弯，长安迷望眼"（《中吕·红绣鞋》），这"长安"是指大都。又如，晋明帝幼时"举目见日，不见长安"之语，乃领悟其父元帝叙说的东渡之意（《世说新语·夙惠》），"长安"在此分明实指洛阳。再有，王安石"闻道长安吹战尘，春风回首一沾巾"（《桃源行》），句中"长安"则泛指屡遭战乱的历代帝都。这样的例子不胜枚举。

那么，《平话》里的"长安"是否就是长安，难道不会是许昌的代称？

当然，这种诗文中常见的修辞方式，用在讲史一类叙事文学中似乎不那么妥切。但问题是，作为话本和拟话本小说前身的"说话"，并非只是一种叙事，它同时也是一种说唱表演，其中糅合了诗词、联语、偈赞、四六短文等。这就很难摆脱用典用事、追求借喻寄意的套路。尤其是所谓"词话"一体，其初倚声而唱，后来渐而变成讽诵之词，叙事更像是为诗文词赋作注，自然难免以辞害意。近人孙楷第认为，宋元说话有"平词"与"说唱"二途，"而就一般以说散为主之话本而言，其所从出底本，大抵为说唱之本"。（《词话考》，见《沧州集》）甚而，孙先生还据"嘉靖本"各节结尾诘问语类似变文及诸宫调之说白，大胆揣测《三国演义》原本来自词话体（《三国志平话与三国志通俗演义》，见《沧州集》）。而胡士莹亦赞同这种意见："证以元代《三国志平话》末段尚残留着 [中吕女冠子] 曲牌和徐渭说的《三国》与《水浒词话》一辙的话，孙说似可信。"（《话本小说概论》第六章）作为"说话"或"说唱"之本的《平话》，可以说相当注重文词的表演功能，虽通篇用语粗鄙，却不乏说书人喜欢掉文拽词的特点。

所以，以长安代指许昌，未尝不是滥用转喻之例。如果是从许昌出发，所谓"西北进发"就对了。说来，《平话》倒也不见得总是搞不清地理方位，如写刘备离开官渡去荆州投靠刘表，就说"往西南上便走"。方向完全对路。

至于灞陵桥，难道不也是一种借代？比似说到"雁塔题名"，自然不必坐实为长安大雁塔。灞桥，因李白《忆秦娥》"年年柳色，霸陵伤别"之句，后世诗文多用其事，也是寄托离愁别绪的俗套。关羽弃曹而去，自是衷怀歉仄，毕竟曹操待之不薄。这说走就走，亦需做一番离别的文章。当然，这种程式化的情感模式可以演绎不同戏码，关羽用刀尖挑起曹操赠送的锦袍，直是意味无穷，却不是程式化的霸陵伤别。

三

其实，说书人那儿根本没有路线图，《平话》叙事相当简略，关羽带着二位嫂嫂去寻找刘备，并不是一个"千里走单骑"的故事。其中只是"灞桥挑袍"一节略施笔墨，丝毫没有过关斩将的描写。从头到尾，途中过程仅三言两语带过，如谓："云长押甘、糜二夫人车，前往冀工（即袁绍）处。数日，前到冀王寨。"万水千山就这么一步跨过去了。

说话间已从甲地挪至乙地，这很像戏曲表演程式。恰好元杂剧中也有这一题材的剧目。赵景深《元人杂剧钩沉》著录无名氏《千里独行》（出自《雍熙乐府》），仅残存《仙吕·点绛唇》套曲一种，剧情已无可考。但是，涵芬楼刊本《孤本元明杂剧》收录的另一种元无名氏《关云长千里独行》（即脉望馆抄校本，题目"灞陵桥曹操赐袍"，正名"关云长千里独行"），其中亦未有过五关斩六将之关目。此剧重头是"灞桥挑袍"和"古城会"，旨在以弃曹而去之决绝，对应被自家兄弟误解之委屈，凸显关羽对于刘备、对于兄弟情义的忠诚不二。

这脉望馆《关云长千里独行》虽然也从徐州失散说到古城相会，却只是给出起讫地点，故事全然不在途中。整个剧情可概述如次：前边是交代背景的楔子，说张飞劫寨失利，曹操拿下徐州、小沛，而关羽被困在下邳。第一折，曹操掳了"三房头老小"（其实就是甘、糜二夫人），逼关羽归降；张辽来劝说，关羽提出"降汉不降曹"等

關雲長千里獨行　元闕名

楔子

〔冲末曹操同張文遠上開云〕幼小曾將武藝攻，驅貔豹四海結英雄，自從掃滅風塵息，身居宰相厭千鍾。某乃曹操字孟德沛國譙郡人也。幼年曾為典軍校尉，因破黃巾賊有功，官拜於後，因破呂布除四寇，累奇功，謝聖恩，可憐官拜左丞之職。某手下軍有百萬，將有千員，近有劉、張無禮，我在聖人跟前保奏過，將他加官賜賞，他今不從。某關某三人私奔，暗出許都，直至徐州，殺了徐州牧禾尚，奪了徐州，更待干罷。我今奏過聖人，某親自為師，著夏侯惇為先鋒，統領十萬雄兵，直至徐州，擒拿劉關張，走一遭去。今朝一日統戈矛，野草閑花滿地愁，余住三人必數纍，恩時方表報寃響。〔下〕〔劉末同關末上〕〔劉末云〕桑羡層層徹碧霞，織帛翩履作生涯，有人來問宗和祖，四百年前王氣家。某姓劉名備字玄德，二兄弟姓關名羽字雲長，三兄弟姓張名飛字翼德。俺三人在桃園結義，曾對天盟誓，不求同日生，只願當日死。俺弟兄三人自破黃巾賊之後，某在德州平原縣爲理，不期有這徐州太守陶謙請將俺弟兄三人到此，三讓徐州，某在此後有淮南襄侑道杞陵軍兵顏奚呂布無禮，他將俺徐州賺了，俺軍屯於小沛，後被呂布圍了小沛，某著

孤本元明雜劇『千里獨行』　一一　涵芬樓藏版

涵芬楼刊本《孤本元明杂剧》收录的元无名氏《关云长千里独行》

三个条件。第二折，张飞从张虎手里夺了古城，而关羽在许昌备受恩宠，已替曹操斩了颜良、文丑；但张虎跑回曹操那儿，使关羽得知刘备和张飞在古城，便封金挂印决意千里寻兄。第三折，就是"灞桥挑袍"一节，张辽替曹操出的三条妙计皆未奏效；关羽出了许都便唱："你今日弃印觅亲兄，你则待封金谒故交，独行千里探哥哥……"这是点题的一句词儿。第四折，关羽带着两位嫂嫂抵达古城，刘备、张飞却怀疑他真的投降了曹操，结果斩了蔡阳才表明其心迹。这古城会情形与后来《三国演义》大率相似。可是，这哪里有驱驰千里过关斩将的英雄叙事？

元明杂剧中倒是有一种无名氏的《寿亭侯五关斩将》，可惜今无

传本，从剧名推测大抵已有小说中那些关目。不过，很难说它是否出现于《三国演义》成书之前。

显然，杂剧比《平话》更注重写情写景，而叙事手段同样不甚高明。诚如王国维所说："元剧关目之拙，固不待言。此由当日未尝重视此事，故往往互相蹈袭，或草草为之。""然元剧最佳处，不在其思想结构，而在其文章。其文章之妙，亦一言以蔽之，曰：有意境而已矣。"（《宋元戏曲史》第十二章）王国维所谓"文章"，亦即文词而已。杂剧文词之妙主要在于抒情造境，而不是讲故事。

杂剧叙说的"千里独行"是从许昌到古城，而《三国演义》的"千里走单骑"最后是过黄河渡口，路线完全不一样。再看《平话》这一段，前后虽寥寥数语，关羽一行却是从袁绍那儿折返，又往荆州去寻找刘备——"却说关公，与二嫂往南而进太行山，投荆州去。唯关公独自将领甘、糜二夫人过万水千山。"从河北到荆州，同样没有旅途叙事，但《平话》中亦包括在"千里独行"之内。而《三国演义》写关羽从河北折返，已不在"千里走单骑"行程中。往汝南这一段，没有险阻可言，只是途中收了周仓，算是一个看点。

总之，《平话》和杂剧（乃至元明以后的戏曲）重视的是"封金挂印"、"灞桥挑袍"和"古城会"这些关目，而不是途中的过关斩将。在《平话》和存世的杂剧里边，都没有给出关羽行进的路线图，其所谓"千里独行"只是瞬间的挪移和转换，完全不是《三国演义》描述的那种历险记的叙事模式。

四

为什么认为关羽行进路线应该走直线？行路如此曲折，应该说更能表现"千里走单骑"这番艰难之旅。然而问题在于，为什么要向西北进发（小说里是"迳出北门""往北而行"），经由洛阳折向东北？当然，可能是碍于地形崎岖，也可能是要避开兵燹战乱地带，总之可以有种种原因。关于这些，小说未作交代。

其实，让人疑惑的只是为什么非要经过洛阳一关。洛阳是旧都，当日仍是通都大邑，关羽车仗应该避开这种守备谨严的地方才是。也许，这才是将长安作为起点的最为合适的理由，因为只有从长安往东而行，洛阳一关才绕不过去。

不过，这洛阳关是否就是洛阳城呢，恐怕很难说。从小说描述的情形看，到了关口，只有用作路障的鹿砦，未见任何市廛景象。史载：汉灵帝时，为抵御黄巾，洛阳周边设立了八处关隘，从南边进入洛阳的是大谷关（又称太谷关）、辕辕关。小说没有说明关羽走的是哪处关隘，不过"嘉靖本"原有这样一句："这关是平地上创立，晨昏守御往来奸细。"毛宗岗修改时将这句话删去了。因为辕辕关筑在山岭上，而大谷关设在谷地（《一统志》有述，此不赘引），"嘉靖本"所称"平地"略似此处，关羽斩孟坦、韩福的地方很可能就是这大谷关。当年诸镇讨伐董卓时，孙坚一路就是从大谷关进入洛阳，《三国志·吴志·孙坚传》谓："（孙坚）复进军大谷，拒雒（洛）九十里。"这地方离着市镇尚远。关羽过了这一关，是否进入洛阳城，书中竟没有任何叙述，只说连夜奔沂水关（氾水关）去了。

其实，读三国故事不必胶执此类细节，说书人、小说家未尝想过这些。

二〇一六年四月十二日记

卷 中

大梦谁先觉
——『隆中对』质疑

　　《三国演义》第三十八回(《定三分隆中决策　战长江孙氏报仇》)，刘备偕关羽、张飞再往隆中，两次造访不遇后，这回终于见到慕名已久的卧龙先生，于是便有名垂千古的《隆中对》。刘备慨陈匡扶汉室之志，直问计将安出，诸葛亮从容答曰：

　　　　自董卓造逆以来，天下豪杰并起，曹操势不及袁绍，而竟能克绍者，非唯天时，抑亦人谋也。今操已拥百万之众，挟天子以令诸侯，此诚不可与争锋。孙权据有江东，已历三世，国险而民附，此可用为援而不可图也。荆州北据汉沔，利尽南海，东连吴会，西通巴蜀，此用武之地，非其主不能守，是殆天所以资将军，将军岂有意乎？益州险塞，沃野千里，天府之国，高祖因之以成帝业。今刘璋暗弱，民殷国富而不知存恤，智能之士，思得明君。将军既帝室之胄，信义著于四海，总揽英雄，思贤若渴；若跨有荆益，保其岩阻，西和诸戎，南抚彝越，外结孙权，内修政理，待天下有变，则命一上将将荆州之兵以向宛洛，将军身率益州之众以出秦川，百姓有不箪食壶浆以迎将

刘玄德初顾茅庐,《三国演义》清初大魁堂本插图

军者乎?诚如是,则大业可成,汉室可兴矣。此亮所以为将军
谋者也,唯将军图之。

　　这段话抄自《三国志·蜀志·诸葛亮传》,文辞稍有改窜(如"待
天下有变",原文作"应天下之变"),意思几无差别。诸葛亮未出茅
庐,三分天下已廓然在胸,后人对诸葛亮量时审势的战略擘划多有
称道。不过,学者对此亦有訾言。如王夫之认为,"向宛洛"和"出
秦川"并非良策,乃谓:"是其所为谋者,皆资形势以为制胜之略也。
蜀汉之保有宗社者数十年在此,而卒不能与曹氏争中原者亦在此矣。"
(《读通鉴论》卷九)按,句中"形势"指山川地理,但依王夫之看法,
凭恃山川之利只能立足偷安而不能作为长策,即使"跨有荆益"亦

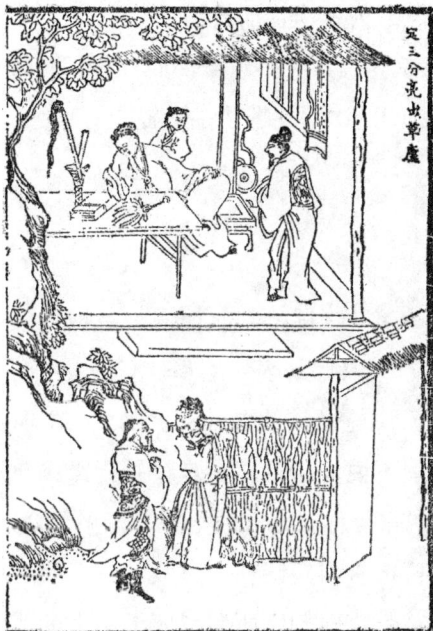

定三分亮出草庐，《三国演义》清初大魁堂本插图

不足以"应天下之变"。

　　不过，"跨有荆益"这说法可略作讨论。如果刘备真能拿下荆、益二州全境，就不是仅仅凭恃"形势"而已。这两个州加在一起地盘很大，大约相当今之湖南、湖北、四川、贵州、云南五省，外加河南、陕西、江西、广东、广西五省区各一部分。如果真是掌握了这两个大州，曹操日子就不好过了，更不用说孙权。然而，赤壁大战之后，荆州东边归了孙吴，江北仍在曹操手里，刘备只占了南边零陵、桂阳、长沙、武陵四郡。这四郡亦看似不小，多半却是"五溪蛮"的地界。

　　战后瓜分荆州，已经不是原来《隆中对》设想的局面。落到刘备手里的地盘不但大为缩水，而且由于赤壁拒曹军事上以东吴为主力，孙权理所当然认为荆州应属东吴，刘备所得四郡合法性也成问题。这就给后来蜀吴之间两次大战埋下了祸根。

一

隆中对在曹操南下之前，其时撺掇刘备攫取荆、益二州，不外乎以鸠占鹊巢的方式取代刘表、刘璋。可是，一边喊着光复汉室，一边向两位宗室下手，怎么说也是悖谬。当然，这不是重点。问题是，撇开那套政治伦理不说，诸葛亮实未料及曹操先向荆州伸手，更未想到战后局面。荆州号称"地方数千里，带甲十余万"，本想拿来作为安身之地，可曹操未到襄阳刘表已殁，牧二代刘琮举州降曹，旋即便是刘备的敦刻尔克时刻。所谓"应天下之变"只能是逃命，真到要紧关头，一切都不在诸葛亮算度之中。

而且，整个大撤退过程中，亦未见卧龙先生有何力挽狂澜的妙策。小说家显然意识到，关键时刻诸葛亮的"缺位"不符其神机妙算形象，便以火烧新野、水淹博陵渡等虚构情节敷衍故事。在史家笔下，这期间诸葛亮只是跟从刘备一路逃窜，根本毫无作为。《蜀书·先主传》曰："及于当阳之长阪，先主弃妻子与诸葛亮、张飞、赵云等数十骑走，曹公大获其人众辎重。"《诸葛亮传》曰："（先主）率其众南行，（诸葛）亮与徐庶并从，为曹公所追破。"

不过，《先主传》有一个细节值得注意：刘备撤退过襄阳，仓皇之际，诸葛亮竟惦着趁乱拿下荆州："诸葛亮说先主攻（刘）琮，荆州可有。先主曰：'吾不忍也。'"这不是刘备忍不忍心的问题（不忍心也是面子上的事情）——逃命都来不及，还想火中取栗？史家对诸葛亮此策多有驳议（卢弼《三国志集解》《先主传》注引各说）。

其实，这是替《隆中对》做注脚。荆州若落入曹操之手，"跨有荆益"之大计则无从谈起。盖因诸葛亮当日未能算准后边的棋路，此际不取荆州，怕是以后再也没机会了。

二

《蜀志·先主传》未记刘备与诸葛亮相遇何时，史家认为当在建安十二年（二〇七），乃据诸葛亮《出师表》推算。蜀汉建兴五年（二二七），诸葛亮上疏曰："（先帝）三顾臣于草庐之中……奉命于危难之间，尔来二十有一年矣。"如此上推，正是建安十二年。其实，彼时天下大势已基本明朗——北方各路豪强不是折在袁绍手里，就是被曹操所灭，之后曹操再灭了袁绍父子。至此，诸镇只剩荆、益二州和东吴，汉中张鲁和西北韩遂、马超自是无碍大局。

诸葛亮规划三分天下，其二分已成定局，曹操"不可与争锋"，孙权"不可图也"，这都是明摆的。不确定因素只在刘备这头。诸葛亮押刘备日后崛起，算是押对了。

可是，别人亦早已窥识刘备王者之相，并非诸葛亮独具慧眼。建安初，刘备失徐州后投靠曹操（按，据《先主传》裴松之注引《英雄记》，事在建安三年）。据《武帝纪》，当时程昱就担心刘备日后成势，亟劝曹操杀之，乃谓："观刘备有雄才而甚得众心，终不为人下，不如早图之。"另，郭嘉亦以"备终不为人下"劝说曹操（《郭嘉传》裴注引《傅子》）。

其实，曹操心知肚明，他自己当面就跟刘备说过："今天下英雄，唯使君与操耳！本初之徒，不足数也。"（《先主传》）这就是小说第二十一回"曹操煮酒论英雄"之本事。曹操之所以不杀刘备，是缺着合适的口实，还是想留着他替自己去扫除其他障碍？似乎一时尚在犹疑之中。所谓"杀一人而失天下之心",那只是说说而已。及至刘备奔徐州杀车胄,曹操大悔,却已鞭长莫及(《武帝纪》《程昱传》)。

建安五年春,董承等人密谋诛曹之事败露,曹操亲自率军东征刘备。其时正面战场恰与袁绍相拒,曹营将领都大惑不解:"与公争天下者,袁绍也。今绍方来,而弃之东;绍乘人后,若何?"曹操却怎么说来着:"夫刘备,人杰也,今不击,必为后患。袁绍虽有大志,而见事迟,必不动也。"尽管刘备尚于夹缝中挣扎,而在曹操心中实为头号敌手。

三分天下,刘备应占有一极,明眼人早在意料之中。诸葛亮十年之后作此判断,不算特别高明。

三

建安初年,东吴孙氏已渐成气候,但曹操帐下的谋士们却未以为对手。曹操迎銮驾后,一度为吕布、张绣所扰,而荀彧则认为:"今与公争天下者,唯袁绍尔。"(《荀彧传》)曹操与刘备论天下英雄,亦未提及孙吴。当然,那时候曹操还顾不上江东这一块。

看《魏志》荀彧、荀攸、程昱、郭嘉诸传可知,曹营庙算不作长时段战略预测,关注点主要在各方横向之互动,若是从当日盘面往前推演一两步,已是妙算。如,建安三年征张绣,荀攸认为不如"缓军以待之",因为张绣与刘表"相恃为强",急攻之下势必抱团,缓则刘表不能长期供养张绣。那次曹操不听荀攸而大挫,正是刘表为张绣解围。又如,袁绍死后,曹军攻伐袁谭、袁尚"连战数克",诸将欲乘胜攻之,郭嘉却怕急攻之下形成相持局面,认为不如先取荆州,因料想谭、尚二子必然内斗。果然,曹军南下途中,身后冀州那边已经掐上了。这样的谋算只是思路清晰的推演,没有宏大叙事的预言和战略构想。

曹操既挟天子，目标自是总揽天下，但曹营智库考虑问题是走一步看一步，所以东吴很长时间不在他们视线之内。然而，曹操心里实未必轻视东吴。《吴志·孙策传》有谓："是时，袁绍方强，而（孙）策并江夏，曹公力未能逞，且欲抚之。"又，裴注引胡冲《吴历》曰："曹公闻（孙）策平定江南，意甚难之，常呼'猘儿难与争锋也。'"（按，猘儿喻威猛后生）赤壁战前，程昱认为孙权不能独挡曹军，因料定孙权必与刘备结盟，其论证的前提是"曹公无敌于天下"（《程昱传》）。不过，曹操却将孙刘连横看得更为严重，《三国志》有这样一个夸张的细节："曹操闻（孙）权以土地业（刘）备，方作书，落笔于地。"（《吴志·鲁肃传》）

曹操作为强势一方，最怕其他各方相互援结，凝成一股对抗自己的力量。他对付各路豪强的基本策略是各个击破，这在统一北方的战争中屡试不爽。

赤壁之战，是曹操第一次遭遇两股势力有效的联合抵抗，到头来铩羽而归，使得孙权得以壮大，亦使刘备有了自己的地盘。这一过程充满了种种变数，事情并非按照隆中对的棋路走下来，结局倒是略近诸葛亮三分天下的预想。下一步，刘备就要取西川了。关键是这个结局，犹似历史的谶应，《隆中对》的战略构想这就有了《推背图》式的惊人效果。

《隆中对》作为一个预言，却很有历史学的归纳性特点，虽说不能作战略推演。当然，没有任何证据表明写在《诸葛亮传》中那番话是后人所附会。但是有一点不能不说，被叙述的诸葛亮只能是事后诸葛亮，史家之叙事不是预见未来，而是讲述过去的故事。

四

在《三国志》中，类似《隆中对》的战略谋划另有一例，就是鲁肃投奔东吴后与孙权的合榻对谈，见于《吴志·鲁肃传》：

> （孙）权即见（鲁）肃，与语甚悦之。众宾罢退，肃亦辞出，乃独引肃还，合榻对饮。因密议曰："今汉室倾危，四方云扰，孤承父兄余业，思有桓、文之功。君既惠顾，何以佐之？"肃对曰："昔高帝区区欲尊事义帝而不获者，以项羽为害也。今之曹操，犹昔之项羽，将军何由得为桓、文乎！肃窃料之，汉室不可复兴，曹操不可卒除，为将军计，唯有鼎足江东，以观天下之衅，规模如此，亦自无嫌。何者？北方诚多务也。因其多务，剿除黄祖，进伐刘表，竟长江所极，据而有之，然后建号帝王，以图天下，此高帝之业也。"权曰："今尽力一方，冀以辅汉耳，此言非所及也。"

鲁肃所说"汉室不可复兴，曹操不可卒除"，无疑是一个清醒的判断。比起诸葛亮与刘备以复兴汉室为目标，这样的认识显然更具现实感。鲁肃这里没有提到刘备一方，因为当时刘备还在徐州，故设想先从荆州刘表那儿下手，这跟诸葛亮的想法一样。"竟长江所极，据而有之"——鲁肃的战略意图是划江而治，与曹氏二分天下。拿下荆州，继而再入西川。取刘璋地盘，这也跟诸葛亮想到一处。"然后建号帝王，以图天下"——孙权嘴上仍称辅助汉室，却被这番帝王之论说得心动。其中"以观天下之衅"的说法，跟诸葛亮所谓"应天下之变"亦如出一辙。不过，鲁肃这里用"鼎足"一语，有些令人生疑。清人何焯认为，彼时刘备尚无寸土，"鼎足"乃事后附会之词（卢弼集解注引）。此处《通鉴》作"保守"，却也不似鲁肃本意，东吴已据扬、交二州，又欲将荆、益收入囊中，岂能言之"保守"？

其实，不是鲁肃跟诸葛亮想到一处，而是诸葛亮完全蹈入鲁肃的思路，即便可称"英雄所见略同"，亦须分辨孰先孰后。鲁肃的谈话是在何时？本传未见时间记录，但鲁肃投孙权麾下是在建安五年（传中前叙周瑜劝说鲁肃"择君"投奔东吴，谓"时孙策已薨，权尚住吴"，据《吴主传》"曹公表权为讨虏将军，领会稽太守，屯吴"，正是建安五年），二人对谈应该就在当时。从时间上看，这比《隆中对》早了七年——刘备到荆州是建安六年，与诸葛亮相遇又在六年之后。鲁肃早在七年之前如此擘划天下，只是没能预见将来刘备也要分一杯羹。但正是由于这种变化——从划江而治变成了三分天下，事情的结局就跟《隆中对》合上榫了。于是诸葛亮成了预言大师，鲁肃与孙权的合榻对谈渐然被人淡忘。

五

鲁肃在《三国演义》中是一个老实忠厚的窝囊角色，可是从《三国志》本传看，他却是不折不扣的战略大师。曹军南下前，东吴一直按照鲁肃的西进思路攻打荆州东大门江夏，灭了老冤家黄祖。可是，这时候跟七年前的形势不一样。刘表死后，如果没有曹军攻来，恐怕东吴也难以拿下荆州，因为诸葛亮必占先机。但鲁肃的脑子就是转得快，当初他没有把刘备当回事儿，而形势一变，也是他首先想到要与刘备结盟。尽管东吴与荆州连年死磕，这当儿鲁肃却以吊唁刘表名义请求赴荆州会晤刘备。本传记述其事曰：

> 刘表死，（鲁）肃进说曰："夫荆楚与国邻接，水流顺北，外带江汉，内阻山陵，有金城之固，沃野万里，士民殷富，若

据而有之，此帝王之资也。今（刘）表新亡，二子素不辑睦，军中诸将，各有彼此。加刘备天下枭雄，与（曹）操有隙，寄寓于表，表恶其能而不能用也。若备与彼协心，上下齐同，则宜抚安，与结盟好；如有离违，宜别图之，以济大事。肃请得奉命吊表二子，并慰劳其军中用事者，及说备使抚表众，同心一意，共治曹操，备必喜而从命。如其克谐，天下可定也。今不速往，恐为操所先。"（孙）权即遣肃行。

到夏口，闻曹公已向荆州，晨夜兼道。比至南郡。而表子琮巳降曹公，备惶遽奔走，欲南渡江。肃迳迎之，到当阳长阪，与备会，宣腾权旨，及陈江东强固，劝备与权并力。备甚欢悦。时诸葛亮与备相随，肃谓亮曰"我子瑜（按，诸葛亮兄诸葛瑾字子瑜）友也"，即与定交。备遂到夏口，遣亮使权，肃亦反命。

当阳长阪是曹军围追阻击刘备之处，鲁肃此行可谓在刀尖上行走。跟小说叙述的情形不一样，据孙权、鲁肃诸传，联合拒曹的动议首先出自鲁肃，而不是诸葛亮。《蜀志·诸葛亮传》似乎要将这份功劳归于诸葛亮，有谓："（诸葛）亮以连横之略说（孙）权，权乃大喜。"但从上述引文看，诸葛亮出使东吴当在鲁肃赴当阳之后。

六

宋人苏辙有《三国论》一篇，论说刘备何以不如曹操、孙权二人，有谓："盖刘备之才，近似于高祖，而不知所以用之之术。"其主要论据是这样三条："弃天下而入巴蜀，则非地也；用诸葛孔明治国之才，而当纷纭征伐之冲，则非将也；不忍愤愤之心，犯其所短，而自将

诸葛亮像，明王圻《三才图会》

以攻人，则是其气不足尚也。"最后一条"不忍愤愤之心"，指关羽死后亲征东吴之事，此姑不论。前面两条其实说的是诸葛亮。"弃天下而入巴蜀"实为《隆中对》之谬，在苏辙看来，立国于西陲自然失去争天下的机会。诚然，这是因为荆州已失。如果按诸葛亮原先"跨有荆益"的构想，局面就完全不同，但说到底那也是一厢情愿。

成也萧何，败也萧何。蜀汉在益州苟安四十余年，拜《隆中对》所赐；其终究未能"出秦川"而驰驱中原，亦显出诸葛亮谋略之短。陈寿将诸葛亮比作管仲、萧何一类治国良吏，却并不称许其军事才能，评曰："然连年动众，未能成功，盖应变将略，非其所长欤？"（《诸葛亮传》）乃谓其多年北伐而寸土未得，究其根本，当初隆中之决策，天时地利都大有差池。

司马懿对诸葛亮有这样一句评语:"志大而不见机,多谋而少决。"(与司马孚信,见《晋书·宣帝纪》)他们二人缠斗多年,彼此都深知对方长短。

回看小说第三十八回草堂一幕,诸葛亮昼寝方醒,口吟诗曰:"大梦谁先觉? 平生我自知。"面对求贤若渴的刘备,直是一副先知口吻。他必须摆出绝对自信甚而自负的架势,让人顿生"先生不出,如苍生何"之慨。小说此节描述极好,诸葛亮侃侃而谈,刘备傻傻地听着,以为天下运势皆在画图之中。

二〇一七年十月二十一日记

刘备说『妻子如衣服』

一

《三国演义》开篇写黄巾作乱，写刘焉发榜招军，引出涿县中一个英雄，也就是刘备。风云际会中夹叙一篇人物小传，从刘备性格、相貌说到贵人异禀，说到其父早丧，孤儿寡母相持艰难……当然要说到其乃中山靖王刘胜之后，帝胄天孙沦至贩屦织席的贫家生计，似亦印证汉室衰靡的历史变迁。刘备此际"年已二十八岁矣"，这光景莫非还是孑然一身的光棍汉？书中并未言及为何尚无妻室，所述其家世、生平大略取自《三国志·蜀志·先主传》。旧史帝王纪传往往只将婚姻作为朝纲典仪记载，早年民间婚配只能借日后典谥而记录，陈寿在《魏志·武帝记》中亦未提曹操何时娶了卞氏（按，《后妃传》："年二十，太祖于谯纳后为妾。"建安二十四年曹操晋为魏王，因有"以夫人卞氏为王后"之语）。作为讲史小说，这类个人叙事以史传为蓝本，实在显得粗疏，如很少写到家庭亲情、男女饮食诸事。

桃园结义时，张飞本是颇有家产的庄园主，亦未提及妻室子女。关羽流亡江湖多年，更不像是拉家带口的主儿。平定黄巾之后，刘

祭天地桃园结义，《三国演义》明金陵万卷楼本插图

备谋了个定州中山府安喜县尉的小官，带着关、张二人去赴任。小说第二回（《张翼德怒鞭督邮　何国舅谋诛宦竖》）写道："到任之后，与关、张食则同桌，寝则同床。"这番描述取自《蜀志·关羽传》。此际唯见兄弟情同手足，未有夫妇举案齐眉。三人"食则同桌"不足为奇，可是"寝则同床"就非同寻常，这跟金庸小说常写到江湖人物"联床共语"不是一回事。三个大男人夜夜同床而寝，总是腻在一起，今日读者难免生发猜疑，以致网上许多帖子讨论刘备三人是否有龙阳之癖。

刘、关、张究竟是未有家眷，还是有妻室未偕同到任，小说未予交代。可是，陈寿在《蜀志·二主妃子传》中不经意提到一句："先主数丧嫡室，（甘夫人）常摄内事。"这就是说刘备娶甘夫人之前早有妻子,且有过不止一个"嫡室"。《先主传》不提这一茬,《三国演义》也就干脆略去不表,因而给人造成刘备尚无妻子的印象。史家如此处理,诚然是一种大叙事理念,小说家却将此作为"英雄不近女色"的大丈夫风范。其实,小说家对陈寿的叙史意图多有误读,关于这一点后文再予讨论。

然而,小说推进至第十四回(《曹孟德移驾幸许都　吕奉先乘夜袭徐郡》),刘备的家眷突然就冒出来了。刘备得徐州之后,曹操用荀彧"驱虎吞狼"之计,诏令刘备讨伐袁术。这时徐州城内空虚,吕布趁机来袭。宿醒未醒的张飞慌乱中从东门杀出——"玄德家眷在府中,都不及顾了。"这句话来得突兀,殊不知刘备何时有了家眷,而且亦未说明其为何人。下一回中,刘备回徐州,吕布令人送还家眷,这时才提到甘、糜二夫人。陈寿在《先主传》里记述了这一房妻事件,有谓:"先主与(袁)术相持经月,吕布乘虚袭下邳。下邳守将曹豹反,间迎布。布虏先主妻子,先主转军海西……先主求和于吕布,布还其妻子。"但此处所记"先主妻子",应该只是甘夫人一位,因为那时还没有糜夫人。《蜀志·糜竺传》称:"建安元年,吕布乘先主之出拒袁术,袭下邳,虏先主妻子。先主转军广陵海西,竺于是进妹于先主为夫人。"按陈寿此说,正因为甘夫人被虏,刘备才纳糜竺之妹为夫人。

关于刘备的妻室,陈寿的记述有些遮遮掩掩。"数丧嫡室"是在传述甘夫人时顺便提及,而糜夫人只出现于《糜竺传》中;《先主传》非但不提其嫡室,所谓"先主妻子"唯指甘夫人而已,就连《二主妃子传》也没有糜夫人名位。这样的记述分明给人倥偬、迫促的破碎感,不能说是不意中遗漏。小说家本不该摹照史传写法,甘、糜二夫人出场机会不算少,值得用心结述,却偏未作为人物去写。直至第二十二回(《袁曹各起马步三军　关张共擒王刘二将》)才草率介绍这二位夫人。其时，刘备用孙乾之策分兵屯小沛、守邳城，与徐州成犄角之势抵御曹操。刘备与张飞驻小沛，让甘、糜二夫人随关羽于下邳安置。这时书中以回叙方式插入一句："甘夫人乃小沛人也，糜夫人乃糜竺之妹也。"（第十八回《贾文和料敌决胜　夏侯惇拔矢啖睛》亦提到一句"原来糜竺有一妹嫁与玄德为次妻"。）如此推算，甘、糜二人都是刘备入驻徐州后所娶的战地夫人（徐州本是"四战之地"，姑且名之）。仅此仓促一笔，多少给人一种来路不正的感觉，或未是明媒正娶。

二

张飞丢了徐州，又陷了甘、糜二夫人，大遭关羽埋怨。张飞惶恐无地，掣剑欲自刎，被刘备劝住。小说中写道：

> 玄德向前抱住，夺剑掷地曰："古人云：兄弟如手足，妻子如衣服。衣服破，尚可缝，手足断，安可续？吾三人桃园结义，不求同生，但愿同死。今虽失了城池家小，安忍教兄弟中道而亡！"（第十五回《太史慈酣斗小霸王　孙伯符大战严白虎》）

这番情节自是小说家铺陈演绎，刘备所谓"古人云"也是杜撰。毛宗岗夹注中偏要替这"古人云"找寻依据，以《邶风·绿衣》解释"妻子如衣服"，更以《小雅·棠棣》将兄弟阋墙责之妯娌不睦，全是穿凿之说。"绿兮衣兮，绿衣黄里"恰是睹物伤情的咏叹，意在思念亡妻；而歌唱兄弟情义的《棠棣》亦且给出"妻子好合，如鼓瑟琴，兄弟既翕，和乐且湛"的伦理图景，这跟刘备心中兄弟重于妻子的意思完全南辕北辙。

刘备论兄弟、妻子（此处仅指配偶，并非表示妻子及儿女的用法），其实并非着眼于人伦常理，而是分辨功用及谋事的思路——当然，其中有着所谓"上报国家，下安黎庶"的道义基础，这一点不能离开当日诸镇纷争的现实语境。刘备与关羽、张飞的"手足"关系，恰如孟子对齐宣王所说："君之视臣如手足，则臣视君如腹心。"（《孟子·离娄下》）结义之情分固然不假，却并非"手足"对"手足"之关系。对于志在天下的刘备而言，关羽、张飞亦如棋局上的车马炮。如，《淮南子·兵略训》论"良将之所以必胜者"，列述其麾下司马、军尉、候奄、司空、舆尉等五种职官之相互配合，乃谓："凡此五官之于将也，犹身之有股肱手足也。"可见"手足"实与"股肱"同义。

刘备说"妻子如衣服"，在古人眼里很有大丈夫气概，在今人看来无疑是贬抑女性之谬说。其实，倒也不必据于女权或人权角度究诘于刘备，他只是客观地道出女性在男权社会中的附庸地位。况且不能忽略一个实际因素，当日身处吕布、袁术、曹操几股势力夹缝中，刘备在军事上相当被动，带着女眷打仗不能不说是一种累赘。所以，"手足"与"衣服"，乃以其功用／功能决定其孰轻孰重。

刘备的"手足／衣服"之论，诚然是小说家杜撰，但刘备在战场上屡屡抛妻别孥，却是陈寿笔下的史实。除建安元年被吕布虏妻之外，《先主传》还记述以下几次：

> ［建安三年］先主还小沛……布遣高顺攻之，曹公遣夏侯惇往，不能救，为顺所败，复虏先主妻子送布。曹公自出东征，助先主围吕布于下邳，生禽（擒）布。先主复得妻子，从曹公还许（都）。
>
> ［建安五年］曹公东征先主，先主败绩。曹公尽收其众，虏先主妻子，并禽（擒）关羽以归。

〔建安十二年〕曹公以江陵有军实，恐先主据之，乃释辎重，轻车到襄阳。闻先主已过，曹公将精骑五千急追之，一日一夜行三百余里，及于当阳之长坂。先主弃妻子，与诸葛亮、张飞、赵云等数十骑走，曹公大获其人众辎重。

在《三国演义》中，这几次事件分别见于第十九回（《下邳城曹操鏖兵　白门楼吕布殒命》）、二十五回（《屯土山关公约三事　救白马曹操解重围》）、四十一回（《刘玄德携民渡江　赵子龙单骑救主》）。刘备得荆州之前兵力尚弱，几乎屡战屡败，屡屡让人抄了后院，亦一再弃妻而逃。算来甘、糜二夫人两次被吕布所虏，一次被曹操所虏。其实长坂坡那回也几乎让曹操得手，甘夫人好歹被赵云奋力救出，糜夫人为让赵云带阿斗杀出重围却投井而死。作为一个大男人，刘备对两位战地夫人实在是寡情薄义，战事吃紧就弃之如敝屣。

不仅如此，刘备后来娶的孙夫人还被孙权骗回了东吴，那是因为孙权欲趁刘备分兵入蜀之机偷袭荆州，先要扫除后顾之忧。可要命的是，夫人跑了，刘备并不伤心。第六十一回（《赵云截江夺阿斗　孙权遗书退老瞒》）写道：“且说玄德在葭萌关日久，甚得民心。忽接到孔明文书，知孙夫人已回东吴。又闻曹操兴兵犯濡须，乃与庞统议曰：‘曹操击孙权，操胜必将取荆州，权胜亦必取荆州矣。为之奈何？’”东吴结亲时的男欢女爱早已抛却脑后，刘备此际挂念的只是荆州。

三

孙夫人回东吴之事亦非虚构，《三国志》《汉晋春秋》均有记载。《二主妃子传》写刘备纳吴夫人时提到，“先主既定益州，而孙夫人还吴，群下劝先主聘后（按即吴氏）。"

除了早年"数丧嫡室"已无可考，刘备前后有过四位夫人，最后这位吴夫人后来被立为皇后。刘备娶吴氏一事，史家颇有异议。吴氏原适刘焉儿子刘瑁，刘备因与刘瑁同族，起先亦有疑虑，法正以晋文公娶了自己侄媳妇的故实以进劝，于是纳为夫人。此事当然不合人伦常理，裴松之注引习凿齿斥曰："夫婚姻，人伦之始，王化之本，匹夫犹不可以无礼，而况人君乎？"习氏认为，晋文公娶怀嬴是为借助秦国力量夺回晋国，其"废礼行权"尚有可谅之处，而刘备并无"权事之逼"，这样做简直是蔑伦悖理。

所以，《二主妃子传》末评曰："《易》称有夫妇然后有父子，夫人伦之始，恩纪之隆，莫尚于此矣。是故纪录，以究一国之体焉。"陈寿言下之意，蜀汉的"一国之体"确实很成问题，刘备夫人被虏有之，战场弃妻有之，老婆落跑有之，最后又娶了族人遗孀，可见其家室非但屡经丧乱，且亦不成体统。在《三国演义》叙事中，这些都可以认为是刘备对女色不甚用心，而家室丧乱更显其英雄本色。但以史家观点论之，其未能整齐阃内，何论"治国平天下"？朱熹《大学章句》说得很明白，"国之本在家，故欲治国者，必先有以齐其家"。

显然，《三国志》叙说刘备的家室乱象，是联系到纲纪与国体，关乎精神文明与政治正确，用意在于质疑刘备承祧汉室的合法性。这里应该指出：在史家叙事中，"妻子"一语首先不是女性本身，其含义更多在于婚姻、家族乃至家国天下。儒家的伦理思想尽管轻视女性，却十分看重婚姻和家庭，而所谓"后妃之德"更是视如帝王基业。其实，刘备的几位夫人并非阃德不淑（孙夫人还吴或有可议之处，说到归齐还是孙权使坏），而陈寿胪述其颠沛蒙难之事，是从婚姻与家庭关系上揭橥刘备缺乏君子之德——未能参偶妻孥之仪，立母仪之德，而遑论恢复汉室之大业。

陈寿撰史明显贯以儒家风教之旨，往往由家室闺范评骘事业成败。如《吴志·妃嫔传》评曰："《易》称'正家而天下定'。《诗》云：'刑于寡妻，至于兄弟，以御于家邦。'诚哉，是言也！远观齐桓，近察孙权，皆有识士之明，杰人之志，而嫡庶不分，闺庭错乱，遗笑古今，殃流后嗣。"其中引《大雅·思齐》"刑于寡妻"一章，说的就是文王如何以嫡妻太姒为示范，完成修身、齐家、治国之道。陈寿谓之"嫡庶不分，闺庭错乱"，是指孙权因瞩意步夫人，而未立太子登生母徐夫人为后，后又数易太子，竟以少子孙亮为嗣。似乎东吴之亡国，正由此埋下祸根。

《三国志》既以曹魏为正统，对曹操、曹丕的后妃自是大加赞颂。《魏志·后妃传》评曰："魏后妃之家，虽云富贵，未有若衰汉乘非其据，宰割朝政者也。鉴往易轨，于斯为美。"《后妃传》记述卞氏如何有母仪之德，记述甄氏如何行善乡里，谀辞连连，称颂不已，以至做注的裴松之不禁大发感慨："崇饰虚文乃全于是！"裴注指出，这些记述"异乎所闻于旧史。推此而言，其称卞、甄诸后言行之善，皆难以实论。陈氏删落，良有以也"。陈寿究竟删落了哪些负面材料，早已湮灭而不可考。但曹操卞夫人出身倡家，曹丕甄夫人原为敌方袁绍儿媳（破冀州时趁乱纳之），以当日观念亦未可作为垂范之典规。

史实尽可删落和屏蔽，但原则仍是由"齐家"看"治国"。蜀汉基宇偏狭，东吴国势不振，究其根由竟在闺闱之内。按说"天下英雄谁敌手，曹刘，生子当如孙仲谋"，可是这三国杀局，何以曹魏独擅胜场？以陈寿之见，关键亦在于是否树立正确的家国意识，切实加强妻室建设。

四

刘备数次弃妻或妻子被虏之事，不见于裴注所引《英雄记》、王沈《魏书》诸史。其实，是否陈寿臆撰也未可知。史家的春秋笔法不但在于怎么书写，亦在于写什么和不写什么。如，建安五年曹操东征刘备一役，《魏书》云："（刘备）自将数十骑出望（曹）公军，见麾旌，便弃众而走。"打不赢就走，诚是刘备一贯战术原则，但"弃众而走"不等于"弃妻子而走"。而《先主传》就推衍出这番情形："曹公尽收其众，虏先主妻子，并禽关羽以归。"《关羽传》同样记述"曹公禽（关）羽以归"，却并无"虏先主妻子"一事。又，关羽斩颜良，替曹操解白马之围后，"拜书告辞，而奔先主于袁军"。关羽回来了，而同时被虏的刘备妻子却不说起。此际刘备作何想？倘若自己老婆还在曹操手里，纵使心里不在乎，面子上岂能挂得住？此处的缺省处理，让人以为刘备对此奇耻大辱也竟善罢甘休。

在《三国演义》中，被虏的甘、糜二夫人是由关羽护送回来。小说家于此自有一番精心结撰，千里走单骑，过五关斩六将，于颠沛困踬之中写尽英雄忠义之气。对刘备来说，两位夫人已是第三次失而复得，其后还有长坂坡的厄难。陈寿是存心拿"先主妻子"说事儿，未免亦有讥其窝囊之意，而《三国演义》将刘备这些抛妻弃孥之事照单全收，恰恰是借以重构另一种故事。不但以表现关羽、赵云护嫂救主之无比忠勇，更是于忧患之中刻画刘备苦其心志、动心忍性的大人之心。尺蠖之屈，以求伸也，这正是小说家眼中王者风范。

《三国演义》的叙事意图不在于考索一国兴亡之由，无须追究伦理责任，而是要通过战争风云写出种种英雄气质和智慧性格（智谋是另一话题，见本书《一时瑜亮》一文）。面对史家的元叙事，小说家并不理会其中"修身""齐家"的理道,而是直接锁定"治国""平天下"的大目标,作为"英雄"之性格内涵。所以,这部张扬忠勇节义的小说并不强调道德修为,相反每每趋附事功,诉诸机会主义的叙事立场。这里有一个不能忽略的因素,《三国演义》是由宋元时期"说话"艺术发展而来,接受层面与创作层面必然有着彼此影响的互动关系。宋元以后中土民气衰弱,沉沦之中重述"恢复汉室"之旧梦,实是召唤汉唐盛世的历史记忆——这种逆境奋起的英雄叙事符合受众的审美期待,至少能借此获得某种精神自慰。

刘备说"妻子如衣服",也是有意撤除家室拖累。相比贪恋女色、为妻女所羁的吕布,刘备顽心似铁的目标意识不能不让人肃然而惮之。其实,刘备绝非缺乏情感的糙人,他可以为髀肉复生而慨然流涕,樊城撤退时更是一路泣下,可是对屡遭磨难的两位战地夫人,偏是没有表现出一丝的温情与抚慰。如果说陈寿的叙述内含以家庭、人伦为本的理则,那么小说叙事则基本沿循一套先军政治路线。《三国演义》之前,中国文学一向"儿女情多,风云气少"(梁启超语),而此书一出,即开创杀伐破局的一路。

书中有一个插曲与刘备弃妻表里相形,就是刘安杀妻一事。这事情也跟刘备有关。第十九回,吕布攻陷小沛,刘备弃了妻小仓惶出逃,途次投宿猎户刘安家中,有谓:"当下刘安闻豫州牧至,欲寻野味供食,一时不能得,乃杀其妻以食之。"这个虚构的情节亦自有本事,显然是易牙烹子和介子推割股的混合版,为表现刘备有何等忠诚的基本群众,其中玉汝于成的残酷意味令人毛骨悚然。毛宗岗夹注评曰:"玄德以妻子比衣服,此人以妻子为饮食。更奇。"其实应该说"更绝"——以弃妻的逻辑相推衍,其极端情形就是杀妻一招了。

五

《三国演义》经常提到刘备乃中山靖王刘胜之后，以宣示其承祧汉室的合法性。第二十回（《曹阿瞒许田打围　董国舅内阁受诏》）中，刘备在许都谒见献帝，列叙宗族世谱，排为景帝十八世孙，论辈分还是献帝之叔。后来献帝传讨贼的衣带诏，身为国舅的董承自然想到了这位皇叔，此后刘备抗拒曹操便是奉诏讨贼之煌煌义举。

中山靖王刘胜之后的说法仅出自《先主传》，并无其他记载可资参照。《三国志》之魏、吴二志均有前人史著为依据，唯独蜀汉一志完全由陈寿自撰。这里有必要再对陈寿的春秋笔法略作检讨。

据《汉书》记载，刘胜实是绝顶荒唐之人。《景十三王传》谓："(刘)胜为人乐酒好内（颜师古曰：'好内，耽于妻妾也。'），有子百二十余人。常与赵王彭祖相非曰：'兄为王，专代吏治事。王者当日听音乐，御声色。'赵王亦曰：'中山王但奢淫，不佐天子拊循百姓，何以称为藩臣！'"由此可见，刘胜无非是一酒色之徒，且以"日听音乐，御声色"为职事。而《先主传》所称"先主不甚乐读书，喜狗马、音乐、美衣服"，跟刘胜的禀性几乎一脉相承，陈寿的记述似有这样一种暗示：如果不是早年家贫，刘备八成也是那种奢淫子弟。

刘胜的儿子有一百二十之多（这数字让人惊讶亦且发噱），按《先主传》说法刘备系其中封陆城侯刘贞的一支。《汉书·王子侯表》记载刘胜有二十子封侯（按武帝时推恩之法，藩国分户邑以封子弟），陆城侯系汉武帝元朔二年（公元前一二七）所封，至元鼎五年（公元前一一二）坐"酎金案"免除，食邑不过十五年。然而，先主传谓"胜子贞，元狩六年封涿县陆城亭侯"，始封的年份就搞错了，这是一个明显的破绽。如果推迟至元狩六年（公元前一一七），那么陆城侯的后人更无祚胤可言。

其实，大可怀疑刘备究竟是不是中山靖王刘胜的后人。这刘胜非但名声不好，子嗣还超多，从刘贞开始即使每一代只生两个儿子，到刘备这一辈（姑按小说编造的世谱，以十七代推算），他这一支繁衍的"皇叔"便是相当吓人的数字（120×2^{16}）。给刘备找了这样一位祖先，其皇 N 代的天潢身份也怕是跟阿 Q 姓赵的道理一般了。

值得注意的是，裴松之给出另一种说法，即《先主传》注引鱼豢《典略》所称："（刘）备本临邑侯枝属也。"

中山靖王刘胜的儿子没有一个封号为"临邑侯"，查《汉书·王子侯表》亦未有此封号。《后汉书》出现过两个"临邑侯"，系常山宪王刘舜和长沙定王刘发之后人，均在东汉初年。一见《光武帝纪》，建武二年："真定王杨、临邑侯让谋反，遣前将军耿纯诛之。"（亦见《后汉书·耿纯传》）一见《宗室四王三侯列传》，建武三十年，北海靖王刘兴的儿子刘复被封为临邑侯。刘兴的父亲刘缤是光武帝刘秀之长兄，追谥齐武王，这临邑侯刘复也即光武帝的侄孙。现在没有其他线索可证实刘备祖上是哪个临邑侯，倘若史家认同刘备光复汉室之使命，应该攀上光武帝的宗亲才好。比起陈寿的刘胜一说，鱼豢追溯的谱系要近得多，应该说可信度更高。鱼豢是三国时期魏国人，亦比陈寿更贴近刘备的时代。

刘备未能成为刘秀那样的中兴之主，或许在陈寿看来，就不应该是缵续刘秀侄孙刘复的一支。刘备岂止是自身缺乏帝王素质，祖上阴德有亏已注定其基业不稳，这是陈寿撰史之义。可是小说家未考中山靖王是何等人物，只将汉景帝的嗣息作为一块金字招牌，借以铺叙恢复汉祚的光荣与梦想，殊不知人家早已设置了道德陷阱。《三国演义》让刘备以宗室身份参与董承、马腾等人密诛曹操，以为正是合法性所在，其实在史家眼里不啻宗室、外戚、藩镇相与勾结之谶兆——大汉江山不正是亡于三者之手？

　　裴松之很怀疑陈寿撰史的真实性。《先主传》"（章武元年）置百官，立宗庙，祫祭高皇帝以下"句下，裴注云："臣松之以为先主虽云出自孝景，而世数悠远，昭穆难明，既绍汉祚，不知以何帝为元祖以立亲庙。于时英贤作辅，儒生在官，宗庙制度，必有宪章，而载记阙略，良可恨哉！"

　　故事湮灭不彰，盖因绕不出历史叙述的三岔口。

二〇一五年二月十八日，甲午除夕记

关羽说『荆州本大汉疆土……』

《三国演义》第二十五回（《屯土山关公约三事　救白马曹操解重围》），曹操大军将关羽围在下邳城外一座土山上。此时徐州、小沛已失陷，刘备、张飞各自逃命。关羽未便逃跑，是因为甘、糜二夫人尚在下邳，他负有保护之责。曹操派张辽来劝降，关羽提出三个条件：一是降汉不降曹，二是不能为难两位嫂嫂，三是日后但知刘备去向立即走人。关羽追随刘备拯援汉室，本来就是汉臣，其以"降汉"申辩名义，有些自欺欺人；打着这种旗号归附，倒不啻是承认曹操代表汉室的资格。所以曹操并不恼，还笑着说："吾为汉相，汉即吾也。"这话自然流露刚愎自用的倨傲心态，但此际他只想着收纳关羽为己所用，不去纠缠什么说法。彼此各自表述，各取所需，乃以实用主义对付机会主义。双方都是应机权变，其实谁也不吃亏。

甘、糜二夫人既然成了人质，给予优待不成问题，像是道上的规矩，此前吕布掳获刘备家眷也是好生侍养。关键是关羽提出的第三个条件，颇让曹操犹豫。既然人家早晚得回到刘备身边，曹操心想，那还养着他干嘛？张辽举述战国刺客豫让的"众人""国士"之论，劝说曹操答应这一条。在张辽看来，若以优于刘备之恩厚对待关羽，

张辽劝说云长，《三国演义》清初大魁堂本插图

想必终能使他回心转意。

　　这里涉及"忠诚"的道义基础，张辽扯出豫让的例子，是一个有趣的话题。按《史记·刺客列传》，豫让的旧主范氏、中行氏让智伯给灭了，他被收在智伯门下。后来智伯又为赵襄子所灭，幸而逃脱的豫让决意要替智伯报仇，毁容隐名亡命江湖。他在行刺时被执缚，赵襄子诘问：你早先的主人为智伯所灭，你并未替他们挺身而出，现在怎么倒要为智伯报仇？一问之下，便有豫让这段经典台词："臣事范、中行氏，范、中行氏皆众人（一般人）遇我，我故众人报之。至于智伯，国士遇我，我故国士报之。"豫让的忠诚动机很简单——"士为知己者死，女为悦己者容。"

　　《史记》所述豫让事略皆出《战国策·赵策一》，按顾炎武说法，那正是"邦无定交，士无定主"的时代。其实，诸镇纷争的三国时期亦大致如此，大家都在道上混，谁也不至于一棵树上吊死。但这里的问题是，关羽不是豫让，他在刘备那儿亦非"众人"一格。所以，尽管曹操待之甚厚，赠袍、赠金、赠马、赠美女，三日小宴五日大宴，最后还是留不住他。当关羽得知刘备在河北袁绍那儿，便毅然封金挂印，带着两位嫂嫂递递迢迢奔其而去。千里走单骑，过五关斩六将，可谓历尽艰难厄阻。书中这些虚构的情节极为精彩，不但是写关羽之果敢勇猛，更是表现其忠心义胆。

　　秦汉之前，士者忠诚之道义基础主要在所谓知遇之恩，但以某些个例而论，不能说没有其他因素。如，《史记·赵世家》记公孙杵臼、程婴舍命救护赵氏孤儿，是将"立赵氏之后"作为延续宗祀的大事业，显然不仅为着感恩与报答。司马迁未及细述赵氏恩厚如何，但从公孙杵臼言辞（"赵氏先君遇子厚"）可以看出，主人对待他俩自有厚薄之分。公孙杵臼带着假赵氏孤儿赴死，是因为程婴认为"死易，立孤难耳"——既然程婴恩遇更厚，由他担负"立孤"重任自是顺理成章。这个故事后来被元人纪君祥编为杂剧《赵氏孤儿》，更是淡化其报恩色彩，大大强化了"立赵氏之后"的家国伦理大义。同样亦为宋元以后的讲史作品，《三国演义》塑造关羽忠勇节义之高大上形象，亦同样注入这种政治伦理观念。

一

　　关羽之忠诚，《三国志》已有原型，其传中亦记述解白马之围后辞曹操而回归刘备。关羽早就跟张辽说过："吾极知曹公待我厚，然吾受刘将军厚恩，誓以共死，不可背之。吾终不留，吾要当立效以报曹公乃去。"当然,这里表达的还是知遇之恩。小说中桃园结义之事,大抵从"誓以共死"一语中敷衍而出。但这"誓以共死",并非结义时所谓"只愿同年同月同日死"的字面意思,应该指彼此赴死以求的某种共同事业。小说将这层意思作了明晰阐发,那就是桃园结义誓言中所谓"上报国家,下安黎庶"云云。

小说第六十六回(《关云长单刀赴会 伏皇后为国捐生》)中,诸葛瑾来索讨刘备佯许的长沙等三郡,关羽闻言竟勃然大怒,听着像是完全不给刘备面子——"吾与吾兄桃园结义,誓共匡扶汉室。荆州本大汉疆土,岂得妄以尺寸与人?将在外,君命有所不受。"这话可谓大义凛然,点明结义乃志在"匡扶汉室",自有超越私谊的大目标。所谓还荆州一半与东吴,只是诸葛亮导演的一出戏,让刘备唱红脸,关羽唱白脸。关羽倒是铮铮有声,理直气壮——结拜之义是报效国家,而兄弟私谊不能妨碍国家利益。诸葛亮跟诸葛瑾还是亲兄弟,对此伦理大义,亦是各为其主。

史传未有刘关张结义之事,但三人间亲密关系在陈寿笔下有所记述,《蜀志·关羽传》开头这段话约略勾勒出一番情形,亦为小说提供描绘他们兄弟情谊的基本素材:

> 先主于乡里合徒众,而(关)羽与张飞为之御侮。先主为平原相,以羽、飞为别部司马,分统部曲。先主与二人寝则同床,恩若兄弟。而稠人广坐,侍立终日,随先主周旋,不避艰险。

另,《张飞传》亦谓:

> 张飞……少与关羽俱事先主。(关)羽年长数岁,(张)飞兄事之。

"恩若兄弟"不能说是正式结契,此中关系可略作讨论。刘备私下里与关、张二人"寝则同床，恩若兄弟"，而"稠人广坐，侍立终日"却是另一种情形。古代人伦语境与今不同，但当日宗法社会与现代黑社会有着相似的差序结构，长兄与诸弟固以亲情（情谊）凝聚为团体，彼此亦是老大与马仔的关系。关羽与张飞在刘备身边终日侍立之际，俨然已将这大哥视为人主。在"汉官威仪"成为礼治风气的年代，这种"恩若兄弟"的关系自然很容易内化为"君君臣臣"的伦理自觉。当然，《三国志》记述刘关张诸事并未明确贯以圣王之道与国家意识。陈寿叙史以曹魏为正统，对于刘备承祧汉室的合法性未予肯定；从《先主传》看，面对诸镇纷争之乱局，刘备纠合徒众，只是争一分天下而已。然而，到了《三国演义》里边，其承祧汉室的使命就一再被强调，关羽的忠诚亦便纳入了超越一般人伦层面的政治内涵。

至于曹操，关羽实是颇有感恩之念，人家好吃好喝招呼着（当然，"上马一提金，下马一提银"那些细节都是小说家臆构），怎么说也是一份恩惠。不过说到底，那只是一笔人情债，斩了颜良就算是抵还了人情（小说中义买一送一，多斩一个文丑，以后还有华容道一节），无须终身鞍前马后替曹操做事。其实于曹操而言，关羽倒是不折不扣的"持不同政见者"（今人所谓"政见"，古人视为"大节"），不可能成为其党羽。关羽心里明白，刘备那儿才是他真正的归属。刘备不止是兄长和老大，毫无疑问，关羽认准这中山靖王之后、皇N代血脉的刘皇叔才是"国家"。

二

"士为知己者死"，其言铿锵有声，却只能说是一种简单的报恩观念。犹之革命话语所谓朴素的阶级感情，是对救主、人主的感念之言。其实，一说感恩与报答，士者与人主已然有别。张辽举"国士"之论，之于关羽实在很确切（《蜀志》关张诸传评曰："羽报效曹公，飞义释严颜，并有国士之风。"），但究竟以刘备还是曹操为主公，绝非只是金钱爵禄的计较。张辽忽略了一个重要关节，就是今人所谓思想立场，其中自有是否政治正确之因素。

如果不是遇上刘备，关羽只是游侠刺客一类角色。他在乡里杀了人，久已流落江湖（《关羽传》谓之"亡命奔涿郡"），跟从刘备之后才算是上了道。从本质上说，这跟孟尝君的门客没有两样。司马迁作《游侠列传》，叙说朱家、郭解诸事，实着眼于君侯事业，意在让季次、原宪那样的独行君子"效功于当世"，亦即如何使天下闾巷之侠"轨于正义"。其实，人主如何收纳天下桀士，君侯怎样变定手下一干徒众，亦是收拾汉末乱局之关键。故王夫之有谓："所谓雄桀者，虽怀不测之情，而固可以名义驭也。明主起而驭之，功业立而其人之大节亦终赖以全。"（《读通鉴论》卷九）然而，王夫之强调"名义"，与司马迁仅着眼于"效功"已是大为不同，宋元以后尤其明清之际，儒者意识形态中已将概而言之的"天下"明确为国家实体；而产生于元朝人主中原之后的《三国演义》，借以"匡扶汉室"大做文章，明显是召唤汉族士夫之历史记忆，强调华夏民众之国家认同。所以，其"名义"之辨，如谓"汉贼不两立"之类，实是一条重要的叙事原则。

刘备以何种"名义"驱驭关羽、张飞？无非是两条：一者是作为人主身份的合法性，他是"中山靖王之后"，又是"皇叔"；一者是以整饬郡国天下为目标，所以他一再以"匡扶汉室"为号召。从关羽这方面来说，正是这两条奠立了他的忠义人格。

《三国演义》的政治情怀分明是宋元以后国家意识的转录，而陈寿的叙事基于成王败寇的历史消息。所以，《三国志》不可能独于刘备的诉求赋予某种具有合法性的理想架构。像刘表、刘焉、刘璋那些人都是汉室宗藩，要说奉天承运的合法性，不唯刘备一人（《蜀志》将刘焉、刘璋二传列刘备之前，实则以为先主之前之"先主"）。《先主传》虽然透露刘备有帝王之志，亦谓"盖有高祖之风，英雄之器焉"，但陈寿并不认为刘备有资格承绪大统，甚至都不认为托翼曹操的汉廷还是一种合法性存在。小说里一再鼓吹拯救汉室的光荣与梦想，而《先主传》里的刘备不曾借由如此申明大义的话语力量。通观《先主传》，只是刘备即位汉中王时，上表献帝的官样文章里才有"靖匡王室"的字样。

陈寿记述刘备如何纠合关羽、张飞乃至赵云、马超数辈，不讲什么大道理，只是以"恩若兄弟"为笼络。当然，陈寿笔下的刘备倒不失仁者风范，如当阳撤退携民众十万，行路艰难亦未肯舍弃（有曰："夫济大事必以人为本，今人归吾，吾何忍弃去！"）；又如入葭萌关即"厚树恩德，以收众心"。在小说里，刘备这些仁义之举自然被大肆张扬，甚至不乏阵前摔阿斗这样夸张的细节。不过，《三国演义》表现刘备之仁厚，绝非妇人之仁，而是与社稷大义相为表里，自有一套崇高话语。比起史传中"真实"的刘备，小说家刻画这个人物明显突出讲政治讲大局的观念，其引领左右的诀窍亦在于此。

比如，第十一回（《刘皇叔北海救孔融　吕温侯濮阳破曹操》）陶谦二让徐州，刘备坚执不受，关羽、张飞劝其"何必苦苦推辞"，刘备却道："汝等欲陷我于不义耶？"这未必是故作姿态，其救援徐州打着主持正义的旗号，这时候得了徐州难免落下趁人之危的名声。刘备给曹操写信劝其退兵，申述黄巾遗孽和董卓余党之害，亟言"愿明公先朝廷之急而后私仇，撤除徐州之兵，以救国难"。如此奋辞陈义，标格甚高。先朝廷之忧而忧，稳定压倒一切，这就是政治。再说徐州乃"四战之地"，刘备本不欲成为众矢之的——后来陶谦临终托任，不得已权领徐州事，果然就被袁术、吕布、曹操轮番绞杀。其时刘备实力不济，尚不足以自领州郡，取舍进退之间自须掂量利弊得失，这亦是举大事者之大局观。又如，第二十回（《曹阿瞒许田打围　董国舅内阁受诏》）许田打围，曹操迎受群臣山呼万岁，关羽忍不下这口恶气，"提刀拍马便出，要斩曹操"，却被刘备制住。事后刘备解释"投鼠忌器"的道理，担心的是献帝安危。关羽、张飞之所以跟从刘备，其政治观大局观是不能忽视的重要因素。

三

古人以仁恩驭士，内中自有付诸某种理想化的伦理逻辑。先秦儒者以为这种"尊尊亲亲贤贤"的仁爱模式便是建构圣王之道之枢要，借此可将乡曲之侠、江湖屌丝一并纳入礼治轨道。故《礼记·大学》有曰："未有上好仁而下不好义者也。"其实，仅由上下关系厘正责任与义务，这种伦理构想过于简单。如果说上者尽施予恩惠，下者必听命于上，什么事情都不难摆平，天下就应该秩序井然祥和安宁，而儒者这番道理恰与许多实际情形大相径庭。

《三国演义》虚构的桃园结义倒是一种有效的统驭方案，它为刘备如何纠合徒众设计了颇有创意的组织形式，也即以匡振大义为宗旨的异姓结契。实际上刘关张之"结义"就是结社或结党，《水浒传》中写到的大小聚义亦大率如此，其核心内涵是将公义与私谊捏合到一起。虽说结契的习俗在中土由来已久，甚至往往被人追溯到《周易·系辞上》的"金兰"之言，但正史中很少记录这类事例，尤其是具有明确宗旨的结契活动。秦汉之际，刘邦、项羽短暂的盟约关系可以说是一个少有的例子。太史公记昔楚汉争霸，对峙广武之时，项羽捉了刘邦老父欲置俎上活烹，刘邦不为所动，曰："吾与项羽俱北面受命怀王，曰'约为兄弟'，吾翁即若翁，必欲烹而翁，则幸分我一杯羹。"(《项羽本纪》)其谓"约为兄弟",与结契庶几同义。但刘关张之结义,显然不同于刘备的祖上与祖上的那位"兄弟",因为刘邦、项羽各有人马,只能是对等关系(对等就容易演化为对立乃至互掐),而刘备与关羽、张飞则有上下之分、君臣之别,刘备一开始就是老大。也就是说,尽管都是异姓结契,亦各有宗旨与内涵,但刘邦、项羽"约为兄弟"只是一时的合作,而刘关张的桃园结义作为一种差序结构,反倒更像是关系稳定的党社组织。

所以,后世的帮会门道与民间异姓结契大抵沿循桃园结义这一模式,中国历史上所有称兄道弟的结契没有比这个虚构事件影响更大的。值得注意的是,《三国演义》用"结义"一词代替"结契",分明彰显仗节死义的意思,其结义之"义"是道义、节义,亦是誓之宗社之大义。这"义"之一字既可融通上下界限,更使"兄弟"结为"同志"(《国语·晋语四》:"同德则同心,同心则同志。")。在《三国演义》中,这种结义更胜于亲情,比人家亲兄弟更为齐心。

然而有趣的是,小说里写到的亲兄弟大多反倒不是同心同德。不必说曹丕对曹植"相煎何急",不必说袁谭、袁熙、袁尚三子兵戎相见,不必说刘琦、刘琮哥儿俩明争暗夺,这种兄弟阋墙或分道扬镳的事情,实并不限于世族阀阅子弟立嗣之争——如,张松是暗通刘备欲献西川,被其兄张肃告发,落得个满门抄斩。又如,糜竺、糜芳自徐州跟从刘备,一者始终是蜀汉的忠臣,一者却在吕蒙偷袭荆州时临阵倒戈使关羽败走麦城。还有一个更耐人寻味的例子,诸葛亮与其兄诸葛瑾分别是蜀汉与东吴重臣,而且他们还有一个族弟诸葛诞效力于曹魏。毛宗岗特别关注这事情,因有"诸葛兄弟三人,分事三国"之谓(第一百十一回《邓士载智败姜伯约 诸葛诞义讨司马昭》总评)。

上述兄弟歧途之例,并非小说家虚构,其实均见诸《三国志》

和有关史书。只是《三国演义》写了刘关张结义一事,相应有了对照,可以见得结契义理更胜于同胞亲情。奇怪的是,《先主传》叙刘备起事之初,不提关羽与张飞,却偏偏扯入两位赞助商:"中山大商张世平、苏双等赀累千金,贩马周旋于涿郡,见而异之,乃多与之金财。先主由是得用合徒众。"陈寿以为刘备"贩屦织席为业",家赀不厚,须交代招募部曲之资金来源。其实,团队、组织、核心骨干,这些才是最重要的,有道是"政治路线确定之后,干部就是决定因素"。

如果将历史理解为一个民族的共同"记忆"(抑或包括共同的"想象"),被认为是文学作品的《三国演义》之叙史意义,在"历时性"的意义上无疑甚于《三国志》。

四

当然,不要真以为刘备与关羽、张飞就是"兄弟"。在刘备心里,他俩只是"手足"与"股肱",有如棋局上的车马炮(参见《刘备说"妻子如衣服"》一文)。小说第二十一回(《曹操煮酒论英雄　关公赚城斩车胄》),刘备在献帝衣带诏上签名,参与诛曹密谋,如此重要的事情却未告诉关羽、张飞。当时刘备行韬晦之计,在下处后园种菜以为掩饰,他这两位兄弟还蒙在鼓里。书中写道:"关、张二人曰:'兄不留心天下大事,而学小人之事,何也?'玄德曰:'此非二弟所知也。'"

刘备明说了,你们不懂。老大与马仔之间,亦以上智下愚为界限。煮酒论英雄一节过后,刘备为寻脱身之计,以截击袁术为由率军出征,星夜收拾军器鞍马,匆忙起程。他骗过了曹操,也弄得关羽、张飞一头雾水:"兄今番出征,何故如此慌速?"这几乎是仓惶出逃,刘备的算盘还留在自己脑子里,不肯向他俩交底。他是老大,他可以随便指挥那两杆枪。

其实，关羽与张飞不同，此公实非粗人，虽说"刚而自矜"，却是有勇有谋，心思缜密。《三国演义》塑造其人，还添加了读书人的儒雅形象，书中一再出现关羽夜读《春秋》的情形（《关羽传》裴松之注引《江表传》曰："羽好《左氏传》，讽诵略皆上口。"），而张辽则当面赞关羽"兄武艺超群，兼通经史"。如此说来竟是文武全才。不管怎么说，他可比刘备有文化。《先主传》说刘备"不甚乐读书"，小说里更不见刘备碰过书卷。以关羽这样的性格与素养，在这三人帮的兄弟格局中似乎难以自适。

刘备诰封"五虎将"一事，关羽就极为不满。表面上是冲着黄忠发飙："黄忠何等人，敢与吾同列？大丈夫终不与老卒为伍。"其实，拿黄忠说事儿很没有道理。论武艺黄忠几乎不在他关羽之下，当初战长沙阵前斗一百合，关羽丝毫没有占到便宜。"黄忠老将，名不虚传"，这是他自己的心里话。后来再战，双方都手下留情，也算留下一段佳话。再说刘备进军西川、汉中，黄忠战功卓著，定军山斩夏侯渊一幕，完全就是他关羽斩颜良的翻版。关羽这是要抱怨什么呢？书中没有说。

第七十三回（《玄德进位汉中王　云长攻拔襄阳郡》）中，东吴欲联手关羽共破曹操，派诸葛瑾来为孙权之子求婚，关羽竟甩出"吾虎女安肯嫁犬子乎"这番狠话。东吴找上门的亲事不是第一回，关羽自然不会忘了孙权之妹曾嫁与刘备。骂孙权是"犬"，未必是指桑骂槐，却拐弯抹角有意无意捎带上刘备。毛宗岗夹注中一语挑明："玄德曾配孙夫人矣，是虎兄而配犬妹也；孙夫人为公之嫂矣，是虎叔而有犬嫂也。"这话或有些过度解读，但关羽拒亲至少说明，就眼界、心气（或今人所谓"逼格"）而言，他不自觉中也有些傲视刘备。当然骨子里更是蔑视孙权。

关云长单刀赴会，《三国演义》清初大魁
堂本插图

　　当初诸葛亮入川时，将荆州托付给关羽，留下"北拒曹操，东和孙吴"八个字，而关羽终是未将"东吴群鼠"当回事儿。第六十六回单刀会是一个明显的例子。鲁肃献计在陆口江亭摆下宴席，请关羽赴会，企图逼其归还荆州。这分明是鸿门宴的招数，关平、马良亟劝关羽切勿赴会，关羽却满不在乎，有谓："昔战国时赵人蔺相如，无缚鸡之力，于渑池会上，觑秦国君臣如无物，况吾曾学万人敌者乎？"他不仅做廉颇，还要做蔺相如，是要将国家担于一身。如此以古人自况，可见一副睥睨千古之傲气。这单刀会一出，完全成了关羽的个人秀场，从席间谈笑自若到手提大刀将鲁肃扯到船边，一身英雄之气表现得淋漓尽致。

　　先是身陷曹营，再是千里走单骑，这回又是独守荆州，关羽的

关云长水淹七军，《三国演义》清初大魁
堂本插图

故事多半发生在与刘备、张飞暌隔之际。孤独中的聚焦凸显了关羽
个人的雄迈丰采，似乎也摆脱了结义三人帮的差序结构。当然，
没有证据表明关羽已对刘备怀有二心，事实上他始终努力维护自
己的忠义形象，绝不会逾越君臣界限。不过，事情也许有一些微
妙变化。以刘备为效忠对象，自然最终是效忠作为"国家"的汉室；
而内心这个终极目标有时会绕开刘备这个"中间物"，直接向他发
出召唤。

第七十五回（《关云长刮骨疗毒　吕子明白衣渡江》）中，关羽
水淹七军，擒了于禁，斩了庞德，威震华夏，即率军围攻樊城。按
关羽的计划，"取了樊城，即当长驱大进，迳到许都，剿灭操贼，以
安汉室"。消息传到许都，使曹操大为慌乱，一度想要迁都。当然，
这不是刘备、诸葛亮的战略意图。倘若关羽长驱奔袭，拿下许都或

关云长威震华夏，《三国演义》清初大魁
堂本插图

有可能，但绝不可能给曹军以毁灭性打击，反倒在中原深陷重围。
而一旦倾力北上，荆州必然落入东吴之手。由于自己身中毒箭，随
后吕蒙偷取荆州，关羽眼前的战机便稍纵即逝。书中没有写刘备、
诸葛亮对关羽"长驱大进"的计划做何反应，因为关羽没有向成都
汇报自己的意图。等到荆州的消息传来，一切都晚了。

　　孤独的英雄需要抓住内心的绝对意志。关羽说："吾与吾兄桃园
结义，誓共匡扶汉室。"这是亮出政治底牌，他强调的是一种终极信念。
关羽说："荆州本大汉疆土，岂得妄以尺寸与人？"当着诸葛瑾唱白脸，
他说的却是真话。言谈謦欬都是大汉忠臣的范儿，显然他本人也国家
化了。关羽说："将在外，君命有所不受。"这也是真话，既然"国家"
已经从刘备身上移植到自己信念之中，他当然可以自行裁夺。孤独的
英雄独往独来，至少可以在想象中恣意而行。

五

在陈寿的三国叙事中，关羽不能说是一个被特别关注的人物，《蜀志》是将关羽与张飞、马超、黄忠、赵云数传合为一章，其事略，竟不如姜维、法正等人详尽。然而，在《三国演义》中，关羽却被塑造成忠勇节义之集大成者，成为影响最大的正面人物。小说家对关羽的重视自有历史原因，自北宋末年起朝廷对关羽的敕封开始接踵而至，大抵是"国危思良将"的意思。但此中因素很复杂，民众的尊崇另有原因，也许要从"道""义"两面寻之。

民间对关羽的祭祀应该更早。本文作者无以考证这种祭祀起于何时以及最初是否属于"淫祀"之类。然而，自元杂剧三国戏和《三国演义》问世之后，文艺作品塑造的形象显然又影响了民间祭祀与官方敕封，这种互动关系可以作为一个研究课题。

三国人物中唯独关羽死后成为神祇，成为"关圣"与"关帝"。据说，明万历二十二年（一五九四），朝廷从道士张通元所请，关羽进爵为帝，庙曰"英烈"。四十二年（一六一四），又敕封"三界伏魔大帝神威远镇天尊关圣帝君"，自是相沿有"关帝"之称。明清以后各地大兴庙祠，关帝崇拜赫然为盛。身前为人臣，死后却称帝，这事情确实很有趣。相形之下，当年的老大却显得落寞，刘备好歹正式做了皇帝，后世未以"刘帝"见尊，亦鲜有祭拜。

关羽被奉祀似有多种理由，从道德形象到相貌体貌，此公都是国人极喜爱的一路。"丹凤眼，卧蚕眉，面如重枣，唇若涂脂，且身长九尺，髯长二尺"，这形象在旧时年画上看着很是威武持重，仪态儒雅又透着几分妩媚，甚至青龙刀、赤兔马、黑周仓那几件伴当也都洽洽入画。忠诚者变成了膜拜的对象，这个对象化过程可以说是

关羽像，明王圻《三才图会》

一种审美选择，也可以说是国人集体意识之确认。重要的是，关羽不仅有着忠勇节义的完美形象，而且具有"刚而自矜"的个性——不要以为这个民族的性情都湮没在家国话语的集体意向之中，以评骘历史人物而论，国人眼里注意的首先倒是某种超凡个性，如从伯夷叔齐到屈原，从竹林七贤到戊戌六君子。在皇权、风教和政治伦理的禁锢中，逮着机会放肆一把也是生命亮点，谁说不是。

"神威丕显""大义参天"之类是碑文上的滥词，返照于国民精神深处也许是另一套话语。比如，怎样才是真正的牛范儿，如何将隐忍克制与任性使气集于一身……诸如此类。

二〇一五年五月十二日记

石头城下无波涛

何处望神州？满眼风光北固楼。千古兴亡多少事？悠悠。不尽长江滚滚流。　年少万兜鍪，坐断东南战未休。天下英雄谁敌手？曹刘。生子当如孙仲谋。

说到孙权，不由想到辛弃疾这首《南乡子·登京口北固亭有怀》。无独有偶，另一位南宋词人刘克庄也在词中慨叹"生子当如孙仲谋"，其《沁园春·送孙季蕃吊方漕西归》上阕："岁暮天寒，一剑飘然，幅巾布裘。尽缘云鸟道，跻攀绝顶，拍天鲸浸，笑傲中流。畴昔奇君，紫髯铁面，生子当如孙仲谋。争知道，向中年犹未，建节封侯。"这并非抄袭辛词，"生子"句是用典，原出《三国志》裴松之注。《吴志·吴主传》："（建安）十八年正月，曹公攻濡须，权与相拒月余。曹公望权军，叹其齐肃，乃退。"裴注引《吴历》曰：

曹公出濡须，作油船，夜渡洲上。权以水军围取，得三千余人，其没溺者亦数千人。权数挑战，公坚守不出。权乃自来，乘轻船，从濡须口入公军……权行五六里，回环作鼓吹。公见

吴主孙权像，阎立本《历代帝王图》

舟船器仗军伍整肃，喟然叹曰："生子当如孙仲谋，刘景升儿子
若豚犬耳！"

赤壁之战后，曹魏数度自濡须口出击，却始终未能过江。一千
年后，宋人面对北方之敌，辛、刘一班士流以孙权抵拒曹操的故事
相激励，不由感慨"英雄无觅，孙仲谋处"。现实危难激活了历史记忆，
孙权作为割据一方之雄主，无疑代入了抵抗情怀。

关于三国故事的民间传播，文学史家每每援引苏轼一则坊肆说
话的记述：

王彭尝云，涂巷中小儿薄劣，其家所厌苦，辄与钱，令聚
坐听说古话。至说三国事，闻刘玄德败，频蹙眉，有出涕者，闻
曹操败，即喜唱快。以是知君子小人之泽，百世不斩。(《东坡志

林》卷一，鲁迅《中国小说史略》引为"《志林》六"，恐误）

说话人以刘备为同情对象，自是强调正邪之分，这种叙事态度绝非源自陈寿《三国志》，却跟当日官场政治颇相吻合。北宋党争汹涌、异论相搅，思想学术皆有君子小人之畛域，新学旧学几乎水火不容。强调蜀汉之正义，不啻从悲慨的历史叙事中发现了可以自我激励的崇高语境。当然，历史并非"君子小人之泽"，到了金人和蒙古大军压境之际，能够守住东南的孙权又成了人们心目中的英雄。从同情刘备到追慕孙权，三国叙事每每融入了现实语境。三国如何演义，或亦因时因地而论。

陈寿《三国志》以曹魏为统纪，实看重曹魏和司马氏之统一大业。民间说法是成王败寇，史家眼里却是具有"合法化"功能的历史叙事。《四库总目提要》说到撰史立场及后之异议，特别提出"当论其世"的问题。如，举述习凿齿《汉晋春秋》之"帝汉"，即联系晋室南渡之背景，"为偏安者争正统，此乎于当代之论者也"。《提要》又云：

> （陈）寿则身为晋武之臣，而晋武承魏之统，伪魏是伪晋矣。其能行于当代哉？此犹宋太祖篡立近于魏，而北汉、南唐迹近于蜀，故北宋诸儒皆有所避而不伪魏。高宗以后，偏安江左，近于蜀，而中原魏地全入于金，故南宋诸儒乃纷纷起而帝蜀。此皆当论其世，未可以一格绳也。

道理自然不错，但宋儒未必尽如其言。说到南宋诸儒，四库馆臣何以只言"帝蜀"，而不提"帝吴"？敢情是将《三国演义》当作信史了。

一

读《三国演义》，有时觉得孙吴只是那种见风使舵的角色。曹、刘两边，一邪一正，小说中是冲突的主要方面。孙吴不正不邪，左右摇摆，有时联刘拒曹，有时又跟曹魏勾搭一处，浑然不见立场与方向。只是为夺回荆州，竟不惜助纣为虐，搞掉了关羽，又将急火攻心的刘先主逼上绝路，兀那下手也忒狠。

最初，孙权的老爸孙坚作为讨伐董卓十八镇诸侯之一，也算正义之师。可自从洛阳宫中获得传国玉玺，以为天授此物"必有登九五之分"，弄得有些神经兮兮。其实，那只是一个物件，已非皇权符验。曹操挟天子以令诸侯，实实在在攥住了中央政府；刘备张显其宗室身份，便有匡扶大义之话语权；孙氏以玉玺为神器，却是一件匿而无用之物。这玉玺的故事未见于《三国志》，而是来自裴注引韦曜《吴书》诸史。裴松之认为"吴史欲以为国华，而不知损坚之令德"，因为隐匿国玺无疑是"阴怀异志"。《三国演义》引入这一节，自有隐喻之义。从诸镇纷争演化为后来的三国鼎立，为什么是这三方？三方之机缘各异，皆在于跟汉室的某种缪辖：曹是劫持，刘是承祧，孙是捡漏。其合法性一目了然。

孙坚死后，孙策袭领残部，一度沦为袁术手下马仔。后来以国玺为质当，向袁术借三千精兵，讨伐扬州刘繇，又剿除吴郡严白虎等宗贼和山寇，尽得江东地面。此为孙氏开国之由，其间又得吕范、周瑜、张昭、张纮、蒋钦、周泰、太史慈、虞翻等一干文武重臣。小说第十五回（《太史慈酣斗小霸王　孙伯符大战严白虎》），孙策平定江南之后，"一面写表申奏朝廷，一面结交曹操，一面使人致书与袁术取玉玺"。虽说站稳了脚跟，玉玺却拿不回来了，袁术败后又被徐璆夺得，献与曹操。那会儿曹操还不觉得东吴碍事。第二十一回（《曹

曹操煮酒论英雄，《三国演义》清初大魁
堂本插图

操煮酒论英雄　关公赚城斩车胄》)，曹操青梅煮酒之日，跟刘备怎
么说来着，"孙策借父之名，非英雄也"。在老瞒眼里，"今天下英雄，
唯使君与操耳"。

　　曹操总觉得刘备有异心，不担心姓孙的能掀起风浪。《三国演义》
时常会有一些矮化孙吴的处理手段。《吴志·孙破虏讨逆传》提到孙
策一个颇有气概的军事计划："建安五年，曹公与袁绍相拒于官渡，
策阴欲袭许，迎汉帝，密治兵，部署诸将。"孙策以"迎汉帝"为政
治目标，自是针对曹操的"挟天子"。这事情在小说中却表述为一种
猥琐动机：

　　　　孙策求为大司马，曹操不许，策恨之，常有袭许都之心。
　　(第二十九回《小霸王怒斩于吉　碧眼儿坐领江东》)

求官不成而心生怨隙，岂非典型的小人之心。"大司马"这说法来自本传裴注引《九州春秋》，但原文是：

策闻曹公北征柳城，悉起江南之众，自号大司马，将北袭许。

原本"自号大司马"，多么任性而牛掰，改作"求为大司马"，其形象完全反了个儿。非但甘愿俯首称臣，又表现得反复无常。其实从语态也能看出，史著与小说所述事况亦大有出入。本传云"密治兵，部署诸将"，是真要动手，而小说称"常有袭许都之心"，倒像是恼怒之下说说狠话而已。然而，孙策未来得及袭击许昌，竟被许贡门客击伤。孙策临死前，小说用很大篇幅描述被妖道于吉百般耍弄，弄得灰头土脸，英雄气全无。于吉的故事见裴注所引《江表传》《志林》《搜神记》诸书，本传未及此类怪力乱神。

孙权坐领江东之日，曹操正与袁绍酣战。小说笔墨又从曹操转到刘备那儿，刘备离开了袁绍，去荆州投靠刘表，其后是马跃檀溪、三顾茅庐诸节。自第二十九回后，整整八回没有东吴叙事，直至第三十八回（《定三分隆中决策　战长江孙氏报仇》）才插入建安十三年（二〇八）讨伐黄祖一事。继而是曹刘博望坡之战，又扯回刘备和荆州局势。第四十回（《蔡夫人议献荆州　诸葛亮火烧新野》），曹操挥兵南下，好像是忽然发觉，不但刘备已成心腹之患，孙权也是麻烦。曹操说，"吾所虑者，刘备、孙权耳，余皆不足介意。今当乘此时扫平江南"。这就快要说到赤壁大战了。东吴这边俨然已成一方霸主，书中只是忙里偷闲地带过几笔。

二

第四十三回（《诸葛亮舌战群儒　鲁子敬力排众议》），曹操给孙权送来讨伐刘备的檄文，有曰："欲与将军会猎于江夏，共伐刘备，同分土地，永结盟好。"这分明是要并吞东吴。张昭见曹军势力强大，亟劝孙权纳降，众谋士亦纷纷附议。大臣中鲁肃是主战派，但鲁肃进谏的说法值得注意：

> 如肃等降曹，当以肃还乡党，累官故不失州郡也。将军降曹，欲安所归乎？位不过封侯，车不过一乘，骑不过一匹，从不过数人，岂得南面称孤哉！

这是晓以利害之辞，孙权则叹曰"正与吾见相同"。可见对于孙权来说，不战就没有退路。战与不战倒不是原则问题，无关乎家国大义伦理宏旨，而是实实在在的利益考量。这是《三国演义》给予孙权的品格定位。接下来诸葛亮舌战群儒之主战演说，恰是一个鲜明对照。诸葛亮不避管仲、乐毅之诮，强调王霸济世之道，出言逼格甚高。其解释刘备败退江夏之由，实力强弱是一个原因，而刘备不取荆州，亦不弃数万赴义之民，实乃"大仁大义"。这是回答张昭的诘难，继而又从军事上论证足以长江之险抵拒曹操。座中薛综认为，汉室"天数将终"而人心将归曹操，诸葛亮即以"曹操乃汉贼"加以反驳——战与不战首先是一个政治问题，乃是否忠于汉室之基本原则：

> 薛敬文安得出此无父无君之言乎？夫人生天地间，以忠孝为立身之本。公既为汉臣，则见有不臣之人，当誓共戮之，臣之道也。今曹操祖宗叨食汉禄，不思报效，反怀篡逆之心，天下之所共愤。公乃以天数归之，真无父无君之人也！

同样是主战，诸葛亮陈述的理由跟鲁肃大相径庭。诸葛亮讲的是为汉室剪除乱臣贼子，讲的是仁义忠孝、政治正确；而鲁肃仅提醒孙权，归降曹操你连舆服仪仗都保不住。就像第四十四回（《孔明用智激周瑜　孙权决计破曹操》），诸葛亮对周瑜施以激将法，劝将江东二乔送与曹操，戳到人家心窝子了。战与不战，亦是江山美人之考量。书中借由诸葛亮与鲁肃、周瑜等人言辞，写出双方境界高下有如云泥之别。难怪人视东吴为"鼠辈"，《三国演义》就是要将东吴描述成患得患失的机会主义者，没有责任担当，没有道德立场，亦无英雄识见。

其实，刘备何尝不是机会主义者。投靠袁绍之前，他还是曹操的座上宾，孙权倒未尝跟姓曹的走得这么近。可是他刘备不怕掉份儿，闻雷失箸也没让人觉着多么猥琐，因为他心存剪除国贼的大目标，依附曹氏只是手段而已。这里不需讲究手段与程序正义，与狼共舞的程序就是不顾颜面的生存之道，亦是韬光养晦的诡诈之道。刘备在许昌下处后园种菜，暗中参与董承、王子服等奉诏讨贼的秘密活动，在小说语境中就是一段忍辱负重的英雄叙事。《三国演义》一开始就给刘备定下"上报国家，下安黎庶"（第一回桃园结义誓词）的调门，然后匡扶与承祧的政治路线就决定了一切。

三

刘备到荆州，公然亮出反曹旗帜，以后蜀汉跟曹魏便无媾和余地，这就叫作"汉贼不两立"。但看东吴这边，赤壁大战前投降派甚嚣尘上，孙权则是犹豫不决，首鼠两端。此际若不是诸葛亮来江东游说，恐怕东吴就让曹操给吞并了。历史叙事进入这样一个忠奸对立的文学模式，孙权还能怎么样呢？只能将他置于国家伦理和现实危境双重挤压之中。

关于赤壁之战，《三国志》叙事与小说有很大差别。《魏志》《蜀志》的叙述皆粗略不详，但据《吴志》孙权、周瑜、鲁肃诸传，孙权并非没有抵抗的主见；而赤壁破曹一役，实乃周、鲁二人擘划。如，鲁肃往荆州吊唁刘表，意在劝说刘备"共治曹操"。《鲁肃传》谓："到当阳长阪，与备会，宣腾权旨，及陈江东强固，劝备与权并力。备甚欢悦。"从这里看，联合拒曹之议，东吴是主动的一方。（按，《蜀志·诸葛亮传》曰："亮以连横之略说权，权乃大喜。"裴注谓："如似此计始出于亮。"）再看《周瑜传》记述孙权问计于群臣一节。建安十三年，刘表死后其子刘琮降曹，荆州水军悉归曹操，消息传到东吴以致人心惶惶：

> 议者咸曰："曹公豺虎也，然托名汉相，挟天子以征四方，动以朝廷为辞，今日拒之，事更不顺。且将军大势，可以拒曹者，长江也。今操得荆州，奄有其地，刘表治水军，蒙冲斗舰，乃以千数，操悉浮以沿江，兼有步兵，水陆俱下，此为长江之险，已与我共之也。而势力众寡，又不可论。愚谓大计不如迎之。"

对照小说第四十三回，张昭等人的投降论调正是从这一段演绎而来。但看后文，周瑜是如何表明主战决心，如何作军事分析：

> 瑜曰："不然。操虽托名汉相，其实汉贼也。将军以神武雄才，兼仗父兄之烈，割据江东，地方数千里，兵精足用，英雄乐业，尚当横行天下，为汉家除残去秽。况操自送死，而可迎之邪？请为将军筹之：今使北土已安，操无内忧，能旷日持久，来争疆场，又能与我校胜负于船楫乎？今北土既未平安，加马超、韩遂尚在关西，为操后患。且舍鞍马，仗舟楫，与吴越争衡，本非中国所长。又今盛寒，马无藁草，驱中国士众远涉江

湖之间，不习水土，必生疾病。此数四者，用兵之患也，而操皆冒行之。将军禽操，宜在今日。"

分明是周瑜舌战群儒。小说第四十四回周瑜也有这一段演说，不过却是此前诸葛亮几番主战言论的翻版——将周瑜的言辞塞到诸葛亮嘴里，再让周瑜鹦鹉学舌，这是小说家的手段。由周瑜"为汉家除残去秽"一语，可见扯出汉室这面大旗也是作为反曹口号，并非刘备独家之政治正确。小说写辩论之后，鲁肃带诸葛亮去见孙权，酒席上孙权说，"曹操平生所恶者，吕布、刘表、袁绍、袁术、豫州与孤耳。今数雄已灭，独豫州与孤尚存。孤不能以全吴之地受制于人，吾计决矣"。而《周瑜传》中，孙权这段话其实并非对诸葛亮所言，而是接着周瑜那番话说的。当时是周瑜力排众议，孙权一言定鼎：

老贼欲废汉自立久矣，徒忌二袁、吕布、刘表与孤耳。今数雄已灭，唯孤尚存，孤与老贼，势不两立。君言当击，甚与孤合，此天以君授孤也。

原话压根未提"豫州"（刘备）。孙权说"孤与老贼，势不两立"，这是代入"汉贼不两立"，还是自为主体？倒有些耐人寻味。但不管怎么说，赤壁之战是东吴从自身利益出发的绝地反击，孙权不可能放弃自己的生存空间。

据《吴志》诸传及《蜀志·先主传》裴注所引《江表传》数事，正是鲁肃、周瑜二人促成孙刘合作抗曹的局面，显然东吴一方才是赤壁鏖兵的主导者，亦是抗击北军渡江的正面战场。按《江表传》说法，曹兵压境之际，倒是刘备左顾右望，思量进退之计。刘备面见周瑜时，尚存疑虑，"心未许之能必破北军也"。

四

其实，东吴自有青云之志。鲁肃早已预见三分天下的局面，且更觊觎中原大地。但看《吴志·鲁肃传》，鲁肃第一次见孙权，二人"合榻对饮"，有一番密议。鲁肃认为："汉室不可复兴，曹操不可卒除。为将军计，唯有鼎足江东，以观天下之衅。规模如此，亦自无嫌。何者？北方诚多务也。因其多务，剿除黄祖，进伐刘表，竟长江所极，据而有之，然后建号帝王以图天下，此高帝之业也。"此番高论，有如张良下邑之谋。本传又谓：

> 曹公破走，肃即先还，权大请诸将迎肃。肃将入阁拜，权起礼之，因谓曰："子敬，孤持鞍下马相迎，足以显卿未？"肃趋近曰："未也。"众人闻之，无不愕然。就坐，徐举鞭言曰："愿至尊威德加乎四海，总括九州，克成帝业，更以安车软轮征肃，始当显耳。"权抚掌欢笑。

孙权下马迎鲁肃，却为鲁肃所激励，可见君臣相得，意气十云。本来是赤壁凯旋的一幕，可是小说中却将此事挪至一个尴尬时刻偏偏是合肥之役久战不下，继而又连遭败绩，折了猛将太史慈（第五十三回《关云长义释黄汉升　孙仲谋大战张文远》）。小说于此表现孙权的刚愎自用和轻率躁进，鲁肃所谓"威德加乎四海"的豪言壮语，这当儿听着就像是空言大话。

鲁肃在《三国演义》中是一个相当窝囊的角色，几次来讨还荆州，被诸葛亮耍弄得五迷三道。当初刘备借荆州是他作保，孙权逼着他去跟人交涉。无奈之下，鲁肃想出一个鸿门宴的损招，结果让关羽来了一出单刀赴会的好戏，自己倒吓个魂飞魄散。可在《鲁肃传》中，这事情绝非小说家描述的那么精彩。传谓："肃住益阳，与羽相

孙仲谋合肥大战，《三国演义》清初大魁堂本插图

拒。肃邀羽相见，各驻兵马百步上，但诸将军单刀俱会。"显然，会
谈是选在某个中间地带，双方兵马隔着老远，不可能搞什么鸿门宴。
会谈的结果是，吴蜀两家以湘水为界分割荆州。

　　与老实忠厚的鲁肃相反，小说将周瑜塑造成一个自作聪明、气
量狭窄的鬼黠角色。那些可笑之事妇孺皆知，自无须细述。只说第
五十六回（《曹操大宴铜雀台　孔明三气周公瑾》），周瑜拟借取蜀而
偷袭荆州，被诸葛亮识破又是一番羞辱，反将自己活活气死。可在《周
瑜传》中，那并不是什么假途灭虢之计，周瑜是想利用曹操新败而
未敢妄动的机会，趁势拿下实力较弱的刘璋和张鲁。传谓：

　　　是时刘璋谓益州牧，外有张鲁寇侵，瑜乃诣京见权曰："今

曹操新折衄，方忧在腹心，未能与将军连兵相事也。乞与奋威（按，即孙瑜，孙权堂兄，为奋威将军）俱进取蜀，得蜀而并张鲁，因留奋威固守其地，好与马超结援。瑜还与将军据襄阳以蹴操，北方可图也。"权许之。

拿下两川，再图北方，比之诸葛亮之隆中对，无疑更有战略想象力。只是尚未出师，周瑜竟丧于巴丘。这就是小说"三气周瑜"的故实，何来"既生瑜，何生亮"的慨叹！

五

夺回荆州，孙权将目光投向中原。《吴志·吴主传》记载：黄龙元年（二二九）夏四月，孙权在武昌登基做了皇帝。此时诸葛亮已两度伐魏，孙权亦按捺不住，于是又重提吴蜀合作，以图向北扩张。本传谓：

> 六月，蜀遣卫尉陈震庆权践位。权乃叁分天下，豫、青、徐、幽属吴，兖、冀、并、凉属蜀。其司州之土，以函谷关为界。造为盟曰："……自今日汉、吴既盟之后，戮力一心，同讨魏贼，救危恤患，分灾共庆，好恶齐之，无或携贰。若有害汉，则吴伐之；若有害吴，则汉伐之。各守分土，无相侵犯。传之后叶，克终若始。"

盟约原文甚繁，这里掐头去尾作省略引述，这般官样文章并不重要。重要的是"权乃叁分天下"一句，按孙权的构想，司州函谷关（按，函谷关在今洛阳至三门峡之间新安县）以东魏国属地，即今之河南、山东、江苏大部，山西、河北、安徽一部分，加上京津地区及整个辽东，都将纳入东吴版图。这胃口着实不小，蜀汉方面对此似乎并无异议。

联吴抗曹是诸葛亮一贯主张，至于如何瓜分地盘那得先灭了曹魏再说。《蜀志·诸葛亮传》对此只字未提，《后主传》也只是草草记录一笔："是岁，孙权称帝，与蜀约盟，共交分天下。"

在《三国演义》中，此次吴蜀约盟见于第九十八回（《追汉军王双受诛　袭陈仓武侯取胜》）。可是，孙权的战略构想却被偷换成张昭的一番谏言："陛下初登宝位，未可动兵，只宜修文偃武，增设学校，以安民心。遣使入川，与蜀同盟，共分天下，缓缓图也。"张昭一向害怕对魏作战，赤壁之战前就主张投降，此公嘴里说出"共分天下"，自是"缓缓图也"的空话。小说家如此叙史，也许是考虑到这次吴蜀联盟并无实质性建树，不值一提。然而，孙权构想的宏大叙事也就这样被屏蔽了。

联手灭魏是一句空话，但东吴这头倒是一直伺机向淮南挺进。而且，孙权还有一个极为大胆的举动，就是试图将辽东公孙渊招于麾下。孙权称帝后，第一桩大事就是派人赴辽东联络。《吴主传》谓："五月，使校尉张刚、管笃之辽东。"东吴与辽东相距万里，中间隔着曹魏地盘，彼此交通须由海路往返，实属不易。据《魏志·公孙渊传》及裴注引韦曜《吴书》、鱼豢《魏略》诸史，辽东公孙氏见汉祚将绝，早已蠢蠢欲动，公孙渊夺位后确曾"遣使南通孙权"。《吴主传》亦谓：嘉禾元年（二三二），"冬十月，魏辽东太守公孙渊遣校尉宿舒、阆中令孙综称藩于权，并献貂马。权大悦，加渊爵位"。公孙渊接受招抚，意味着双方对曹魏形成南北夹击态势，孙权企图以此将曹魏拖入两面作战的困境。翌年三月，孙权派遣太常张弥、执金吾许晏、将军贺达等率兵万人，从海上护送辽东使者宿舒、孙综返回，船上载满"金宝珍货，九锡备物"，此去是要册封公孙渊为燕王。

本来事情进展很顺利，却不料公孙渊突然变卦。《公孙渊》传称"渊亦恐权远不可恃"，竟斩了东吴使者，将首级献于曹魏。跟公孙渊这种人打交道，孙权确实少了个心眼。据《吴主传》，其时东吴自丞相顾雍以下群臣皆谏阻结交辽东，孙权的想法就是如此卓荦不群。

从史料（素材）角度看，孙吴与辽东的故事大可敷演，但《三国演义》并未作正面叙事，只是第一百六回（《公孙渊兵败死襄平　司马懿诈病赚曹爽》）司马懿征讨公孙渊之前，简略带过几句——旨在强调公孙渊之叛服无常，而非论及孙权的战略思路。其实，非但辽东一事，孙权还着意向海外拓展。《吴主传》记述，黄龙二年，"遣将军卫温、诸葛直将甲士万人浮海求夷洲及亶洲"。夷洲即台湾本岛，亶洲或以为就是今之日本。限于叙述视角，小说亦未涉及那些冒险故事。

《三国志》只有纪传，不列志表，故未从地理、河渠、食货诸项揭橥三国概况。读《三国演义》会有一个错觉，以为东吴版图仅限东南一隅；加之东吴叙事远比魏、蜀简略，抑或给人最尔小邦之感。但看谭其骧主编《中国历史地图集》（第三册：三国西晋时期），却惊讶其地域之广袤，竟南至交州——从今之两广延伸到越南中部。《吴志》确亦记载东吴治理交阯之事，大致见于士燮、步骘、吕岱诸传，此不赘述。

"何处望神州？"历史的记忆并非自古而然，小说家之叙史则另有旨趣。可是，当元兵入寇江南之际，南宋士夫感念的必不是刘备那套辨其正朔的政治话语，而是孙权守疆拓土之埋头打拼。端宗、帝昺的小朝廷一路南逃，亦未走出当年吴国地界。

《三国演义》全书末尾有所谓后人古风一篇，隐括三国事略，其五十二句中仅两句说到东吴，一句是"孙坚孙策起江左"，一句是"石头城下无波涛"。石头城即东吴后期都城建业，这说的是末代吴主孙皓束手降晋。赤壁之下，清风徐来，水波不兴。时过境迁，孙权的故事竟隐而不彰。

二〇一六年一月二十九日记

一时瑜亮

——《三国演义》的谋略叙事

　　《三国演义》夙称"七实三虚",但前人未曾梳理其虚实之用。对照《三国志》及裴松之注所引诸史,除却刻画人物的细节笔墨,小说最大的虚构成分是智谋活动情节。譬如赤壁大战前一系列情报战、心理战,多不见于史著记载,其中包括荀攸献计使二蔡诈降东吴,庞统用连环计使曹操链锁战船,周瑜借"蒋干盗书"大施反间计,更有诸葛亮之"草船借箭""借东风",等等。小说家结撰如许关目以穿插勾连,不但显示叙事手法生动,亦将智谋活动提高到三国杀局制胜之枢机。

　　智谋,自然包括阴谋。智谋还是阴谋,主要以叙事立场相区别。比如,王允用貂蝉离间董卓、吕布,手段可谓诡诈而龌龊,但小说诉诸除凶诛恶、重扶社稷之大义,王司徒这连环计就被视为扭转乾坤的大智慧。在政治正确前提下,似乎任何诡诈心计都无害于人物道德操行。不过,作为文学叙事,仅凭目标正义并不能完全掩饰手段之非正当性,因为表现手段的细节往往更具凸显效应。书中的智谋施用之所以能或多或少实现"去道德化",亦有赖于一种特殊语境,那就是战争状态的行为法则。

诸葛亮计伏周瑜，《三国演义》清初大魁
堂本插图

诡诈之术本是兵家常道。《孙子兵法》曰："兵者，诡道也。"《韩
非子》称："战阵之间，不厌诈伪。"既然兵不厌诈，小说将三国叙
事全然纳入军事化语境——战场以外也是战场，也就凡事均不厌诈。
这跟史家叙事有所不同。按《三国志》，吕布与董卓反目相噬，固然
有女色关系，却并非王允施以计谋，盖因"布与卓侍婢私通，恐事
发觉，心不自安"而已（《魏志·吕布传》）。《后汉书·王允传》记
叙王允谋诛董卓，亦未有貂蝉这一秘密武器。但看《三国演义》这
一段，真就像一场运筹帷幄的战事，所以毛宗岗称诩貂蝉"女将军"，
有谓"以衽席为战场"（第八回《王司徒巧使连环计　董太师大闹凤
仪亭》总评）。纵观整部小说，情节推衍几乎都出于博弈性设计，故
而随处拓开计谋运作空间——毋论智谋还是阴谋，不管是成功还是
不成功。又如，刘备娶东吴孙夫人之事，《三国志》是说孙权以和亲

年画《连环计》，河北武强

为结援，有谓刘备得荆州后，"（孙）权稍畏之，进妹固好"。（《蜀志·先主传》）而小说里却成了周瑜的诡计，借此诱捕刘备为人质，以换取荆州。随之而来更有精彩结撰，诸葛亮早已定下锦囊妙计，结果使东吴"赔了夫人又折兵"。

这一部大书，全方位描绘出智谋化生存图景。何进召外镇进京意在制衡太后，以对付十常侍；刘备周旋于吕布、袁绍、曹操之间，自是夹缝中生存之道；而曹操用"二虎竞食""驱虎吞狼"之计，则是借力打力，各个击破。捭阖张弛，全是诈术。凡事贯以军事原则，自然无须讲究诚信、道义。所以，诸葛亮借荆州可以一再混赖。所以，周瑜不惜用孙权之妹给刘备下套。像曹操割发代首、刘备借雷声掩饰失箸这样蒙人的细节，书中不胜枚举。至于两军对阵之际，诈败、诈降、诈死之类，更比比皆是。诈术的更高境界是以诈待诈，如刘备跟随曹操到了许昌，便在下处后园种菜，以为韬晦之计。曹刘煮酒论英雄，樽俎杯箸之间诈不胜诈。其时董承、王子服等奉衣带诏谋诛曹操，刘备是这个秘密组织成员之一。

君臣、父子、夫妻之间，乃至文武同僚之侪，都在互相设计，都有玩阴的一手。

当然，更多的计谋施展于战场排兵布阵。说来有趣，就连张飞这等粗人也会用计，如诈称劫寨赚得刘岱移兵寨外，如用替身诱使严颜入彀，如佯装嗜酒引张郃轻率进兵……诸如此类，不一而足。

一

这世道人人玩计谋，必然造就一班职业谋士。书中最早出场的职业谋士中，贾诩最值得一说。此人先从李傕，又随张绣，后归曹操。当初董卓伏诛，李傕、郭汜、张济、樊稠上表求赦，王允偏不应允，李傕等人本欲各自逃生，正是贾诩煽动他们杀入长安，将京城闹得天翻地覆水深火热。贾诩深谙用兵之道，马腾、韩遂率兵来讨伐，他提出"深沟高垒，坚守而拒"之策，起先李傕、郭汜不理会，结果硬是吃了大亏，转而重用其计，西凉军粮草耗尽只得退兵。

贾诩的谋士生涯可圈可点。跟从张绣时，因曹操搞了张绣婶子，他导演了宛城劫寨的一幕，不但使曹操折了一子一侄，更损其爱将典韦。民间素有"一吕二马三典韦"之说，干掉三国武将排名第三的典韦，可谓功莫大焉。后来南阳守城，贾诩料知曹操要从城墙东南角攻入，将计就计布下伏兵，"却教百姓假扮军士，虚守西北"。曹操偷袭不成，竟折兵五万余人。小说中贾诩露面的机会并不多，而每一次都显示其惊人的谋略。张绣、刘表于安众与曹军对垒，曹操因袁绍欲犯许都匆忙退兵，张绣以为可趁机追杀，而贾诩劝阻不成，结果张、刘二军铩羽而归。然而，溃败之下，贾诩却让重整旗鼓再往追之。刘表不信，张绣率兵出击，果然大挫曹军。追与不追，可见贾诩深得兵法真髓：

> 刘表问贾诩曰："前以精兵追退兵，而公曰必败；后以败卒击胜兵，而公曰必克：究竟悉如公言。何其事不同而皆验也？愿公明教我。"诩曰："此易知耳。将军虽善用兵，非曹操敌手。操军虽败，必有劲将为后殿，以防追兵；我兵虽锐，不能敌之也，故知必败。夫操之急于退兵者，必因许都有事。既破追军之后，必轻车速回，不复为备。我乘其不备，而更追之，故能胜也。"（第十八回《贾文和料敌决胜　夏侯惇拔矢啖睛》）

转投曹操之后，贾诩亦有奇功。第五十九回（《许褚裸衣斗马超　曹操抹书间韩遂》），曹操在渭河与马超、韩遂的西凉兵相持不下，正是贾诩给曹操出了一个妙招：先让曹、韩阵前叙旧，再给后者送上一封涂抹改窜的信件，这一来二去，使马超对韩遂大生疑窦。马、韩之间内讧，才有曹操这一仗的胜利，这是小说中最令人惊奇的反间计。贾诩的谋略不完全是小说家虚构，自有见于史著者，上述二例就来自《魏志·武帝纪》。

又，按《魏志·贾诩传》，曹操官渡之胜亦有赖贾诩决策。传曰："袁绍围太祖于官渡，太祖粮方尽，问诩计焉出，诩曰：'公明胜绍，勇胜绍，用人胜绍，决机胜绍，有此四胜而半年不定者，但顾万全故也。必决其机，须臾可定也。'太祖曰：'善。'乃并兵出，围击绍三十余里营，破之。"但《三国演义》未表此功，却用荀彧信中意见使曹操坚定决胜信心，又采用许攸两条扭转战机的妙计：一是袭击乌巢，断袁军粮草辎重；二是迅速进兵，分三路夜劫袁营，使"绍军折其大半"。许攸原在袁绍帐下，跟贾诩一样也是从敌方阵营里反水过来的职业谋士。

不知道为什么，曹操率八十三万大军南下时，身边未见贾诩，当时只是荀攸、程昱参预军机。赤壁大战一败涂地，曹操逃脱华容道回到南郡，想起早已亡逝的郭嘉不由大哭，"若奉孝（郭嘉字）在，决不使吾有此大失也！"其实，他该后悔的是未带贾诩出征。

贾诩此人不但战术谋略出众，而且颇具审时度势的大局观。第八十五回（《刘先主遗诏托孤儿　诸葛亮安居平五路》），陆逊于猇亭大破蜀兵后，坐山观虎斗的曹丕以为时机已到，问贾诩曰："朕欲一统天下，先取蜀乎？先取吴乎？"贾诩分析形势和各方实力，认为此时征伐二国尚未有万全之势，得出"只可持守，以待二国之变"的结论。曹丕不听，出兵东吴即被挫败。刘备死后，曹丕又想乘机伐蜀，贾诩还是谏阻，认为有诸葛亮扶持嗣主，"不可仓卒伐之"。其时司马懿竭力忽悠曹丕，七拼八凑纠集了五路大军（包括鲜卑、南蛮、东吴），倒让诸葛亮不战而屈人之兵，留下一段"安居平五路"的佳话。事实上蜀汉尚有四十年气数，而东吴儿近六十年后才玩儿完。

第二十三回（《祢正平裸衣骂贼　吉太医下毒遭刑》）中，贾诩还在张绣手下，当时曹操、袁绍都想招安张绣，他果断建言捐弃前嫌投靠曹操。尽管袁绍地盘更大，但贾诩料知此公不成大器，而曹操有"五霸之志，必释私怨以明德于四海"。其先前跟从李催、张绣都是不得已，曹操才是最佳选择。三国谋士大多是战国纵横家的职场思路，"良禽择木而栖"自是一条硬道理，而贾诩之改换门庭更如当今职业经理人频频跳槽。就像第二十九回中，周瑜亟劝鲁肃为孙权效力，有谓："昔马援对光武云：'当今之世，非但君择臣，臣亦择君。"（本《吴志·鲁肃传》）顾炎武说过，战国时期是"邦无定交，士无定主"（《日知录》卷十三），其实汉末乱世又何尝有异。

二

官渡之役前，袁绍还是最有实力的大盘蓝筹股，如果不是人才一再流失，袁绍智囊团阵容堪称豪华，后来投入曹营的荀彧、董昭、许攸那几位，以前都是他的人。袁绍发檄讨曹时，帐下还有田丰、审配、沮授、郭图、许攸、荀谌、逢纪等一大堆谋士。但此公遇事疑而不决，不像曹操那种杀伐决断的性格（曹操就说袁绍"见事迟"，语见《武帝纪》），将这些能人拢在一起，听人各唱各调，自己就没了主意。

第二十二回（《袁曹各起马步三军　关张共擒王刘二将》），刘备拿下徐州，怕曹操未肯罢休，派人向袁绍求援。是否要跟曹操打这一仗，袁绍问计于众人。田丰的意思应缓战，审配却要马上动手；沮授说是不可打，郭图认为联刘灭曹正是机会。正争论不休，许攸、荀谌从外边进来，袁绍听得这二位主张出兵，便慨然拍板。《孙子兵法》曰："夫未战而庙算胜者，得算多也。"意谓未战之前须分析敌我实力和内外形势，有胜算才能出兵，可是袁绍的"得算多也"竟是四比二的票决结果。毛宗岗在夹注中讥嘲道："三人占，则从二人之言；六人谋，则依四人之论。"

曹操派刘岱攻徐州只是幌子，却将重兵屯于官渡，准备与袁绍决战。第二十四回（《国贼行凶杀贵妃　皇叔败走投袁绍》），衣带诏事发，曹操转而发兵攻打徐州，刘备再次求于袁绍。先前反对与曹操作战的田丰看到了战机，因曹军主力仍在官渡，此际许昌空虚，主张抓住这个不易得之的机会直捣曹操老窝。可是袁绍决意不肯发兵——这关键时刻竟为幼子身患疥疮而恍惚无措。见主公如此，田丰只得跌足长叹。下一回中，刘备丢了徐州来投袁绍，撺掇袁氏兴兵伐曹。这时田丰认为已非出兵时机，申说"今徐州已破，操兵方锐，未可轻敌"。田丰懂得因时通变，一再谏阻出兵，终而触怒袁绍被囚于狱中。袁营谋士中，因谏言下狱的还有沮授。官渡之战前夕，沮授以敌军缺粮建议缓守，忤逆之言同样把老板惹毛了。

袁绍的一班谋士中，最擅于审时度势的是田丰，最具战术谋略的是许攸。

两军在官渡相持之际，曹操派往许昌催粮的信使被袁军捉住，许攸判断此际正是分兵奔袭许昌的好机会。但袁绍不听，以为是曹操诱敌之计。恰逢审配告发许攸子侄贪腐之事，袁绍更是生疑，想到许某少时与曹操为友，怕是成了奸细。许攸无奈之下投向曹操。第三十回（《战官渡本初败绩　劫乌巢孟德烧粮》）写道："时（曹）操方解衣歇息，闻说私奔到寨，大喜，不及穿履，跣足出迎。"老曹这时正求之不得。不过，许攸在曹操这儿竟未得善终。破冀州之日，许攸用马鞭指着城门，喊着曹操小名说："阿瞒，汝不得我，安能入此门？"聪明人得意忘形就犯傻。后来又在许褚面前如此夸嘴，让那莽夫一剑斩首。

袁绍兵败官渡后，田丰在狱中自刎，其死前叹曰："大丈夫生于天地间，不识其主而事之，是无智也。"（第三十一回《曹操仓亭破本初　玄德荆州依刘表》）当初贾诩不投袁绍，真是有先见之明。田丰这时候才看透袁绍"外宽而内忌，不念忠诚"，自然为时已晚。其实在三国语境中，"忠诚"二字之于谋臣往往就是不智，田丰、沮授就陷入这种"不识其主"的误区，陈宫之于吕布亦是一例。荀彧、荀攸更是愚忠，因谏阻曹操加九锡、封魏王，下场都不妙。诸葛亮的"忠诚"或许是一个例外，但诸葛亮实际上握有兵权，已非一般谋士。

既然是智谋化生存，谋士的基本课业不仅要考虑对敌作战如何出招，亦当包含对主公的揣度与擘析。细看第六十八回（《甘宁百骑劫魏营　左慈掷杯戏曹操》），贾诩对曹操立嗣一事如何煞费心计，甚至提前将"王二代"置于局中。诸葛亮当初端着架子让人三顾茅庐，其实是要考验刘备心性，估量彼此将构建何种君臣关系。此公才高，亦自视甚高，他不能跟随袁绍那种糊涂虫，也不能在过于强势的曹操手下做事。以光武"臣亦择君"之说，诸葛亮选择刘备为创业板块，恰谓君臣相得。

三

《三国演义》将许攸投曹作为官渡之战转折点，不止是因为此人的情报价值，亦在其出色的战术谋略。他一来就扭转战局，无疑暴露了曹操智囊团的某些缺陷。

说来曹操很早就广罗人才，其帐下谋士最多。第十回（《勤王室马腾举义　报父仇曹操兴师》）写曹操在兖州招贤纳士，荀彧、荀攸叔侄二人即来投奔。荀彧又介绍程昱，继而引出郭嘉，更由郭嘉荐出刘晔等。其实，曹操的这班谋士多为熟习庙筹的战略家，大抵亦如韩非一路，以"法""术""势"为王道核心。如第十四回（《曹孟德移驾幸许都　吕奉先乘夜袭徐郡》），献帝在洛阳，面临李傕、郭汜来犯，荀彧建议曹操出兵勤王，所谓"奉天子以从众望"，换个说法就是"挟天子以令诸侯"（这正是纵横家思路，张仪对秦武王说："挟天子，按图籍，此王业也。"见《史记·张仪传》）。曹操击退李、郭叛军，就开始掌握中央政府，有了号令天下的话语权。这时，又有董昭来投靠，董昭给曹操出了一个移驾许都的主意，这是斩断汉室根脉，重觅地利、人和优势的战略性转移。

程昱是曹营另一位重要谋士，擅长高屋建瓴把握形势。第二十回（《曹阿瞒许田打围　董国舅内阁受诏》），曹操剿灭吕布后，整肃杨彪、赵彦等异己分子，形成"百官无不悚惧"的局面，这时程昱向曹操进言："今明公威名日盛，何不乘此时行王霸之业？"这是让曹操进一步确立威权之势。许田围猎便是礼仪僭越的一次彩排，让曹操在文武百官面前被山呼万岁。但程昱并不急于让曹操抛开献帝，其方针依然是坚持虚君摄政，旨在稳定大局。第二十四回，在董承家中搜出衣带诏，曹操打算废却献帝另立天子，程昱竭力谏阻："明公所以能威震四方，号令天下者，以奉汉家名号故也。今诸侯未平，遽行废立之事，必起兵端也。"其厕身庙堂，首先着眼于政治层面。

利用各方势力盈虚消长和相互关系运筹谋伐，是荀、程之辈的基本思路，其要义如同现在所说的地缘政治。如，荀彧提出"二虎竞食"之计，授刘备徐州牧，让刘备与吕布相互残杀；而此计不成，又出"驱虎吞狼"之计，命刘备讨伐袁术，扯出空档让吕布偷袭徐州。程昱同样是合纵连横的思路，如第五十六回（《曹操大宴铜雀台　孔明三气周公瑾》），东吴表奏刘备为荆州牧，企图造成孙、刘结盟假象以迷惑曹操，使之不敢出兵东南；而程昱的对策偏是将文章倒过来做，让曹操表奏周瑜、程普等东吴将领，将荆州治下南郡、江夏给了东吴，意在"使孙、刘自相吞并，丞相乘间图之"。在一个多极世界里，以《战国策》的老例作沙盘推演，一个基本定式就是挑起"鹬蚌相争"。后来司马懿预事，也是这般纵横家套路。第七十三回（《玄德进位汉中王　云长攻拔襄阳郡》），刘备自立汉中王，曹操欲起兵讨伐，司马懿献计就抓住荆州问题做文章——派人游说孙权，使之出兵攻打荆州。乘刘备驰救荆州之机，再图收复汉川。从战略高度看，这种思路完全不错，荆州始终是刘备的软肋，曹魏以此分化东吴、蜀汉，确实大有收效。

然而，在战术谋略层面上，曹氏智囊团有明显不足。赤壁之战且不说，后来魏蜀之间的汉中之战、樊城之战，曹军连连失利，战场上皆未施用成功的计谋。与东吴的濡须之战，曹军虽稍占优势，只是赢在实力，未见有出奇制胜的招数。其实，即使曹操最看重的郭嘉，亦绝非诸葛亮那种擅于指挥作战的军事人才。第十八回中，郭嘉分析曹操、袁绍形势，提出"十胜十败"之说，条分缕析头头是道，亦无非大盘上的行情走势。

郭嘉最出色的谋略表现在追击袁氏兄弟一役。第三十三回（《曹丕乘乱纳甄氏　郭嘉遗计定辽东》），曹操拿下并州后，袁熙、袁尚逃入沙漠。这时再引兵西征，部下担心刘表、刘备乘虚袭击许都。郭嘉却认为不足为虑。是谓"刘表坐谈之客耳"——没有能力驾驭刘备，不会让其握有重兵。后来刘备提议袭击许都，刘表果然不允。但沙漠行军艰难，曹操有回军之心，郭嘉却认为穷寇宜追，让部队抛弃辎重快速奔袭。结果袁氏兄弟援附乌桓不成，又去投靠辽东太守公孙康。这时郭嘉已在易州病逝，临死前给曹操留下平定辽东之计。其遗书曰：

> 今闻袁熙、袁尚往投辽东，明公切不可加兵。公孙康久畏袁氏吞并，二袁往投必疑。若以兵击之，必拼力迎敌，急不可下；若缓之，公孙康、袁氏必自相图，其势然也。

果然不出郭嘉所料，曹操按兵不动，公孙康就斩了袁氏兄弟以示归附。可见，郭嘉的算度不在于战地排兵布阵，而是拿捏各方关系而把握形势。在战场上，郭嘉有效的计谋仅有一例：第十九回（《下邳城曹操鏖兵　白门楼吕布殒命》），曹操攻打下邳两月不下，用郭嘉计策，决沂泗两河之水淹城。在《三国演义》的谋略叙事中，此类攻防手段往往不需要谋士运筹帷幄，而更多出自将领阵前战术意识，关羽水淹七军就是一个更好的战例。

同样，荀、程等人施于野战与攻城的计谋亦仅寥寥数例：第二十五回（《屯土山关公约三事　救白马曹操解重围》），曹军攻下邳，程昱献计以刘备降兵入城作内应；第三十回，刘晔以发石车破袁军弓箭手，以掘壕堑对付审配的地道战；第三十一回，仓亭战袁绍，程昱献十面埋伏之计；第三十三回，曹军攻并州在壶关口受阻，荀攸用诈降计破城……诸如此类，作为文学叙事，其攻略并无出彩之处。

有一点应予指出，《三国演义》记述曹魏谋士种种事略，固然不尽取之《三国志》和裴松之注提供的史料，却在很大程度上保留了史家的叙事尺度和要则。史家叙说荀彧、荀攸、贾诩、程昱、郭嘉这些人的功业，更多着眼于权谋而不是兵道，将他们视为谋臣而不是军师。所以《三国志·魏志》各传中，这是一些张良、陈平式经纶天下的人物。史家看重的是庙算与运筹，这跟临战决策的操盘手不可同日而语。

然而，此间孰重孰轻，在小说家这儿须另作权衡。《三国演义》虽然并不轻忽庙算谋伐，但书中最精彩的谋略叙事几乎都表现在战术方面，这不仅是因为战术计谋更容易诉诸故事情节，亦关系到小说的叙事意图，即通过具体战事以表现不同的智慧性格。

四

刘备从蔡瑁的鸿门宴上逃出，策马越过檀溪，于乡野偶遇牧童，引入水镜先生司马徽家中。这是第三十五回（《玄德南漳逢隐沦　单福新野遇英主》）的一个插曲，其中有这样一番对话：

> （水镜）问玄德曰："吾久闻明公大名，何故至今犹落魄不偶耶？"玄德曰："命途多蹇，所以至此。"水镜曰："不然，盖

因将军左右不得其人耳。"

在这之前，刘备屡战屡败，到处寄人篱下，纵有关羽、张飞、赵云这般超一流猛将，终未能给自己打出一块地盘。水镜先生一语中的，盖因"左右不得其人耳"。以前刘备身边只是孙乾、糜竺那些钱粮簿记的角色。水镜先生告诉他："伏龙、凤雏，两人得一，可安天下。"从此刘备有了寻找军师的念头。

水镜先生让徐庶化名单福去投效刘备，成了刘备的第一位军师。这徐庶不简单，第一次布阵就干掉曹仁手下吕旷、吕翔二将。随后曹军大举进犯新野，徐庶先是破了对方的"八门金锁阵"，又布下陷阱对付劫寨，等曹仁收拾败军奔至樊城，未料关羽已在城头。原来徐庶看准樊城空虚，早已定计乘间夺城（第三十六回《玄德用计袭樊城　元直走马荐诸葛》）。可是刘备刚刚尝到有了军师的甜头，徐庶却被程昱仿造其母手札骗入曹营。

徐庶离开时让刘备一定要去找诸葛亮。刘备问："此人比先生才德何如？"徐庶说："以某比之，譬犹驽马并麒麟，寒鸦配鸾凤耳。"（后在曹操面前亦称："庶如萤火之光，亮乃皓月之明。"）以徐庶引出诸葛亮，毛宗岗的说法是名优演剧之前"先用副末登场"，而在程昱眼里徐庶之才"十倍于昱"。即便总要跟诸葛亮较劲的周瑜，也说"此人见识胜吾十倍"。这样抠算过来，诸葛亮之才大抵要百倍于荀、程之辈了。这些夸张的说法不能太当真，但无论如何是一种悬殊对比。按说"文无第一，武无第二"，《三国演义》将诸葛亮作为无可争议的天下第一智者，实在是极具挑战性的写法。

第三十九回（《荆州城公子三求计　博望坡军师初用兵》），诸葛亮初出茅庐即受命于危难之中。这第一次用兵就出手不凡，火烧博望坡，以三千兵力击溃夏侯惇十万大军。继而火烧新野，为刘备赢

年画《博望坡》，天津杨柳青

得撤退时间。这两把火，烧出一个不错的开局。此后诸葛亮的战术妙计不胜枚举，每每出人意表，更有形笃卜筮、奇门遁甲一套，难怪鲁迅评论说"状诸葛之多智而近妖"（《中国小说史略》第十四篇）。这里不必细述那些脍炙人口的桥段，比如"空城计"之类（其实"空城计"很值得一说，这是书中最出色的计谋，是危急状态中将通常的疑兵手法发挥到极致），只说一个不常为人提起的战例，就足以见得诸葛亮战术计谋确实十倍于荀、程之辈。第九十二回（《赵子龙力斩五将　诸葛亮智取三城》），诸葛亮一出祁山，降了安定太守崔谅，让他去劝说南安太守杨陵归附。崔谅回来报告说杨陵同意献城，其实二人都是假投降，他们与困在城内的主将夏侯楙密谋，企图将计就计，诱使蜀兵入城而一举歼灭。诸葛亮明知是计，却让崔谅带着关兴、张苞率军入城。接下来竟是极富戏剧化的一幕，几如当今反恐突击队战术攻略：杨陵一开城门就被关兴斩了，崔琼也当即死于张苞枪下，于是蜀兵趁势拥入。诸葛亮同样以诈惑敌，却是抢先出手，其迅雷不及掩耳自是出人意料。这是从细处表现诸葛亮的智谋，实施过程抠得很细。

当然，诸葛亮并非仅以临阵计谋见长，《三国演义》是将他写成一个全才型的智谋人物。

第三十八回的《隆中对》，一上来就见其深有远谋，三分天下已在预见之中。他向刘备阐述自己的总体战略思想："先取荆州为家，后即取西川建基业，以成鼎足之势，然后可图中原也。"这个分三步走的路线图，让走投无路的刘备看到了恢复汉家霸业的希望。曹操手下那些谋士虽说亦多精于庙算，却没有一个具有诸葛亮这样宏大的战略思路。当然，作为弱势的强者，诸葛亮对各方实力自有清醒认识，所以始终将连结东吴作为基本方略。稍后，赤壁之役就是一个连吴拒曹的辉煌战例。

赤壁大战在《三国志》中着墨甚少，但在小说中却是一番浓墨重彩的描述，从第四十三回（《诸葛亮舌战群儒　鲁子敬力排众议》）诸葛亮赴东吴游说，到第五十回（《诸葛亮智算华容　关云长义释曹操》）曹操败走华容道，整整八个章回。整个过程中，诸葛亮的智谋活动占了大头儿，其次是周瑜至关重要的几道诈计，曹方荀、程招数实乏善可陈。

如何将东吴纳入自己的战略擘划，无疑是诸葛亮面临的第一个难题——以实力相论，这不啻小户做庄。于是便有舌战群儒，劝说孙权，智激周瑜等一系列关目。面对曹军南下，东吴第一谋士张昭主张投降，帐下附议者甚众。诸葛亮折冲樽俎，力排众议，上下左右逐一搞定，这是以话语智慧推动情节进展。值得注意的是，书中特意由诸葛亮扯到战国的纵横家，如舌辩场面中有这样的对话：

诸葛亮舌战群儒，《三国演义》清初大魁堂本插图

　　座间又一人问曰："欲效仪、秦之舌，游说东吴耶？"孔明
视之，乃步骘也。孔明曰："步子山以苏秦、张仪为辩士，不知
苏秦、张仪亦豪杰也。苏秦佩六国相印，两次相秦，皆有匡扶
人国之谋，非比畏强凌弱，惧刀避剑之人也……"

　　显然，诸葛亮不惮苏秦、张仪的"辩士"名声（按，《史记》苏
张本传有谓"左右卖国反覆之臣"，今人著作很少从这一角度评说），
名声好坏无关紧要，关键是人家纵横捭阖而能建功立业。《三国演义》
要将诸葛亮打造成人间智谋之巅峰，自是利用一切古代思想资源，
是非乖谬不论，捡到篮里都是菜，乃将兵家、法家、纵横家、阴阳
家（包括星相、卜筮、堪舆等方术）等三教九流集于诸葛一身。

诸葛亮智说周瑜，《三国演义》清初大魁堂本插图

五

　　诸葛亮堪称全才，却并非完人。论者往往以马谡失街亭证其失误，其实街亭之失在于马谡不听军令，诸葛亮明明叮嘱须在要道之处下寨，他偏要屯兵山头。也正是因为不放心，才有立军令状之事。当然，诸葛亮对马谡的确有所偏爱，南征孟获时马谡"攻心为上"的见解很是得其赏识。如果说马谡是志大才疏，诸葛亮正是被他"志大"一面所眩惑，说来诸葛亮自己就是志存高远的人物，其一生得失都要从这方面去考察。

　　"大梦谁先觉，平生我自知。"诸葛亮自诩不凡，行事每每过于

诸葛亮智取三郡，《三国演义》清初大魁堂本插图

高调。其未出山时即自比管仲、乐毅，大有睥睨世间之概。人说"诸
葛一生唯谨慎"，多少是以偏概全的印象，其实诸葛亮一向逞智争雄，
不乏嚣张之举。如，气死周瑜，骂死王朗，骂死曹真，与司马懿斗阵法，
又送巾帼女衣再加辱骂……这些段子皆为人津津乐道。气死周瑜也
罢了，人家死后还去东吴吊丧，捉弄之心意犹未尽，亦如庞统所说"明
欺东吴无人耶"。关于东吴，尤其关于荆州问题，诸葛亮无疑有大错。

尽管"隆中对"早已定下连吴拒曹的战略方针，但赤壁大战后
双方就不再有过真正的合作，问题就出在荆州。当初周瑜与曹仁混
战之际，诸葛亮趁机捡漏，智取南郡、荆州、襄阳数地。赤壁一战
东吴出人出力，却让刘备占尽便宜，这不啻"牛打江山马坐殿"，活

诸葛亮三气周瑜，《三国演义》清初大魁堂本插图

活气死周瑜。鲁肃来荆州交涉，有谓"今皇叔用诡计夺占荆襄，使
江东空费钱粮军马，而皇叔安受其利，恐于理未顺"。鲁肃是老实
人，说话据于常理常识。诸葛亮巧舌善辩，是谓帮刘表父子收复失
地，当时刘琦受庇于刘备，荆州领地似乎成了"托管"方式。未几
刘琦亦殁，鲁肃再来索讨荆州，诸葛亮翻脸不认账，一味强调刘备
乃中山靖王之后，理所应当分得刘氏天下云云。天下纷争之际，这
套说辞有些乏力，转而又以"暂借"为名立下文书，答应夺得西川
后就归还荆州。可是待拿下巴蜀之地，这事情又赖账。能掐会算的
诸葛亮竟未料到，日后的种种坏局皆由荆州而引发。关羽因荆州而亡，
刘备因关羽之仇而有猇亭大败，更搭上自家性命。其实还应该算上

张飞之死——不是举丧伐吴，张飞还死不了。刘关张三雄皆折于东吴，根子就在荆州，而荆州终究还是落到了东吴手里。

老话说"大意失荆州"，其实这事情并非关羽之罪，完全是诸葛亮谋划不周。诸葛亮内心就没把东吴当回事儿，于此只是一再混赖。当然，如果说荆州问题可以有一种利益均沾的思路，诸葛亮也想不到那上边，因为这事情没有古人的成例。诸葛亮的战略思想大抵来自《左传》《战国策》《韩非子》记载的古人智慧，此公擅长活学活用，却并不具有超越前人的新思维。春秋战国的折冲征伐都是胜负手，合纵连横之类的战略合作固然多多，可说到底都是权宜之计，未曾有过某种共享共治的政治模式。所以，说到底又没法怪罪他诸葛亮。

刘备死后，诸葛亮很快与东吴修好，理智上他完全明白连横东吴的战略意义，但他事先不会想到偏是"东吴鼠辈"坏了大事。事后的修补已无法重建双方基本互信，吴蜀之间到头来只能是类似"囚徒困境"式的博弈关系。后来诸葛亮六次北征，只是最后一次与东吴有过不成功的战略合作——那回东吴所谓举三路大军，不过虚应故事而已。

六出祁山，寸土未得，诗家有云"出师未捷身先死"，其实未尝不可质疑诸葛亮之军事才能。但有意思的是，在小说家叙述中却很难看出诸葛亮思路有何短板，即便孟达失上庸、马谡失街亭，也不能完全说是漏算。从第九十四回（《诸葛亮乘雪破羌兵　司马懿克日擒孟达》）到一百三回（《上方谷司马受困　五丈原诸葛禳星》），诸葛亮的用兵之道照样神出鬼没，与司马懿的拉锯战算来是胜多负少。第九十九回（《诸葛亮大破魏兵　司马懿入寇西蜀》），以退兵之计诱敌深入，杀得魏军首尾不接；后来葫芦谷一役，更使对方十伤八九。作为谋略家的司马懿，这时仅以谨慎、隐忍见长，其看家本领只是"坚守不出"。正如毛宗岗回评中所说："武侯之计，未尝不为司马懿之所料；而无如司马懿之料武侯，又早为武侯之所料也。"可是，这轰轰烈烈的北伐大计最后竟以病殁五丈原而告终，似乎冥冥之中自有劫数。

第一百三回中，诸葛亮将司马懿诱入葫芦谷，见火光大起，心想这冤家此番必死无疑，不料天降大雨给司马懿解了围。老诸葛只能仰天长叹："谋事在人，成事在天！不可强也。"数回之后，姜维在铁笼山困住司马师，以敌阵缺水料定胜券在握，谁知司马师一番拜祝，竟求得活命的天赐甘泉。从曹操败走华容道开始，关键时刻总是"天不灭曹"或"天不灭司马氏"，这魔咒一再应验，是非成败倒也怪不得谁人。

撇开"天意"不说，小说家将诸葛兵法写得如此神奇，自有"尊刘抑曹"的倾向所在。但是作为以史实为梗概的讲史小说，《三国演义》不可能改写三国历史的基本走向，也即最后由曹魏－司马氏一统天下的大结局。于是，这里难免产生一个叙述逻辑的悖谬——以诸葛亮之智谋，五虎上将之神勇，刘皇叔之仁义贤明，到头来为何不是蜀汉胜出？这事情会让许多读者读出一种郁闷。该赢的却输了，这就是历史的残酷？历史是诸多因素的偶然交汇，而历史在这里又与某种叙事意图歧路相遇，那就只能在期待与幻灭中蜕变。如果说郁闷掩盖了悖谬，这恰恰是悲剧的美学力量。

真实的诸葛亮必定是一个厉害角色，但也许并非那么足智多谋。陈寿《蜀志·诸葛亮传》将他比作管仲、萧何一类治国干才，说到其军事谋略却评价不高。尽管认为诸葛"长于巧思"，但以其连年兴师北伐而寸功未得，陈寿给出"盖应变将略，非其所长"的评价，又曰："然（诸葛）亮才，于治戎为长，奇谋为短，理民之干，优于将略。"总之，陈寿的记述与小说中的诸葛亮大相径庭。

周瑜像，明王圻《三才图会》

六

猇亭之战前后，老一代英雄（枭雄）相继淡出，曹操、刘备死了，孙权也不再率兵出征。这时智谋人物的身份有了很大变化——早先大多是职业谋士，作为辅佐主公的军师或参谋人员；现在各方都是主帅与军师集于一身，如诸葛亮、司马懿、陆逊，皆为此类复合型角色。其后又有姜维、邓艾、钟会诸辈。三国智谋人物直接握有兵权，最早是东吴的周瑜，孙权于赤壁破曹之前就以周瑜为大都督，统领东吴三军。后来陆逊受命于蜀兵压境之际，是谓"书生拜大将"。诸葛亮加官丞相之前一直是军师，实际上亦擅将帅职权，刘备进位汉中王时更是明令诸葛亮"总理军国大事"（《蜀志·诸葛亮传》：刘备得荆州即封诸葛亮"军师中郎将"，后又陟升"军师将军"）。司马懿本是掾佐出身，因镇守西陲，提督雍、凉二州兵马，俨然跻身军界大佬。及至曹真于祁山屡败，司马懿便为魏主所倚重。

智谋人物之地位提升，无疑大大加重谋略本身之叙事意义。在小说后四十回中，除了"天意"干扰，情节进展就完全离不开计谋运作了。如，诸葛亮与司马懿，姜维与邓艾，互相都能猜到对方的计谋，都在根据对方的计谋思路布设计谋，胜负只在谁能多算一步。

这一时期更有一个重要变故，就是武将的光环已悄然褪去，随着关羽、张飞、马超、赵云、典韦、许褚、太史慈、甘宁那些超一流高手渐次出局，枪戟刀斧的厮杀终而失去看点。故事情节更是聚焦于智谋、心机与手腕，这些不仅作为人物品格而大加描述，也是小说本身的叙事策略。

然而，形势变化又生成新的叙事特点。从诸镇纷争演化为三分天下，原初的多极关系最后简约为三方互动，甚至往往只是其中两方互掐，一方作壁上观——局面趋于固化状态，纵横捭阖的空间就被大大压缩。这种情况也改变了"士无定主"的老例。刘璋手下的张松大概是最后一个跳槽的职业谋士——其暗绘西川地理图本，本欲献与曹操，只因老曹待之轻慢，转而投献早已窥视西川的刘备。刘璋的命运因一位幕属而改变，这让人想起当初许攸反水。这样的事情此后不会再有，当军师（谋士）都成了主帅，其自身荣辱系于一国之运，跟谁合纵，如何连横，几乎没有选择余地。当然，这跟是否"忠诚"没有关系。这些强势人物将权力与智谋集于一身，不论是功高盖主，还是觊觎权位，都必然造成君臣相疑、主公与将帅相疑的杀局。由是祸起萧墙,君臣上下关系成了谋略家们用武之地。

诸葛亮、姜维北伐之时,屡被后主诏令班师。所谓内侍进谗,亦是敌方以反间计退兵的恶招。这期间东吴两度宫廷政变,孙綝擅权,废立吴主,旋又栽到老将丁奉手里。更有戏剧性的是司马懿之再度出山,事情本身交织着滑稽、诡谲和惊心动魄的复杂意味。作为扶助幼主的托孤大臣,司马懿被明升暗降加封太傅而解除兵权。尽管赋闲在家,大权在握的曹爽心里不踏实,让心腹李胜前往一探虚实。司马懿佯卧病榻,装聋作哑,指东道西,扮演着病笃无治的角色。曹爽就这样被骗过,毫无戒备地带着幼主和一帮哥们儿出城畋猎,这边飞鹰走犬之际,城内司马懿悍然发动政变。这是第一百七回(《魏主政归司马氏 姜维兵败牛头山》)中的事情,后来司马昭还有逼宫废立之举。

蜀汉灭亡的结局乃大势所趋,却也充满意外与惊奇。邓艾犯险取蜀堪称绝招,竟暗度阴平,连下数城,直入成都。退守剑阁的姜维接到后主投降敕令,便以诈降为缓兵之计,结援司马氏大军另一路统帅钟会。姜维成功离间钟、邓二人,又使钟会获得司马昭授权擒缚邓艾。姜维心计曲折,司马昭更有算度。其实司马昭怀疑邓艾居功自傲,有"自专之心",同样亦提防钟会拥兵自重日后有变,监军卫瓘就是早已布下的一颗棋子。当司马昭偕魏主御驾亲征,屯兵长安之际,姜维与钟会只能仓促起事,而尚未出师就被卫瓘一举歼灭。这就是"螳螂捕蝉黄雀在后"。姜维本想以蜀中为根据地,东山再起,重扶汉室,其诈降一招可谓深谋远虑。"吾计不成,乃天命也!"姜维自刎前只得仰天大叫。

七

《三国演义》的悲剧是因为悬诸一个不可能实现的道义目标，也即希冀蜀汉一统天下而中兴汉室。然而，从诸葛亮赚取荆州到姜维诈降与谋反，这煌煌有道的大目标亦须行之于一系列假谲伎俩，这又是一个极大的悖谬。如果说曹氏、司马氏是篡汉国贼，其用心卑劣自是必然，那么标榜忠勇节义的蜀汉一方又何以见得高尚与正义，又何尝不是用尽狡狯手段。其实，诸葛亮"先取荆州为家，后即取西川建基业"的谋略本身就不合道义，取荆州和取西川，说穿了也只是"柿子捡软的捏"。刘表、刘璋与刘备同为宗室，同室操戈只因为人家"暗弱"，那么非刘姓的曹氏、司马氏取代衰靡的汉室又有何不可，弱肉强食而已。

在充满智谋崇拜的语义和逻辑表述中，用一个假定的道义目标，串起形形色色的计谋和话语陷阱，铺展元叙事的历史构想，这是《三国演义》耐人寻味的魅力所在。所有的悖谬皆出于那个虚幻的价值理念，因为叙述者的立场始终在道义目标与机会主义行事原则之间摇摆不定，逞智臆想之中不断闪现宏大叙事的梦想空间。

二〇一五年惊蛰至清明记

司马一生唯谨慎

一

曹魏嘉平元年（二四九），司马懿诛曹爽一事，可谓充满喜剧色彩的阙下政变。《三国演义》第一百六回（《公孙渊兵败死襄平 司马懿诈病赚曹爽》）写曹爽派李胜往司马府上探听虚实，年届七旬的司马懿佯作病入膏肓，声嘶气喘，且言语错乱。听了李胜如此汇报，曹爽完全打消了心中仅存的一丝疑虑。接下来第一百七回（《魏主政归司马氏 姜维兵败牛头山》），曹爽陪同魏主曹芳出城谒陵和畋猎，司马懿即以"奸邪乱国"之名，迫使太后敕令表奏天子，废黜大将军曹爽及其兄弟。这边飞鹰走犬之际，城内已被戒严部队接管，司马懿引兵把住入城的洛水浮桥。

这些并非小说家虚构。司马懿装病一事，原始材料见诸《三国志·魏志·曹爽传》裴松之注引《魏末传》，其中叙述甚详，如司马懿"持杯饮粥，粥皆流出沾胸"这样的细节都有，《曹爽传》和《晋书·宣帝纪》所述皆出于此。晋人史笔往往有如小说家言，由细枝末节给出身临其境的真实感，至于假作真时的真实含义，读者可以有自己

司马懿谋死曹爽，《三国演义》清初大魁堂本插图

的理解。

《三国志》乃晋人陈寿所撰，《晋书》所据原始史籍亦多出于晋人手笔，实际上也是王夫之所谓"司马氏之书"。晋代史家对司马氏篡魏一事都含糊其辞，显然本朝的来历不能写成龌龊故事。按史家记述，对曹爽下手，至少也是走了程序——有太后首肯，然后表奏天子。这是说，司马懿的政变不是要改朝换代，是在体制内摧陷廓清。司马懿表文痛陈先帝顾命之念，"万一有不如意，臣当以死奉明诏"数语，直是忠心可鉴。又谓曹爽"败乱国典，内则僭拟，外专威权"，控以"有无君之心"，阴谋政变的屎盆子这就扣到对手头上了。当然，这是司马懿的表述，曹爽成了被司马懿表述的对象。《魏志·曹爽传》

不嫌其烦引述司马氏表文，却未举出传主谋反的实际举动，至于黄门张当供称"爽与晏等阴谋反逆"，很明显是刑讯逼供的结果。这里留了一大块空白。撰史者固有不敢轻易着墨之处，但有时不著文字或是有意为之。此般叙述犹如中国画之"留白"，笔墨之外给人留下想象与思索的空间。

天子在外，太后敕令大臣上表罢黜大将军，这程序是否合法，其实大可究诘。唐太宗李世民审视这段历史，自然就提出这样的问题："天子在外，内起甲兵，陵土未干，遽相诛戮，贞臣之体，宁若此乎！"又进而质问："辅佐之心，何前忠而后乱？"（《晋书·宣帝纪》制曰）文帝曹丕之后，司马懿两度作为顾命大臣。前次与曹爽的老爸曹真共辅明帝曹叡，其间斩叛将孟达，拒诸葛亮北征，讨辽东公孙渊，可谓劬劳顾复，是李世民所谓"前忠"之故事。这回的"后乱"出手之狠，恨不得绝了曹氏的根脉，在后人眼里显然就是篡魏勾当。

值得注意的是，《三国演义》描述这一事件并未以"后乱"之见诋諆和谴责司马懿，倒是全然采入史书记载，没有节外生枝另扯一端。也许，出于"尊刘抑曹"的叙述立场，司马氏和曹氏之间的死掐只是反派角色狗咬狗，小说家的情感倾向在这里不由变得模糊了。当然，事情的结果就是"魏主政归司马氏"，小说和史书同样道出了这个事实。从根子上说，这是"三国归晋"的第一步。身为宗室的曹爽手里握有兵权，是司马懿的主要障碍，这块绊脚石总归要搬开。

本来，明帝曹叡死后，司马懿与曹爽同为辅政大臣，按《曹爽传》："初，（曹）爽以宣王（按，即司马懿）年德并高，恒父事之，不敢专行。"然而，曹爽身边何晏、邓飏、丁谧、李胜、桓范一班智囊人物亟欲拥主擅国，用明升暗降的办法将司马懿挤出权力中枢。传曰："丁谧画策，使爽白天子，发诏转宣王为太傅，外以名号尊之，内欲令尚书奏事（按，曹爽'录尚书事'），先来由己，得制其轻重也。"司马懿本是握有兵权的太尉，加为太傅，等于退居二线。年届七旬的司马懿干脆称病不出，尽量躲着曹爽，自是韬晦之计。大权独揽的曹爽这便有些忘乎所以，所以就胡作非为，本传列述其"骄淫盈溢""作威如此"的一大堆事儿，《晋书·宣帝纪》又称曹爽与宫内宦官密谋"图危社稷"。史书所述曹爽种种负面材料，自是司马懿出手的合法性所在。有意思的是，曹爽的花天酒地被史家含含糊糊地描述成觊觎天下的政治野心。本传称："爽饮食车服，拟于乘舆，尚方珍玩，充牣其家，妻妾盈后庭，又私取先帝才人七八人，及将吏、师工、鼓吹、良家子女三十三人，皆以为伎乐。"这般吃喝玩乐搞腐败，一不小心搞成了"僭越"，这麻烦就大了。当然，问题不在于这里有多少虚构成分，只是一说到僭越，在当日语境中自然就上纲上线了。

曹爽说到底是公子哥儿。司马懿表奏送达之后，魏主曹芳问怎么办，这哥们儿竟手足失措（本传称"迫窘不知所为"），问他几个弟弟怎么办。桓范冒死出城通报消息，劝他请天子驾幸许昌，调外镇部队对付司马懿。曹爽若是真有觊觎天下之心，这倒正是一个机会——桓范的主意自然是挟天子以号令天下，只要一开战，司马懿就成了兴兵作乱的逆臣。可是，正如太尉蒋济所料，"驽马恋栈豆"，曹爽惦着妻儿老小还在城里，心存侥幸地以为投降司马懿还能保住他富家翁的日子。

二

剪除曹爽之后，魏主曹芳只得讨好司马懿，诏封丞相，加九锡。小说里写司马懿"固辞不肯受"，颇让人纳闷。本来一步到位就完整复制了曹操篡汉的故事，装什么孙子呢？可史籍记载，司马懿上书辞让竟有十余次之多，又言："太祖（按，即曹操）有大功大德，汉氏崇重，故加九锡，此乃历代异事，非后代之君臣所得议也。"（《魏志·三少帝纪》裴注引孔衍《汉魏春秋》）事情都做到了这一步，还在继续表忠心。事实上，司马懿的辞让还不止一次。《晋书·宣帝纪》有谓，嘉平三年，太尉王凌谋反，欲废天子立楚王彪，被司马懿一举粉碎。这时魏主曹芳又要给他一个相国头衔，并加封安平郡公，司马懿却"固让相国，郡公不受"。本纪又谓，"帝（按，指司马懿）勋德日盛，而谦恭愈甚"。

司马懿的谨慎自有原因。他不像曹操、吕布、袁绍、袁术、刘表、张鲁那些牛人，一开始他没有自己的队伍。他虽然出身世族，却并非地方豪强，而是以掾佐起家。本纪谓："汉建安六年，郡举上计掾。"那年司马懿才二十二岁，想来是有一番抱负。可是，汉室已攥在曹操手里，曹操灭了吕布、袁术，很快又在官渡击溃袁绍，差不多快要统一北方了。群雄竞起的年代已经过去，似乎天下大势已定，只能按部就班在官场里混事。

在《三国演义》里，司马懿是后半截出现的人物，小说第三十九回（《荆州城公子三求计 博望坡军师初用兵》）第一次出现他的名字——"却说曹操罢三公之职，自以丞相兼之。以毛玠为东曹掾，崔琰为西曹掾，司马懿为文学掾。"这是哪一年事情？小说未详。其时刘备寄身荆州，刚刚得了诸葛亮。按《魏志·武帝纪》所述，应是建安十三年（二〇八）。"十三年……汉罢三公官，置丞相、御史大夫。夏六月，以公为丞相。"是年秋，曹操率八十三万大军南下，因有赤壁之败。此后一连串征战，没有司马懿的事儿。"上计掾"和"文学掾"都是衙署佐官，这一段没有什么故事，本纪中也是空白。司马懿似乎在庸庸碌碌之中度过了青年时代，而比他小两岁的诸葛亮已在赤壁之战中大显神通。然而，司马懿毕竟熬过了生命中的严冬，同为相府掾佐的崔琰、毛玠就没有他这么幸运了，因为得罪了性忌而峻刻的曹操，一个被赐死，一个被黜免。

直至第六十七回（《曹操平定汉中地　张辽威镇逍遥津》），司马懿好不容易逮着露脸的机会。这时曹操刚搞定张鲁，司马懿作为军中主簿建言火速进兵西川，趁刘备立足未稳，一举拿下益州。曹操不听，竟挖苦说："人苦不知足，既得陇复望蜀耶？"小说中这个细节亦取自《晋书·宣帝纪》。但此节原是刘晔的事儿，《三国志》说是刘晔建议曹操趁势取蜀，而刘晔正是主簿，故进曰："今破汉中，蜀人震恐，其势自倾。以公之神明，因其倾而压之，无不克也……今不取，必为后忧。"（《魏志·刘晔传》）《宣帝纪》将此移花接木扯到司马懿头上，差不多也是这套说辞——"今若曜威汉中，益州震动，进兵临之，势必瓦解。易为功力。圣人不能违时，亦不失时也。"《刘晔传》只说"太祖不从"，并未出言讥嘲，事情搁到司马懿这儿就不一样了。曹操征张鲁在建安二十年，其旧日的智囊团已经凋零（郭嘉、荀彧、荀攸均已故去），司马懿此际预闻军机，倒也正是时候。如果真是让曹操这样当场开涮，他不能不心生怵惕。

说来，司马懿跟曹操的关系很微妙。按本纪说法，司马懿入仕之初就引起曹操注意，"魏武帝为司空，闻而辟之。帝知汉运方微，不欲屈节曹氏，辞以风痹，不能起居。魏武使人夜往密刺之，帝坚卧不动"。那时候他就玩装病这一手，可惜曹爽是不知道这段故事。本纪又谓："及魏武为丞相，又辟为文学掾。敕行者曰：'若复盘桓，便收之。'帝惧而就职。"司马懿迫于压力而入彀，这职场生涯一开始就布满荆棘。但《三国志》没有提及此事，司马氏与曹氏的恩怨完全不在陈寿的审视之中，《魏志·武帝纪》居然没有出现司马懿的名字。《文帝纪》也只是最后遗诏辅佐嗣主时提到他——这时司马懿已是"抚军大将军"，在四位顾命大臣中位列曹真、陈群、曹休之后。看来，他是在曹丕执政后期才进入权力中枢。

司马懿获得曹操的信任很不容易。《晋书·宣帝纪》有这样一段话：

> 帝内忌外宽，猜忌多权变。魏武察帝有雄豪志，闻有狼顾
> 相，欲验之。乃召使前行，令反顾，面正向后而身不动。又尝
> 梦三马同食一槽，甚恶焉。因谓太子曰："司马懿非人臣也，必
> 预汝家事。"太子素与帝善，每相全佑，故免。帝于是勤于吏
> 职，夜以忘寝，至于刍牧之间，悉皆临履，由是魏武意遂安。

脑袋可朝后折转一百八十度，脖颈安了轴承？这"狼顾相"的
说法颇有意思。瞻前顾后，夹起尾巴做人，内中却是饿狼般的饥渴。
司马懿一直依附于曹魏集团，官场里摸爬滚打，小心行事是做人根
本。《宣帝纪》记载，司马懿经常这样训诫子弟："盛满者道家之所忌，
四时犹有推移，吾何德以堪之。损之又损之，庶可以免乎！"这种
谨小慎微的作风，似乎不像是关键时刻能够下狠手的角色，其实谨
慎的背后是隐忍。

三

《三国演义》的司马懿叙事直接从军旅开始，最初几次露面都显
示出其出色的庙算谋略。第七十五回（《关云长刮骨疗毒　吕子明白
衣渡江》），关羽水淹七军后气势如虹，兵围樊城，直指许昌。曹操
慌乱之中打算迁都。这时是司马懿出来谏阻。

> 司马懿谏曰："不可！于禁等被水所淹，非战之故，于国家
> 之计，本无所损。今孙、刘失好，云长得志，孙权必不喜。大
> 王可遣使去东吴陈说利害，令孙权暗暗起兵蹑云长之后，许事
> 平之后，割江南之地以封孙权，则樊城之围自解矣。"主簿蒋济

曰："仲达之言是也。今可即发使往东吴，不必迁都动众。"操依允，遂不迁都。

以东吴掎止关羽，这步棋是扭转大局的关键，魏、蜀、吴初成鼎足之势，司马懿就抓住了一个战略契机。这块材料直接采自《晋书·宣帝纪》。但是，这回的谏言和前次进兵西川的建议，在小说中都只是插入性交代，缺乏情境描述，未能给读者留下深刻印象。作为文学典型的司马懿，自然需要借助权略实施的情节刻画，这主要表现在两方面：一是扼制蜀汉北征，通过双方军事对峙和一系列拉锯战，塑造其擅于机变的谋略家形象；二是与曹魏宗室相周旋，逐步剪除其势力，这中间显示一种隐忍、权诈且深不可测的阴鸷性格。

一手攘外，一手安内，靠的都是枪杆子。在《三国演义》中，司马懿是以军政大佬身份进入读者视线的，早年的掾佐生涯默默无闻，作为曹操帐下的谋士他不像荀彧、荀攸、贾诩、程昱、郭嘉那么受重用。生命的蛰伏是一个漫长过程，他是在曹操晋封魏王之后开始出入军界（本纪谓"迁为军司马"），然而直到第九十一回（《祭泸水汉相班师　伐中原武侯上表》），曹丕死后，司马懿才算真正抓到了军权。"时雍、凉二州缺人守把，司马懿上表乞守西凉等处。曹叡从之，遂封懿提督雍、凉等处兵马，领诏去讫。"按，从围剿黄巾到征讨董卓，再到李傕、郭汜犯长安，继而引发中原大战……整个汉末三国乱局中，撬动时局的杠杆往往是诸镇军政实力。司马懿抓到了雍、凉二州，这下心里才算踏实，从此便将经略西北作为自己的要务。

诸葛亮三分天下的预判固然是一种超前意识，但自刘备入川之后，司马懿脑子里亦已形成同样的战略图景。避免与蜀、吴两面作战，一向是司马懿的谋略长项，而如何在陇蜀、两淮之间构筑有效的防御体系，则是他长期处心积虑的御敌方略。《晋书·宣帝纪》谓，刘备取汉中后，司马懿便向曹操提出屯田之策，"昔箕子陈谋，以食为首。今天下不耕者盖二十余万，非经国远筹也。虽戎甲未卷，自宜且耕且守"。曹操采纳这一建议，便是"务农积谷，国用丰赡"，可司马懿考虑的不仅是经济效益。诸葛亮六出祁山未能踏入关中，很大程度上是碍于远途补给困难，而曹魏的军屯几乎推至交战前沿。所以，这项屯田政策一直推行到曹叡、曹芳时期。据《晋书·食货志》：太和四年（二三〇），"宣帝表徙冀州农夫五千人佃上邽，兴京兆、天水、南安盐池，以益军实"。青龙元年（二三三），"开成国渠自陈仓至槐里，筑临晋陂，引汧洛溉舄卤之地三千余顷，国以充实焉"。正始四年（二四三），又命邓艾在淮南淮北修渠屯田……借由"且佃且守"做军事部署，乃将战略缓冲区域变成给养充足的前沿阵地。

四

司马懿与曹爽的过节，不止是官场权力斗争。对蜀征战的思路上，二人有着严重分歧。《魏志·曹爽传》谓："（邓）飏等欲令爽立威名于天下，劝使伐蜀，爽从其言，宣王止之不能禁。正始五年，爽乃西至长安，大发卒六七万人，从骆谷入。"由于贸然深入，补给线太长，而蜀兵据险为固，曹爽差点折了进去。司马懿是怕任由这般折腾下去，早晚让诸葛亮撕开秦陇防线。其实，司马懿一直坚持以逸待劳的防御思路，不想轻易对蜀动兵。虽说最初是他建议曹操攻蜀，但那是一个稍纵即逝的战机，其时刘备在川中立足未稳。当司马懿可以影响大局的时候，他很清楚解决蜀汉的时机未到。

《三国演义》写司马懿对蜀作战，笔墨颇有抵牾之处。第八十五回（《刘先主遗诏托孤儿　诸葛亮安居平五路》），刘备死后，曹丕想趁机伐蜀，贾诩认为不可仓卒出兵，司马懿却说："不乘此时进兵，更待何时？"于是做了一套方案，征调鲜卑、南蛮、孙吴、上庸孟达以及国中曹真等五路大军，以形成合围。这事情纯属小说虚构，好让诸葛亮借此上演安居平五路的一出好戏。毛宗岗夹批中说："司马懿惯与蜀兵对头，却与此处早伏一笔。"其实，也是不想让司马懿出场太晚，故意在此加点戏码。但这样一来，接下去还得让司马懿保持这种好战姿态。第九十五回（《马谡拒谏失街亭　武侯弹琴退仲达》），诸葛亮　山祁山无功而返，司马懿趁机收复了陇西诸郡。曹叡夸他几句，这老头竟来劲了，要求率兵剿灭汉中蜀兵"以报陛下"。这当儿尚书孙资出言谏阻，认为不必大举进讨，派兵据守斜谷险要即可："不过数年，中国日盛，吴蜀二国必自相残害，那时图之，岂非胜算？"曹叡问司马懿"此论若何"，司马懿说"孙尚书所言极当"，竟不再坚持进讨的主张。小说从这儿开始，让司马懿撤回到自己的立场。孙资谏阻伐蜀出于《魏志·孙资传》裴注引《孙资别传》，但原文交代的背景是："诸葛亮出在南郑，时议者以为可因大发兵，就讨之，帝意亦然。以问资。"小说将"时议者"换成了司马懿，再让司马懿陡然转换立场，手法也算巧妙。（按，孙资大抵亦是司马懿的人。本传说，曹叡临终前吩咐后事，孙资和另一位近臣刘放巫言"宜速召太尉司马宣王，以纲维皇室"，这才召司马懿嘱以托孤。）

往后，司马懿的调子就完全转过来了。第九十六回（《孔明挥泪斩马谡　周鲂断发赚曹休》），闻悉诸葛亮准备再出祁山，曹叡召大臣商议对策，司马懿强调"蜀未可攻也"。因料定诸葛亮会用韩信暗度陈仓之计，司马懿命人在陈仓道口筑城守御。果然诸葛亮二出祁山就在陈仓被阻，蜀军用云梯、冲车、掘地道各种战术都无济于事，直到守城主将郝昭病危才被攻破。其实，最后让诸葛亮占了便宜，也是魏方主帅曹真贸然出击所致。司马懿说过"我军只宜久守"，这话曹真根本听不进去。后来，司马懿接替曹真总摄陇西诸路军马，在前沿阵地主要就采取"坚守不出"的方针。甚至第一百三回（《上方谷司马受困　五丈原诸葛禳星》），诸葛亮以巾帼女衣相羞辱，司马懿仍受之不战，不为所动。

第九十九回（《诸葛亮大破魏兵　司马懿入寇西蜀》），毛宗岗夹评中讥嘲："坚守不出，是他看家拳。"将司马懿比作只会躲着对手的拳师，绝非公允之论。诸葛亮六出祁山，实际上寸土未得，这场战争最终胜出的不是蜀方。作为讲史小说，《三国演义》不可能改写魏蜀间的战争结局，然而在整个六出祁山过程中，小说以虚构手法描述若干局部战役，如以姜维诈降将曹真引入斜谷道，又在木门道诱杀张郃，上方谷围住司马懿等，叙事焦点多在诸葛亮的妙计实施，这就给出蜀军胜多负少的印象。虽然出师未捷，却让人从诸葛亮的悲剧命运中感受到一种精神胜利，这是小说家的妙招。其实，仅就军事观点而论，司马懿的防御战略未有不当。蜀军远道而来，补给困难，以防御消耗敌人自是聪明手段。但看司马懿之谨慎，曹真之躁进，几次战役中都分明形成胜败反差，凡是二人同领大军之役，出事的总是曹真一边。

五

司马懿后发制人的防御心态并不完全出于军事谋略，也是从曹魏集团内斗中养成的政治经验。小说叙事亦着意强化其官场挫折。前述第九十一回中，司马懿既督雍、凉二州，谁知马上就起了风波。诸葛亮用马谡反间计冒其名义发布反曹叡告示，华歆便趁机进谗，谓之居心叵测，"司马懿鹰视狼顾，不可付以兵权，久必为国家大祸"。曹真不以为是，却让曹叡效仿刘邦伪游云梦之计，驾幸安邑，待司马懿迎驾时加以辨察，或"观其动静，就车前擒之"。

> ……叡从之，遂命曹真监国，亲自领御林军十万，迳到安邑。司马懿不知其故，欲令天子知其威严，乃整兵马，率甲士数万来迎。近臣奏曰："司马懿果率兵十余万，前来抗拒，实有反心矣。"（毛宗岗批曰："仲达虽乖，此时却着了道儿。"）

司马懿纵使奸猾，也没想到竟是刘邦擒韩信的招儿。不管他如何剖肝沥胆表白忠心，曹叡还是疑虑万分，最终按华歆的意思将他削职归乡。这段故事虽是虚构，却真实反映了司马懿的官场处境。在曹叡时期，司马懿出力最多，但曹叡临终确定顾命人选先就没有他，其初圈定的几乎都是宗室子弟（见《魏志·刘放传》）。

司马懿在家赋闲大概不过一年光景。诸葛亮一出祁山之前，已拿下安定、南安、天水三郡，大破夏侯楙、曹真。情势危急之下，曹叡才听钟繇之言，重新启用被罢黜的司马懿。但曹叡依然不放心将事情都交给司马懿，偏是让他和曹真同领大军，这种互相牵制的平行指挥体系显然有悖于军事原则。至第九十八回（《追汉军王双受诛　袭陈仓武侯取胜》），蜀、吴拟联手入犯中原，而曹真抱病在家，曹叡才让司马懿总摄陇西诸路军马。司马懿认为东吴只是假作兴兵之势，虚应故事而已，"陛下不必防吴，只须防蜀"。司马懿的大局观一向很好，这下给曹叡吃了一颗定心丸。曹叡要派人取曹真的总兵将印，司马懿却说他自己去取：

> ……遂辞帝出朝，迳到曹真府下，先令人入府报知，懿方进见。问病毕，懿曰："东吴、西蜀会合，兴兵入寇，今孔明又出祁山下寨，明公知之乎？"真惊讶曰："吾家人知我病重，不令我知。似此国家危急，何不拜仲达为都督，以退蜀兵耶？"

懿曰："某才薄智浅，不称其职。"真曰："取印与仲达。"懿曰："都督少虑，某愿助一臂之力，只不敢受此印也。"真跃起曰："如仲达不领此任，中国必危矣！吾当抱病见帝以保之。"懿曰："天子已有恩命，但懿不敢受耳。"真大喜曰："仲达今领此任，可退蜀兵。"懿见真再三让印，遂受之。

司马懿的言辞委婉有致，小说这一段写得很妙。他不是奉诏取印，是要让人家主动让印。他在姓曹的主子和将军们之间只能如此周旋，避免给人留下丝毫的偷薄之感。

六

谨慎有余的司马懿也有果断出手的时候，不说诛曹爽，克日擒孟达亦是一例。新城太守孟达暗中投蜀（此人本是蜀方叛将），欲为诸葛亮出祁山做内应，这直接威胁长安乃至洛阳。其时在家赋闲的司马懿刚接到起复的委任诏令，获知情报便调集宛城军马火速开拔，结果八日之内赶到新城，解决了孟达。按说此事先要奏报魏主，但等到圣旨下来怕是蜀军早已长驱直入。司马懿此番先斩后奏意义重大，兵贵神速，利弊不遑细斟，归根结底也是一种算度。

司马懿最窝囊的事儿就是被诸葛亮的空城计涮了一把。由于孟达被擒，马谡又失了街亭，诸葛亮万般无奈之下，只能使出空城计迷惑司马懿。此事不见于《三国志》，却非小说虚构，本自裴注引《蜀记》郭冲条述诸葛亮五事中第三事。当然，郭冲五事亦是晋人小说，故裴松之不信实有其事。但不管怎么说，这是三国叙事中最出色的计谋之一，完全就是一场心理战。司马懿见诸葛亮在城头焚香操琴，心里大犯嘀咕："亮平生谨慎，不曾弄险。今城门大开，必有埋伏。"

孔明智退司马懿，《三国演义》清初大魁堂本插图

他想，以诸葛亮之谨慎不可能如此弄险。但反过来看，诸葛亮又何尝不是这样揣度他——之所以料定魏兵不敢进城，正是押中了司马懿平生最为小心谨慎。

该出手时未出手，就怕一脚踏空。司马懿顾虑甚多。

前人所谓"诸葛一生唯谨慎"，其实未必说对了。就"谨慎"二字而言，诸葛亮实远不及司马懿。诸葛亮屡有用人不当的失着，如将荆州托付关羽，街亭交给马谡，粮草委以李严，都是很要命的纰漏。此公还有恃才傲物的疏狂，这都不去说了，而司马懿做事从来都是兢兢业业如履薄冰。诸葛亮还有君臣相得之便，不必跟先主后主玩心计，而司马懿对姓曹和姓夏侯的永远要留一份心眼，而且还不能

司马懿像，明王圻《三才图会》

让人家觉出他有异心。

除掉曹爽两年后，司马懿死了，享年七十三，时在嘉平三年
（二五一）秋八月。《三国演义》第一百八回（《丁奉雪中奋短兵　孙
峻席间施密计》），司马懿临终前将师、昭二子唤至榻前，叮嘱曰："吾
事魏历年，官授太傅，人臣之位极矣。人皆疑吾有异志，吾常怀恐惧。
吾死之后，汝二人善理国政。慎之！慎之！"早已大权在握的司马
懿依然心怀恐惧，作为曹魏政权的掘墓人，此际还惦着一生忠诚的
清誉。

司马懿生平最后一桩大事小说里没有提到，就是辞世半年前，
剪除了王凌与楚王彪。王凌是早年诛董卓的司徒王允的侄子，司马

懿诛曹爽后进为太尉，因嗣主曹芳年幼无能，王凌与其外甥兖州刺史令狐愚企图迎立楚王彪。倘若让他们另立朝廷，这天下最后是否能到司马氏子孙手里还难说。司马懿这回逮着机会自然痛下杀手，不但灭了楚王彪数人，而且"诸相连者悉夷三族"（《魏志·王凌传》）、"悉录魏诸王公置于邺，命有司监察，不得交关"（《晋书·宣帝纪》）。忍了一辈子，终于让曹氏宗室彻底出局。以后曹髦时期虽有毌丘俭、诸葛诞起兵讨伐司马氏，却再也没有宗室人物兴风作浪。

王凌的儿子王广曾劝父亲不要轻举妄动，其谓："今懿情虽难量，事未有逆，而擢用贤能，广树胜己，修先朝之政令，副众心之所求……"（《王凌传》裴注引习凿齿《汉晋春秋》）原话较长，不能尽录，整个看是对司马懿颇为正面的评价。像司马懿这样的篡逆者之所以被认为"事未有逆"，乃相对曹魏而言，只能说是刻薄寡恩的曹氏做得太过分，曹操、曹丕、曹叡，哪一个也不是善茬，三代相沿以申韩之法钳网天下，在士族缙绅中间就失去了执政基础，如王夫之所说"士困于廷，而衣冠不能自安"（《读通鉴论》卷十）。司马懿一生谨慎，亦是因为"不能自安"。

二〇一五年十二月十四日记

魏延之叛

三国的历史由诸镇纷争演化成三足鼎立，考其风俗，仍是战国时期"邦无定交，士无定主"之局。吕布杀丁原投董卓，又杀董卓去投袁术；而刘备得荆州之前亦四处投靠，转而又跟人家翻脸。此类情形在《三国志》叙事中比比皆是。汉室式微，士者难以社稷为规仪，曹魏篡汉竟让一班汉臣做成了尧舜禅位的天命文章。可见，在陈寿那个时代的史家眼里，只有抽象的圣王之道，并没有具体的"国家"观念。

到了《三国演义》这儿，历史场景注入了小说家的臆想和情怀。从刘关张桃园结义到衣带诏那种秘密活动，再到刘备进汉中王上表献帝之官样文章，凡此种种，一再申明匡扶汉室之家国大义，如此以文学形式奠立了国家意识形态的叙事话语。当王者血脉贯注于士者精神，便慨然凝成整饬的意志和纪律。乃至后来，即便汉室已不复存在，也还是国之神器。曹丕既已受禅，刘备这边马上借壳上市继统汉祀——汉王朝之名义庶几成了合法性标识。刘备强调的统纪，在小说中一步步地推衍着知其不可而为之的悲剧情境。

"国家"（汉室）作为统辖性的精神存在，必然规定了叙事话语的正义性。关羽无奈之下依附曹操，便以"降汉不降曹"申明其志；徐庶被诓入曹营，则有"身在曹营心在汉"的故事。然而，忠诚的基础仍然离不开人伦道义，刘关张以结义模式开创了一种新型君臣关系，"士无定主"在小说中自然成了反面例子。当然，士者与人主之间不再是简单的道义关系，更重要的是政治选择。刘璋手下的张松，本欲将西川地图献与曹操，跑到曹操那儿受到冷落，转而投向刘备。这种旧时纵横家套路可称之卖主求荣，但换个说法就是弃暗投明。蜀汉阵营里有不少来自降臣降将，如黄忠、马超、王平、严颜、法正、吴懿、刘巴、费祎、姜维、夏侯霸等人，他们背弃旧主或转变立场，也算是深明大义，不是什么人格污点。

当然，蜀汉阵营里也有少数投敌者，都不算什么重要人物，如荆州失利时投了东吴的傅士仁、糜芳之类。还有刘璋的降将孟达，关羽危厄之际未出手相援被刘备忌恨，因而投了曹魏。后来孟达坐镇陇西又想反正，未及起事却让司马懿给灭了，直使诸葛亮扼腕不已。叛逆者的境遇各有不同，角色定位未可一概而论。但此中可以看出一个有趣的悖谬：如果说正义之念源自人伦道义，那么正义之举往往只能捐弃道义；所谓政治正确实际上是一整套国家话语，可是各为其主的忠诚亦难以排除在国家话语之外。这里几乎没有个人选择的余地。

蜀汉重要将领中有一人始终被视为异己，正是因为过于轻率地作出选择，被诸葛亮认为是具有"反骨"。诸葛亮死后此人果然率兵哗变，他就是魏延。

一

《三国演义》第五十三回（《关云长义释黄汉升　孙仲谋大战张

文远》），关羽战长沙，与黄忠大战三日未定胜负。阵前厮杀中，关羽不斩堕马的黄忠，黄忠也不射杀疏于防备的关羽。长沙太守韩玄以为二人暗通款曲，命人缚了黄忠要推下城楼斩首。这时，魏延出现了，杀了刀斧手救起黄忠，并杀上城头斩了韩玄。刘备顺利拿下长沙，显然魏延是首功。可是，诸葛亮却认为此人不可留。

> 云长引魏延来见，孔明喝令刀斧手推出斩之。玄德惊问孔明曰："魏延乃有功无罪之人，军师何故欲杀之？"孔明曰："食其禄而杀其主，是不忠也；居其土而献其地，是不义也。吾观魏延脑后有反骨，久后必反，故斩之以绝祸根。"玄德曰："若斩此人，恐降者人人自危，望军师恕之。"孔明指魏延曰："吾今饶汝性命。汝可尽忠报主，勿生异心；若生异心，我好歹取汝首级。"魏延诺诺连声而退。

在刘备看来，魏延阵前起义，功莫大焉。但诸葛亮认为他是投机者，杀韩玄献长沙，实乃不忠不义。这就是正义与道义的悖谬。对比关羽不杀堕马之人，黄忠以不射相回报，魏延的窝里反就没有什么品藻可言。魏延只是一心投奔刘备，要替刘皇叔打天下，这是小说叙事中的政治正确。但是小说同时以关羽、黄忠的风范树立了人格标杆，一方面给出某种超越性的精神境界，另一方面又试图借以弥合正义与道义之间的罅隙。

魏延救黄忠这些情节完全是小说家虚构，《蜀志·魏延传》未见此节。《先主传》所述刘备取武陵、长沙、桂阳、零陵四郡，那几位太守都是投降的，亦并无魏延杀韩玄一事。然而在《三国演义》中，魏延弃主献城这还不是第一次。他本是荆州的低阶军官，在襄阳守将蔡瑁、张允手下。第四十一回（《刘玄德携民渡江　赵子龙单骑救主》），刘备携百姓自樊城撤退至襄阳城下，蔡瑁、张允不让进城，竟"叱军士乱箭射下"。情急之下，正是魏延挺身而出：

> 城中忽有一将，引数百人迳上城楼，大喝："蔡瑁、张允
> 卖国之贼！刘使君乃仁德之人，今为救民而来投，何得相拒？"
> 众视其人，身长八尺，面如重枣，乃义阳人也，姓魏，名延，
> 字文长。当下魏延轮刀砍死守门将士，开了城门，放下吊桥，
> 大叫："刘皇叔快领兵入城，共杀卖国之贼！"

短短一节文字中，魏延两句话里都大骂"卖国之贼"，叱咤亢烈，直是大义凛然。他是刘皇叔的铁杆粉丝，真是"早也盼晚也盼望穿双眼，怎知道今日里自己的队伍来到面前"。不巧与文聘缠斗之际，刘备与诸葛亮决定转道去江陵。"魏延与文聘交战，从巳至未，手下兵卒，皆已折尽。"最后魏延只得拨马而逃，找不到刘备，自投长沙太守韩玄去了。

其实，魏延的来历并非如此。《三国志》本传有谓，魏延"以部曲随先主入蜀"。他一开始就投入刘皇叔的队伍，并非从敌方反叛过来。《三国演义》结撰两次城头倒戈的故事，是有意暗示其"反骨"，为日后的反叛埋下伏笔。然而，这一再反水的叙事，既是强调魏延追随刘备的政治选择，也隐隐勾勒出一种吕布式的"士无定主"的劣性。从另一方面说，这里恰好暗示着国家话语的道德脆弱性。

二

刘备显然很看重魏延。《蜀志·先主传》："（建安二十三年）拔魏延为都督，镇汉中。"这几乎使魏延跻身关张马黄赵之俦。按本传之说，确是出人意料的拔擢："先主为汉中王，迁治成都，当得重将以镇汉川，众论以为必在张飞，飞亦以心自许。先主乃拔延为督汉

中镇远将军，领汉中太守，一军尽惊。"在《三国演义》中，刘备进位汉中王在第七十三回（《玄德进位汉中王　云长攻拔襄阳郡》），其中也提到任命魏延为汉中太守，却未说这本来应该是张飞的职位。拿魏延与张飞作论，可见在蜀汉高层他已是举足轻重的人物。本传又谓：

> 先主大会群臣，问延曰："今委卿以重任，卿居之欲云何？"延对曰："若曹操举天下而来，请为大王拒之；偏将十万之众至，请为大王吞之。"先主称善，众咸壮其言。

汉中是蜀之门户，地理形势比荆州更重要。能像关羽那样领一方重镇，魏延岂止壮志满怀，口气里更透着全局性的战略眼光。史书没有留下魏延在汉中的治绩，只是《蜀志·姜维传》提及："初，先主留魏延镇汉中，皆实兵诸围以御外敌。"这种拒敌于国门之外的围守防御坚持了许多年，直到姜维时期才变为纵深布防，事实证明相当有效。在晋军入蜀之前，汉中一直未易手，反倒是关羽那边没能守住荆州。《三国志》记魏延镇守汉中仅寥寥数语，值得注意的是有几处提到建兴八年（魏太和四年，二三〇）的一次战役。本传云："魏后将军费瑶、雍州刺史郭淮与延战于阳溪，延大破淮等。"《后主传》亦谓："八年秋，魏使司马懿由西城，张郃由子午，曹真由斜谷，欲攻汉中。丞相亮待之于城固、赤坂，大雨道绝，真等皆还。是岁，魏延破魏雍州刺史郭淮于阳溪。"这两段记述对应《三国演义》第九十九回（《诸葛亮大破魏兵　司马懿入寇西蜀》）至一百回（《汉兵劫寨破曹真　武侯斗阵辱仲达》）中叙事，但小说压根不提魏延破郭淮的事儿。

《三国演义》描写的魏延与《蜀志》诸传记载颇有出入，但魏延的战功在小说中亦有充分表现。如，第七十二回（《诸葛亮智取汉中

（魏延诱敌入谷）孔明火烧木栅寨，《三国演义》清初大魁堂本插图

曹阿瞒兵退斜谷》）的汉中之战，马超闪击劫寨，魏延诱敌回防；一者"忽没忽现"，一者"忽来忽去"（毛宗岗夹评语）。最后魏延开弓射中曹操（箭头直入人中，让曹操折却两颗门牙），如果不是庞德奋力援救这厮就挂了。曹瞒一生屡遭厄难，战濮阳遭吕布伏击，屯宛城被张绣暗算，渭河之滨让马超追击，遭遇魏延的游击战法，亦像是碰上了那些战地独狼。

诸葛亮南征孟获，魏延征战无数，无论攻坚、伏击，还是佯败诱敌，都打得相当出色，可谓战功卓著。后来几度北征，更是大显身手。二出祁山时按诸葛亮密计，魏延在陈仓道口斩了被蜀将张嶷称之"英雄无敌"的王双。五出祁山撤兵，还是执行诸葛亮的战术，魏延诱敌深入，在木门道射死曹魏名将张郃。所有这些，自然都有诸葛亮的周密运筹。在小说中，魏延虽骁勇善战，却只是一个战术型猛将。

当然，魏延不能满足于丞相棋盘上车马炮的角色。他亦有满腹韬略，何尝不能调度大兵团作战。第九十二回（《赵子龙力斩五将 诸葛亮智取三城》），一出祁山之前，有魏延献计一节：

> 忽哨马报道："魏主曹叡遣驸马夏侯楙，调关中诸路军马，前来拒敌。"魏延上帐献策曰："夏侯楙乃膏粱子弟，懦弱无谋。延愿得精兵五千，取路出褒中，循秦岭以东，当子午谷而投北，不过十日，可到长安。夏侯楙若闻某骤至，必然弃城望横门邸阁而走。某却从东方而来，丞相可大驱士马，自斜谷而进。如此行之，则咸阳以西，一举可定也。"

诸葛亮担心遭魏军设伏，不用此计，直使魏延"怏怏不悦"。魏延后来想到此事还抱怨不迭，他大概不曾意识到，没有人能够指点诸葛亮如何用兵。其实，在诸葛亮眼里他只是一个游击将领。魏延的子午之谋不见于《三国志》，却也并非小说家杜撰，源自本传裴松之注引鱼豢《魏略》。小说里用了这段材料，很容易让人看清魏延的角色定位。

魏延与诸葛亮的关系是一个耐人寻味的话题。第九十七回（《讨魏国武侯再上表　破曹兵姜维诈献书》），魏延攻打魏将郝昭把守的陈仓，"连日不能破。魏延复来告孔明，说城难打。孔明大怒，欲斩魏延"。这叫什么道理，数日攻不下一座城池就要斩首问罪，似乎胜负乃兵家常事的道理都忘了。第一百回（《汉兵劫寨破曹真　武侯斗阵辱仲达》），也就是《三国志》所述大破郭淮之时，小说中却是魏延替陈式收拾残局。此回魏、陈诸将奉命出箕谷进攻，忽而诸葛亮又派邓芝传令"不可轻进"。陈式讥嘲诸葛亮用兵多疑，魏延又趁机抱怨丞相当初不用其计。陈式贸然挺进，也可以说是受了魏延的煽动。过后诸葛亮对邓芝说："魏延素有反相，吾知彼常有不平之意，因怜其勇而用之。久后必生患害。"在《三国演义》的国家叙事话语中，实在容不下魏延个人的"不平之意"。

论者通常以为，诸葛亮最大失误是错用马谡防守街亭。为什么不用魏延？其实《三国志》就提出过这个问题。《蜀志·马谡传》谓："建兴六年，亮出军向祁山，时有宿将魏延、吴壹等，论者皆言以为宜令为先锋，而亮违众拔谡，统大众在前，与魏将张郃战于街亭，为郃所破，士卒离散。"诸葛亮"违众拔谡"，无非是相信马谡，不相信魏延、吴壹。《马谡传》又谓："先主临薨谓亮曰：'马谡言过其实，不可大用，君其察之！'亮犹谓不然，以谡为参军，每引见谈论，自昼达夜。"如此"白昼达夜"的谈兵论道，换了《三国演义》里马谡的说法，那就是"吾熟读兵书，丞相诸事尚问于我"。魏延虽自矜高明，却未敢有这般言论。

三

小说第一百四回（《陨大星汉丞相归天　见木像魏都督丧胆》），诸葛亮殒命五丈原。其临死前，授与杨仪一个锦囊，密嘱曰："我死，魏延必反，待其反时，汝与临阵方开此囊，那时自有斩魏延之人也。"杨仪乃丞相长史，诸葛亮嘱其打理后事，锦囊中即已安排马岱适时出手除掉魏延。但魏延若是不反怎么办，岂不是无以证实丞相的先见之明，也就没有斩杀的理由了？小说的叙事逻辑是，必须让他反叛作乱。所以，杨仪让费祎去传令，大军撤退时让魏延负责断后。这一招果然奏效。魏延首先是反对退兵："岂可因丞相一人，而废国家大事耶？"其实这话不错，国家大事因一人而废，这恰好说明诸

武侯遗计斩魏延，《三国演义》清初大魁
堂本插图

葛亮治国治军确有问题，魏延的不平之意自是遏抑不住。其次，费
祎说"此兵符乃杨仪之令"，魏延更是一听就炸了："吾今官任前将军、
征西大将军、南郑侯，安肯与长史断后！"在小说中，杨仪此前只
是一个极不起眼的龙套角色，而魏延倒是出师伐魏的第一员大将。
作为文学叙事，这种角色倒错很有意味。诸葛亮的先见之明，是料
知魏延的不平之意总归要得以发泄，而现在让杨仪发号施令，明显
是逼着魏延造反。

　　魏延烧毁栈道试图阻击回撤的蜀军，最后与姜维对峙于南郑城
下。杨仪按锦囊中密计，用激将法让魏延大喊三声"谁敢杀我"，喊
声甫落，在魏延身边卧底的马岱便挥刀将他斩于马下。这一切诸葛
亮早有安排。

上述情节，除了诸葛亮料定魏延必反，安排锦囊密计一事，其余皆由《蜀志·魏延传》敷衍而来。但是按本传所述，不能说魏延是要叛变投敌，实际情形大抵可归之于内讧。在陈寿看来，内讧只是因为魏延、杨仪二人水火不容。本传谓："延既善养士卒，勇猛过人，又性矜高，当时皆避下之。唯杨仪不假借延，延以为至愤，有如水火。"诸葛亮显然偏宠杨仪，却并未揣测魏延必反。《杨仪传》谓："亮深惜仪之才干，凭魏延之骁勇，常恨二人之不平，不忍有所偏废也。"其实哪里会是一碗水端平，诸葛亮让杨仪打理后事，只是不怕魏延恣意妄为。魏延的悲剧在于，关键时刻所有的人都站在杨仪一边。本传又云："延、仪各相表叛逆，一日之中，羽檄交至。后主以问侍中董允、留府长史蒋琬，琬、允咸保仪疑延。"

如果魏延真有异心，讨伐杨仪何必要向后主表奏，应该向司马懿求援才是。《魏延传》于此并不含糊，"原（魏）延意不北降魏而南还者，但欲除杀仪等。平日诸将素不同，冀时论必当以代亮。本指如此。不便背叛"。《后主传》亦称："征西大将军魏延与丞相长史杨仪争权不和，举兵相攻。"而《三国演义》之所以将这种"争权不和"演绎成一场叛乱，让魏延成了中国文学中著名的背叛者，是因为需要这样一个角色，需要一种正邪互生的内部构造。其实，即便按小说描述的事况，也不能说魏延就是叛国，但问题在于他破坏了那种军国体制下的游戏规则。诸葛亮病亡之夜，魏延梦见自己头上生角，却哪里想到角字乃"刀下用也"之凶兆。这个残酷的寓言不啻暗示：在国家叙事话语的框架内，不仅已摒弃"士无定主"的合法性，也不允许有超越集体意识的个人诉求。

《蜀志》卷末载有蜀臣杨戏所撰《季汉辅臣赞》，其中有赞述魏延数语："文长刚粗，临难受命，折冲外御，镇保国境。不协不和，忘节言乱，疾终惜始，实唯厥性。"这是同时代人的看法，"实唯厥性"

一句真正道出个人悲剧之根源。

有趣的是，作为魏延对立面的杨仪，恰恰不是一个忠诚者。史书和小说都说杨仪倒是有投敌动机。《三国演义》第一百五回（《武侯预伏锦囊计　魏主拆取承露盘》）："杨仪自以为年宦先于蒋琬，而位出琬下，且自恃功高，未有重赏，口出怨言，谓费祎曰：'昔日丞相初亡，吾若将全师投魏，宁当寂寞如此耶？'费祎乃将此言具表密奏后主。后主大怒，命将杨仪下狱勘问，欲斩之。"这段故事原出《蜀书》本传。小说中是蒋琬在后主面前保了杨仪，蒋琬自然想起往昔诸葛亮对杨仪的信赖，"仪虽有罪，但日前随丞相多立功劳，未可斩也，当废为庶人"。据本传，建兴十三年（二三五），杨仪废为庶民，流徙益州西部的汉嘉郡，以后自杀。

料事如神的诸葛亮能看出魏延有"反骨"，怎么就未能看出杨仪的花花肠子？

二〇一五年十二月三十日记

司马氏与淮南三叛

　　曹魏后期，司马氏擅政，人心不稳，数年间发生三次兵变。嘉平三年（二五一），王凌谋立楚王彪，未及起事被人告发，司马懿亲率中军逼降；正元二年（二五五），毌丘俭矫太后诏，与扬州刺史文钦举兵反司马师，结果一战而溃；甘露二年（二五七），诸葛诞征为司空而被褫夺兵权，遂联结东吴兴师抗拒，司马昭以二十六万大军合力剿戮。三次兵变首领均为督师淮扬的重要将领，史称"淮南三叛"。这些事件，起因与始末主要见于《三国志·魏志》王凌、毌丘俭、诸葛诞、王基诸传，《三少帝纪》及裴松之注所引各史，《晋书》宣、景、文帝各纪亦有记述。

　　在三国叙事中，魏、蜀、吴各方内斗要算曹魏最为酷烈。蜀汉仅有诸葛亮死后魏延与杨仪讧争，实无碍大局。东吴则先有孙峻杀诸葛恪，后有孙綝废立君主而被丁奉斩之，皆谓祸起萧墙，烛光斧影只在宫苑之内。曹魏一方情况特殊，自司马懿灭了曹爽，宗室外戚势力虽已扫除八九，一些握有重兵的将领却成了反对派。方镇哗变，各有其衷，盖因不能自安、自适。如果说早先诸镇割据之时还是"士无定主"，而魏国既建，三十年来曹氏以所谓"唯才是举"收拾人心，制度礼法已养成相应的政治伦理；但司马氏攘夺曹氏天下，不啻又重新洗牌，再度颠覆了君君臣臣的权力秩序。

"淮南三叛"这几个故事里，人物命运都很乖舛，从中可以看到一种荒诞与悖谬：叛逆即是忠诚，而忠诚者却不能以忠诚而自适。

王 凌

王凌之叛缘于废立之事。他是汉司徒王允之侄，早年跟从曹操，正始初已是统辖扬州军政的假节都督。后进为太尉，仍掌握扬州兵马，至起事之日经略淮南有十年之久。《魏志·王凌传》谓："是时，凌外甥令狐愚以才能为兖州刺史，屯平阿（按，平阿在扬州淮南郡，兖州刺史屯兵平阿，是为防御东吴）。舅甥并典兵，专淮南之重。"王凌和令狐愚密谋废除魏主齐王曹芳，拥立楚王曹彪。传曰："谓齐王不任天位，楚王彪长而才，欲迎立彪都许昌。"

楚王彪是曹操侧室孙姬的儿子，其时正值壮年，而齐王芳年仅十七八岁。齐王为明帝养子，《魏志·三少帝纪》称"莫有知其所由来者"。其八岁践祚，在位多年只是个牌位，曹氏政权实际上丧失在他手里。嘉平元年九月，也就是司马懿诛曹爽半年过后，令狐愚两度派人与楚王曹彪暗中接洽。裴注引鱼豢《魏略》云：

> （令狐）愚闻楚王彪有智勇。初东郡有伪言云："白马河出妖马，夜过官牧边鸣呼，众马皆应，明日见其迹，大如斛，行数里，还入河中。"又有谣言："白马素羁西南驰，其谁乘者朱虎骑。"楚王小字朱虎，故愚与王凌阴谋立楚王。乃先使人通意于王，言"使君谢王，天下事不可知，愿王自爱"。彪亦阴知其意，答言"谢使君，知厚意也"。

其中"伪言"与"谣言"亦见《晋书·五行志》。白马是地名（就是关羽斩颜良的地方，在今河南滑县），曾是曹彪的封邑。据《魏志》楚王彪传，曹彪初封寿春侯，后多次改封，黄初七年徙封白马，太和六年又改封楚王。在曹操二十五个儿子中，除文帝曹丕、任城王曹彰、陈王曹植，最有故事的大概就是这楚王彪了。曹植有一首著名的赠答诗《赠白马王彪》，以"丈夫志四海"与曹彪共勉，对这位异母兄弟颇有期许。谣言由地名演绎白马之迹，有如龙马出河之传说，自是举事者煽惑人心的谶语。云"白马素羁西南驰"，乃谓直诣阙下登基上位，魏都洛阳和旧都许昌均在白马西南。

可是，当时曹彪封国在楚（地属淮南郡），方位完全不对。《王凌传》称："嘉平元年九月，（令狐）愚遣将张式至白马，与彪相问往来。"卢弼《三国志集解》提出质疑："彦云（按，王凌字）都督扬州，屯兵寿春，与楚王近在咫尺，何事不可协商，乃必遣将远至东郡之白马，事之离奇，无过于此。千古疑狱，留此破绽，以待后人之推求。承祚（按，陈寿字）之笔，亦谲而婉矣。"卢氏似乎怀疑这是一种伪叙事，其"亦谲而婉"，殊不可解。

令狐愚联络楚王彪未久竟因病身亡。王凌迟至一年之后才起兵，以东吴堰塞涂水（即今滁河）为由，"表求讨贼"而结集部队。不料，接替令狐愚的兖州刺史黄华出卖了他。这边刚举事，司马懿即发兵南下。史书没有记载双方部队行进具体路线，但据《王凌传》"宣王将中军乘水道讨凌""军到丘头"数语，可知王凌应该沿淮水、颍水往上游进发，而司马懿则从滶荡渠顺流而下进入颍水。双方在颍水之滨的丘头（后改名武丘）相遇。丘头位于项城东南，即今河南沈丘与安徽界首之间。两军并未交战，王凌见这阵势，自己先怯了。据《王凌传》描述的情形看，司马懿对付这种事情极有手腕。《王凌传》曰：

　　……大军掩至百尺逼凌。凌自知势穷，乃乘船单出迎宣王，遣掾王彧谢罪，送印绶、节钺。军到丘头，凌面缚水次。宣王承诏遣主簿解缚反服，见凌，慰劳之，还印绶、节钺，遣步骑六百人送还京都。

　　百尺，即濊荡渠汇入颍水处的百尺堰，就在项城附近（见《水经注》卷二十二），距离丘头不过几十里。《宣帝纪》亦云："凌计无所出，乃迎于武丘，面缚水次，曰：'凌若有罪，公当折简召凌，何苦自来邪！'帝曰：'以君非折简之客故耳。'"司马懿此际软硬兼施，又还其印绶、节钺，是要稳住王凌。《王凌传》《宣帝纪》所述均取自《魏略》，但二者都略去一个重要事实，即王凌自缚认罪的真正原因。裴注所引《魏略》载有王凌给司马懿的书信，其中说到："今遣掾送印绶，倾至，当如诏书自缚归命。"可知王凌投降是因为有魏主诏令。王凌让人把自己反绑了去见司马懿，是不欲与朝廷对抗。

　　可是，王凌兴师目的是要废黜魏主齐王芳，如何又听命于这少帝的诏令？没有人解释这个问题。王凌被解送京城途中，刚走到项城，便饮鸩而亡。裴注引丁宝《晋纪》曰："凌到项，见贾逵祠在水侧，凌呼曰：'贾梁道（按，贾逵字），王凌固忠于魏之社稷者，唯尔有神，知之！'"王凌以贾逵相譬况，自有故事。当年曹操死时，贾逵负责丧典，曹彰从长安来奔丧，索问魏王印绶，贾逵正色拒之："太子在邺，国有储副。先王玺绶，非君侯所宜问也。"（《魏志·贾逵传》）太子就是曹丕，后来成了魏文帝。贾逵维护了曹魏桃绪的合法性，赢得忠臣名声。然而，王凌欲迎立楚王彪并没有那种合法性，这本身已属大逆不道，他想做拯救曹魏的忠臣，没那么容易。他主动投降似乎是不想把事情做绝，最后却难以证明自己的心迹，绝望中朝司马懿大喊："卿负我！"司马懿回答很干脆："我宁负卿，不负国家。"这

"国家"一词,当时乃天子之谓(如,魏中书令李丰之子选尚齐长公主,《夏侯玄传》裴注引《魏略》云李丰"自以连婚国家"),司马懿将"国家"攥于手心,理所当然认为自己才是忠臣。

王凌起事时年届八旬,死时仰天叹曰:"行年八十,身名并灭邪!"(裴注引《魏略》)事败,楚王彪亦被赐死。这次兵变谋划日久,部队进至项城一带,距许昌只剩二百里路,往洛阳亦略近半程,却突然土崩瓦解。司马懿兵不血刃,手段着实高明。

遗憾的是,《三国演义》没有写王凌之叛,小说家竟不愿在此多费笔墨。

毌丘俭

王凌欲废齐王芳不成,但三年后,齐王芳却让司马师给废了。《三少帝纪》以"太后令曰"列述其罪:"不亲万机,耽淫内宠,沉漫女德,日延倡优,纵其丑谑,迎六宫家人留止内房,毁人伦之叙,乱男女之节……"(按,实为司马师等表奏太后之语,见裴注引王沈《魏书》)废黜皇上用男女罪名,甚奇。

司马师搞废立,正是毌丘俭起兵根由之一。《魏志·毌丘俭传》裴注引毌丘氏等上表,列司马师罪状十一条之多,其六即是"矫废君主"。但《毌丘俭传》《景帝纪》都不提这一茬儿,倒是《三国演义》特为强调此事。小说第一百十回(《文鸯单骑退雄兵 姜维背水破大敌》):"(毌丘俭)闻司马师擅行废立之事,心中大怒。长子毌丘甸曰:'父亲官居方面,司马师专权废主,国家有累卵之危,安可晏然自守?'"这里说的"国家",已非天子之谓,而是指魏国。产生于宋元以后的小说叙事已将"忠诚"表述为一种政治意志,而"国家""社稷"一类词语则代入更广泛的集体想象。

　　毌丘俭是曹魏名将，起事时以镇东将军都督扬州。其同伙扬州刺史文钦应属曹爽一党，是曹的小同乡（小说作"曹爽门下客"）。此人亦是一员虎将，《毌丘俭传》称文钦"骁果粗猛"。俭、钦以寿春为根据地，很快将战场推至项城左近，这几乎复制了王凌的进军路线。从《毌丘俭传》和《晋书·景帝纪》看，司马师军事部署相当厉害，一上来就摆下三路大军：遣荆州刺史王基进据项城西侧的南顿，与毌丘俭对峙；让诸葛诞率豫州兵马从安风津渡淮，直取寿春；又考虑到淮南将士多为北人，用青、徐诸军在谯郡断其后路。关键一战，则在项城西北的乐嘉布下陷阱，以兖州刺史邓艾所部为诱饵，吸引淮南军袭城。在小说中，此节演化成文钦父子偷袭司马师大寨，文鸯（文钦之子）杀得天昏地暗，却被赶来救援的邓艾搞了个反包围。按《毌丘俭传》《景帝纪》，是驻扎汝阳的司马师突然杀到乐嘉。文钦力战不敌，结果落败而逃，投了东吴。毌丘俭见大势已去，只得逃往淮南，在慎县被人射杀。

　　说来，对于毌丘俭、王凌这类人物，史家最难定论。《三国志》不设"叛臣""逆臣"之日，列传将王凌、毌丘俭、诸葛诞、邓艾、钟会五人置于一处（卷二十八），显然视为窝里反一族（邓艾属"疑似"而冤枉）。但看卷末"评曰"，先褒后抑，言语耐人寻味，其曰：

　　　　王凌风节格尚，毌丘俭才识拔干，诸葛诞严毅威重，钟会精练策数，咸以显名，致兹荣任，而皆心大志迂，不虑祸难，变如发机，宗族涂地，岂不谬惑邪！邓艾矫然强壮，立功立事，然暗于防患，咎败旋至。

　　陈寿不讨论叛逆与忠诚，回避了伦理究诘，大概也是觉得这"君臣之义"本身就乱了套，往哪边说都未能允当。将他们的失败归咎于"心大志迂""暗于防患"，不能说是肯綮之论，却多少也有一种同情之理解。习凿齿《汉晋春秋》持晋承汉祚之见，以曹魏为篡逆，对毌丘俭却是大加赞扬。裴注引习氏曰："毌丘俭感明帝之顾命，故为此役。君子谓毌丘俭事虽不成，可谓忠臣矣。夫竭节而赴义者我也，成之与败者时也，我苟无时，成何可必乎？忘我而不自必，乃所以为忠也。"对于毌丘俭这样的叛逆者，史家多以节操看取大义。

毌丘俭起事前一年，也即废齐王芳半年之前，即嘉平六年（二五四）二月，洛阳宫内还发生一起针对司马氏的未遂政变。中书令李丰与皇后父光禄大夫张缉密谋，伺机诛杀司马师，以太常夏侯玄代之为辅政。《魏志·夏侯玄传》称，起先李丰暗使其弟兖州刺史李翼请求入朝（"欲使将兵入"），因未能获准，便计划在宫内典仪中动手。司马师听到风声，先下手干掉李丰，又逮捕夏侯玄、张缉等，皆夷二族。此事亦见《晋书·景帝纪》。

毌丘俭因为"与夏侯玄、李丰等厚善"（见《毌丘俭传》），自有物伤其类之痛感。这也是毌丘俭表奏司马师罪状之一。李丰等举事未与毌丘俭结援，或是其谋划不周。其实，后来兴兵反叛的诸葛诞亦未尝不可倚恃。诸葛诞与夏侯玄有着更铁的朋党关系，又曾是患难之交（明帝反"浮华"，一同被罢官）。夏侯玄是夏侯渊族孙，也算魏宗室，又为士林领袖，早晚要被推上风口浪尖。《魏氏春秋》有一细节，足见夏侯玄之人气爆棚：司空赵俨死时，司马氏兄弟为举办丧宴——"宾客以数百，玄时后至，众宾客咸越席而迎，大将军（司马师）由是恶之。"（见本传裴注）以夏侯玄之名望，结援方镇最有号召力，可是他并未出头。也许正是因为曹氏三世持续压制朋党交游，而司马懿诛曹爽又进一步打击大族名士，魏晋之际的反对派实难以同忾相求。如，王凌欲废黜之主，毌丘俭却拼死维护，士者与"国家"到底是怎样一种政治关系，已有不同解读。但有一点是相同的，"国家"已不再是可以庇身的神器。一方面，他们的忠悃无以寄托；

另一方面，他们自身亦无所适从。他们在迷惘中攘袂而起，只是以求自解。

诸葛诞

平息第二次淮南之叛，诸葛诞有大功。他率部攻占寿春，抄了毌丘俭老窝，战后即都督扬州。可是仅仅两年之后，诸葛诞自己却反出江湖。此际以身家性命相搏，这是为什么？《三国志》交代不是很清楚。本传主要归结为两点：一是毌丘俭、王凌等相继夷灭，使之"惧不自安"，暗地里早已厚养死士，固结人心；二是"朝廷微知诞有自疑心"，征为司空以释其兵权，于是"愈恐，遂反"。所谓"朝廷"，自然不是魏主（魏主已被司马师换成高贵乡公曹髦），而是大将军司马昭（讨伐毌丘俭之后司马师就死了）。如果只是恐惧与猜疑，这理由听上去有些牵强。诸葛诞拥兵反叛，司马昭兴师讨伐，双方都需要一个明面上的说法。

相比之下，小说家的演绎倒是更合乎逻辑，《三国演义》写诸葛诞之叛，根子仍在于忠诚二字。第一百十一回（《邓士载智败姜伯约　诸葛诞义讨司马昭》），相府长史贾充借慰劳部队为名，来淮南刺探诸葛诞的底牌：

> 诞设宴待之。酒至半酣，充以言挑诞曰："近来洛阳诸贤，皆以主上懦弱，不堪为君。司马大将军三世辅国，功德弥天，可以禅代魏统。未审钧意若何？"诞大怒曰："汝为贾豫州之子，世食魏禄，安敢出此乱言！"充谢曰："某以外人之言告公耳。"诞曰："朝廷有难，吾当以死报之。"充默然。

诸葛诞出语凛然而掷地有声。誓言以死报国，小说亦借以表述君臣大义。贾充是贾逵的儿子，当年其父维护曹魏祧续被誉为忠臣，让他来鼓吹由司马氏禅代魏统，直是妙义横生。以忠诚为叙事逻辑，简单而清晰，这样诸葛诞的行动就有了公孙杵臼、程婴之于赵氏孤儿那种士者之义。其实，此节本于《诸葛诞传》裴注所引《魏末传》，诸葛诞原话是"若洛中有难，当吾死之"（当然，这是史家的表述）。其谓"洛中"，俨然代指魏主，可是何不直言"帝"或"朝廷"？

还有一个疑问。当初毌丘俭、文钦起事，派人联络诸葛诞，希望他率豫州军民响应。诸葛诞不知怎么想，却将他俩给卖了。本传谓："诞斩其使，露布天下，令知俭、钦凶逆。"有道是早知如今何必当初，如此决绝地划清界限，那是为何？其实，之前王凌那回他也站在司马氏一边，率军进剿扬州。似乎，唯一的解释是，在诸葛诞看来，司马氏擅政柄国与禅代魏统是两码事。王凌、毌丘俭两次造反都为废立之事，而诸葛诞本来并不在意废谁立谁，司马氏如何专权也还是替曹家人看护天下。从司马懿到司马师，亦似温水煮青蛙的升温过程，可是到了司马昭这儿几乎抵达临界点——由贾充禅代之议，革除曹魏的意图已昭然可揭。

据裴注引《魏晋世语》之说，以征为司空解除诸葛诞兵权，亦是贾充的主意。贾充从淮南回来对司马昭进言："诞再在扬州，有威名，民望所归。今征，必不来，祸小事浅；不征，事迟祸大。"此谓以征逼反，乃为上策。又，《魏末传》透露，扬州刺史乐綝觊觎诸葛诞的都督权位，打小报告诬告其暗通东吴，这也是逼反诸葛诞的一个原因。所以，诸葛诞起事前先把乐綝给杀了。《魏末传》载有诸葛诞给朝廷的表奏，如谓：

> 臣受国重任，统兵在东。扬州刺史乐綝专诈，说臣与吴交
> 通，又言被诏当代臣位，无状日久。臣奉国命，以死自立，终

无异端。愤绁不忠，辄将步骑七百人，以今月六日讨绁，即日斩首，函头驿马传送。若圣朝明臣，臣即魏臣；不明臣，臣即吴臣。不胜发愤有日，谨拜表陈愚，悲感泣血，哽咽断绝，不知所如，乞朝廷察臣至诚。

从这篇文字看，诸葛诞的忠诚是有条件的，"若圣朝明臣，臣即魏臣；不明臣，臣即吴臣"，这是追问与究诘。"圣朝"是否仍是他心目中的朝廷，要看朝廷怎么看待他了。诸葛诞不想一棵树上吊死。他联结东吴不假，但究竟是早已暗中交通，还是兵变之日才投靠过去，据现存史料难以定论。也许这并不重要，关键是诸葛诞的忠恪已失去具体对象——司马氏篡逆搅乱了君臣之义，诸葛诞只能以自己信守的士者之义为本位。

战事始于甘露二年（二五七）五月，诸葛诞用兵思路与王凌、毌丘俭迥然相异，他没有向洛阳方向进军，而是盘踞寿春，闭城自守。又将自己儿子送往东吴为质，请求救援。东吴方面自然大喜，派全怿、全端、唐咨等率三万人马接应，前已投奔东吴的文钦也加入其中。这时魏方王基都督扬、豫诸军已包围寿春。七月，司马昭挟魏主和太后东征，征调青、徐、荆、豫诸军直下淮南。二十六万大军围城八阅月，最后城内粮尽，军心涣散，几乎是不攻而克。卢弼集解引何焯曰："俭、钦犹出至项，诞闭城自守，专倚吴救，弥为下矣。"将胜算都押在东吴一边，实在是失策。其实东吴人马在外围根本打不进去，而先前突入城内的文钦、全怿等人还尽给诸葛诞添堵。结果全怿被钟会用计策反，率部出城投降，文钦则与诸葛诞讧争而被杀。破城之日，诸葛诞率麾下数百人企图突围，在城门口被司马昭手下胡奋斩杀。

在《三国演义》中，寿春守城战事见诸第一百十二回（《救寿春

于诠死节　取长城伯约鏖兵》），与史书所述出入不大。总的说，小说描述的毌丘俭、诸葛诞两次兵变未能给读者留下太深印象，因为这些故事处于小说叙事焦点之外。但就历史而言，淮南三叛都是魏晋时期最重要的事件，而且涉及深层次的政治伦理问题。这三次兵变，数诸葛诞这回历时最长，论其规模、影响亦最大。从王凌、毌丘俭到诸葛诞，一次比一次走得更远。诸葛诞干脆联手东吴，慨然打破君君臣臣的伦理禁忌，其实不是因为他缺乏忠诚，而是忠诚的目标已经失焦。

郭太后

司马昭挟魏主和太后两宫出征，此举非同寻常。天子躬征不足为奇，司马昭上表亦用汉高祖、光武帝亲征黥布、隗嚣的故事（见《晋书·文帝纪》），可是为何要将太后拽上战场？《通鉴》胡三省注谓："（司马）昭若自行，恐后有挟两宫为变者，故奉之以讨诞。"此说甚确。司马昭当然不能只带魏主上路，太后留在宫里难保不被别人当枪使，当初毌丘俭矫太后诏起事就是前车之鉴。

太后不啻是一张王牌。正始十年（改元嘉平元年）高平陵之变，司马懿就是以太后"令敕"名义表奏天子罢黜曹爽。这位太后原是明帝郭皇后，从齐王曹芳、高贵乡公曹髦到陈留王曹奂，三任少主期间做了二十四年太后。《魏志·后妃传》谓："值三主幼弱，宰辅统政，与夺大事，皆先咨启于太后，而后施行。"司马氏父子诛曹爽搞废立诸令，无不假太后之名，这是司马氏的家数。后来，魏主曹髦贸然自讨司马昭，死后还被这郭太后下诏废为庶人。

不过，搬出太后自有另一层意思。这种以母仪统政的节目，实质乃以孝道治天下。曹操挟天子，司马氏挟太后，意在君臣大义之外确立一种政治伦理的合法性，也即以仁孝廉让为准则的家国体制。为什么要以孝治天下呢？鲁迅有一个很浅白的解释："（魏晋）因为天位从禅让，即巧取豪夺而来，若主张以忠治天下，他们的立脚点便不稳，办事便棘手，立论也难了，所以一定要以孝治天下。"（《魏晋风度及文章与药及酒之关系》）也就是说，既然已是君不君、臣不臣，其统辖人心的核心价值观只能侧取孝道。亦如钱穆所说："司马氏似乎想提倡名教，来收拾曹氏所不能收拾的人心。然而他们只能提出一个'孝'字，而不能不舍弃'忠'字，依然只为私门张目。"（《国史大纲》第十二章）

从曹操篡汉到司马氏篡魏，或以为后者只是复制前者而已，其实不然。说来前后局面大不相同。曹操挟天子之日，汉室早已衰微，董承、王子服之后朝中没有几人敢质疑曹氏的合法性，反对者只是杨彪、孔融一类文士。而司马氏柄国之时，曹魏国势方隆，跟他父子作对的不但有宗室、外戚、士族人物，更有督师方镇的军界大佬。所以，司马氏之篡弑是一个更加血腥的过程。赵翼《廿二史札记》卷七有"魏晋禅代不同"一则，分析很透辟。

二〇一六年四月三日记

羁旅托国，孤独与悲情

——史家和小说家笔下的姜维

一

《三国演义》中，姜维的名字第一次出现在第九十二回（《赵子龙力斩五将　诸葛亮智取三城》）末尾，他是书里最晚出场的重要人物。其时诸葛亮已拿下南安，派人扮魏将往天水赚城，此计被姜维识破，郡守马遵按姜维部署，对前来袭城的赵云来了个反包围。下一回，通过阵前交锋写姜维枪法超卓，赵云大惊之下，暗忖曰："谁想此处有这般人物！"诸葛亮亦不由惊问："此是何人，识吾玄机？"一是武艺，一是谋识，寥寥数语都有了，小说家此处手段极好。后来姜维降蜀，小说写得比较曲折，因分兵回防冀县（"兼保老母"），诸葛亮用反间计，使魏方以为他已投敌。及姜维杀出重围返回天水，马遵硬是将他拒之城外。《三国志·蜀志》本传未有诸葛亮这些套路，亦见"城门已闭不纳"之语（因诸县响应蜀军，郡守怀疑姜维有"异心"）。小说家如此费心铺叙，旨在彰显诸葛亮对姜维之器重。书里说得很直白：

　　姜维下马投降，孔明慌忙下车而迎，执维手曰："吾自出茅庐以来，遍求贤者，欲传授平生之学，恨不得其人。今遇伯约，吾愿足矣！"

写诸葛亮对姜维寄予重望，亦自有史料根据。本传谓：

　　（诸葛）亮与留府长史张裔、参军蒋琬书曰："姜伯约忠勤时事，思虑精密，考其所有，永南、季常（按，即李邵、马良）诸人不如也。其人凉州上士也。"又曰："须先教中虎步（按，梁章钜注谓：蜀有虎步监，盖羽林监之比，有中、左、右三营）兵五六千人。姜伯约甚敏于军事，既有胆义，深解兵意。此人心存汉室，而才兼于人，毕教军事，当遣诣宫，觐见主上。"

　　本传所引诸葛亮的评价已非同一般，却不似小说表述那么夸张。诸葛亮认为姜维"敏于军事，既有胆义，深解兵意"，先让姜维训练虎步监的　个营，大概是作为考察，此后"当遣诣宫，觐见主上"自有提拔重用的意思。姜维降蜀在建兴六年（二二八），其初辟为仓曹掾加奉义将军，即丞相府主管粮谷的掾属（训练虎步监只是书信中说起，传中未及陈述），这职阶不算高，可他原来只是天水郡参诸军事的佐官。两年之内，又迁中监军、征西将军，跻身将相大臣之列。至建兴十二年（二三四）诸葛亮卒，姜维似乎未有特别建树。

　　这一段，小说则有另一套叙事，并未提及虎步监和仓曹掾的履职经历。姜维到诸葛亮麾下，直接作为一线战将出征，第九十四回便投入与羌人的战斗。第九十五回，诸葛亮兵出斜谷，用姜维为先锋，及马谡失街亭又拿他断后。第九十七回，姜维诈降反水将曹真引入斜谷包围圈，大破曹军而初建功勋。此后九十八回引兵取武都，九十九回与廖化按诸葛亮锦囊计袭击司马懿大营。第一百回，诸葛亮以增灶法退兵，是与姜维对话中道出。第一百一回，再随诸葛亮出祁山，卤城收麦后又率军拒敌。继而一百二回渭水北原之战，姜维亦在阵前。第一百三回，诸葛亮扶病祈禳之际，身边正是姜维陪伴……后至一百五回，蜀军退兵，途中斩魏延是姜维、马岱按诸葛亮遗计行事。所有这些，除了诈降诱敌一节，其他都是打酱油，未是实质性参与故事情节。诸葛亮在世的时候，谋划大事轮不到他，上阵厮杀抢不到魏延前头。但小说要塑造姜维文武双全的形象，不能总把他晾在一边，这就时不时要带他走场。

但据本传"（建兴）十二年，（诸葛）亮卒，（姜）维还成都"一语，可推知姜维确曾跟从诸葛亮出征，至少最后一段伴随左右。

诸葛亮"今遇伯约，吾愿足矣"这番话不啻直接告诉读者，以后匡扶汉室的担子就交给这个人了。诸葛亮命陨五丈原之后十余回中，姜维几乎是独自支撑大局。

二

可是从时间上看，诸葛亮殁后许多年，小说没有叙说姜维的故事。倘若不是细心阅读，不大能觉出这好大一块空白，因为从扶柩撤兵到第一百七回（《魏主政归司马氏　姜维兵败牛头山》）姜维出兵雍州，中间只隔了一回（写司马懿征辽东和诛曹爽兄弟及曹氏宗族诸事），似乎诸葛亮"六出祁山"之后接着就是姜维"一伐中原"，正好构成前赴后继的情节链。只是这回的征伐有些灰头土脸，不意被郭淮抄了后路，结果兵败牛头山。从史书上看，这是蜀汉延熙十二年（魏嘉平元年，二四九）的事情。自诸葛亮去世至此已过了十五年，这时姜维已是卫将军，录尚书事，进入了权力中枢。显然，小说大幅度压缩了叙事时间，跳过了他在蒋琬、费祎手下听差的郁闷岁月。

诸葛亮看好姜维不假，却并未直接将他扶上马，因为蒋琬已被指定为接班人。据《蒋琬传》，北伐之初，诸葛亮就密表后主曰："臣若不幸，后事宜以付（蒋）琬。"《诸葛亮传》中，上疏后主的《前出师表》亦将宫中府中之事托付侍中郭攸之、费祎及侍郎董允三人。不知何故，建兴八年（二三〇）以后郭攸之就从大臣班列中消失了，《蜀志》竟未予此人立传。后来蒋琬、费祎、董允都是立朝主政的人物。《华阳国志》有这样一个说法："于时蜀人以诸葛亮、蒋（琬）、费（祎）及（董）允为四相，一号'四英'也。"（卷七）其实，诸葛亮以后，蜀汉未再设丞相，蒋琬、费祎先后以尚书令主持政务，以大将军（或大司马）总领军事。建兴后期至延熙初，蒋琬因疾患缠身，乃与费祎分权而治。

按史书记述，蒋琬、费祎略有口碑而无大用。在小说中，他们几乎是无足轻重的阁僚，像是龙套角色。诸葛亮何以看重这般人物？读者难免有此疑问。其实，蜀中已无大材，蒋、费二人算是能够把持大局。王夫之《读通鉴论》比较蜀魏人材，有谓："蜀所得收罗以为己用者，江湘巴蜀之士耳，楚之士轻，蜀之士躁，虽若费祎、蒋琬之誉动当时，而能如钟繇、杜畿、崔埮、陈群、高柔、贾逵、陈矫者，亡有也。"（卷十）

蒋琬接任军国大事，居然不是萧规曹随，上手就调整诸葛亮的战略套路。据本传所述，蒋琬认为诸葛亮的征伐路线有问题（"道艰运险，竟不能克"），提出不再以关中地区为目标，"不若乘水东下"——沿沔水、汉水而下，袭击魏兴、上庸二郡，进而攻取襄阳（均属荆州之魏国部分），为此大量建造船只。这套方案最终没有实行，因为舟师伐魏有其致命缺陷，就是进易退难，倘不能取胜船队很难逆水回撤，当初刘备伐吴时就有黄权提出这个问题。后来蒋琬的思路又转向西北凉州，那更不靠谱。凉州即今甘肃兰州以西地区及青海西宁一带,且在当年诸葛亮一度占领的南安、天水（均属雍州）之西北, 距离曹魏核心地区更加遥远。

执行蒋琬攻伐凉州计划的自然是姜维。本传谓:"延熙元年 (二三八),(姜维)随大将军蒋琬住汉中。琬既迁大司马,以维为司 马,数率偏军西入。六年,迁镇西大将军,领凉州刺史。"蜀军北伐 大本营一向在汉中,诸葛亮几度出征就是从汉中出祁山、散关和斜谷。 但诸葛亮的目标在东北方向,姜维则向西北运动,所谓"数率偏军 西入",很可能只是小股部队突入敌后进行骚扰。《通鉴》胡三省注曰: "蜀诸军时皆属蒋琬,姜维所领偏军耳。"至于让姜维挂凉州刺史头 衔,是让他负责边区绥靖事务,凉州在蜀汉境内只是人烟稀少的武都、 阴平二郡。

蒋琬时期,蜀魏之间最大的一次战事在延熙七年（二四四）。曹 魏方面曹爽、夏侯玄自骆谷进犯汉中,与蜀将王平相拒于洋县以北 之兴势,其时大将军费祎自成都率军驰援,成功地阻击了对方,打 得曹爽溃不成军。但奇怪的是,此际蒋琬、姜维屯于涪县（此处离 汉中更近）,而载录这次战役的《三国志》各传均未见有蒋琬、姜维 参战记录（如《蜀志》王平、费祎及后主传,《魏志》曹爽、夏侯玄传）。 总之,兴势之战与姜维无关。

延熙九年,蒋琬卒,大将军费祎统领军政。翌年,姜维趁雍、 凉羌人附汉反魏,出兵陇西接应诸羌,与魏将郭淮、夏侯霸等战于 洮西（见本传,《魏志·郭淮传》所述更详）。此役姜维亦未讨到便 宜,反倒让夏侯霸一路追杀到阴平境内的沓中。但在《三国演义》 中,这次战役被挪至延熙十六年,也就是一百九回（《困司马汉将奇 谋 废曹芳魏家果报》）的铁笼山之战。有趣的是,时间这一挪后, 因司马懿诛曹爽而叛魏投蜀的夏侯霸已与姜维并肩作战。小说仍以 姜维连结羌人为背景,用羌兵牵制魏军,杀死魏军先锋徐质,将司马昭围困在铁笼山。但郭淮施计解除羌人威胁,反用之为铁笼山解围。小说有一段颇为精彩的虚构情节——姜维逃生时手无军械,腰里只剩一副弓箭,而且箭都掉落了,身后郭淮追来只能虚曳弓弦。最后接住对方射来的箭,用它射中郭淮。书中总结说:"(姜维)虽然兵败,却射死郭淮,杀死徐质,挫动魏国之威,将功补罪。"史书上明明是完败,小说里却让姜维独自干掉对方两员大将,以致功过相抵。其实,郭淮并未死于此役,而徐质则后于延熙十七年尚在陇西襄武与姜维相遇。

就事而论,陇西数战不克,不是姜维的错。蒋琬、费祎对姜维限制太多,他能调动的兵力很有限。本传特别指出:"(姜维)每欲兴军大举,费祎常裁制不从,与其兵不过万人。"

三

诸葛亮《后出师表》开篇即谓"先帝深虑汉贼不两立,王业不偏安",此二句乃蜀汉立国方针,前一句即是光复汉室的政治纲领。在《三国志》记述的人物言论中,这种意识形态绝对化表述唯独见于蜀汉。东吴人物亦或以"扶汉灭曹"相标榜,多半是一种策略性话语。而曹魏方面,似乎不大在意政治态度的彻底性,从《武帝纪》载述之曹操言论与政令来看,他所强调的不是官员们的忠诚,而是他们的职守。从这里可以引申出若干政治伦理话题,譬如王权合法性与政治忠诚之关系,等等。但这不是本文所要讨论的问题,这里要说的是,蒋琬、费祎在坚持"汉贼不两立"的政治路线之同时,却不得不放弃"王业不偏安"的光复目标。

显然,蒋琬、费祎很现实地估量了天下大势。这时候看,当年诸葛亮"隆中对"所期待的"天下有变"竟是一种反向变化,变得更不利于光复大计——关羽早殁，"将荆州之军以向宛洛"已成泡影；诸葛亮既卒，"率益州之众以出秦川"亦愈发困难。王业既已偏安，莫如恃险据守，这就是蒋、费二人的策略——很难说是苟且偷安，还是审时度势。

蒋琬曾上疏后主强调"今魏跨带九州，根蒂滋蔓，平除未易"，故而提出"分裂蚕食"这种小打小闹的伐魏计划（《蒋琬传》）。费祎则直截了当告诫姜维："吾等不如丞相亦已远矣。丞相犹不能定中夏，况吾等乎！且不如保国治民，敬守社稷。如其功业，以俟能者，无以为希冀侥幸而决成败于一举。"（《姜维传》裴松之注引《汉晋春秋》）说穿了，他们与曹魏作战已经不图进取中原，只是标榜"汉贼不两立"的政治姿态而已。让姜维率少量兵力深入雍凉边夷之地，闹出一点动静，既可向上交代，亦使自己心安。

正是蒋、费二人的权宜之策规束了姜维的军事活动，乃至日后没有了他们的钳制，姜维仍习惯以西线为征战目标。延熙十六年，费祎于岁首宴会被魏人郭循（一作郭修）刺杀，身为卫将军的姜维便与车骑将军夏侯霸同列大臣班首。《蜀志·姜维传》列述此后几年战事，其军事活动主要还是在天水至陇西一带。

延熙十六年，"（姜）维率数万人出石营，经董亭，围南安，魏雍州刺史陈泰解围至洛门，维粮尽退还"。这次出兵方向是天水与陇西之间的南安郡。

十七年，"复出陇西，守狄道，狄道长李简举城降。进围襄武，与魏将徐质交锋，斩首破敌，魏军败退。（姜）维乘胜多所降下，拔河间（应作河关）、狄道、临洮三县民还"。陇西是雍州最西边的一个郡。据此可知，即便这西陲之地，姜维拿下数县还是不敢持守，只能掳得一些人口返回。

十八年，"复与车骑将军夏侯霸等，俱出狄道，大破魏雍州刺史

邓艾段谷破姜维，《三国演义》清初大魁堂本插图

工经于洮西，经众死者数万人。经退保狄道城，（姜）维围之。魏征西将军陈泰进兵解围，维却住钟题（一作钟提）"。小说一百十回（《文鸯单骑退雄兵　姜维背水破大敌》）写的就是这次的洮西之战。钟题在陇西中部，姜维退却此处，亦未能长期屯守。

　　十九年，"就迁（姜）维为大将军，更整勒戎马，与镇西大将军胡济期会上邽。济失誓不至，故维为魏大将邓艾所破于段谷，星散流离，死者甚众"。这回是转战天水郡，对方主将已换作邓艾。小说一百十一回（《邓士载智败姜伯约　诸葛诞义讨司马昭》）叙说姜维攻南安未得，欲取上邽，在段谷陷入魏军重围，是捏合了十六年的南安之战与这回的战事。段谷距蜀境不远，其实姜维是退兵时被邓艾阻击。

接下来倒是难得出现了一个"天下有变"的机会，延熙二十年，诸葛诞在淮南发动兵变，司马昭抽调关中守军往寿春平叛，姜维便乘机向长安方向进击。本传谓：

> （姜）维欲乘虚向秦川，复率数万人出骆谷，径至沈岭。时长城积谷甚多，而守兵乃少，闻维方到，众皆惶惧。魏大将军司马望拒之，邓艾亦自陇右，皆军于长城。维前住亡水（按，应作芒水），皆依山为营。望、艾傍渭坚围，维数下挑战，望、艾不应。景耀元年（二五八），维闻诞破败，乃还成都。

这里所说的长城并非万里长城，是沈岭北边一座城镇（在今陕西周至县西南），从谭其骧的《中国历史地图集》上看，此地距离长安不到一百公里。姜维征战多年，就路径而言，这是对曹魏或司马氏最有威胁的一次。但长城终未拿下，长安可望而不可即矣。小说中，长城之战见于第一百十二回（《救寿春于诠死节　取长城伯约鏖兵》），即毛宗岗所谓"九伐中原"之"五伐"。回末说探马飞报寿春已破，诸葛诞被杀，司马昭即引兵来救长城。姜维大惊曰："今番伐魏，又成画饼矣！"

此后景耀五年（二六二），姜维再度出征，战线又挪回陇西。

四

小说第一百十三回（《丁奉定计斩孙綝　姜维斗阵破邓艾》）描述了一次完全虚构的战役，即景耀元年（二五八）冬季姜维出祁山伐魏。这一回是写姜维大胜，虽说先有魏兵掘地道劫寨，那都无关大局。重点是姜维与邓艾、司马望两度斗阵法，让班门弄斧的对手大遭羞辱。但司马望布阵是诈谋，掩护邓艾袭取蜀军身后，此计自

姜伯约弃车大战，《三国演义》清初大魁堂本插图

然瞒不过姜维，结果魏军两下惨败。为使姜维退兵，邓艾、司马望贿赂蜀宫宦官黄皓，让后主诏令姜维回朝。这是诠释英雄无奈的一种套路，黄皓固然"弄权于内"，却并无唆使后主召回姜维之事。此回末尾有毛宗岗杜撰的两句诗："乐毅伐齐遭间阻，岳飞破敌被谗回。"可见是套用岳飞被十二道金牌召回的故事。

值得注意的是，小说在叙说景耀五年伐魏之前，又大致沿用延熙二十年出征模式，在第一百十四回（《曹髦驱车死南阙　姜维弃粮胜魏兵》）中虚构了另一场胜仗。这回还是直接往东北方向扶风、京兆出击。小说家清楚地意识到，只有拿下长安才有灭魏复汉的战略意义。延熙二十年那次仅取骆谷一线，而这回蜀军分三路出击——廖化取子午谷，张翼取骆谷，姜维自己取斜谷，"皆要出祁山之前取

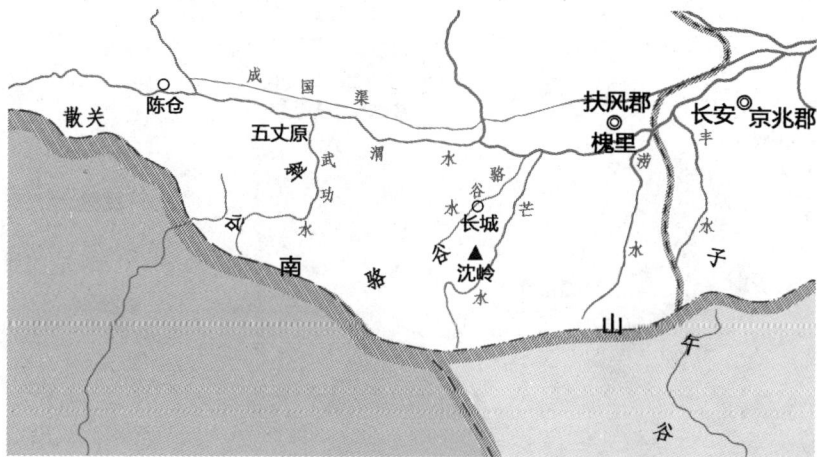

蜀魏边境东段（魏国境内）

齐，三路兵并起，杀奔祁山前来"。当然，小说表述的地理概念有误，依次插向东北的斜谷、骆谷、子午谷并不通往祁山，而远在魏蜀边境东段。从这三道山谷任何一处杀出，可以说长安即近在咫尺，但从诸葛亮时期算起，蜀军从未突破这几处谷地。姜维三路出击，看似阵势不小，但故事格局并不大，只是识破王瓘诈降之计，将计就计引邓艾钻入伏击圈。

小说中景耀五年的战事在第一百十五回（《诏班师后主信馋　托屯田姜维避祸》），这次征伐路线又回到了陇西，因为史书有确切记载。基本事况是，姜维在陇西侯和（在今甘肃临潭县东南）遭遇邓艾，被对手击溃，不得已退回沓中（见《姜维传》）。小说中此役前半截基本按照史实演绎，夏侯霸在洮阳（位于陇西郡西南端）中了司马望埋伏，邓艾则从侯和出击重挫姜维。但后半截陡然以虚构情节将局面扭转——姜维在洮阳－侯和牵制邓艾，张翼去偷袭祁山大寨；之后，双方全都转移到祁山战场，姜维几乎嗅到了胜利的气息，邓艾被困在寨栅内听任蜀军四面围攻。这回给邓艾解围的仍是黄皓

钟提 ○

汧
中

洮阳 ○

侯和 ○

陇西郡 ◎
襄武

渭

南安郡 ◎
豲道

水

天水郡 ○
冀县

洮

水

临洮 ○

西县 ○
祁山 ▲
漾 水

木门 ○

牛
头
山

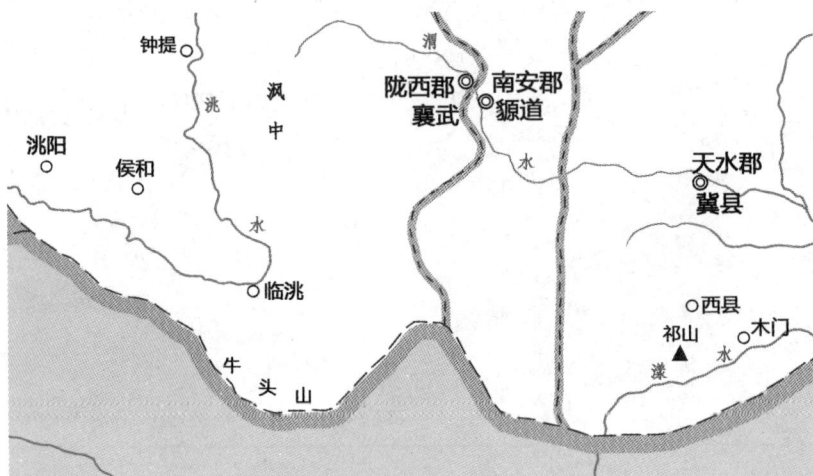

蜀魏边境西段(魏国境内)

与后主，一日三道诏至，又将姜维召回成都。

多年伐魏的征战到此戛然而止。景耀六年（二六三）八月，邓艾、钟会分道从武都和汉中进军蜀地。就在这时刘禅改元炎兴，可是炎汉不兴，反倒亡了。

不知为什么，姜维最后竟怕了黄皓，就不敢再回成都。史家的说法是黄皓扶植右大将军阎宇，想要废掉姜维，《华阳国志》则谓姜维通过黄皓求往"沓中种麦"（屯田）。这样，小说里便有了郤正给姜维支招避祸的桥段。以种麦为避祸之计，很有些曳尾于涂的老庄智慧，可是这里边湮没了某种真相或是真相背后的逻辑。《魏晋世语》谓姜维死后被魏兵剖腹，称其"胆如斗大"（小说作"胆大如鸡卵"），此说固然夸张，但他无论如何不是冀求明哲保身之辈。姜维身为大将军，既手握重兵，何至于惧怕一个全赖弱主庇护的宦官？

姜伯约洮阳大战，《三国演义》清初大魁堂
本插图

五

　　小说第一百十八回（《哭祖庙一王死孝　入西川二士争功》）写
姜维以诈降结援钟会，借由司马昭和钟会之手剪除了邓艾，更与钟
会密谋起事。钟会自是"内有异志"，擒邓艾之后独统大军，已不甘
居人之下。《魏志·钟会传》述其与姜维计议出斜谷取长安，然后分
水陆两道五日之内直下孟津、洛阳，这计划堪称冷兵器时代之闪电战。
钟会说："事成，可得天下；不成，退保蜀汉。"（《通鉴》胡三省注认为，
此"蜀汉"乃指蜀郡、汉中之地，并非汉室遗绪）但小说里姜维另
有心机，诈降就是要伺机恢复蜀汉，这跟钟会的目标不一样。《姜维传》
本身没有提供这种说法，但裴松之注引《汉晋春秋》《华阳国志》称，

其协同钟会构乱就是"以图克复""还复蜀祚"。裴注亦相信，姜维意在"杀（钟）会复蜀"。

没有任何证据表明钟会是否窥识姜维的意图，而姜维是否真有那种后图之计，亦可质疑。以钟会之天资聪颖，欲坑杀魏将，授姜维重兵而未识此人心机叵测，这好像不大可能。

其实，他们二人很有些心灵相通，亦颇有相像之处。作为三国后期代表性将领，他们已非早期关、张、典、许那种"万人敌"（至于姜维是否如小说描述的那种武将，可另作讨论），而是以思虑和谋略见长，姜维"好郑氏学"，钟会"精练名理"，都堪称儒帅。其初，双方于剑阁攻守之际，钟会作书与姜维，借春秋季札使郑故事，将姜维比作有君子之道的子产。如此惺惺相惜，以喻斯好，可能还有一个更重要的相似点，亦即羁于宦途和军旅之孤独之迷惘。

钟会出身士族，少有重名，初以秘书郎起家，曾在司马氏兄弟身边参与机要。毌丘俭、诸葛诞造反，先后随驾东征。可叹曹氏篡汉四十年后，重新确立的君臣之义又被司马氏扰乱，钟会见惯上层人物的猜忌与权斗，亦借以权力剪除异己（司马昭诛嵇康就是他的主意），在极度缺乏安全感的现实语境中，存在只是策数命理，而不再寄附于任何政治伦理准则。

姜维是另一种孤独的存在。虽说诸葛亮的战略宏愿已被蒋琬、费祎作了大幅修正，但承祧汉祚的立国目标依然有着强大凝聚力（也是约束力），所以弱主治下的蜀汉内政相当稳固（刘禅在位四十一年，是三国历时最久的君主），未尝有君臣相斫或是另谋废立之局。倘若姜维要寻求变革，也只能陷入"小国寡民"的无物之阵，其实他不曾有过任何不轨之举。他以大将军总领军政有七八年之久，却并不参预朝廷枢务（这跟蜀汉权力架构及职官制度有关，这里不讨论），他与后主之间非但不能像诸葛亮与刘备那样"君臣相得"，大抵也缺乏正常沟通。之所以"羁旅托国，累年征战"（本传），因为只能在连连不断的征战中证明自己或曰安抚自己。这种征伐或许在别人看来已经没有意义，如延熙十八年（二五五）出征洮西之前，张翼就跟他发生廷争，"以为国小民劳，不宜黩武"。（《张翼传》）但对姜维来说，生命意义仅止于此。

蜀汉既亡，姜维荷戟彷徨之际，钟会已将征战目标从长安推进至洛阳，这不啻画出一道生命延长线。却依然是画饼。这个时代的精英故事就到此为止。真正心机深细且有后手的是司马昭，不待钟、姜起事就把他们给灭了。

史家对姜维颇有争议。陈寿评曰："姜维粗有文武，志立功名，而玩众黩旅，明断不周，终致陨毙。"孙盛《晋阳秋》斥之"反覆于逆顺之间"，而干宝则叹曰："死于钟会之乱，惜哉！"（均见《姜维传》裴注引）王鸣盛《十七史商榷》则谓："（姜）维之于蜀，犹张世杰、陆秀夫之于宋耳。"（卷四十一）

以张世杰、陆秀夫相喻，是将赵宋沦丧于辽金蒙古的史实代入蜀汉之败局，正是《三国演义》叙事意图。宋元之际的历史悲情在说话人口中大声鞺鞳，在小说家笔下大起波澜，于是孤独而迷惘的将领便有了投节如归的烈士之风。

二〇一八年四月二十六日记

曹操家事

一

　　曹操活了六十六岁，前后与十几个女人生了二十五个儿子。这么说好像有些八卦，其实皆由史家传述。那些女人和儿子们，可据《三国志·魏志·武文世土公传》并列如下：

　　卞皇后生四子：曹丕（魏文帝）、曹彰（任城王）、曹植（陈思王）、曹熊（萧怀王）。

　　刘夫人生二子：曹昂（丰愍王）、曹铄（相殇王）。

　　环夫人生三子：曹冲（邓哀王）、曹据（彭城王）、曹宇（燕王）。

　　杜夫人生二子：曹林（沛穆王）、曹衮（中山恭王）。

　　秦夫人生二子：曹玹（济阳怀王）、曹峻（陈留恭王）。

　　尹夫人生一子：曹矩（范阳闵王）。

　　王昭仪生一子：曹幹（赵王）。

　　孙姬生三子：曹上（临邑殇公子）、曹彪（楚王）、曹勤（刚殇公子）。

　　李姬生三子：曹乘（穀城殇公子）、曹整（郿戴公子）、曹京（灵殇公子）。

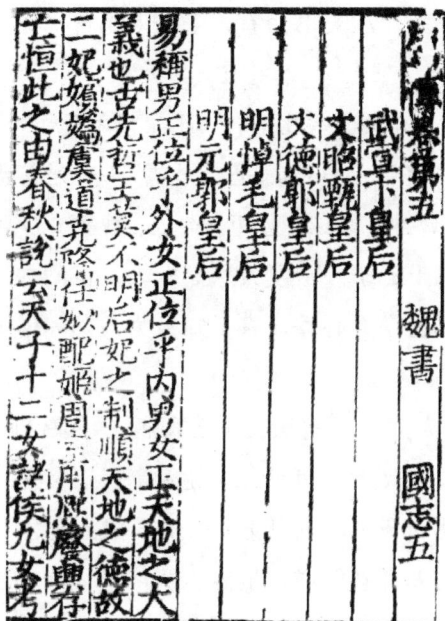

《三国志·魏书·后妃传》，宋衢州州学雕版，
元明递修本

周姬生一子：曹均（樊安公）。

刘姬生一子：曹棘（广宗殇公子）。

宋姬生一子：曹徽（东平灵王）。

赵姬生一子：曹茂（乐陵王）。

需要说明，曹操生前卞氏曰王后而非皇后。曹丕践祚后追尊曹操为武皇帝，其母尊为皇太后，所以史书亦称卞皇后或卞后。据《魏志·后妃传》，曹操原有嫡妻丁氏，建安初废丁夫人，以卞氏为继室。裴松之注引鱼豢《魏略》称：曹操废丁夫人，事因长子曹昂之死。曹昂系刘夫人所出，刘氏早逝，故由丁氏收养曹昂。建安二年曹昂随曹操征张绣，丧命宛城，丁氏迁罪于曹操而"哭泣无节"，曹操恼怒

之下将她遣归娘家。从史书上看，丁夫人不曾生育，至少未给曹家添过男丁。

很不幸的是，曹操这些儿子有一半早早就死了，封号中带有"愍（闵）"、"哀"、"殇"字样的都是"早薨"，多死在曹操之前。他们是曹昂、曹铄、曹冲、曹玹、曹矩、曹上、曹勤、曹乘、曹整、曹京、曹均、曹棘，凡十二子。白发人送黑发人，世间并不少见，只是夭折如此频数，实在令人心悸，真不知身为人父如何承受这接二连三的噩耗。

但《三国志》很少写曹操丧子之哀痛，好像仅见曹冲一例。《武文世王公传》曰："（曹冲）年十三，建安十三年疾病，太祖亲为请命。及亡，哀甚。"曹冲五六岁时就显示"有若成人之智"，传中所述"曹冲称象"故事国人耳熟能详，虽然陈寅恪考证称象之事乃由佛经转译而来（《三国志曹冲华佗传与佛教故事》，见《寒柳堂集》），但曹操喜欢此儿确是因为他天资过人。曹操曾跟大臣们说过，打算将来传位给曹冲。所以，当曹丕来宽慰老爸时，曹操冷冷地说了一句很尖刻也算是一针见血的妙语："此我之不幸，而汝曹之幸也。"

曹操的家事不是一般家事，关乎传位继位更是家国大事。曹冲之死，让觊觎权位的曹丕少了一个有力的竞争对手。在曹操另外那十二个儿子中，能够对曹丕构成威胁的只是他的两位同母弟弟，曹彰和曹植。

《三国志》记述魏、蜀、吴三方王室公子，体例各异。《蜀志》作《二主妃子传》，《吴志》作《吴主五子传》，唯独《魏志》分列二传：一曰《任城陈萧王传》，分叙彰、植、熊三人，皆卞后所生（文帝曹丕另作本纪）；一曰《武文世王公传》，将曹操另外那些夫人所生二十一子与曹丕八子合为一传（明帝曹叡另作本纪）。陈寿单列卞后一系，视之为嫡出，多少有些扞格。但彰、植二子跟其他公子搁一堆儿真还不合适，毕竟分量悬殊。卞后这两个儿子故事最多。

二

曹彰虽得曹操喜爱，却是一介"披坚执锐"的武夫。曹操曾抑斥曰："汝不念读书慕圣贤，而好乘汗马击剑，此一夫之用，何足贵也！"（《任城王传》）这是恨铁不成钢的意思。汉中之战后，曹彰领兵驻守长安。建安二十五年（二二〇）春正月，曹操临终前召他回洛阳，未及赶到曹操已死。很难说曹彰是否有谋位之意，《魏志·贾逵传》说，曹彰从长安赶来奔丧，先问"先王玺绶所在"。主持奠仪的贾逵辞色严厉地回绝："太子在邺，国有储副，先王玺绶，非君侯所宜问也。"玺绶是代表王位的信符，提及此物隐然有王位之念。虽说三年前曹丕已被立为魏太子，但曹操生命最后时刻对立嗣之事尚有疑虑。有一种说法是，曹操有意让曹彰扶持曹植上位。裴注引《魏略》曰："（曹）彰至，谓临菑侯（曹）植曰：'先王召我者，欲立汝也。'植曰：'不可。不见袁氏兄弟乎？'"袁绍死后，谭、尚二子争位，打得不可开交，让曹植都觉得心寒。他不愿这样搅入王位战。对他来说，失去的机遇不会再有了。

据说曹彰是被曹丕毒死的。当然，陈寿《三国志》不提这一茬，《任城王传》曰："（黄初）四年，朝京都，疾薨于邸。"可真是病死？有人相信这背后有故事。《世说新语·尤悔》篇记述曹丕下毒一事，细节俱在：

> 魏文帝忌弟任城王骁壮，因在卞太后阁共围棋，并啖枣。文帝以毒置诸枣蒂中，自选可食而进。王弗悟，遂杂进之。既中毒，太后索水救之，帝预敕左右毁瓶罐，太后徒跣趋井，无以

魏文帝曹丕像，阎立本《历代帝王图》

汲，须臾遂卒。复欲害东阿，太后曰："汝已杀我任城，不得复杀我东阿！"

曹丕还想杀曹植（即"东阿"，曹植曾封东阿王），太后是拼死不让。这也印证《魏略》的说法，曹彰、曹植相结为盟，都成了曹丕的眼中钉。陈寿撰《三国志》有意淡化曹家内讧，尽量不作负面报道。

曹彰被忌惮，盖因其骁勇，手中握有军队；而曹植则是天资聪颖，其文采亦让曹丕嫉妒。这一文一武结为同党是最危险的事情。曹彰既除，曹丕松了口气，后来之所以没有再杀曹植，可能是碍于母后的阻扰。《世说新语》所述曹丕命曹植七步作诗，"不成者行大法"的故事，早为世人所知。七步诗之事似乎过于文学，未必可信，但曹丕登基后针对曹植的手段确实凶狠毒辣，比如将跟随他的丁仪、丁廙都给杀了。丁氏兄弟过去为曹操赏识，在立嗣问题上他们都力挺曹植，虽说时过境迁，曹丕照样秋后算账。

三

做了皇帝的曹丕始终都提防着曹植及诸弟，在他们的封地特置监国谒者加以监控。派到曹植那儿的谒者是一个叫灌均的官员，上奏"（曹）植醉酒悖慢，劫胁使者"，有司请以治罪。文帝将之贬为安乡侯，还说"骨肉之亲，舍而不诛"（裴注引王沈《魏书》）。曹植初封平原侯、后徙封临菑侯（那是曹操在世的时候），食邑五千户。贬爵安乡侯时被徙居京师，似如顾炎武所说"封国但取空名，而不有其地"。黄初三年（二二二），改封鄄城侯、鄄城王，食邑减为二千五百户。四年徙封雍丘王。明帝即位后，一度徙封浚仪，旋又复还雍丘。太和三年（二二九），徙封东阿。六年，又封陈王，食邑三千五百户。自建安十九年（二一四）至太和六年（二三二），十八年间八度迁徙，屁股没坐热就让他挪地儿。可见文帝、明帝父子对他防范甚严。

曹植只活了四十一岁，他到死也不明白，君臣之间何以不能容纳宗亲之情。据《陈王传》，曹植数次上表求见明帝，希望能与皇侄论及时政，而"幸冀试用"。但曹叡总是不给他这种机会，使之"怅然绝望"。曹魏建国后，宗藩进京朝觐严格受限。《晋书·礼志下》："魏制，藩王不得朝觐。魏明帝时，有朝者皆由特恩，不得以为常。"这是文帝立下的规矩。太和五年（二三一），在一份召诸王来朝的诏令中，明帝感叹"朕唯不见诸王，十有二载"，十二年前的见面，还是曹操弥留病榻的汉建安二十四年（二一九）。其实，文帝黄初四年（二二三），曹氏诸弟曾有一次"朝京都"的机会，那时曹叡大概是因母得罪（其母甄后黄初二年被赐死）而未能露面。就是那次，曹彰暴薨于京都。就是那次离京时，曹植与异母兄弟曹彪歧路沾巾，写下著名诗篇《赠白马王彪》："离别永无会，执手将何时？"及此，皇亲骨肉之间只剩下仇恨与泪水。

曹植在藩处境之窘促，《陈王传》稍有披露："时法制待藩国既自峻迫，（曹植）寮属皆贾竖下才，兵人给其残老，大数不过二百人。又植以前过，事事复减半……"古人有谓"魏氏诸侯，陋同匹夫"，甚至将曹魏国祚短促亦归咎于魏主之"凋剪枝干"（裴注引孙盛之语）。这话不是没有道理。

曹氏诸弟中，唯一进入过权力中枢的是燕王曹宇。曹宇未被曹丕视为对手，因为其时尚年幼。陈寿于本传中写道："明帝少与（曹）宇同止，常爱异之。"他年龄大概跟明帝相仿，虽辈分不同，幼时亦似玩伴。本传谓：明帝疾笃之际，拜燕王曹宇为大将军，并属以后事。可是，曹宇这辅政之任四天之后即被免除——"受署四日，（曹）宇深固让，帝意亦变，遂免宇官。"明帝之改变主意，当然不是曹宇自己谦让，归根结底是文帝对诸弟的猜忌与限制。裴注引《汉晋春秋》口：刘放以"先帝诏敕，藩王不得辅政"为由，让明帝免除了曹宇，改由司马懿与曹爽辅政。明帝身边的大秘刘放是司马懿的人，但摒弃宗藩的主意却由来有自。裴松之认为：魏室之亡，祸基于此也。

四

如果不是长子曹昂早夭，曹氏建嗣之事还更复杂。这不去说它。丁夫人为曹昂之死闹得死去活来，自有十足的理由，这不但是曹操的责任，而且此中原委史家亦难以为之讳饰。本来张绣已归降，忽又起兵攻曹，是因为老曹搞了张济的老婆。作为张济的侄子，张绣实在忍不下这口恶气。《张绣传》有谓："太祖纳（张）济妻，（张）绣恨之。太祖闻其不悦，密有杀绣之计。计漏，绣掩袭太祖，太祖军败，一子没。"曹操拈花惹草包 N 奶这类事情，史家通常不予置喙，可是这回搞出问题了，终究遮掩不住（《武帝纪》偏是只字不提）。此节在《三国演义》中被演绎成酒后招妓故事，也不算是抹黑。

张绣最后还是归顺了曹操。老曹为笼络张绣，除封官加爵，还让自己儿子曹均娶了张绣女儿（《张绣传》）。这倒好，往日冤家成了儿女亲家。可张绣的婶子已是曹操的女人，辈分上就有些乱套。曹操这人不大讲究人伦纲常，也不顾曹昂为张绣所害，日后又让曹均的儿子承桃其脉（曹昂没有子息）。故卢弼谓之"颠倒错乱，匪夷所思"（《三国志集解》魏志二十）。

曹操喜欢将联姻作为手段，以笼络、安抚乃至控制对方，甚至不惜作为一种权宜之计。建安八年，袁绍死后，袁谭、袁尚二子举兵相攻。曹操见袁谭有投靠之意，便让儿子曹整娶袁谭女为妻。《魏志·袁绍传》曰："太祖知谭诈，与结婚以安之。"此事亦见《武帝纪》和《后汉书·袁绍传》。第二年，击退袁尚，老曹回头收拾袁谭，干脆废了这桩婚姻。继而，曹操攻取邺城，掳得袁绍另一个儿子袁熙配偶甄氏，给曹丕做了老婆（见《后妃传》，《三国演义》回目称"曹丕趁乱纳甄氏"，甚妙）。本来曹整该称甄氏为婶子，这下成了他大嫂。关于甄氏，真真假假的传说很多，此女太有名了，倒也不必赘述。

儿女亲事既作为手段，这手段也很任性。最让人瞠目的是曹操一次性将三个女儿送进宫里。事在建安十八年（二一三）。《武帝纪》曰："秋七月……天子聘公三女为贵人，少者待年于国。"送三女入宫，是要将献帝牢牢地攥在自己手里，之前曹操已封魏公加九锡，转眼又成了国丈。《武帝纪》又曰："二十年春正月，天子立公中女为皇后。"据《后汉书·献帝纪》，立曹女为皇后之前，"曹操杀皇后伏氏，灭其族及二皇子"。其手段任性更是毒辣。由《后汉书·皇后纪》可知，曹操进奉的三女分别是曹宪、曹节、曹华，被封为皇后的是中间的曹节。

史书很少记述这些女性对政治婚姻的感受，但据《后汉书·皇后纪》所述，献帝禅位时，曹皇后着实发作了一通。乃谓："魏受禅，遣使求玺绶，后怒不与。如此数辈，后乃呼使者入，亲数让之，以玺抵轩下，因涕泣横流曰：'天不祚尔！'左右皆莫能仰视。"作为汉室最后一位皇后，她为社稷终结而恸泣，更为父兄之无情而咷咷不休。她已非曹家安插在宫闱的耳目或卧底，女人的命运只能是嫁鸡随鸡嫁狗随狗，献帝贬为山阳公，曹皇后成了山阳公夫人，便随逊帝去了山阳浊鹿城（在今河南修武县）。顺便说一句，在小说"嘉靖本"中，曹皇后倒是站在曹丕一边，指斥献帝曰："若不得吾父兄，汝为齑粉矣！"后来"毛本"据《后汉书》改为大骂其兄篡汉。

五

史书没有说明曹操有几个女儿，除了送入宫闱的曹宪、曹节、曹华三人，见于记载的还有嫁给夏侯惇之子夏侯楙的清河公主（《夏侯惇传》），嫁给荀彧之子荀恽的安阳公主（《荀彧传》），嫁给何晏的金乡公主（《曹真传》裴松之注引《魏末传》）。另外，《司马芝传》中提到的临汾公主，《桓阶传》谓阶子桓嘉所娶升迁亭公主，不好说是不是曹操女儿。如果都算上，老曹有八个女儿。

荀彧、桓阶都是曹操重要谋臣，以儿女婚姻相笼络，乃以巩固自己的阵营。还有负责粮草军需供给的任峻，对曹操来说亦极为重要，便是"妻以从妹，甚见亲信"。女儿不够用，从妹内妹也都充任"为王前驱"的角色。

　　在曹魏阵营中，诸夏侯皆为曹操倚重，多居军政要职。因而，曹氏与夏侯氏之姻亲关系有好几层，不仅是儿女亲家，曹操还将自己内妹嫁与夏侯渊（不知这位小姨子是哪位夫人的妹妹），又让夏侯渊长子夏侯衡娶了自己的侄女，也即其弟海阳哀侯的女儿（均见《夏侯渊传》）。除了女儿、侄女、堂妹和小姨子，曹家其他女性自然也是联姻资源，如夏侯渊侄子夏侯尚所娶曹氏女，乃曹操族子（也是养子）曹真之妹德阳乡主（见《夏侯玄传》及《晋书·后妃传》）。总之，借由这婚姻纽带，曹家与诸夏侯更是密密匝匝地捆在了一起。

　　婚姻的纽带不止是亲上加亲，更由累代衍扩，甚而穿越亲仇之间，造成匪夷所思的复杂关系。如，裴注引《魏略》所记：嘉平初年，司马懿诛曹爽（曹真之子），以致夏侯霸（夏侯渊另一个儿子）叛逃蜀汉。后主刘禅与之相见，把手言欢，指着自己儿子告诉夏侯霸："此夏侯氏之甥也。"原来，早在建安五年（二〇〇），夏侯霸的一位从妹出行樵采，为张飞所得，娶为妻子。后来，张飞的两个女儿先后成了刘禅的张皇后。这样，刘禅的儿子也就是夏侯女的外孙。但史书未详刘禅哪几个儿子为张皇后所育，被立为太子的刘璿出自王贵人，其他六子瑶、琮、瓒、谌、恂、璩皆未知所出（《蜀志·二主妃子传》及裴注引孙盛《蜀世谱》）。

　　其实，刘禅儿子既是夏侯女外孙，跟曹家也能拐弯抹角扯上姻亲关系，因为夏侯渊父子皆在曹氏婚姻网中。可老曹当初绝未想到，这张婚姻网竟将刘皇叔后人也网罗其中。"天下英雄谁敌手，曹刘"——打打杀杀一辈子，到头来竟是打断骨头连着筋。

　　六

　　曹氏与夏侯氏通婚，前人多有非议，盖因曹操的父亲曹嵩乃夏侯氏之子。尽管这是一个未能确证的说法，但此说亦绝非毫无根据（按，数年前复旦大学有课题组对曹操家族进行 DNA 研究，结论是曹嵩系自家族内部抱养，与夏侯氏无关。笔者姑以存疑）。

《三国志·武帝纪》称，曹操为汉相国曹参之后，又谓其父曹嵩系中常侍曹腾的养子（当时宦官得以养子为后）。其实，是否曹参之后不重要（凡修家谱族乘，认名人大佬为祖宗几乎是通例），曹操本人的历史影响可远远超过曹参。问题是，这养子是哪儿来的？陈寿说："莫能审其生出本末。"这种表述几乎就能导出一篇没有谜底的悬疑小说。

关于这曹嵩的出身，裴松之援引《曹瞒传》及郭颁《魏晋世语》注曰："嵩，夏侯氏之子，夏侯惇之叔父。太祖于惇为从父兄弟。"曹氏出自夏侯氏之说，即来源于此。值得注意的是，裴氏的引述有两个来源，不能以孤证视之。

但看《三国志集解》注引，前人大抵认同此说。卢弼引潘眉《三国志考证》曰："陈志于帝纪云，莫能审其生出本末，于列传则以诸夏侯曹为一卷，显以夏侯氏为宗室矣。"这话道出史家用意之曲直。其实，陈寿在《魏志》列传中将诸夏侯和诸曹合为一卷，既是明言夏侯氏即曹魏宗室，亦是替曹操讳饰的妙招。故而章学诚《乙卯劄记》批评范晔《后汉书》列传之体缺乏命意，以《三国志》相对照，举例说："陈寿夏侯诸曹之传，尤有深意。"

曹氏之婚配不伦，非但之于夏侯氏，何晏亦是一例。其传曰："晏，何进孙也。母尹氏，为太祖夫人。晏长于宫省，又尚公主，少以才秀知名。"何晏作为曹操继子，亦庶乎宗室，娶曹操之女，这种婚娶显然不合风教伦常。而且，还有一种说法，即何晏所娶金乡公主是他的同母妹。这就更严重了，不只违情越俗，根本就是违背人伦。此说来自《魏末传》："（何）晏妇金乡公主，即晏同母妹。公主贤，谓其母沛王太妃曰：'晏为恶日甚，将何保身？'"可是，说金乡公主母亲是沛王太妃（杜夫人），却与何晏之母（尹夫人）对不上号。裴松之据此否定同母妹之说，乃谓："《魏末传》云（何）晏取其同母妹为妻，此搢绅所不忍言……案诸王公传，沛王出自杜夫人所生。晏母姓尹。公主若与沛王同生，焉得言与晏同母？"（《何晏传》注）不过，裴氏之说未必可为确论。《魏末传》记事错舛，难道不会是错在将杜夫人作为金乡公主生母？说到杜夫人，《文选》陆机《吊魏武帝文》李善注引《魏略》称，太祖杜夫人所生为高城公主，而金乡公主不见说起，这又不知如何认定。

曹操不顾人伦纲常，曹丕更有令人不齿之举。《世说新语》记曹操刚死，曹丕即"悉取武帝宫人自侍"。卞太后入宫，见其身边住丽竟是老头了"昔日所爱幸者"，直是气得浑身哆嗦，不由诅咒曰："狗鼠不食汝余，死故应尔。"（《贤媛篇》）此事可为曹氏家风之注脚。

关于族内通婚，当时并非没有訾病之声。如《魏氏春秋》记述陈矫被非议，却有曹操为之开脱（《刘矫传》裴注）。论者以为曹操爱才，想尽量保全陈矫，却也未必不是替自己讳匿。陈矫本是刘氏子，出嗣舅家，后来娶刘氏本家之女。非议者徐宣，是与陈矫齐名的曹魏大臣，早年曾同为广陵郡纲纪（职官名，掌管文书簿记）。他不是私下打小报告，而是公开嚷嚷，要"庭议其阙"。曹操当然不能让这事情闹大，便颁布一道封口令，曰："丧乱已来，风教凋薄，谤议之言，难用褒贬。自建安五年以前，一切勿论。其以断前诽议者，以其罪罪之。"

所谓"风教凋薄"，那就不是当事人的问题，一句话便将陈矫和他曹家都摘了出去——不是他们存心要违背人伦纲常，而是世风如此。当然，曹操作为执政者不能完全不理会礼法与伦理（事关政治正确），故以建安五年（二〇〇）为限划一道杠杠，此前"一切勿论"。这是老人老办法、新人新办法的套路。该闭嘴的都闭嘴。

七

曹操有许多女人和一大堆儿女，可并没有真正的家庭生活。他一生大部分时间在军旅之中，或穿行于宫省与庙堂。生命的意义几乎就在征伐与权斗。对他来说，家人没有带来温情与慰藉。老曹对彰、植二子的激励乃或苛责，也难说是父子间正常交流，更多是怀有建功立业的期望。《后妃传》所述卞后之淑德，不过是超越一般家庭主妇的心机与眼界，正如曹操所称诩的"怒不变容，喜不失节"——这种气度、容止，通常是裁量政治人物的标准。

当然，史家的记述不会着眼于夫妻子女天伦之乐，那些东西纵然有之也统统被遮蔽了。姑且将眼前的文本作为历史，读史的遗憾或许就在于不得不理解这种姑且之义——史家的意趣决定了历史风貌，或许也决定着历史走向。

从曹操本人的婚姻状况来看，他倒不见得多么重视门第。原配丁夫人显然不是官家女（她自己还要动手织布，见后文引《魏略》），而卞后则出身"倡家"（乐人）。对曹操来说，联姻只能是他控制别人的手段，而不能因之受累于门阀制度。况且，处于大变动时期，攀龙附凤弄不好就背上了负资产。他需要的是称心称意的内助，或是生儿育女的工具。所以，在曹操的生活中，你实在看不到他的家人——家人只是臣下和臣妾，是某种工具和手段。

孔子所谓"居家理，故治可移于官"（《孝经·广扬名章》），是修齐治平的励志格言的另一种表述。其实，由"齐家"到"治国"的思路只是激励正在向上爬的官吏，像曹操这样已身居顶层的大人

魏太祖像

曹操像，明王圻《三才图会》

物，反倒是将官场和宫廷政治移于家室闺闱，不惜弄得兄弟阋墙而闺门紊乱。不用说，以曹操的功业与家事而言，足以印证儒家这套政治伦理双向辖制的适用性。当然，人们可以认为曹操是法家而非儒家，但法家之治家论又何尝不是以修身修家喻之治乡治邦（《韩非子·解老》），其中同样包含一个倒置的命题——倒过来，则以治乡治邦之手段管制家人而统治家庭。

这种家国一体化的架构，自然是以泯灭人情人性人伦为代价。也许，曹操并非毫无情感的木石之人，他为典韦、郭嘉之死抛涕飙泪，亦为老对手袁绍哭坟，那种哀伤亦颇真切。可是与典韦一同折于宛城的还有大公子曹昂，陈寿未尝让曹操洒一掬之泪，倒是《魏略》记录丁夫人哭泣无节而被遣回娘家。鱼豢笔下有曹操往顾丁夫人娘家一节，读来很有意思。其谓：

……后太祖就见之，夫人方织，外人传云："公至。"夫人踞机如故。太祖到，抚其背曰："顾我共载归乎？"夫人不顾，又不应。太祖却行，立于户外，复云："得无尚可邪？"遂不应。太祖曰："真诀矣！"遂与绝。

这才真正像是夫妇闹别扭打离婚的样子，可这不是正史的笔法。正史的叙事法则乃由成王败寇阐述历史变迁之合法性，一切在于进程与结果。军国大计容不得儿女情长，历史行迹不便呈现更多的细节，也往往不能言其原委。

二〇一七年八月十五日记

吴宫魅影

　　东吴太元二年（二五二）四月，孙权薨，孙亮嗣。此后三嗣主时期祸乱不断，吴大帝身后一幕幕宫斗大戏，由其身前血雨腥风已见端绪。

　　其时孙亮还是十岁的孩子，他是孙权最小的儿子。孙亮之前的太子是孙和，两年前的改嗣着实引发了一场地震。传位幼子有违嫡庶之义，大臣们不能全都睁一眼闭一眼。废立之际，孙权已将孙和幽闭在宫内，骠骑将军朱据、尚书仆射屈晃等率大批官员连日赴宫门叩首请愿，孙权从宫里亲睹这情形，心里发怒，也有些发毛。先是杀了几个谏争的官员，又将为首的朱据、屈晃拽入宫内杖笞。朱据是孙权的小女婿，竟未能得免，后来更被"追赐死"。此事见《三国志·吴志》中《吴主五子传》和《朱据传》。

　　其实，东吴立嗣不止闹出这一场风波。孙权有七子：登、虑、和、霸、奋、休、亮。早在魏黄初二年（二二一），长子孙登被立为吴王太子（孙权称帝后即为皇太子），可是没等到继位就死了，时在赤乌四年（二四一）。翌年，立第三子孙和为太子。此前次子孙虑已亡，按说顺位承嗣自是顺理成章，可偏就闹出轩然大波。发难者是孙和的姐弟，全公主和鲁王霸。

全公主就是孙权长女鲁班（初适周瑜之子周循，后嫁与全琮），此女与孙和生母王夫人夙有怨隙，竭力谮毁孙和母子。孙权惑溺于谗言，渐而考虑重新立储。与其同时，封为鲁王的孙霸（孙权第四子）亦觊觎上位，又有全寄（全琮次子）、吴安（孙坚吴夫人侄孙）、孙奇、杨竺等人与之结成一党，这就跟太子孙和那边死磕，形成所谓"二宫构争"的局面。

大臣们自然以两宫选边站队。按殷基《通语》的说法，双方几乎势均力敌：

> 丞相陆逊、大将军诸葛恪、太常顾谭、骠骑将军朱据、会稽太守滕胤、大都督施绩、尚书丁密等奉礼而行，宗事太子；骠骑将军步骘、镇南将军吕岱、大司马全琮、左将军吕据、中书令孙弘等附鲁王。中外官僚，将军大臣，举国中分。（《吴主五子传》裴松之注引）

陆逊、吾粲、顾谭这些人坚持嫡庶之分，力挺太子，为此连表谏争。但孙权既不属意孙和，更不容臣下鸡一嘴鸭一嘴。于是痛下杀手以儆效尤，吾粲被"下狱诛"，顾谭被流徙交州。陆逊幸未获罪，大概是碍于此公勋业卓著声望太高。既已"举国中分"，孙权自是难以决断，《吴主五子传》称"（孙）权沉吟者历年"，摆在他面前的选项已经不是非A即B那么简单。直到赤乌十三年（二五〇）八月，终于废黜太子孙和。但同时鲁王霸被"赐死"，不知怎么孙权更觉此儿不能留。至于全寄、吴安、孙奇、杨竺一班鲁党，亦皆被诛。鲁党背后是全琮和全公主两口子，全琮此前已亡故，因而未予鞫劾。同年十一月，立孙亮为太子。

以上所述，乃孙权立嗣始末之概要。围绕争嗣的两次权力对撞，彻底撕裂了东吴王室乃至士族集团，而孙权更以杀戮（管他儿子女婿宗室外戚）改变了亲缘关系与伦纪之常。

一

孙亮在位六年（建兴元年至太平三年，二五二—二五八），实为孙峻、孙綝秉政。峻、綝二孙是从兄弟，乃东吴开山之祖孙坚的曾侄孙，亦即其弟孙静的曾孙（按世谱是孙亮侄辈）。孙权将个黄口小儿摆上殿堂，直接后果是使宗室强人把持国柄。

孙峻起家为丹阳太守，又徙任吴郡、会稽，孙权疾寝之际进入中枢，领武卫将军，受遗诏与大将军诸葛恪、中书令孙弘、太常滕胤、太子右部督吕据等同为辅政大臣。然而，孙亮即位第二年，即建兴二年（二五三），孙峻设了圈套诛杀诸葛恪，随之将丞相和大将军这两个最重要的职位抓到手里。不过，几个辅政大臣中最早被除掉的不是诸葛恪，孙权刚死尚未发丧，孙弘就被诛。孙弘与诸葛恪有夙嫌，企图发矫诏除之，岂料孙峻通风报信，使诸葛恪得了先手。但看这一节，孙峻起初似乎还是诸葛恪的盟友，按韦曜《吴书》说法，孙权将后事托付诸葛恪，倒是因为孙峻一再保荐：

> （孙）权寝疾，议所付托。时朝臣咸皆注意于（诸葛）恪，而孙峻表恪器任辅政，可付大事。权嫌恪刚很自用，峻以当今朝臣皆莫及，遂固保之，乃征恪。（《诸葛恪传》裴松之注引）

可是，孙峻后来怎么突然变脸？《三国志·吴志·诸葛恪传》说是因为连年出征淮南，虚耗国力，加之合肥之役失利，诸葛恪已大失人心。有谓："孙峻因民之多怨，众之所嫌，构（诸葛）恪欲为变。"如此说来，杀诸葛恪倒是为民除害了。以前学者评论此节，多着眼于权力分配。王应麟认为他们的合作没有确立主辅关系，"孙峻荐诸葛恪可付大事，而恪终死于峻之手。《易》曰：比之无首，无所终也"（《困学纪闻》卷十三）。何焯说是因为权力不能共享，"按（孙）峻始保恪，而后乃相图，权势之难共如此"（《义门读书记》卷二十八）。这些说法自然不错，只是有些隔靴搔痒。或许，这里的疑问可以倒过来作想：孙峻原先为什么要跟诸葛恪合作？譬如，若是起初就撇开诸葛恪，原先太子和的拥趸是否将重新集结？可惜这其中真实事况在史家笔下盖付阙如，结果是杀戮本身成了真相。

陈寿传述诸葛恪罹凶之日，笔墨不惮其烦，从孙峻置酒设局说起，又述诸葛恪晨起盥漱之后一系列恶兆（出门时"犬衔引其衣"这一细节竟写了两遍）；此时宫帏中已埋伏刀斧手，车抵宫门，亦有人向他发出警示，诸葛恪在疑虑之中踌躇而入，依然显示其刚愎、自矜的性格。之后，从席间刀剑交斫，到最后抛尸城南石子冈，整个叙述从容有致。这完全不像是陈寿那种简略枯瘁的手笔，倒颇有几分太史公的叙事风范。所以，《三国演义》第一百八回（《丁奉雪中奋短兵　孙峻席间施密计》）说到此事，不需小说家费心结撰，几乎是照搬《诸葛恪传》记述。不过，小说将滕胤作为孙峻同党，实无史据。滕胤跟二孙只是"内不沾洽，而外相包容"的关系（《孙峻传》），后来恰为孙綝所杀。

五凤三年（改元太平，二五六）九月，孙峻病死。据说是梦见诸葛恪索命，惊惧而亡。此后孙綝接替了他的位置——"及（孙）峻死，（孙綝）为侍中、武卫将军，领中外诸军事，代知朝政。"（《孙綝传》）这时候，滕胤和吕据都反对孙綝上位，结果双方调兵遣将打了起来。但滕、吕两边的军队未能及时会合，被各个击破，滕胤被诛，吕据自杀。自孙权谢世至此不过四年工夫，当初五个辅政大臣已经一个不剩。随后，二十六岁的孙綝迁升大将军。

孙峻谋杀诸葛恪，《三国演义》清初大魁堂本插图

小鲜肉孙亮这时才十四岁。

二

据《三嗣主传》，太平二年（二五七）夏四月，少帝孙亮"始亲政事"，对于孙綝不再完全听任其事——"綝所表奏，多见难问。"本传又谓，孙亮甚至组织了一支少年近卫军，募集十八岁以下、十五岁以上的军户子弟，得三千余人，选任"大将子弟年少有勇力者"为将帅，每日在宫苑里训练。少帝放言："吾立此军，欲与之俱长。"小小年纪就明白，枪杆子要抓在自己手里，看来此娃有些头脑。可毕竟只是一帮半大孩子游戏式操演，派不上正经用处。如果可以比作一部

充满励志色彩的成长小说，孙亮却等不及要翻到篇末去了。他实在不甘做傀儡皇帝，第二年就迫不及待要除掉孙綝。

年幼的孙亮毕竟涉世未深，找来谋事的竟是太常全尚（全琮之侄）和全公主那班人，结果走漏风声。据说是皇后全氏向孙綝告发。这位全夫人是全尚之女，全公主的从孙女，也是孙綝未出五服的远房侄女；而全尚妻乃孙峻姐，也即孙綝从姐，从母系方面说全夫人又是二孙的外甥女。姓全的一家子跟东吴宗姓有着多重姻亲关系，其中尽是错乱复杂的伦序交互。陈寿所谓"孙权之婚亲重臣也"（《魏志·钟会传》），此亦可见一斑。当然，这里还有另一层关系，就是全公主跟孙峻的私通（说来二人还是姑侄）。这事情即便不是全夫人去通风报信，也难保不从她母亲或是全公主那边透出去。按《江表传》所说，就是全夫人的母亲向孙綝举告——最初是全尚儿子黄门侍郎全纪被少帝召去密谋，孙亮还告诫全纪不能让他母亲知道，岂料全尚奉诏之后却泄于其母。真是天下没有不透风的墙。

在东吴的政治格局中，血亲、姻亲和宗亲往往是权力结盟的基础，可是最靠不住的也是这些翁婿姑婆的亲缘关系。孙权身后窝里斗不断，本质上就是宗室乃至宗亲的战争。

二孙挟少帝，看似不可一世，其执政地位并不稳固，孙峻就曾两度险遭宗室剿杀。五凤元年（二五四），吴侯孙英（孙权之孙，太子登次子）谋诛孙峻；第二年，又有将军孙仪（孙静之孙，孙峻孙綝叔伯辈）、孙邵、林恂等意欲除之。两次都因为"事泄"而不成，谋主孙英、孙仪均自戕，后一次捎带朱公主（孙权次女鲁育，朱据妻）亦被杀。太平元年，则有孙宪（一作孙虑，峻、綝从兄弟）与将军王惇等谋杀孙綝，败露后孙宪服药死，王惇被杀。

这回孙綝得知孙亮要动手，黉夜发兵包围宫苑，宣布废黜少帝，立孙权第六子琅琊王孙休为帝。随即清除异己，自然又是一场腥风

孙綝废吴主孙亮，《三国演义》清初大魁堂本插图

血雨。大概是看在全氏提供情报的份上，总算未将姓全的赶尽杀绝，全尚、全公主都被流徙荆蛮之地（《江表传》说全纪自杀）。

孙休践祚，褒奖孙綝"扶危定倾"，喻之霍光废刘贺、迎立汉宣帝故事。于是，孙綝以大将军为丞相，其兄弟孙恩、孙据、孙幹、孙闿皆封侯加爵，本传称："（孙）綝一门五侯，皆典禁兵，权倾人主，自吴国朝臣，未尝有也。"

三

可是，谁能想倏然间来了个大逆转，孙綝扶上位的孙休一翻脸把他给灭了。历史之诡异，莫过于王权授受与废立之局。后来，这种事情还将重复。

孙休白捡了个皇位，一开始有些犯晕，面对前来奉迎的内臣显得诚惶诚恐。在往都城途中，以武帐设殿，这位被安排上位的君主不即御座，竟侍立一侧。本传描述其谦恭恂谨不吝笔墨。然而，孙休并不是一个任人摆弄的主儿，非但能屈能伸，亦有杀伐决断的胆略。他知道，有骄横倨傲的孙綝在侧，一辈子将不得安生。也许登基之日就有除凶之念。他于永安元年十月即位，十一月还对孙綝兄弟数加赏赐，十二月腊会上就开了杀戒。显然，孙休用人吸取了孙亮的教训，替他办事的是老臣丁奉和左将军张布，二人与宗室均无姻亲关系。

头天夜晚狂风大作，飞沙走石，建业城中传言要出大事。孙綝可能有预感，腊会当日称疾不出，但招架不住孙休派人上门催促。他出门前布置部队待命，又与家人约定，入宫后即在府中放火，以便借故脱身。可是等到相府起火，孙休硬是不让他离席，这时丁奉、张布示意左右将孙綝拿下。《三国演义》第一百十三回（《丁奉定计斩孙綝　姜维斗阵破邓艾》）说的就是这事情，情节与陈寿的传述几无差别。孙綝问斩之际与孙休有这样一番对话：

> （孙）綝叩头曰："愿徙交州。"（孙）休曰："卿何以不徙滕胤、吕据？"綝复曰："愿没为官奴。"休曰："何不以胤、据为奴乎？"遂斩之。

当初他不肯放人一马，现在孙休也不肯放过他，这就叫你死我活。宗室的斗争从来就是这样，丝毫没有温良恭俭让之余地。按史家笔法，加诸孙綝的罪名自然是"逆谋""图反"之类，历史叙事的官样文章免不了成王败寇那套话语。其实，孙綝若是自己要做皇帝（作为宗姓，理论上亦在承祧之列），何必要立孙休？他是要将人主捏在自己手里，演绎周公摄政的故事。可是，孙綝哪里懂得周公那套章程。其实，他都没有参透王权授受之奥秘，岂知对于人主和权臣而言，权力亦是"他者"，本身具有反制的性格。孙綝是自己掘坑把自己埋了。

自然，历史进程的相似性很快得到验证。因为不按规则出牌已成惯例（其实什么是规则也很难说），孙休死后，主事的大臣们再玩废立之局。丞相濮阳兴、左将军张布不知是出于公心还是私心，反正是听信左典军万彧之言（万某将孙皓说成是孙策那样的开拓性人物），一拍脑袋，决定废弃太子霅，迎立乌程侯孙皓。于是，这位早先的废太子孙和的长子成了吴国最后一位君主。

但孙皓粗暴骄盈，又好酒色，很快让濮阳兴和张布追悔不已。怎么办？还能怎么办！孙皓登基在八月，到十一月他们就被自己选定的人主给收拾了。他们只是私下嘀咕几句，还来不及再搞废立，或许都未动过那念头，孙皓已将二人流徙广州，继而追杀于途中。

不错，正如哲人所说，一切重大历史事件都会出现两次。但东吴的事况表明：第一次作为悲剧出现，第二次还是悲剧。

四

孙休在位七年（永安元年至七年，二五八——二六四），除了诛灭孙綝，基本上无所作为。在所有四位吴主之中，他是最平和的一个，而且酷爱读书。传称："（孙）休锐意于典籍，欲毕览百家之言，尤好射雉，春夏之间，常晨出夜还，唯此时舍书。"又常与博士祭酒韦曜、博士盛冲等学者讲论道艺。可是，深为得宠的张布唯恐自己不得专宠，以读书妨碍政事为由，迫使孙休罢了博士们的讲筵。孙休大概不擅理政，大臣中偏是倚重不靠谱的濮阳兴和张布。

不过，他并不是那种书呆子。他知道，对于宗室人员的举动总须保持高度警觉。听说废帝会稽王孙亮有些不安分——"使巫祷祠，有恶言"，怕是有非分之想，便将他黜为侯官侯。在遣往侯国途中，孙亮自杀了，年仅十八岁。不过，比起后来的孙皓，这般对付自家兄弟的手段还真是小巫见大巫。孙皓三个弟弟中，孙谦和孙俊都死在他手里。

据《孙皓传》，宝鼎元年（二六六），永安（今浙江德清一带）山贼劫持孙谦，聚集数千人向都城进军，被官军阻杀于建业城外。因孙谦有被拥立之嫌，俘获后便自杀了事。但据《孙和传》裴注引胡冲《吴历》，孙谦是被孙皓鸩杀，还连带杀了其母。《吴历》又谓杀孙俊一事，只是因为他"聪明辨惠，为远近所称"。兄弟乃至宗姓之间，所有的事情都很微妙，因为相同的血脉之中同样有着承祧的基因，在孙皓眼里就是一个个定时炸弹。

对于其前任孙休的妻儿，孙皓更是毫不留情。其传中记述，甘露元年（二六五），逼杀孙休的皇后朱氏，后将孙休两个大的孩子（包括太子𩅦）一并剪除。如此丧心病狂，惨绝人道，实令人发指。当初濮阳兴、张布改嗣孙皓，朱后是相当配合，有谓："我寡妇人，安知社稷之虑，苟吴国无陨，宗庙有赖可矣。"（《妃嫔传》）可是在孙皓看来，孙休有子在世就是隐患。当然，这不是多虑，后来陆凯就考虑重立孙休之子（见后文引《陆凯传》）。

还有，另外两个重要宗室人物——孙权第五子孙奋、孙策的孙子孙奉，也都被孙皓所诛。奇怪的是，事情出于一桩谣言。《吴主五子传》谓：建衡二年（二七〇），孙皓因溺于夫人王氏丧事，数月不出，民间讹传其死，有谣言称章安侯孙奋或上虞侯孙奉要继任大位；这种流言蜚语却使孙皓惕怵不安，想到大臣们两度废立的把戏，他自然不能掉以轻心。像孙奋、孙奉这些蛰伏封邑的宗姓人物，看似哪个角落里的冷棋闲子，可不知什么时候就会蹦出来，随时加入王位战。他们跟太子霅一样，也成了孙皓心中的鬼魅。

至此，孙权谢世十八年后，他七个儿子已经一个不剩。七个儿子中只有早夭的孙虑没有卷入嗣位的漩流，其他人都曾主动或是被动地置身其中。这是他们的宿命。

孙权黜太子孙和以幼子孙亮为嗣，孙綝废少帝而立孙休，濮阳兴和张布则弃太子而立孙皓，皆于冥冥之中坠入权力迷思的陷阱。孙权身后乱局频仍，从前史家多咎于其晚年昏悖，其实说到底是权力致乱。衡之儒家政治伦理，东吴三嗣主的合法性都成问题。

五

当初，孙和被黜封南阳王，遣之长沙就国，或有机会东山再起。《吴主五子传》暗示，孙权死后，诸葛恪秉政，其时便有翻盘的考虑。二宫构争时，诸葛恪就力挺孙和，而孙和的王妃张氏又是诸葛恪的甥女，很可能私下有所承诺，这时候找上来了：

> （张）妃使黄门陈迁之建业，上疏中官，并致问于（诸葛）恪。临去，恪谓迁曰："为我达妃，期当使胜他人。"此言颇泄。又，恪有徙都意，使治武昌官，民间或言欲迎（孙）和。

张妃让陈迁致问什么，诸葛恪要向张妃转达什么，尽管言语闪烁，但意思还是很清楚，无非是废立之事。现在孙权不在了，诸葛恪让她再等等，想必有机会扭转乾坤。民间传言欲迎立孙和，不是空穴来风（"此言颇泄"）。但东吴的政治节奏太快，诸葛恪转眼让孙峻给杀了，孙和复辟的机会就这样稍纵即逝。但悲催的是，这回竟搭上了性命，孙峻将他流徙新都（今浙江淳安一带），继而又派使者宣诏"赐死"，张妃亦自杀。

孙和未能做成皇帝，却有其庙号。东吴前后四帝，孙权谥号大皇帝，孙休谥号景皇帝，废帝孙亮、亡国之君孙皓自然没有庙号。不过，另外还有两个庙号，是做了皇帝的儿子追谥没做过皇帝的老爸——孙权追谥孙坚为武烈皇帝，孙皓追谥孙和为文皇帝。孙坚未做皇帝，是因为那时东吴尚未建国，而孙和则毁于惨烈的宫斗。可是，谁料想孙和的儿子竟替老爸出了一口恶气，俨然国王版王子复仇记。历史行迹往往呈现诡异的回归，孙皓降晋后赐号"归命侯"，这名头饶有意味。

六

孙皓在位长达十七年之久（元兴元年至天纪四年，二六四—二八〇），之前蜀汉已亡，继而曹魏禅晋，东吴的日子越来越不好过。但孙皓依然花天酒地，恶行累累，那些烂事不提也罢。但《孙皓传》所记述的最后几年，倒是祥瑞迭出。吴地掘银，旋得石函天玺，鄱阳吴兴皆出奇石瑞兆；又有黄姓吴姓人家生长巨形野菜（被视为芝草一类），一时朝中欢欣鼓舞。

孙皓一朝年号繁多，如甘露、宝鼎、凤凰、天册、天玺，多取名祥瑞之物（孙权年号亦类此）。孙皓迷信巫觋占验，不能不让人想到孙权晚年热衷迎神之事。史家有曰："国将兴，听于民；国将亡，听于神。"（《吴主传》裴注引孙盛语）这是基于历史经验的祛魅。虽然，帝国宫廷中那些错综混乱的纲常与伦常可由儒者随意解释，但君臣之间却如天人之际，永远穿梭着无法祛除的鬼魅。因为权力的欲望就像空气一样，裹挟着那些被煎熬的灵魂。

当君权神授的神话鬼话变成了君权臣授的现实叙事，俨然放大了士大夫的话语权力，想要摆脱被操控的命运，便要跳出人家拟定的故事脚本。所以，君臣之间的"相斫史"仍将推出新的戏码。孙皓杀了将他推上权力宝座的濮阳兴、张布，甚而当初力荐孙皓的万彧自亦不能幸免，躲过了初一却未逃过十五。

《孙皓传》中记载，凤皇（凰）元年（二七二）右丞相万彧"被谴，忧死"。但何以被谴，没说具体事因。这语焉不详的文字背后，是大臣们重谋废立的一次败局。参照《江表传》所述，此事概由万彧与丁奉、留平等密谋，败露后孙皓鸩杀万彧、留平（此前丁奉已卒）。

另有一说，左丞相陆凯亦参与废立之谋，其传谓：

> 或曰：宝鼎元年十二月，（陆）凯与大司马丁奉、御史大夫丁固谋，因（孙）皓谒庙，欲废皓立孙休子。时左将军留平领兵先驱，故密语平，平拒而不许，誓以不泄，是以所图不果。太史郎陈苗奏皓："久阴不雨，风气回逆，将有阴谋。"皓深警惧云。

从时间上看，陆凯应该不是万彧一伙，因为万彧谋事在建衡三年（二七一）。但两处都出现丁奉、留平的名字，让人莫辨其是。陆凯之所以未被追究，盖因族弟陆抗拥兵荆襄，孙皓颇有忌惮。陆氏宗族势力不可小觑，孙皓曾问陆凯："卿一宗在朝有几人？"陆凯回答说："二相、五侯、将军十余人。"（《世说新语·规箴》）难怪他犯颜忤旨底气十足。但不知何故，陆凯的废立之局亦竟"所图不果"。当然，睚眦必报的孙皓心里记着这笔账，陆抗死后，陆凯的家人就被流徙荒陬海隅。

二〇一八年一月十一日记

卷 下

三国地理杂俎

　　《三国志》无地理志，而汉末魏晋之际豪强割据相争，郡县改隶无常，读史常惑于地名渟舛错讹。从前学者多于此用心考异，诸家之说可见卢弼《三国志集解》。至于《三国演义》，相关的问题更多。小说叙事历时百年，活动空间辗转当时的大半个中国，从东西两都到淮泗之滨，从江南泽国到陇右西戎之地，举凡政区、城邑、聚落、山川、关隘等地名，纰缪在在可见。之所以错三错四，大概有几方面原因，有些是史实依据本身不够详确，又往往取用隋唐以后出现的地名，当然也有张冠李戴之误。《三国演义》以小说讲史，地名不仅表示事件发生地点，亦涉及职官制度、政区地理和军事活动路线等等，不能仅视同文学手法。

　　以下检讨若干地名地理问题，主要参核《中国历史大辞典·历史地理卷》、谭其骧《中国历史地图集》（东汉、三国时期）等常见工具书和卢弼《三国志集解》。

　　　　一

　　《三国演义》地名滥用"州"字，往往混淆不同时期的政区建制。

如第二回（《张翼德怒鞭督邮　何国舅谋诛宦竖》），刘备往"定州中山府安喜县"就任县尉，一句话好几个纰缪。刘备初为安喜县尉不错，见《三国志·先主传》，又见裴松之注引鱼豢《典略》。问题是，安喜县当时属中山国，不是中山府。句中州府叠架已是乖谬，况且此谓州府二者皆非汉末政区。定州这名称最早出现于北魏天兴三年（四〇〇），由安州改置。此前皇始二年（三九七），旧中山国已归北魏，始置安州。至于"府"作为政区，是唐代以后的事情，开元元年（七一三）始将京师、陪都和皇帝驻跸之地所在的州升格为府。宋代则于重要之州设府，中山府就是北宋政和三年（一一一三）升定州置。按规制，府在州之上，称"定州中山府"实谬。张飞鞭笞督邮后，又谓："玄德、关、张三人，往代州投刘恢。"代州也是后来的名称，隋代以前是代郡。

第五回（《发矫诏诸镇应曹公　破关兵三英战吕布》），公孙瓒率军讨卓，"路经德州平原县"与刘备相遇。德州，隋开皇九年（五八九）始置，这里也套用后来的地名。平原县，东汉为平原国治，当时德州这块地方属平原国。

第二十七回（《美髯公千里走单骑　汉寿侯五关斩六将》），关羽千里走单骑"行至滑州界首"，所谓"滑州"大概是指东郡或白马县（就是关羽斩颜良的地方）。滑州乃隋代所置，三国时为东郡，治所在白马县。

第五十四回（《吴国太佛寺看新郎　刘皇叔洞房续佳偶》），写刘备东吴招亲，前往地点是"南徐州"（又作"南徐"，今江苏镇江市），当时是吴郡之丹徒，东吴称京城，又称京口，建安十三年（二〇八）孙权在此驻屯，后于十六年徙治秣陵（后改建业）。南徐州这名称南朝宋武帝时才有，初时地域在淮南，宋文帝时才移置江南。

以上标识政区名称的"州"，实为郡、国或县。县以"州"名，第七十二回（《诸葛亮智取汉中　曹阿瞒兵退斜谷》）还有汉中郡的褒中县称作"褒州"。说到东吴地盘，小说多泛称"江南八十一州"（第四十八回《宴长江曹操赋诗　锁战船北军用武》）、"六郡八十一州"（第五十四回）。后之张松献图，又有"西川四十一州郡"之谓（第六十回《张永年反难杨修　庞士元议取西蜀》）。这些"州"（或"州郡"），既不是州，也不是郡，而是泛指县级政区。

汉末三国时期，州是一级行政区。全国总共十四个州，即幽、冀、青、徐、兖、豫、并、雍、凉、荆、扬、益、交州和司州。初，汉武帝建立刺察制度，划定十三刺史部（当时没有雍州，东汉兴平元年分凉州河西四郡置，后地域扩大），各部派驻刺史，京畿周边诸郡由司隶校尉部监管。这十三刺史部原先是监察区，并非行政区，东汉时改刺史部为州，汉末成为郡国以上的行政大区，从而形成州、郡、县三级政区。《三国演义》滥作州名，亦自有缘由，盖因隋唐以后废郡存州，以州领县已成定制，宋元说书人和后之小说家或以为自古而然。

不过，部州以下带"州"字的地名倒并非没有。查《郡国志》，司州河内郡有一个县名称单作"州"字（在今河南温县）。又，冀州河间郡有束州（在今河北大城县），益州巴郡有江州（在今重庆市），凉州北地郡有灵州（在今宁夏灵武），并州雁门郡有武州（在今山西左云县），幽州渔阳郡有泉州(在今天津武清县)。这几个都是县。另外，益州南部有益州郡，西汉武帝置，是部州以下唯一带"州"字的郡级政区。诸葛亮南征后，改益州郡为建宁郡（见《蜀志·后主传》）。

二

郡、县与国相与混淆，小说里亦常见。如，第十一回（《刘皇叔北海救孔融　吕温侯濮阳破曹操》），陶谦遣糜竺往"北海郡"向孔融求救，称之"太守"。北海，西汉景帝置郡，但东汉已改置北海国（《郡国志》四），孔融时为北海相。相是诸侯王国的行政首脑，跟郡守职责略同，但国与郡是不同的政区建制。另如，琅琊，秦时置郡，东汉时已改置琅琊国（《郡国志》三），小说仍作"琅琊郡""琅琊太守"（第六十九回）。

又如，第一回介绍曹操（《宴桃园豪杰三结义　斩黄巾英雄首立功》），七十五回（《关云长刮骨疗毒　吕子明白衣渡江》）介绍华佗，皆谓"沛国谯郡人"。沛国与谯郡是同级政区，不能如此并称。谯郡，东汉建安末年从沛国分置，当时还是沛国属县，所以《三国志》中《武帝纪》《华佗传》均作"沛国谯人"。第四回（《废汉帝陈留践位　谋董贼孟德献刀》）曹操谋杀董卓未成，"逃出城外，飞奔谯郡"云云，亦误。第五回介绍夏侯惇"沛国谯人"，才是正确表述。

第五回，曹操招兵买马准备讨伐董卓，乐进、李典前来投奔，称乐进"阳平卫国人"，俨然将阳平作为郡级政区。阳平（在今山东莘县）当时还是一个县，汉末仍属东郡（《郡国志》三），后于魏黄初二年（二二一）置阳平郡，那时曹操已经死了。钱大昕《廿二史考异》卷十五："卫国，汉属东郡，建安十七年，割卫国益魏郡，寻分魏郡为东、西部，卫当在东部管内。黄初二年，以魏之东部为阳平郡，故卫国属阳平也。"沿革随时，事有不同，陈寿撰史亦未细核，《三国志·魏志·乐进传》就如此介绍。此错不在小说家。

汉代采取"郡国并置"之制，所谓"国"者，乃诸侯王或列侯封邑。起初高祖所封十个王国皆跨数郡之地，藩国实力之强堪与中央政府抗衡。文帝时用贾谊"众建诸侯而少其力"之策，增加封国数目而压缩其封域。后来情形亦如《廿二史考异》所云："西京侯者，封户有多少，所食或尽一县，或止一乡一亭，皆以侯国称之。"（卷九《侯国考》）景帝平定吴楚七国之乱，"令诸侯王不得复治国，天子为置吏，改丞相曰相"（《汉书·百官公卿表》）。这样一来，军政大权都集于相，封国的皇子皇孙不啻成了土财主。东汉三国时期，国仍有不同规制，大者同郡，小者如县甚或不如县。孔融为北海相，曹操也做过济南相，都是郡守一级，而乐进故家卫国只是县级公国（见《郡国志》三）。

州郡与职官之名舛互错置，小说里屡屡见之。如，"幽州太守刘焉""青州太守龚景""徐州太守陶谦""西凉太守马腾"，这些说法都不对路。幽、青、徐、凉皆为部州之一，其长官称州牧或刺史（成帝时改刺史为州牧，光武帝建武十八年改设刺史，至灵帝中平五年又改州牧），却往往称之太守。非但如此，同一人物前后亦有抵牾，如第十回（《勤王室马腾举义　报父仇曹操兴师》）曹操讨伐徐州，称"太守陶谦"，而之前诸镇讨董卓，徐州一镇乃称"刺史陶谦"。第六回（《焚金阙董卓行凶　匿玉玺孙坚背约》）说到"兖州太守刘岱"，而上一回诸镇讨董卓作"兖州刺史刘岱"。

三

小说多以州名指称州治所在城邑，如"青州城""冀州城""徐州城""扬州城"等，这类地名具有多重模糊性，不能确指某地某城。如青州，东汉治临菑（今山东淄博），后袁绍之子袁谭为青州刺史，治所在平原。冀州，东汉桓灵间治所在邺城（今河北临漳县），就是后来曹操建铜雀台的地方，建安十八年（二一三）曹操为魏公，定都于此。第三十四回（《蔡夫人隔屏听密语　刘皇叔跃马过檀溪》）说曹操回许都时，"留曹植与曹丕在邺郡造台（铜雀台）"，却是乱用后来的地名，邺郡是唐天宝元年（七四二）以相州改置，其治所在安阳县（今属河南），跟原先的邺城已非一处城邑。徐州，东汉治郯（今山东郯城），刘备领徐州牧时治所在下邳（在今江苏睢宁），曹魏时移治彭城（今江苏徐州）。扬州，东汉末年及后来曹魏辖境治所在寿春（今安徽寿县），东吴辖境治所在建业（今南京），其时扬州亦非一城。以州名代指州治，亦见于其他行文。第三十三回（《曹丕乘乱纳甄氏　郭嘉遗计定辽东》），冀州贤士崔琰禀告曹操，"昨按本州户籍，共计三十万众，可谓大州"。此谓"本州"非指冀州，乃邺城而已，所称"三十万众"，约为邺城一地户籍。按《郡国志》，冀州所辖郡国九，仅户数已逾九十万，而邺城所在之魏郡人口实为六十九万五千六百六。

　　以州名代指州邑，往往令人莫知所在。最扑朔迷离的是刘表治所之"荆州"。荆州原治汉寿，初平二年（一九一）刘表徙治襄阳。刘备投靠刘表在建安六年（二〇一），按小说所述其治所已不在襄阳。如第三十四回，蔡瑁为除掉刘备，与蔡夫人商议："即日大会众官于襄阳，就彼处谋之。"其言彼处是襄阳，未详此处为何处。第四十回（《蔡夫人议献荆州　诸葛亮火烧新野》），刘表死后，"蔡瑁遂立刘琮为主，蔡氏宗族分领荆州之兵。令治中邓义、别驾刘先守荆州，蔡夫人自与刘琮前赴襄阳驻扎，以防刘备、刘琦"。按这里所说，荆州与襄阳分明是两处城池。其实，之前第十八回（《贾文和料敌决胜　夏侯惇拔矢啖睛》）叙述张绣与刘表联手对付曹操，亦谓："（贾）诩劝表回荆州，（张）绣守襄城，以为唇齿。"直到第四十二回（《张翼德大闹长坂桥　刘豫州败走汉津口》）荆州失陷，这才透露"荆州"之城是在江陵——"却说曹操见云长在旱路引军截出，疑有伏兵，不敢来追；又恐水路先被玄德夺了江陵，便星夜提兵赴江陵来。荆州治中邓义、别驾刘先，已备知襄阳之事，料不能抵敌曹操，遂引荆州军民出郭投降。"（之前四十一回，曹操拿下襄阳，蔡瑁替刘琮去见曹操，曹问及荆州军马钱粮，蔡说"钱粮大半在江陵"）不过，刘表时期江陵是否曾为州治，未见《三国志》《后汉书》记载，两书表传皆谓：曹军到襄阳，刘琮举州请降。

四

小说一百八回（《丁奉雪中奋短兵　孙峻席间施密计》），提到一个叫"东兴郡"的地方。孙权死后，东吴立孙亮为帝，司马氏兄弟趁机伐吴，命王昶、胡遵、毌丘俭各引兵十万进攻南郡、东兴、武昌。司马昭唤三人计议曰："东吴最紧要处，唯东兴郡也。今他筑起大堤，左右又筑两城，以防巢湖后面攻击，诸公须要仔细。"可是，东吴并无东兴郡。名字疑似者有东安郡，孙权黄武五年（二二六）置，两年后即废。据《吴主传》，该郡析丹阳、吴郡、会稽三郡十县置，治在今杭州富阳区一带，其地与魏境并不接壤。不过，按司马昭所言筑堤、筑城和巢湖数语，所谓"东兴"应是扬州吴魏分界处的东兴堤，在庐江郡巢湖以南,濡须坞之北(在今安徽含山县)。筑东兴堤之事,详见《吴志·诸葛恪传》。又，《三嗣主传》曰："太元元年，冬十月，太傅（诸葛）恪率军遏巢湖，城东兴……十二月朔丙申，大风雷电，魏使将军诸葛诞、胡遵等步骑七万围东兴，将军王昶攻南郡，毌丘俭向武昌。"小说所叙三路伐吴之事与此吻合，可证"东兴郡"之"郡"字乃衍文。

此类错讹大概缘自缮写或手民之误，另外还有不同版本之异写、讹写。第五回，董卓让李傕、郭汜把住汜水关，自己带李儒、吕布等去守虎牢关。（"嘉靖本"汜水关作沂水关）。汜水入河处在成皋之东，处洛阳与荥阳之间，由此可断，沂水关应是汜水关的讹写。按，《水经注》卷五："汜水又北迳虎牢城。"故汜水关又名虎牢关。但小说分明写成两个地方。第二十七回，关羽过五关之第三关，有些版本作沂水关，应是汜水关。

第五回介绍李典，称"山阳巨鹿人"，乃郡县胡乱搭配。山阳是兖州的一个郡，其属县有巨野（《郡国志》三），而不是巨鹿。巨鹿在冀州中部，为巨鹿郡治，就是小说开篇所说张角兄弟三人的乡邑。

查《三国志·魏志·李典传》："山阳巨野人也。"

第七十一回（《占对山黄忠逸待劳　据汉水赵云寡胜众》）说到王平，"乃巴西岩渠人也"。岩渠，应是宕渠之误，《蜀志》本传作"巴西宕渠人"。宕渠（今四川渠县），三国时属巴西郡。巴西郡及析置前的巴郡均无"岩渠"这地名。此前第七十回（《猛张飞智取瓦口隘　老黄忠计夺天荡山》），写张飞与魏将张郃在岩渠（又有岩渠寨、岩渠山之名）对垒，但《蜀志·先主传》谓："先主令张飞进兵宕渠，与（张）郃等战于瓦口……"《魏志·张郃传》亦云："进军宕渠，为（刘）备将所拒，引还南郑。""嘉靖本"此节亦作宕渠，后节言王平却作岩渠。"岩渠"大抵缮写或刻板之误。

五

涉及蛮夷部族叙事，小说亦多有混淆。第三十四回，刘表提及"但忧南越不时来寇"，刘备便说"使张飞巡南越之境"。这里所说"南越"，应该是"山越"，或是武陵蛮夷。汉末三国时，山越主要分布在荆、扬诸郡之山林草泽（《三国志》孙权、黄盖、韩当、凌统、全琮、诸葛恪诸传均称"山越"）。按说山越乃越地古族，亦在百越之属，但究竟不同于南方越人。唐长孺先生认为，山越就是江南山区土著，甚至是避入山区的流民，与汉人没有多大差别（《孙吴建国及汉末江南的宗部与山越》，见《魏晋南北朝史论丛》）。而所谓南越，其地在岭南，即秦时三十六郡的南海、桂林、象郡那些地方（按，王国维《秦郡考》认为南海等三郡系后置郡），后赵佗兼并三郡建立南越国，又被汉武帝剿灭。刘表之忧患，显然不是地处偏远的南方越人。

第八十五回（《刘先主遗诏托孤儿　诸葛亮安居平五路》），刘备死后，司马懿起五路大兵伐蜀。其中一路，派人联络辽东鲜卑国王轲比能，令起辽西羌兵十万。之后，蜀汉方面接到边报，番王轲比能起羌兵十万，犯西平关（即西都县，今青海西宁）。轲比能确有其人，事见《三国志》鲜卑诸传。不过此节可谓错误迭出。其一，羌人地处西凉，所言"辽西羌兵"显然将东部鲜卑与西羌混为一谈；其二，西平关在凉州，属曹魏地盘，距离蜀汉边境尚远，并不构成威胁；其三，鲜卑虽说地域辽阔，亦可谓"东渐于海，西被于流沙"（《尚书·禹贡》），但轲比能作为东部鲜卑酋长，其势力范围不可能从辽东辽西延至西凉地界。当然，小说家如此调动人物亦自有来由，习凿齿《汉晋春秋》曰：诸葛亮复出祁山，"招鲜卑轲比能，比能等至故北地石城以应亮"（《诸葛亮传》裴松之注引）。而明帝纪曰："太和五年……鲜卑附义王轲比能率其种人及丁零大人儿禅诣幽州，贡名马。"这跟诸葛亮再出祁山是同年之事，轲比能虽与魏蜀两边勾结，但未必同时效力两方。值得注意的是，两文提到的"北地"（即北地郡，今陕西铜川至富平一带）和"丁零"（即《魏略·西戎传》所称丁令国），都在西部。这些语焉不详的记叙将轲比能活动范围扩至雍凉西陲，未是信史。

第八十七回（《征南寇丞相大兴师　抗天兵蛮王初受执》）及后数回，诸葛亮征南寇和七擒孟获，情节跌宕起伏，叙事地点却很模糊。《三国志》记叙此事甚少，《诸葛亮传》仅带过一句："（蜀汉建兴）三年春，亮率众南征，其秋悉平。"《后主传》笔墨稍详，亦未有孟获之事。小说写七擒七纵，战事自是接连不断，但双方行军与作战路线并无交代。《诸葛亮传》中《出师表》有"五月渡泸，深入不毛"一语，"渡泸"无疑成了关键词，于是围绕泸水这条河流反复做文章，读者根本搞不清哪是哪儿。直至九十一回（《祭泸水汉相班师　伐中原武侯上表》），诸葛亮祭泸水班师回朝，"蜀兵安然尽渡泸水"便是"行到永昌"，这才给出一点地理信息。可是一说就错，永昌是益州南部最西边的一个郡（"行到永昌"，应指永昌郡治不韦县，即今云南保山），而泸水却在永昌东北数百里之外（按，"里"作为长度单位古今不同，本文姑以现代华里概算，下同）。本该先过永昌再渡泸水，方向完全说反了。泸水，上游即今雅砻江，下游今称金沙江，大部分河段流经越巂郡，其下游实为越巂与东边朱提郡之郡界，而永昌（不韦）则在周水（怒江）和兰沧水（澜沧江）之间。七擒孟获之事原本《汉晋春秋》《华阳国志》，后世多有附会，小说叙事亦据以编造。

六

小说叙述的若干行进路线，或甲处与乙处之地理关系，多有舛驰离谱之例。第五十回（《诸葛亮智算华容　关云长义释曹操》），曹操赤壁大败，从乌林往北逃窜。行至五更，望火光渐远，问："此是何处？"左右曰："此是乌林之西，宜都之北。"其时未有宜都之名，此地应是夷陵（小说称"彝陵"，"夷"通"彝"）一带。宜都原属南郡地界，曹操进驻荆州后分南郡枝江以西为临江郡，赤壁战后刘备得江南四郡，建安十四年（二〇九）后改为宜都郡。值得注意的是，小说描述的曹操逃跑路线比较奇怪。从乌林到彝陵一带向西三四百里，然后走南彝陵去江陵，这又向东折返了。此时作为南郡郡治的江陵尚由曹仁把守，这是曹操逃窜的目的地。可是，随后遭遇关羽的华容道却在江陵以东百里之遥。江陵明明在近处，从夷陵过来根本不必绕远走华容。实际上赤壁之战主战场在乌林至樊口一线，距离夷陵甚远，曹操从乌林直接经华容去江陵才是合乎常理的逃窜路线，小说偏让曹操大老远跑到彝陵去绕圈。

第五十五回（《玄德智激孙夫人　孔明二气周公瑾》），刘备偕孙夫人逃离南徐，"当夜于路暂歇两个更次，慌忙起行。看看来到柴桑界首，望见后面尘头大起"，时已天明，有徐盛、丁奉等三拨人马奉

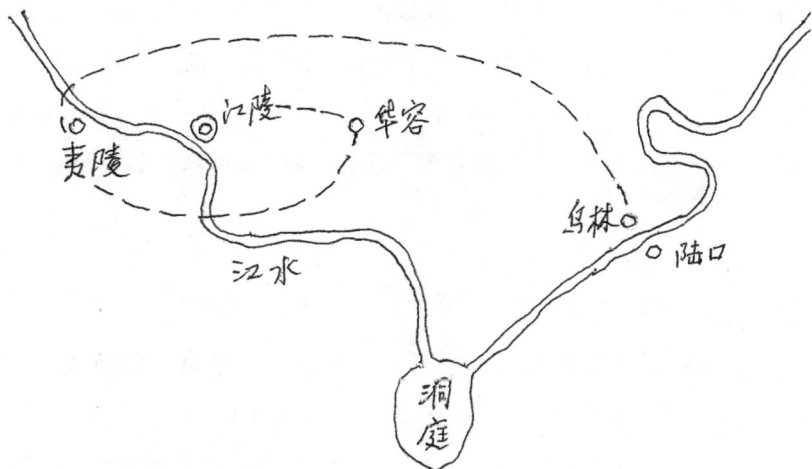

小说里曹操从乌林逃窜到江陵，先抵宜都（夷陵）之北，再经华容道，兜了好大一圈

命赶来阻拦，孙夫人叱退前边两拨，继续前行。随后出现的蒋钦又沿江追赶，这时刘备一行来到刘郎浦，诸葛亮带荆州水军在此接应。《通鉴》胡三省注曰："石首县沙步有刘郎浦，蜀先主纳吴女处。"从南徐到柴桑，再到刘郎浦，这一路比起关羽千里走单骑远了不止一倍（从镇江径往石首，按谷歌地图走 G56 高速有九百五十公里）。按小说描述，似乎只是一天一夜的路程。刘郎浦确有其地，但"嘉靖本"原无这地名，"毛本"将刘备登船地点落实在刘郎浦，还插入唐代吕温一首绝句："吴蜀成婚此水浔，明珠步障幄黄金。谁将一女轻天下，欲换刘郎鼎峙心。"由诗可见，刘郎浦是因刘备娶亲而得名。杜甫亦有七律《发刘郎浦》一首，仇兆鳌引《江陵图经》注曰："刘郎浦，在石首县，先主纳吴女处。"所谓"先主纳吴女"，缘自《蜀志·先主传》曰孙权"进妹固好"之事。毛宗岗笔头一转，不啻让刘备走入刘郎吴女的二次元。

第七十一回，张郃丢了天荡山，曹操起兵驰援汉中，有曰："兵出潼关，（曹）操在马上望见一簇林木，极其茂盛。问近侍曰：'此何处也？'答曰：'此名蓝田。林木之间，乃蔡邕庄也。今邑女蔡琰，与其夫董祀居此。'"潼关、蓝田都是古代诗文中常见地名，其间隔着二三百里，兵出潼关就一眼望见蔡邕庄，分明是戏曲舞台的空间调度。

七

小说某些叙事地点与史不合，分明是追求某种艺术效果。第六十六回（《关云长单刀赴会　伏皇后为国捐生》）写单刀会，鲁肃设宴于陆口寨外临江亭上。陆口，在今湖北嘉鱼县陆水入江处，对岸就是赤壁之战大败曹操的乌林。但乌林并非关羽镇守之所，况且此际关羽奉刘备之命已到益阳。鲁肃确曾屯兵陆口，那是在建安十五年（二一〇）（《吴主传》），而鲁肃与关羽相见是在建安十九年之后。本传谓："（鲁）肃住益阳，与（关）羽相拒。肃邀羽相见，各驻兵马百步上，但诸将军单刀俱会。"单刀会本事缘此，这里明确指出会面地点在益阳。又，《先主传》亦谓"令关羽入益阳"在建安二十年。益阳临近资水，相距湘水不远，当日鲁肃若在水边设宴，应该是资水或湘水之滨。从资、湘挪至长江，换了地理背景，是借以衬托关羽一身英雄壮气。不用说，唯有浩浩荡荡的长江才能给人那种任尔驰想的气势。小说此节摹袭关汉卿杂剧《单刀会》，想剧中关羽念唱自是豪壮而鞺鞳："看了这大江，是一派好水呵！……这也不是江水，[唱]二十年流不尽的英雄血！"换作资水或湘水，大概只是"荒忽兮远望，观流水兮潺湲"的怅吟了。

小说家以史料为素材，擅用替换、拼合手法，有时未免弄巧成拙。诸葛亮一出祁山，《三国志》所述跟小说完全不同，《诸葛亮传》谓：蜀汉建兴六年（二二八）"（诸葛亮）扬声由斜谷道取郿，使赵云、邓芝为疑军,据箕谷。魏大将军曹真举众拒之。亮身率诸军攻祁山……南安、天水、安定三郡叛魏应亮,关中响震"。另,《明帝纪》亦谓:"蜀大将诸葛亮寇边,天水、南安、安定三郡吏民叛应亮。"小说里却是赵云在凤鸣山杀退夏侯楙,使之逃往南安,蜀军紧追不舍,又以诸葛亮计谋连得安定、南安、天水三郡(第九十二回《赵子龙力斩五将　诸葛亮智取三城》至九十三回《姜伯约归降孔明　武乡侯骂死王朗》)。凤鸣山不知何处,大抵从斜谷进入扶风郡地界(曹魏境内),可南安却远在陇西之右。夏侯楙不撤回近处的长安,却远走僻乡,殊难理解。再说,蜀军大部队在沔阳、阳平关一带,距南安郡(治所貕道,即今甘肃陇西县)亦遥遥千里之远。本来赵云一路只是牵制敌人,本来没有夏侯楙什么事儿,本来诸葛亮出祁山就是意在天水,小说家如此移花接木重构故事,使情节大开大阖,诸葛亮亦得以屡施妙计。可是这样一来,挪移转换的空间太大,夸张得过分,实于理不通。

八

夸张手法并非一概出自小说家,史家处理地理关系亦不无浪漫想象。

先看第七十五回写东吴偷袭荆州,有曰:"发白衣人往浔阳江去,昼夜趱行,直抵北岸。"这里所叙偷袭路线太过遥远,让人不解。浔阳江指长江流经浔阳县(今江西九江市北)境内的一段,但浔阳县、浔阳江都是唐代地名,这里扮作白衣商人的军士应该是从柴桑(今江西九江)出发,那里是东吴水师大本营。但问题是,当时陆逊正屯兵陆口,亦早已麻痹了关羽,为拿下荆州江防烽火台,难道非要从柴桑调遣突击队作此长途奔袭?从柴桑到陆口,再到公安、江陵,溯流而上庶乎千里之遥。可是,小说这段叙事并非杜撰,几乎复制《三国志·

吕蒙传》，其谓：“（吕）蒙至寻阳，尽伏其精兵舳舻中，使白衣摇橹，作商贾人服，昼夜兼行，至（关）羽所置江边屯候，尽收缚之。”这里所说的寻阳（在今湖北黄梅），西汉置县，跟浔阳江流经的浔阳不是一个地方，但两地相距不远，从寻阳奔袭荆州同样是迢远之程。

第八十二回（《孙权降魏受九锡　先主征吴赏六军》），写刘备出川讨伐东吴，“却说先主从巫峡建平起，直接彝陵界分，七十余里，连结四十余寨”。后回又称，“却说先主自猇亭布列军马，直至川口，接连七百里，前后四十营寨”。从“七十里”到“七百里”，都是沿江推进。此事本自《吴志·陆逊传》，“（刘）备从巫峡、建平围至夷陵界，立数十屯”。陆逊断定刘备摆出这阵势是在使诈，也就早有准备。果然，“（刘）备知其计不可，乃引伏兵八千，从谷中出”。不过，《先主传》所叙与此节差异很大，是谓：“先主自秭归率诸将进军，缘山截岭，于夷道猇亭驻营，自佷山通武陵。”刘备只是将水军留在长江沿岸，亲率诸将翻山越岭插到夷水这边了。夷道、猇亭实际上是两个地方，从谭其骧《中国历史地图集》上看，应该是从夷道向北迁回到猇亭。陆逊火烧蜀军四十余营就在猇亭一带，小说里却从猇亭一直向西延烧七百里，乃以极度夸张手法渲染战争场面。不过，刘备连营七百里却非小说家杜撰，《三国志·文帝纪》曰：“初，帝（曹丕）闻（刘）备兵东下，与权交战，树栅连营七百余里。”不知为什么，七百里之说未见于刘备、陆逊诸传，却从隔岸观火的曹魏一方道出。

九

诸葛亮六出祁山是小说后半部重头文章，所据史实乃蜀汉建兴六年（二二八）至十二年蜀魏间五次战事。按《三国志》诸传，诸

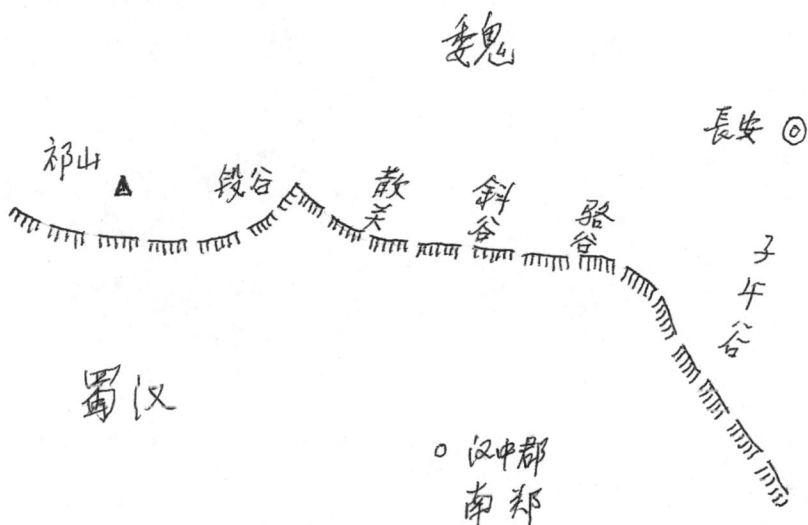

蜀魏边境的几处军事要道

葛亮仅两次出祁山；另有一次出散关，一次出斜谷，还有一次是防御战。（梁章钜《三国志旁证》卷二十一："公北伐者四，凡再出祁山，一出散关，一出斜谷。"）小说第一百一回（《出陇上诸葛亮妆神　奔剑阁张郃中计》）写诸葛亮五出祁山（实际上是第二次，时在建兴九年），司马懿前军哨马报说："孔明率大军望祁山进发，前部先锋王平、张嶷迳出陈仓，过剑阁，出散关，望斜谷而来。"这里说的进军路线舛驰无序。诸葛亮大本营在汉中，往祁山进发应该经武都向北，此前建兴七年诸葛亮已派陈式拿下益州最北边的武都、阴平二郡（见《后主传》，小说第九十八回《追汉军王双受诛　袭陈仓武侯取胜》说到此事）。按说从祁山以东数百里外"迳出陈仓"已是舍近求远，而"过剑阁"更让人一头雾水——剑阁在汉中西南方向，从沔阳到彼处三四百里，朝身后绕这么一大圈实在莫名其妙。继而又是"出散关，望斜谷而来"，那是朝东走，离着祁山越来越远了。小说里不时出现

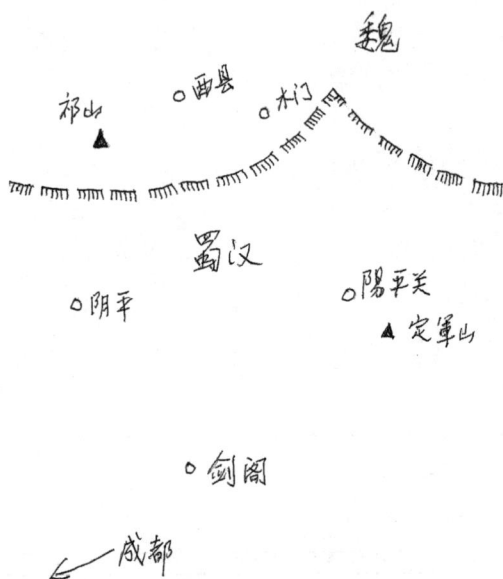

蜀汉北部及剑阁方位示意

祁山、陈仓、剑阁、散关、斜谷等地名，可小说家并未弄清这些关隘的地理方位。后边一百十四回（《曹髦驱车死南阙　姜维弃粮胜魏兵》），姜维三路大军拟从子午谷、骆谷、斜谷进发，到祁山之前汇齐，更是荒谬。倘若从子午谷、骆谷越过南山秦岭，长安已近在咫尺，何必远去西边的祁山？

上述一百一回，还有一个问题。诸葛亮退兵时在剑阁木门道埋下伏兵，射杀追击的魏将张郃，绝对搞错了方位。从祁山到剑阁，深入蜀境八百里了，可能吗？其实，木门道在祁山以东几十里处，今甘肃天水市境内。魏军侵至剑阁一说，大抵缘自《诸葛亮传》裴注所引郭冲五事，其曰："魏明帝自征蜀，幸长安，遣宣王（按，司马懿）督张郃诸军，雍、凉劲卒三十余万，潜军密进，规向剑阁。"

但裴松之斥之"非经通之言",道理很简单:"(诸葛)亮大军在关、陇,魏人何以由得越亮径向剑阁?"

不是魏人,是想象力将蜀军压缩至地崩山摧之境,越过崇山峻岭而聚焦于剑阁。小说此处还意兴遄飞地引用"后人"一诗:"伏弩齐飞万点星,木门道上射雄兵。至今剑阁行人过,犹说军师旧日名。"在后人记忆中,"剑阁"是一个意义丰富而含混的地理标签,任由诗家行人各寄心愫。《长恨歌》曰"黄埃散漫风萧索,云栈萦纡登剑阁",危亡之际小资皇帝触景生情未免胡思乱想;放翁到此意气难平。"此身合是诗人未,细雨骑驴入剑门",书生仗剑自是一腔悲情与孤愤;年轻的李白愕然大唱"剑阁峥嵘而崔嵬,一夫当关万夫莫开",噫吁戏!嗟尔诸葛亮出师未捷身先死,姜伯约绝地反击胡为乎不成……

题外话

读三国多余替古人操心,地名是否准确,地点是否实在,也许并不重要(何必如此较真)。换一个角度想,在小说家甚至史家笔下,地名乃或地理背景无非是叙事语法的一个占位符,作为话语逻辑的某个代码或字符串而已。其实,值得思考的是,三国叙事中地名及地理关系发生舛讹是否还另有原因?比如,《三国演义》滥作"州"名的政区指称,或许不一定就是未审历史沿革,莫非小说家自有其主张?还有,人物与事件之空间关系的异次元现象(包括小说与叙史文本以及诸种叙史文本记录之异同),或许亦值得深究,其中包含怎样的喻意和美学暗示?……

二〇一七年四月五日记

三国宅京记略

邺　城

《三国演义》第三十四回（《蔡夫人隔屏听密语　刘皇叔跃马过檀溪》），写曹操讨袁熙袁尚后返回冀州，造铜雀台于漳河之上。至第五十六回（《曹操大宴铜雀台　孔明三气周公瑾》）铜雀台筑成，便有大宴文武一幕。毛宗岗评曰："曹操之有铜台，犹董卓之有郿坞也。"其实不能如此相提并论。铜雀台建在冀州邺城（在今河北临漳），是都城宫苑的一部分，而郿坞则是董卓建于自己封邑的私邸，虽规模宏大（史称"与长安城相埒"），却未以枢廷之用。当然，建铜雀台时曹操还是丞相，未晋魏公魏王，名义上邺城亦未作都城。但自建安十年（二〇五）曹操平定冀州，邺城事实上已是曹魏政治中心。

顾炎武撰《历代宅京记》，备载历代建都之制，将邺城作为魏都，其卷十一（邺上）即述曹操经营邺城之事：

> 《三国志》魏太祖本纪曰：汉建安十三年春正月，作玄武池以肄舟师。十五年冬，作铜雀台。十八年秋九月，作金虎台，

凿渠引漳水入白沟以通河。

《宋书·礼志》曰：建安二十二年，魏国作泮宫于邺城南。又曰："建安十八年七月，始建宗庙于邺。"

邺城正式作为都城，是在魏文帝曹丕之时。《三国志·魏志·文帝纪》黄初二年（二二一），裴松之注引鱼豢《魏略》曰："改长安、谯、许昌、邺、洛阳为五都。"《水经·浊漳水注》解释说："魏因汉祚，复都洛阳，以谯为先人本国，许昌为汉之所居，长安为西京之遗迹，邺为王业之本基，故号五都也。"然而，王鸣盛《十七史商榷》于此有分辨：

> 其实长安久不为都，谯特因是太祖故乡聊目为都，皆非都也。真为都者，许、邺、洛三处耳。自建安元年（曹）操始自洛阳迎天子迁都许（备见武帝纪中），并每有征伐，事毕辄书"公还许"。至九年灭袁氏之后，则又迁都于邺矣。纪虽于此下屡书"公还邺"，或书"至邺"，而尚未能直揭明数语，使观者醒眼。至二十四年，则书"还洛阳"；二十五年，又书"至洛阳"；其下即书"王崩于洛阳"。至其子丕受禅即真位，皆在洛。盖自操之末年，又自邺迁洛矣。（卷四十"许邺洛三都"条）

王氏这段话勾勒了曹魏"宅京"之简明路线图，即依次为许、邺、洛三地。但卢弼《三国志集解》认为，曹操既领冀州牧，邺城乃其治所，而曹魏建国之前，"犹奉汉正朔，不得以（曹）操之行止，即谓为汉都之迁移也"（《武帝纪》建安十年注）。由此否认邺之都城地位，理由并不充分——同时存在的献帝之汉廷多半只是一种摆设，自建安元年（一九六）曹操挟天子迁许县（魏文帝黄初二年改称许昌），直至延康元年（二二〇）献帝禅位，这二十五年间许昌是名义上的国都。

魏国三都：许昌、邺城、洛阳

　　而真正的权力中心自然随曹操而转移，邺城作为曹操着意经营的治所，实际上很快取代了许昌。近世读史者大多不以正朔观念否认这种事实。顾氏《宅京记》胪述历代都城，倒是偏偏不列许昌，大概在亭林先生看来那只是献帝囚居之所。

　　另一个重要事实是，建安十八年（二一三）曹操晋封魏公后，即在邺都组建了自己的政府班子。献帝册命魏公的诏书中最重要的是这样几句："今以冀州之河东、河内、魏郡、赵国、中山、常山、巨鹿、安平、甘陵、平原凡十郡，封君为魏公……其以丞相领冀州牧如故，又加九锡。"（见《武帝纪》）曹操既有冀州十郡，名正言顺就是一国。除了兴建魏社稷宗庙和铜雀台、金虎台，更重要的是政权建制，敕封魏公在五月，十一月即"初置尚书、侍中、六卿"。至建安二十一年（二一六），曹操进爵为王，又置相国、御史大夫等，三公九卿差不多就凑齐了，其详情可参见万斯同所撰《魏国将相大臣年表》。

与此同时，邺都还成了人文荟萃的文化中心，名声远播的"建安七子"都在邺中。应场、徐幹、阮瑀、陈琳、刘桢皆为曹操掾属，孔融官至少府、太中大夫，王粲后来成了魏国侍中，他们与曹氏父子诗酒酬和，那些深沉而不乏绮丽的诗赋被后人标识为"建安风骨"。王者及其依附者咸与文学，都需要在政治和军事活动之外去确定人生价值。但很难说这些人同属一个文学圈子，只是现在往往被人称作"邺下文人集团"。

《晋书·礼志下》有数语记载邺都正旦朝会之事："魏武帝都邺，正会文昌殿，用汉仪，又设百华灯。"其时魏武宫中的繁盛景象不难想象。所谓"正会"，即正旦朝会，这是说新年开门之日曹操是在邺都接受百官朝贺，作为汉相他并不出席许都的汉廷朝会。不必称之分庭抗礼，献帝那边没准只能关起门来自己过年，如此亦见许昌作为汉都的尴尬地位。

左思《魏都赋》描述了邺都宫中的恢弘气象，还专门写到规模巨大的文昌殿：

> 建社稷，作清庙。筑曾宫以回匝，比冈陈而无陂。造文昌之广殿，极栋宇之弘规。嶪若崇山崛起以崔嵬，髣若玄云舒蜺以高垂。瑰材巨世，墉堞参差。枌橑复结，栾栌叠施。丹梁虹申以并亘，朱桷森布而支离。绮井列疏以悬蒂，华莲重葩而倒披。齐龙首而涌溜，时梗概于澷池。旅楹闲列，晖鉴挟振。棜题黮

黷，阶盾嶙峋，长庭砥平，钟虡夹陈。风无纤埃，雨无微津。

这些绮丽藻饰的文字看上去不乏夸饰成分，但作者本人申明绝无虚构。《三都赋序》强调说："余既思摹《二京》而赋《三都》，其山川城邑则稽之地图，其鸟兽草木则验之方志。风谣歌舞，各附其俗；魁梧长者，莫非其旧。何则？发言为诗者，咏其所志者也；升高能赋者，颂其所见也。"这信誓旦旦的写实主义，直是妙手出之。

许　昌

从地图上看，许昌几乎在邺城正南方，两地直线距离超过三百公里。此地本春秋许国，秦时置县，两汉属颍川郡。在曹操挟天子迁来之前，许昌只是区区县邑，其时颍川郡治还在阳翟（相传为夏禹都城，今河南禹州）。以许昌为都城，是董昭的主意（后来曹操加魏公、魏王之号亦皆此公所创），出于一个非常偶然的机缘。

此前献帝经历了从洛阳到长安再回銮洛阳的一番折腾。初平元年（一九〇）董卓因诸镇讨伐而迁都长安，王允和吕布诛董卓之后，李催、郭汜杀入长安，继而两军相攻，活活将京城变成了人间地狱。兴平二年（一九五）七月，杨奉、董承护驾东归，途中足足耗时一年，其间艰险困踬一言难尽，抵达洛阳已是建安元年（一九六）七月。董卓迁离时曾对洛阳宫殿大肆破坏，六年后整个洛阳城更是痍败不堪。献帝回不了宫里，只能暂住原先中常侍赵忠的宅子。继而曹操接手銮驾，很快迁往许昌。

《郡国志》称颍川郡在洛阳东南五百里，如今洛阳到许昌走高速不足一百七十公里。这地方自然没有像样的屋宇可作宫室，《后汉书·献帝纪》专门提到，献帝到了许昌只得住进曹操的军营。

　　洛阳不可居，许昌亦是简陋，但迁都的考虑首先不是皇上起居。董昭向曹操的建言是这么说的："此下诸将，人殊意异，未必服从；今留匡弼，事执不便，唯有移驾幸许耳。"（《魏志·董昭传》）迁离洛阳便于曹操挟天子而控驭大局，其思路甚明，可为什么选择许昌作为都城？原因亦简单，此前曹操剿灭了颍川的黄巾余党，部队就驻扎在许昌。已是焦头烂额的杨奉接到曹操书信大喜过望，跟护驾而来的其他将领说："兖州诸军（指曹军）近在许耳，有兵有粮，国家（这里专指皇上）所当依仰也。"就这样，此后二十五年间，许昌便成了汉王朝最后一个都城。

　　既定都许昌，少不了大兴土木，如《三国演义》第十四回（《曹孟德移驾幸许都　吕奉先乘夜袭徐郡》）所说："盖造宫室殿宇，立宗庙、社稷、省台、司院、衙门、武库。"但以曹操苛切、率俭的性格，不会让献帝的汉家宫阙搞得多么高大上。况且建安十年之前，曹操面临的军事形势也不允许在这方面耗费大量财力。献帝时许昌的宫苑和基础建设，《后汉书》《三国志》及裴注所引诸史都未作记载。这恐怕是一座比较简陋也最孤寂的都城，魏晋文人不屑流连，更未留下像班固、张衡、左思二京三都那样华美的辞赋。后来，魏明帝太和六年（二三二）重修许昌宫，起景福殿、承光殿。工事既成，何晏奉命作《景福殿赋》，篇中不吝溢美之辞，但那早已不是献帝的许昌宫了。

　　当曹操在邺城造铜雀台的时候，许都对他来说已经不重要了，这座都城只是献帝幽居之所。从《武帝纪》看，自官渡之战后曹操再也没有回过许都，就连册封魏公典仪也是献帝派人来他这儿——"（建安十八年）五月丙申，天子使御史大夫郗虑持节策命公为魏公。"翌年三月，"天子使魏公位在诸侯王之上，改授金玺、赤绂、远游冠"。裴注引《献帝起居注》曰："使左中郎将杨宣、亭侯裴茂持节印授之。"

还是未能将曹操请到许都。

《后汉书·伏后纪》从另一个角度证实，许都与邺都已暌隔万里：

> 自帝都许，守位而已。宿卫兵侍，莫非曹氏党旧姻戚。议郎赵彦尝为帝陈言时策，曹操恶而杀之，其余内外，多见诛戮。操后以事入见殿中，帝不任其愤，因曰：君若能相辅，则厚；不尔，幸垂恩相舍！操失色，俯仰求出。旧仪，三公领兵朝见，令虎贲执刃挟之。操出，顾左右，汗流浃背，自后不复朝请。

此谓曹操"以事入见"，不知是哪一年的事儿。按汉仪旧制，让武侍用刀戟挟着老曹的脖颈去觐见献帝，这好像不大可能，前边还说"宿卫兵侍，莫非曹氏党旧姻戚"。不过可信的是，曹操确实不再去许都朝见。早在曹氏封国之前，献帝就给了他一种特殊礼遇——《武帝纪》建安十七年（二一二）正月，曹操平定关中后，有谓："公还邺，天子命公赞拜不名，入朝不趋，剑履上殿，如萧何故事。"讲史者多以此例说明曹操如何跋扈而藐视朝廷，其实他何曾"剑履上殿"？献帝是巴望着老曹常来宫里走走，但献帝不是高祖，曹操也不是萧何。

自然，许昌还留着曹操的相府，由丞相长史王必统兵督守。建安二十三年（二一八）正月，发生了一件奇怪的事情，太医吉本与少府耿纪、司直韦晃等率家僮杂役攻打王必军营。显然许昌已相当空虚，否则这些不掌握军队的异见分子不敢贸然行事。据《武帝纪》裴注引挚虞《三辅决录注》，他们的计划是：先除王必，而后"欲挟天子以攻魏，南援刘备"。这等以卵击石的突袭只是许都沉闷生活中一个小小插曲，在小说叙事中却有着悲剧美学的意义（小说将吉本写作吉平，与耿纪、韦晃拆成两事叙说，第二十三回《祢正平裸衣骂贼　吉太医下毒遭刑》写吉平下毒，第六十九回《卜周易管辂知机　讨汉贼五臣死节》则是耿、韦起事）。其实，这些人即便拿下许昌也不可能左右大局。

不过，从另一方面说，献帝的存在，理论上依然有着号令天下的意义，这也是曹操必须将献帝圈养在许都的原因。

从吴会到京口

东吴都城亦历经三地：京口、秣陵（建业）、武昌，但最后又从武昌迁回建业。

孙氏起事在吴郡。建安五年（二〇〇），孙策薨，孙权接过父兄留下的一摊子，亦立足于此。《三国演义》第三十八回（《定三分隆中决策　战长江孙氏报仇》）有这样的概述："却说孙权自孙策死后，据住江东，承父兄基业，广纳贤士，开宾馆于吴会，命顾雍、张纮延接四方宾客。"吴会原是吴郡、会稽二郡合称，后来作为具体地名则专指吴郡郡治吴县（今苏州）。《三国志·吴主传》谓："曹公表（孙）权为讨虏将军，领会稽太守。屯吴，使丞之郡，行文书事。"另，《顾雍传》亦谓："孙权领会稽太守，不之郡，以雍为丞，行太守事。"曹操让孙权做会稽太守，他却让顾雍代行其职，自己仍留驻吴会。卢弼《三国志集解》按："会稽太守本治山阴，屯吴者，当为军事便利计，且图进取也。"

建安十三年（二〇八），也就是曹操在邺城开凿玄武池那一年，孙权自吴会迁于京口（今江苏镇江）。那时孙权离称王称帝的日子还很遥远，但东吴俨然亦是一国，那时不啻将京口作为都城。不知何故，《吴主传》中并未记载孙权在京口的活动。但《蜀志·先主传》明明说到刘备曾往京口会见孙权。那是赤壁大战之后，刘备雄踞荆州，传谓："（孙）权稍畏之，进妹固好。先主至京见权，绸缪恩纪。"京，即京口，又称京城、京镇。刘备诣京见孙权之事，亦见《吴书》周瑜、鲁肃、吕范诸传。《三国演义》将刘备赴京口敷衍成东吴招亲的喜剧故事，在第五十四回（《吴国太佛寺看新郎　刘皇叔洞房续佳偶》）。但京口在小说里称作南徐（即南徐州，其实这名称南朝宋武帝时才有，初时地域在淮南，宋文帝时移置江南），刘备于此赚了夫人又安然脱身，读者印象至深。

顾祖禹《方舆纪要》介绍说："三国吴曰京口镇，汉建安十三年，孙权自吴徙治丹徒，号曰京城。十六年，迁建业，复于此置京督为重镇。"又曰："汉建安十三年，孙权徙镇于此，筑京城，周三百六十步，于南面西面各开一门，因京岘山为名，号曰京镇。"（卷二十五南直七）按此描述，这是一个不大的城池，可能本来只是作为过渡性考虑。

从时间上看，孙权迁徙京口大约在赤壁大战之前，他很可能就是在京口指挥战事。但奇怪的是，《三国演义》说孙权剪灭黄祖后，乃以柴桑为行在，第三十九回（《荆州城公子三求计　博望坡军师初用兵》）说，"命孙静守吴会，自领大军屯柴桑"。接下去大战临近，第四十三回（《诸葛亮舌战群儒　鲁子敬力排众议》）便是诸葛亮来商议联合拒曹之事："却说鲁肃、孔明辞了玄德、刘琦，登舟往柴桑郡来……及船到岸，肃请孔明于馆驿中暂歇，先自往见孙权。"此回写诸葛亮舌战群儒，东吴的文武大臣多数俱在，甚至包括吴国太。拉家带口都迁来柴桑，显然不是临时驻跸。小说里的说法往往随情节编排，自不必当真。柴桑是东吴水师大本营，小说家将孙权搬到这儿似有靠前指挥的意思。卢弼所谓"且图进取"，亦可为小说作注脚。

孙权自吴会迁至京口，继而又由秣陵（建业）至武昌，这是一条贴着长江南岸由东向西的路线。再看《鲁肃传》就知道，这正是当年鲁肃给孙权擘划的战略图景——"竟长江所极，据而有之"，后来猇亭之战几乎推进到巴蜀境内。

建业—武昌—建业

京口作为孙权的治所只是三四年光景，下一站是秣陵。《吴主传》："（建安）十六年，（孙）权徙治秣陵。明年，城石头，改秣陵为建业。"秣陵即今南京，与京口相去不远，建都此处应该不是出于别的考虑，而是取形势堪舆（风水）之利。这事情最早是长史张纮的主意。《吴志·张纮传》谓："（张）纮建计宜出都秣陵，（孙）权从之。"其中内情见裴注引《江表传》，原先张纮说"金陵地形有王者都邑之气"，认为是建都的理想之处。但"权善其议，未能从也"，后来竟是刘备让孙权脑洞大开："后刘备之东，宿于秣陵，周观地形，亦劝权都之。权曰：'智者意同。'遂都焉。"

秣陵古称金陵，秦时置县，西汉时一度曾为小侯国，东吴建都之前算不上什么通都大邑。自孙权到此，更名建业，开启了六朝繁华的历史。然而，起初这一段战事频仍，还顾不上都城规划与建设，重点是改造城西临江的石头城，作为军储库藏之地。故左思《吴都赋》有"戎车盈于石城，戈船掩乎江湖"之语。从建安十六年（二一一）到二十五年（改延康元年，二二〇），孙权在建业这九年中，与曹魏在东兴至皖城一线互有攻防，吴军几次推进到合肥均功败垂成，而曹军亦未能突破濡须口（在今安徽无为县）。

虽说可倚恃长江天堑，但都城如此靠近魏境，亦未免令人吃惊。可居然是曹操怕了。《吴主传》谓："初，曹公恐江滨郡县为（孙）权所略，征令内移。"不料官府强拆强迁搞得鸡飞狗跳，江淮间十余万百姓反倒跑到东吴这边（亦见《魏志·蒋济传》）。以后东吴拿下江北的庐江郡，使建业稍有战略纵深。可谓光脚的不怕穿鞋的，看似弱势的东吴却一直觊觎江北，早先孙策未死时还曾谋划长途奔袭许昌（《吴志·孙策传》）。

建安二十四年（二一九），东吴灭关羽，定荆州。翌年曹操薨，继而曹丕受禅称尊，改元黄初。二年，刘备亦称帝。就在这个历史节点，孙权将都城迁至武昌。《通鉴》胡三省注曰："既城石头，又城武昌，此吴人保江之根本也。"从地理位置看，这地方已接近中原。从建业到武昌，孙权的战略思路是要走出东南一隅。不过，赢得了荆州的孙权尚未脑瓜发热，此际对曹魏采取韬光养晦政策，由过去的汉臣转向曹魏称臣。《吴主传》谓："自魏文帝践阼，（孙）权使命称藩。"因之，曹丕封孙权为吴王，"以大将军使持节督交州，领荆州牧事"，表面上看是认可东吴的领土扩张。但孙权心里还是犯嘀咕，下令告诫诸将：

> 夫存不忘亡，安必虑危，古之善教……盖君子之于武备，不可以已。况今处身疆畔，豺狼交接，而不可轻忽不思变难哉！

武昌作为都城，处于"豺狼交接"的夹缝中，孙权对此虽有思想准备还是险些玩砸了。吴黄武元年（二二二），孙权击溃来为关羽复仇的蜀汉大军，曹丕已知再不收拾东吴怕是尾大不掉。因孙权拒绝曹丕质押太子登的征命，暴露其"诚心不款"，于是曹魏大举攻吴，由洞口（在今安徽和县）、濡须口和南郡三路出击。下游两路直指建业，南郡一路则意图武昌。危机之际，孙权一边临江据守，一边又施缓兵之计，"卑辞上书，求自改悔"。向曹丕服软的话这回是说到家了——"乞寄命交州，以终余年"云云，同时转过身来又跟蜀汉媾和。这都是《吴主传》陈述的情况。

以后的战事按下不说，反正孙权好歹躲过一劫。吴黄龙元年（二二九）夏四月，孙权即皇帝位，是年九月便迁都建业。在武昌的九年中，东吴巩固了荆州西部，却未能向中原拓展，孙权无疑感受到国都置于疆畔之弊。回到建业，吴大帝拓展疆土的思路转向夷州（台湾）和辽东，亦仍未放弃向合肥方向进取。

起初，重新作为都城的建业并未大规模兴建宫苑。但《太平御览》卷一百七十六引《金陵地记》称："吴嘉禾元年（二三二），于桂林苑落星山起三重楼，名曰落星楼。"《吴都赋》亦云："数军实乎桂林之苑，飨戎旅乎落星之楼。"这楼台苑囿似乎承载一个庆功祝捷的军旅故事。也许在孙权看来，宫苑也是军营。当时，孙权居住的建业宫还是早年从京口迁来时所建造的将军府（其时孙权为汉车骑将军），至赤乌十年（二四七）改建时已颓败不堪。这年二月，孙权迁居太子所住的南宫，在将军府原址修建太初宫。据《吴主传》，从三月开工到翌年三月竣工，正好用时一年。从传中"诸将及州郡皆义作"一句看，工程如此快速是因为文武百官投入大量义务劳动，《通鉴》胡三省注曰："以下奉上，义当助作宫室。"而另一个原因是，太初宫所用建材系拆之武昌宫现成的砖瓦木料。《吴主传》裴注曰：

> 《江表传》载孙权诏曰："建业宫乃朕从京来所作将军府寺耳，材柱率细，皆以腐朽，常恐损坏。今未复西，可徙武昌宫材瓦，更缮治之。"有司奏言曰："武昌宫已二十八岁，恐不堪用，宜下所在，通更伐致。"（孙）权曰："大禹以卑宫为美，今军事未已，所在多赋，若更通伐，妨损农桑。徙武昌材瓦，自可用也。"

孙权效仿大禹以"卑宫为美"，自是"军事未已"而未敢过度劳民伤财。但据许嵩《建康实录》描述，这宫城似乎也很气派："太初宫成，周回五百丈。正殿曰神龙，南面开五门：正中曰公车门，东门曰升贤门、左掖门，西曰明扬门、右掖门，正东曰苍龙门，正西曰白虎门，正北曰玄武门。起临海等殿。"（卷二）其实，太初宫面积不大，以其"周回五百丈"计（按三国度制，一丈等于二百二十四厘米），占地不过九万多平方米，大抵相当北京故宫八分之一。

吴大帝之后，孙亮、孙休两位均为弱主，未治都城、宫苑。至宝鼎二年（二六七），末代吴主孙皓开始大兴土木，"夏六月，起显明宫。冬十二月，（孙）皓移居之"。（《孙皓传》）这是太初宫落成二十年后一项大工程，裴注引《太康三年地记》曰："昭明宫方五百丈，（孙）皓所作也。避晋讳，故曰显明。"其面积与太初宫相当，但工程时仅耗时半年，堪称神速（如此说来，小说第六十八回《甘宁百骑劫魏营　左慈掷杯戏曹操》中曹操在邺都建魏王宫仅用五个月，也不算离谱）。自然孙皓亦效仿孙权建太初宫的办法，大搞官员义务劳动，如《江表传》所述："（孙皓）营新宫，二千石以下皆自入山督摄伐木。又破坏诸营，大开园囿，起土山楼观，穷极伎巧，工役之费以亿万计。陆凯固谏，不从。"

孙皓是个能折腾的主儿，在此之前（甘露元年，二六五）已迁都武昌，一年后又从武昌迁回建业。孙皓酒色荒淫，亦幻想开土拓疆。如闻说北方防守空虚，便欲袭取与荆州相邻的弋阳郡（治今河南潢川县），他真以为挪至武昌便可伺机长驱中原。自赤壁拒曹以来，东吴人相信"弱者胜"，如《十七史商榷》总结之规律："两敌相争弱者胜。越灭吴，韩魏灭智伯，乐毅胜齐，刘灭项，曹灭袁。"（卷四十）所以，孙皓喜欢四处惹事。以前班固说过"吴、粤（越）之君皆好勇"（《汉书·地理志下》），东吴孙氏可为印证。

据《吴志·陆凯传》，孙皓徙都武昌产生了一个大问题，也就是物质给养全靠长江下游溯流运输（想来孙权那时亦如此），以致"扬土百姓，以为患苦"。故有童谣曰："宁饮建业水，不食武昌鱼；宁还建业死，不止武昌居。"孙皓很快回迁建业，恐怕亦是国力难以支撑如此繁重的物流。

吴都在建业与武昌之间折腾了两回，爷孙两辈均视国都为行辕。

成　都

建安二十四年（二一九），刘备据有汉中，称汉中王。但据《先主传》，刘备在沔阳升坛即位后，又"还治成都"。两年后，即魏黄初二年、蜀汉章武元年（二二一），刘备在成都称帝。自建安十九年（二一四）得益州，其治所或曰都城一直在成都。不过，刘备只做了不到两年的皇帝，大部分时间尚在军旅，兵败猇亭后遁于白帝城，筑永安宫为行在，最后死在那里。

蜀汉之前，成都已有漫长的建城史。如《华阳国志》记载战国时秦相张仪和蜀守张若营建成都城诸事："仪与若城成都，周回十二里，高七丈；郫城周回七里，高六丈；临邛城周回六里，高五丈。造作下仓，上皆有屋，而置观楼、射兰。成都县本治赤里街，若徙置少城内。营广府舍，置盐铁市官并长、丞；修整里阓，市张列肆，与咸阳同制。"（卷三蜀志）

刘焉为益州牧时，自广汉徙治成都，此后刘璋又经营二十余年。左思《蜀都赋》对这座城市极为赞许，概谓："金城石郭，兼币中区。既丽且崇，实号成都。"赋中所举"辟二九之通门，画方规之广涂。营新宫于爽垲，拟承明而起庐"诸事，可追溯到汉武帝时期。也许是本来设施较为完善，刘备父子不需费心重建市廛街衢和宫苑楼台。

刘备没有皇帝命，说走就走了。后主刘禅却是三国在位时间最长的君主，也没有留下多少故事。

洛　阳

《三国演义》第七十八回（《治风疾神医身死　传遗命奸雄数终》）说曹操在洛阳造建始殿，伐跃龙祠大梨树触怒树神。这故事自有来由，《武帝纪》建安二十五年（二二〇）裴注引《世说新语》："太祖自汉中至洛阳，起建始殿，伐濯龙祠而树血出。"曹操征张鲁在建安二十年（二一五），本纪未说从汉中回来是否去了洛阳，其谓："十二月，公自南郑还，留夏侯渊屯汉中。二十一年春二月，公还邺。"此后，曹操于二十四年冬十月和翌年春正月两度到洛阳，后回抵达当月就死了。不知曹操晚年是否有意以洛阳为魏都。

洛阳（原称"雒"，三国魏改）乃春秋王城，战国以来更是四方辐辏的大都邑，后汉则为京师，虽历经兵燹，而规制犹在。重要的是，相比许昌之偏安，或邺城作为封建之都，洛阳却是王道典制之象征，无论其历史文脉还是地理形胜，显然更具"分久必合"的统一王朝之恢弘气象。

曹丕受禅后定都洛阳，《文帝纪》说得很清楚："（黄初元年）十二月，初营洛阳宫；戊午，幸洛阳。"但建始殿此时已有，见裴松之注："诸书记是时帝居北宫，以建始殿朝群臣。"《宋书·礼志三》："魏文帝黄初二年六月，以洛京宗庙未成，乃祠武帝于建始殿。"《晋志》同此。

曹丕时期，洛都工程不断。黄初二年筑陵云台，三年穿灵芝池，五年穿天渊池，七年筑九华台。这些顾炎武《宅京记》里都说到（卷七雒阳上）。至于明帝曹叡登基后，又是一轮大兴土木。起初是营建宗庙，至青龙三年（二三五）则大治殿舍，建昭阳殿、太极殿、总章观等。又修复遭遇火灾的崇华殿（更名九龙殿），整饰陵云台，起陵霄阙等。按《通鉴》胡省三注的说法，明帝此时大兴宫室，是因为诸葛亮已死。似乎边鄙无事，曹叡尽可恣淫荒嬉。

关于明帝这些工程，《魏志》高堂隆传有如下介绍：

> 帝愈增崇官殿，雕饰观阁，凿太山之石英，采榖城之文石，起景阳山于芳林之园，建昭阳殿于太极之北，铸作黄龙、凤皇奇伟之兽，饰金墉、陵云台、陵霄阙。百役繁兴，作者万数，公卿以下至于学生，莫不展力，帝乃躬自掘土以率之。

当然，工程不止于此。景初元年（二三七）又建承露盘，从长安搬迁大钟、铜人未成，则大兴铸造。本纪裴注引鱼豢《魏略》曰：

> 是岁徙长安诸钟簴、骆驼、铜人、承露盘。盘折，铜人重不可致，留于霸城。大发铜铸，作铜人二。号曰翁仲，列坐于司马门外。又铸黄龙、凤皇各一，龙高四丈，凤高三丈余，置内殿前。起土山于芳林园西北陬，使公卿群僚皆负土成山，树松竹、杂木、善草于其上，捕山禽杂兽置其中。

曹叡的做法跟孙权、孙皓兴治建业宫的套路一样，也是动员臣民轰轰烈烈大搞义务劳动，不同的是他还"躬自掘土"作为表率。诸史记载，高堂隆、孙礼、辛毗、杨阜等一班大臣因之多有切谏，而曹叡"虽不能听，常优容之"（本纪）。早在太和六年（二三二）重建许昌宫时，直言敢谏的辛毗就提醒说，"闻诸葛亮讲武治兵，而孙权市马辽东"，加之连年谷麦不收，如今大兴宫室实在不是时机。曹叡亦直言相告：

> 二虏未灭，而治官室，直谏者立名之时也。夫王者之都，当及民劳兼办，使后世无所复增，是萧何为汉归墓之略也。（本纪）

这是以汉高祖自比,明帝自以为是一代明主,不乏进取之心(确亦不像孙皓那么暴戾荒淫)。其实,这些工程跟诸葛亮是否死了没有关系。曹叡如此兴治宫室重建洛京,与其说贪图享乐,莫如说是一种精神建构,打造符合他想象的大国威仪。似乎是好整以暇,以待天下归顺的意思。志大才疏的君主都有一种迫不及待的理想展望,他仿佛已经看到分久必合的大好局面。本纪还提到明帝的另一项重要工程——景初元年(二三七)冬十月,"营洛阳南委粟山为圜丘"。圜丘是帝王祭天场所,明帝在这一年冬至恢复郊祀,乃申明其受命于天的合法与正统。这就显得魏与吴、蜀那种草创之国完全不同。当然,曹叡未能料到日后榻前托孤的司马懿将一统天下的愿景留给了自家人。《宋书·礼志三》:"自正始以后,终魏世,不复郊祀。"(《晋志》亦同)正始是魏主齐王芳的年号,正始十年(改嘉平元年,二四九)司马懿发动阙下政变,亦为洛京添一段掌故,随后曹氏祭天的权利也就被褫夺。

明帝之后三位少主均无作为。咸熙二年(二六五)十二月,末代魏主曹奂禅位于司马炎。本纪谓:"诏群公卿士,具仪设坛于南郊。"不知这交接仪式是否就在曹叡所建的圜丘。曹奂逊位后即被安置在洛阳西北角的金墉城,之前齐王芳被废时也曾关在那里。曹丕、曹叡当初营造金墉城何曾想到能派此用处。

就在这一年,东吴孙皓迁都武昌。痴儿无惧,吴亡尚在十五年后。

二〇一八年三月三十一日记

三国将军辨述

　　黄巾起事，张角兄弟三人不称王，称天公、地公、人公将军。如此昭示天下，煞有气概，力拔山兮气盖世，混世界非"将军"不可。像张角这种"不第秀才"（按，两汉三国以察举选拔人才，"不第"是后来科举时代说法，如唐末黄巢作《不第后赋菊》），乱世中画符念咒碌碌无功，这时豁然明白枪杆子就是《太平经》。

　　就像鼓词里唱道"汉末刀兵起四方"，《三国演义》开篇就是一个乱字，上至宫闱下至民间乱成一锅粥。黄巾之乱、十常侍之乱、董卓之乱，以致各路豪强趁势而起，那些方镇武装更是乱上添乱。军事活动无疑是推进情节发展的主要动力，通过厮杀与兼并，逐渐形成以曹操、刘备、孙权为轴心的叙事格局。如此纳入先军路线，军事首脑和将军们就成了最耀眼的人物。三英战吕布，太史慈酣斗小霸王，关羽过五关斩六将，许褚裸衣战马超，甘宁百骑劫曹营……小说里这些段子让人津津乐道，也给人带来调和着血腥味的娱乐性认知：一些将军胜出，一些将军挂了，以为这就是历史，这就是百余年来分分合合的汉季三国史。

　　一般受众心目中的"将军"，首先指武将，就是小说、戏剧乃至现在电玩里边捉对厮杀的角色。冷兵器时代，除了披挂上阵的将军，也有运筹帷幄的将军（当然还有作为典仪摆设的将军），彼此职能有所不同，但作用于大局的将领不一定能上阵玩命。小说叙事有意模糊二者区别，往往将力战型角色混同统率师旅的将帅，且多以阵前厮杀为看点。民间历来流传所谓三国武将排行榜，如谓一吕二马三典韦，四关五赵六张飞……（也有说法将马超与赵云位置对换，七八位以后更是众说纷纭）。老话说"文无第一，武无第二"，但追求量化排序的思想却根深蒂固。显然，一般接受层面上，关羽、张飞那种"万人敌"式的骁将更为人关注。

一

"将军"作为古代高阶军事职官的一种通称，最初却并非专指武职。《辞源》"将军"条目是这样说的：

> 春秋时诸侯以卿统军，故卿统称将军。郑以詹伯为将军，见《国语·晋四》。晋魏舒为中军帅，也称将军，见《左传》昭二十八年。战国时始为武官名，而卿仍有将军之称，如赵蔺相如为上卿，廉颇称之为将军，见《史记》本传。汉置大将军、骠骑将军，位次丞相；车骑将军，卫将军，左、右、前、后将军，位次上卿；征伐时所加名号不一，亦不常设。

这里的解释稍嫌粗率，其实延至汉末三国时期，"将军"仍未是高阶武官之称。如灵帝末年，外戚何进为大将军，董重为骠骑将军，何苗为车骑将军，曾管理皇后宫所的曹嵩为左将军，出身台阁的袁隗为后将军（参看万斯同《东汉将相大臣年表》）。这些人自非起于军旅。后来，魏、蜀、吴三方也都有文职官员出任将军。如建安二十四年（二一九），刘备以汉中王名义设霸府，即以诸葛亮为军师将军，署左将军府事。黄初七年（二二六），曹丕临终前诏命曹真、陈群、曹休、司马懿为辅政大臣，皆冠以"××大将军"之衔，掾佐出身的司马懿此际以左仆射加抚军大将军。像诸葛亮、司马懿这类持节统兵的谋臣，以"将军"领衔亦自理所当然，而曹掾出身的陈群亦为镇军大将军，可谓持清流雅望为节钺。当时文官为将军之例不胜枚举，另如魏之赵俨、刘放、孙资、王昶，蜀之李严、刘琰，吴之步骘，皆为骠骑、车骑将军。

不过，文官"假节"执行军事任务，以将军名号行事，有时是临时署理，如《三国志·魏志 高柔传》："太傅司马宣王奏免曹爽，皇太后诏召（高）柔假节行大将军事，据爽营。"

能不能率兵打仗不是重点，将军首先是一种典仪性的身份安排。建安十九年，刘备入蜀后，他身边几位宾友都成了将军，糜竺为安汉将军，孙乾为秉忠将军，而"常为谈客"的简雍则为昭德将军（见《蜀志》各传）。

二

据《汉书·百官公卿表》，前汉将军主要为大司马（执掌武事，东汉多称太尉）之加官，大司马有时冠将军之号，有时不冠。说到前后左右将军，则谓："皆周末官，秦因之，位上卿，金印紫绶。汉不常置，或有前后，或有左右，皆掌兵及四夷。"

将军"汉不常置"之说，可参详《汉书》卫青霍去病传。元朔五年（公元前一二四），卫青征匈奴归师途中，"至塞，天子使使者持大将军印，即军中拜青为大将军"。汉代大将军称号由此而来，这是打了胜仗的封赐。第二年出征，"合骑侯敖为中将军，太仆贺为左将军，翕侯赵信为前将军，卫尉苏建为右将军，郎中李广为后将军"。前后左右中之"将军"，皆因出征而加赐。

其时武官多称"尉"，如卫尉、都尉、校尉等。《百官公卿表》应劭注曰："自上安下曰尉，武官悉以为称。"及至后汉，将军称号渐多，军中依然以尉典兵。《三国演义》写刘备初从邹靖讨伐黄巾，邹靖的军职就是校尉。平乱后刘备任安喜县尉，那是负责治盗的低阶武官。不过，"尉"之含涉亦极为宽泛，并非后世专指中下级武官，一些介绍古代职官的辞书和著作多持"尉"低于"将"的说法，并不妥切。不必说三公之位有太尉，九卿之列有卫尉、廷尉、司隶校尉，即如后汉灵帝时西园八校尉亦位陟显赫。二者区分，在于职事不同。"将"为征伐或典仪之设，悬于军旅之上；"尉"则日常掌管兵事与刑狱，乃本职之谓。

三

《三国演义》开头几回以"将军"身份出现的不多。张角兄弟是自封的将军，讨伐黄巾时统率官兵的几位，卢植、皇甫嵩、朱儁、董卓等，都是中郎将。那时曹操还是骑都尉。及至董卓柄国，吕布投靠过去，就封为中郎将。（《三国志》本传："卓以布为骑都尉……稍迁至中郎将。"）还有，董卓的女婿牛辅也是中郎将。董卓把持了朝廷，竟没有滥封将军，仅以自己弟弟董旻为左将军，其部曲李傕、郭汜、张济等，均为校尉。倒是袁绍喜欢搞自封，渤海起兵讨董卓时就自号车骑将军。第七回（《袁绍磐河战公孙 孙坚跨江击刘表》），攘夺冀州后为安抚韩馥，封其奋威将军（《后汉书·袁绍传》称以开府承制之例）。这是小说首次出现杂号将军之称。

罗贯中处理这一段（曹操迎銮之前），显然慎用将军名号。汉季灵献之际虽说朝廷衰微，拜将封侯仍由天子之命，像袁绍那样自号将军未免出格（小说称曹操自封大将军当是高级黑，《三国志·武帝纪》则谓献帝拜封）。小说第十五回（《太史慈酗斗小霸王　孙伯符大战严白虎》），孙策以传国玉玺为质，向袁术借兵平定江东，袁术说："你职位卑微，难掌大权，我表你为折冲校尉、殄寇将军。"（折冲校尉为军职，殄寇将军系加赐）其事本《三国志·吴志·孙策传》，可见正规途径仍须上表朝廷。

一开始就自身难保的献帝，却始终是体制之象征，连李傕这等强人要跻身将军之俦也绕不开这具傀儡。第十回（《勤王室马腾举义　报父仇曹操兴师》），李郭诸部犯长安，勒索献帝封赏，结果以李傕为车骑将军，郭汜为后将军，樊稠为右将军，张济为骠骑将军（此节与陈志、范书卓传略同）。献帝自是无奈，却由此开创滥封之先例。第十三回（《李傕郭汜大交兵　杨奉董承双救驾》），杨奉、董承护驾东行，召白波军（黄巾残部）韩暹、李乐来救应，渡河后即诏封二人为征东、征北将军。岂料二人得寸进尺，"又连名奏保无徒、部曲、巫医、走卒二百余名，并为校尉、御史等官"。銮驾流途中仓促简陋，以致"刻印不及，以锥画之，全不成体统"。如此威逼勒索，也算是走了程序。这滥封口子一开，以后曹操挟天子亦自有奏事之便，不几日搞得将军多如牛毛。

四

曹操大搞拜将封侯，首先是犒赏部下。小说第十四回（《曹孟德移驾幸许都　吕奉先乘夜袭徐郡》），移驾许都后，荀彧、荀攸、郭嘉、刘晔、程昱、董昭、满宠等人，均有封赐。其中，夏侯惇、夏侯渊、曹洪、曹仁皆为将军，毛玠、任峻为典农中郎将，吕虔、李典、乐进、于禁、徐晃为校尉，许褚、典韦为都尉。这是第一拨封赐，日后论功行赏自是新常态。

更值得一说的是，曹操对于外人非常慷慨大方。刘备来挂靠，表为左将军；关羽擒至帐下，拜为偏将军。对付张绣、袁术时，为稳住吕布，先后表授平东将军、左将军。孙策死后，孙权坐领江东，即奏封讨虏将军。小说里提到的这些，皆有史可据（见《三国志》各传及《吕布传》裴松之注引《英雄记》）。至第五十六回（《曹操大宴铜雀台 孔明三气周公瑾》），赤壁大战后，孙权、曹操各以计谋离间刘备与对方，孙权表刘备为荆州牧，曹操则表周瑜为南郡太守，程普为江夏太守。此为小说家臆构，有合理处也有不合理处。其实，孙权岂能让荆州名正言顺落到刘备手里，而曹操却不同——给外人封官加爵，才是真正吃透权力之要诀，老曹对此很享受。

又，《三国志》中《武帝纪》《袁绍传》：建安元年献帝都许昌，以曹操为大将军，袁绍为太尉，老袁"耻为之下"而不肯受（按，汉魏之际大将军与三公位次时有变易，这里不讨论），结果曹操将自己的大将军让给他。老曹既挟天子，何必在乎这类虚衔，其能屈能伸，也能看透体制的繁文缛节，这是混成老大的基本素质。小说处理此节，乃将曹之战略意图编织其中——因攻打吕布怕袁绍掣肘，便奏封老袁为大将军、太尉，这是安抚性的权宜之计。结果袁绍"得书大喜"，放心去打公孙瓒。小说将袁绍写得很傻。

五

洪饴孙《三国职官表》列述魏、蜀、吴三方各类"将军"，足有上百种名号（具体说约一百八十余种），其中位秩二三品的就有六十余种（按，蜀、吴未行九品秩禄，参以相应名号计入）。这些高阶将军，多半亦属公卿之列，且以文官居多。如所举骠骑将军，真正能率军打仗的只是曹洪、司马懿、马超、孙韶数人。是表引鱼豢曰："魏世骠骑（车骑）为都督，仪与四征同，若不为都督，虽持节属四征者，与前后左右、杂号将军同。其或散还从文官之例，则位次三司。"（《宋书·百官志上》）可见在职官序列中，高阶将军归入"文官之例"。这里所谓"四征"者，还有"四镇"者（皆分东南西北），以及卫将军和冠以各种名号的"大将军"（中军、上军、镇军、抚军等），与骠骑、车骑同属第二品，只是位次有差。那些冲在第一线的将军，通常资历尚浅，居于前后左右、东南西北以上层级的不多。

武将中身先士卒的拼杀者，大多是四品以下的杂号将军或中下级校尉之类。如，魏之夏侯惇（伏波将军）、张郃（荡寇将军）、乐进（折冲将军）、李典（捕虏、破虏将军）、庞德（立义将军）、徐晃（横野将军）……更早的时候，许多人还是第五品的牙门将军、裨将军和偏将军。如魏之于禁，官渡之战督守阵地奋不顾身，破袁绍后迁偏将军；张辽降曹后，屡战有功，迁裨将军；徐晃归曹，破原武拜裨将军，又从破刘备及颜良、文丑，迁偏将军；曹操得张郃，称之"微子去殷，韩信归汉"，只是给他一个偏将军。关羽在曹营时备受恩宠，职衔也是偏将军。沈约《百官志》说，曹魏置左右前后将军以下之杂号将军有四十种名号，实际不止此数。

刘备为汉中王之前，关羽是荡寇将军（同魏制第五品），张飞乃征虏将军（同魏制第三品），皆为杂号。马超据陇上时自号征西将军，到刘备帐下降格为平西将军（同魏制第三品）。刘备麾下，战功赫赫的赵云、魏延入蜀前后才迁升杂号中垫底的牙门将军（魏制牙门与裨、偏同为第五品）。东吴战将品秩更低，赤壁之战后，程普为裨将军，黄盖拜武锋中郎将，韩当为偏将军，凌统为校尉。甘宁随吕蒙征皖，功劳甚巨，拜折冲将军（同魏制第五品）。其他，如蒋钦、周泰、徐盛、

关羽像，《三国演义》清顺治善成堂刊本　　张飞像，《三国演义》清顺治善成堂刊本

潘璋等人，都是靠着苦拼苦打混上杂号将军。

六

中郎将品秩与杂号相埒（第四品或第五品），却原非杂号将军。这名号大抵起于宫禁宿卫，原为诸卿中光禄勋属官。但汉季三国中郎将往往遭为专项使命（所谓"持节"），又繁衍各种杂号中郎将，往往与校尉同列。此中情形可作专题研究，未是三言两语所能交代。

当然，最显赫的中郎将就是曹丕了。建安十六年（二一一），曹丕尚未立为魏太子，已领五官中郎将，兼副丞相，擢居九卿之上。这是一个特例。曹操对这个儿子一边培养一边考察。为弥补其军旅资历不足，乃以总管宫廷侍卫之职一步到位跻身将位。

曹魏中郎将之称五花八门：左右中郎将、虎贲中郎将、羽林中郎将、匈奴中郎将、典农中郎将、度支中郎将、武卫中郎将、司金中郎将、司律中郎将……从侍卫长到粮草、财务主管，皆以中郎将名之。蜀、吴则另置各种中郎将，也是名目繁多。

不过，中郎将与将军不能说是一回事。"将"与"将军"，词义没有太大区别，但当时后者属诸公卿之列，前者则专指中郎将，层级要低一格。按《后汉书》桓纪注："将谓五官、左、右、虎贲、羽林中郎将也。"

但若纠于字面意义，也不能说中郎将不是将军，且或以"白马非马"视之。

七

小说第七回写袁绍磐河追杀公孙瓒，半路上遭遇阻击："只听得山背后喊声大起，闪出一彪人马。为首三员大将，乃是刘玄德、关云长、张翼德。"其时刘关张身份低微，出场称之"大将"，自非"大将军"之衔，喻其战力而已。第五十三回（《关云长义释黄汉升　孙仲谋大战张文远》），介绍黄忠曰："今长沙太守韩玄，固不足道，只是他有一员大将，乃南阳人，姓黄，名忠，字汉升，是刘表帐下中郎将。"黄忠作为中郎将，亦称"大将"，可见这名号并非正式职衔。

另如，曹操帐下典韦，袁绍帐下颜良、文丑，袁术帐下纪灵，甚至原为袁尚部属的吕旷、吕翔兄弟，小说中也都称"大将"。其实，所谓"大将"，未能一概以战力衡量。颜良、文丑、纪灵为关羽、张飞轻易斩杀；吕旷、吕翔降曹后在新野城外碰上赵云、张飞，即被刺落马下。可知"大将"之间战力不是一个档次。相反，太史慈武艺高强，在刘繇帐下却未作此用。听得孙策来攻，太史慈愿为前部先锋迎敌。刘繇说"你年尚轻,未可为大将"。此公固然有眼无珠,但这话的意思是大将要能独当一面。

武将职衔与其重要性和战力高低是两码事,因而小说叙述两军对阵往往不提其将军名号,只说"当先一将",或是"为首一员大将"云云,如此处理行文亦简洁。叙述中如何处理武将称谓,显然让小说家煞费脑筋。书里除"大将"之称,还有"上将""健将"的名目。如第五回(《发矫诏诸镇应曹公 破关兵三英战吕布》),氾水关诸镇与董卓军对阵,韩馥麾下上将潘凤被华雄斩了,袁绍叹曰:"可惜吾上将颜良、文丑未至。"第十五回,袁术召集部下商议对付孙策,有上将雷薄、陈兰,实为无名之辈。不过,颜良、文丑既称上将,又称大将,二者区别应该不大。至于"健将",自是等而下之。第七回,在岘山狙杀孙坚的是刘表手下健将吕公,跟程普交手几个回合就栽了。第十五回,东吴蒋钦、周泰初次亮相,亦称"健将",盖因东吴诸将中此二人未臻上乘。

小说还有写作"牙将"、"裨将"和"偏将"的,似是牙门将军、裨将军和偏将军改易的简称。可书中提及牙门偏裨之类,大抵近乎龙套角色,分明是矮化处理。关羽过五关斩六将,在洛阳多斩的一个就是牙将孟坦。诸葛亮殒命五丈原,蜀军撤退时,司马懿急着追杀,夏侯霸说:"都督不可轻追,当令偏将先往。"

八

小说第七十三回(《玄德进位汉中王 云长攻拔襄阳郡》),刘备进位汉中王,即封关羽、张飞、赵云、马超、黄忠为"五虎大将"。当时关羽镇守荆州,刘备派遣前部司马费诗前往颁示诰命。不料关羽听说其中有黄忠,大为不满:"黄忠何等人,敢与吾同列?大丈夫终不与老卒为伍！"——为封拜之事跟人攀比，除了袁大傻就是他关二爷了。

"五虎大将"是小说家杜撰。不过，关羽不肯受拜一事却有来由。《蜀志·费诗传》谓："先主为汉中王，遣（费）诗拜关羽为前将军。羽闻黄忠为后将军，羽怒曰：'大丈夫终不与老兵同列！'不肯受拜。"费诗苦口婆心晓以大义，而后"羽大感悟，遽即受拜"。又，钱大昭对此有进一步解释："拜（黄）忠时，先主方为汉中王，尚未设车骑、骠骑等官，唯以前后左右为重也。时关为前将军，马为左将军，张为右将军。今以忠为后将军，故云同列。"（卢弼《三国志集解·黄忠传》注引）

可予注意，战功卓著的赵云不在汉中王时期前后左右之列。《蜀书》关张马黄赵传亦以赵云为末，可知其位次稍逊。刘备这样安排自有道理，关羽、张飞是一同出道的哥们，马超乃名门之后，黄忠是荆州宿将（加之斩夏侯渊是一大功）。论资历、背景，赵云都比不上他们。关羽尽管瞧不上黄忠，倒也没有替赵云抱不平。

但小说家对赵云故事特有钟爱，浓墨重彩予以彰显，是着眼其武功与战绩。小说特置"五虎大将"，将真正有战力和战功的武将摆到显赫位置，"大将"这俗称便在读者心目中成了将军最高头衔。《三国演义》以这种僭述方式表达尚武情怀，推高关张赵马黄诸将身份，臆想对高阶将军文官化状态加以修正。

九

三国叙事中，若干以智谋见长的将军，如周瑜、陆逊、姜维、邓艾、钟会等人，很难根据史传判断是否武将，抑或是否文武兼备。

按史家描述，周瑜更像是文职统帅。《吴志》本传，夷陵救甘宁后，

周瑜定计破曹操，图中周瑜一身戎装，《三国演义》清初大魁堂本插图

周瑜定计取荆州，图中周瑜、鲁肃均作文官装束，《三国演义》清初大魁堂本插图

周瑜在江北与曹洪对阵，有谓："瑜亲跨马攧阵，会流矢中右臂，疮甚，便还。"《三国志》记事多取概略，不同于小说描述，武将出阵何须诉以"亲跨马攧阵"，恰恰说明他不是挥戈出列的角色。本传通篇丝毫未见行伍风范，却称其精于音乐，故时人谣曰："曲有误，周郎顾。"这纯然文人雅好。苏轼抒写赤壁怀古的《念奴娇》词中，"羽扇纶巾"说的就是周瑜（后人往往误作诸葛亮），大概在宋人眼里他就是运筹帷幄的儒将。明人王圻《三才图会》中，周郎还是儒生扮相。但古人对于周瑜的想象并非完全只是一副模样。小说虽然并未出现阵前他与敌将交手情形，却亦或明或暗地敷以文武兼备的形象。比如，多次提到周瑜在柴桑操练水师，蒋干盗书一节则描写他在帐中舞剑作歌，赤壁之战后依然戎马劳顿，最后还死于军旅之中。

看小说刻本插图，周瑜的形象亦处文武两端，以清初大魁堂本（第四十四回至五十六回）为例，绘以周瑜形象的八幅插图，有身着铠甲的武将造型，有头戴纱帽的文官模样，还有文武参半的公子装束。其孰文孰武，想必从前的书贾和读者也拿捏不定。后来京剧中周瑜倒往往是武生造型，现在电视剧中干脆成了戎甲上阵的角色。

不必说，"书生拜大将"的陆逊无疑是文职将军，虽说早年讨伐山越亦曾任武职。但毕竟是幕府出身，《吴志》本传尽写其韬略，却未抒骁勇之慨。小说刻画陆逊，重点亦在谋略与指挥，但同时从另一方面表现其身先士卒。如猇亭之战，刘备败退时，"陆逊引大军，从山谷中杀来"。这不是一句虚言，书里写他一直往西追到鱼腹浦，陷入诸葛亮堆石布下的八阵图，差点葬身其中（第八十四回《陆逊营烧七百里　孔明巧布八阵图》）。如此冲冲杀杀，不惮风险，完全不像是文弱书生。小说家的意图很明显，陆逊须有别于诸葛亮那种坐四轮车摇羽毛扇的统帅。

至于姜维、邓艾、钟会，《三国志》传述他们屡经征战，皆以庙算或战术谋略见胜，实不像是弓马娴熟之辈。按各传：姜维自幼"好郑氏学"，且"乐学不倦"；邓艾由都尉学士出身，崇尚"文为世范，行为士则"；钟会"有才数技艺而博学，精练名理，以夜续昼"（《世说新语·文学篇》称著书论才性，《隋书·经籍志》著录其易学著作），可谓皆有文学。

然而，小说屡屡写到姜维挺枪纵马的场面，武功亦自不劣。邓艾、钟会二人是否具有阵前技击功夫不好说，小说对此采用模糊叙述（如邓艾与姜维有对阵机会，双方却放弃了，后来变成了斗阵法），倒是写他们一再引兵上阵，武将形象几至呼之欲出。对于他们几个，小说家以想象（亦假以读者想象）作渲染，多多少少实现了戎装化改造。

十

自第九十一回（《祭泸水汉相班师　伐中原武侯上表》）诸葛亮出师祁山之后，以骁勇著称的一二流战将剩下不多了。三国后期，将军的变迁呈现为智者的精武趋势，姜维、邓艾、钟会就是这类将帅与军师合为一体的人物。姜维北伐不成，邓艾、钟会终结了汉室余脉。这些从自身开始武装的先知，惊心动魄的交互绝杀，决定了历史走向。此中曲折地表达了《三国演义》成书年代的英雄史观。小说家亦如同宋明士大夫好作韬钤阔论，而内心自是痛感武道废弛。

马基雅维利有句名言："拥有武装的先知都胜利了，没有武装的先知都失败了。"

这说的是智者谋事也要靠枪杆子，但罗贯中的历史情怀在于精神武装，将榜样的力量寄予若干能攻善战的"万人敌"。《三国志》所谓"万人敌"，自是关张之俦，而早先在太史公那儿，这字眼反倒是另一番意思——"剑一人敌，不足学，学万人敌。"（《项羽本纪》）那是喻作兵法和谋略，强调头脑制胜。

将军的故事如何书写，不同文本各有其旨，而如何平衡"文武"之道，后来成了小说家的一个心结。

二〇一七年十月二十六日记

士风与吏治

　　说到三国时期士林风气，向来谈论多的是"魏晋风度"，是"竹林·七贤"那些跅弛之士，毕竟《世说新语》那些故事给人印象太深。可是，《世说新语》取材本身有很大局限。书中述及三国人物主要集中于曹魏一方（尤其司马氏秉政时期及魏晋之际），吴、蜀士人仅寥寥十余者。其中东吴人物稍多，有顾雍、顾劭（邵）、诸葛瑾、诸葛恪、诸葛靓、贺邵、陆绩、陆逊、全琮、陆凯、陆抗等，蜀汉方面只是诸葛亮、庞统二人。

　　不仅取材如此，其撰述旨趣亦较为特别。《世说新语》要义在于标举人格形态，以人物的神采、容止、局度、情愫、意态那些名目为品论和裁量标准，而尤其关注违拗名教礼法的言语举止。这种撇开政治伦理（很大程度上摆脱了老庄孔孟的治世观念）的取向，自有人性觉醒意识，亦体现文学审美观念之进步。但是，作为可资参考的史料，它并不能反映三国士风之概貌。仅于魏晋一方，亦有相当的片面性。比如，其举述魏晋士人很少有位居权力中枢的掾佐和谋士（仅荀彧、华歆、陈群数者），也少有地方长吏，除"竹林七贤"之俦，最引人注目的就是夏侯玄、何晏、王弼、钟会那几个玄谈清议角色。

但从《三国志》看，那些服药饮酒口吐玄言的正始名士绝非风尚主流，曹魏士人亦少有希企隐逸而疏于吏治的风气。顾炎武认为曹操"崇奖跅弛之士"，以致"权诈迭进，奸逆萌生"（《日知录》卷十"两汉风俗"条），而陈寿的传述却大相径庭。以顾氏所谓"士风家法"而论，其中曹魏官员显然最合乎标准，大多是清正自守的角色。相形之下，蜀汉却大有浇薄之风，而东吴士人或质率抑或执拗，甚而惑溺与迷思。

一

毫无疑问，曹魏士大夫以学问才艺名世者大有人在，前有孔融、陈琳、王粲等"建安七子"（杨修、路粹那些才子尚不在"七子"之内），后有夏侯玄、何晏、王弼一路玩玄学的"浮华之徒"（"竹林七贤"不入陈寿法眼，阮籍、嵇康仅于《王粲传》后一笔带过）。但翻检《魏志》诸传，记述更多、给人印象更深的，倒是一班勤勉务实的能吏、循吏。

不说荀彧、荀攸、贾诩那些被陈寿比之张良、陈平的人物，也不说崔琰、毛玠一类志节守职之辈，即如往往被人忽视的何夔，亦是国之重器。此人名声不彰，盖因《三国演义》未予露脸机会。据《魏志》本传记述，何夔做过县令、郡守，又为曹操相府东曹掾。主政长广、乐安时，采用剿抚兼施和离间手法平息多股匪寇，以"民安其乐"为施政方针，于治乱之道极有思虑。长广平乱之后，适逢曹操"始制新科下州郡，又收租税绵绢"，他上言抗辩，以郡域初定，民间尚处饥馑，申诉"此郡宜依远域新邦之典"，不能一味付诸明罚敕法，租税赋敛亦应因时随宜，不可一刀切与其他地区采取同样标准。这番道理真还把曹操给说服了。如今看来，其"上不背正法，下以顺百姓之心"之旨，亦属难能可贵。

然而，何夔为曹魏政权所作贡献不止于此。作为主管人事任免的丞相东曹掾，何夔实为创设中正制度的先行者。本传载录他对曹操的一番建言：

> 自军兴以来，制度草创，用人未详其本，是以各引其类，时忘道德。夔闻以贤制爵，则民慎德；以庸制禄，则民兴功。以为自今所用，必先核之乡闾，使长幼顺叙，无相逾越。显忠直之赏，明公实之报，则贤不肖之分，居然别矣。……

这话很厉害，曹操用人向来是"唯才是举"，何夔却说不能光看才能而撇开"道德"标准，干部队伍里首先要分出"贤"与"不肖"。他之所以敢与曹操的主张唱反调，是因为政权运转离不开儒家那套伦理秩序，而曹操统一北方之后不能不面对政权建设问题。实际上这里已隐含才性论的玄学命题，但何夔的兴趣不在名实之辩；他所强调的道德操行，完全可以演绎成以政治态度划线的人才标准，正暗合曹操排斥异己的政治目标。其所谓"以贤制爵""以庸制禄"（"庸"是功绩的意思）都不是什么新鲜说法，关键是对官员审查"必先核之乡闾"——当然是由官府出面核实，这就将过去的民间清议（月旦评）变成了执政者的政治审查。后来陈群创立"中正制"，恰是体现了这一思路。关于曹魏这套选举制度的具体内容，唐长孺先生《九品中正制度试释》（见《魏晋南北朝史论丛》）一文所述甚确，这里不多说。

何夔一再犯险进言，而本传却道"太祖称善"，似乎亦是君臣相得之佳话。其实，曹操不糊涂，何夔是要替他选拔听话好使的官员，其何乐而不为。但何夔深知曹操生性多疑而峻苛，在相府做事自是伴君如伴虎，本传有谓：

太祖性严，掾属公事，往往加杖。（何）夔常畜毒药，誓死无辱，是以终不见及。

每日揣着毒药去衙署当值，这是什么样的心境？何夔幸而未遭受杖笞，大抵处事有度，终以自己的方式（忠恪与谨饬）诠释如何任由权力碾压的官员操守和士者尊严。

二

相比蜀、吴二国，曹魏政权无疑更注重典章、礼仪和刑律等制度法规建设。这些事情自然由士大夫们斡运其间，可以说这是他们的终极使命。魏国始建，曹操即用"建安七子"中的王粲为侍中，负责制定典仪。本传称："时旧仪废弛，兴造制度，（王）粲恒典之。"汉末丧乱之后，不但朝仪尽废，宫里连一块玉佩都没留下，因王粲"博物多识"，当时只能根据他记忆中的样子来制作（裴松之注引挚虞《决疑要注》）。这只是涉及礼仪的一件小事，至于王粲如何"兴造制度"，可惜史书没有具体陈述。像王粲这样名噪一时的大文士，吟诗作赋还只能是业余玩票，须以更大的热情投身曹魏新政权的制度建设。

所有典制之中，最重要的当然是选拔官员的轨度，三国之中又唯以曹魏独有创制。众所周知，陈群制九品官人之法，不但确定了官员品秩，更重要的是确立了官方掌控的察举制度，其影响甚巨亦甚远，一直沿用到隋代始行科举才废除。从何夔到陈群，都是以权力运作解决干部选拔任用机制，同时又合于儒家圣贤阐释的法理，须有军政架构之外的制度安排。

另外，刑律亦是曹魏士人关注焦点。曹魏建国之前，曹操曾议恢复肉刑（非指杖笞，即古时"劓刖灭趾"之法，汉文帝时已废除），因为刑律直接体现执政者之理念与威权，士大夫们更不能置身事外。孔融、荀彧、钟繇、王朗、陈群、王修一班大臣都参与讨论，赞成和不赞成的都有（见《魏志》各传、《后汉书·孔融传》、《晋书·刑法志》等）。如，钟繇认为"古之肉刑，更历圣人，宜复施行，以代死刑"；陈群亦极力赞同，认为这类酷刑有"辅政助教，惩恶息杀"之功效。但此事有王朗等人反对，王修亦谓"时未可行"。一向用法峻急的曹操却拿不定主意，考虑到"军事未罢"，加之众议纷纭，终未予施行。然而，事情并未到此为止，明帝时，钟繇又上疏再议劓刖之刑。因战争造成人口凋零，他从人口角度估量这种死刑替代方案的积极意义，甚而给出统计数字，每年可减少死刑三千人（受肉刑者不失生育能力，仍是繁衍基数）。王朗这回依然坚决反对采用这等酷刑，认为如果不够死刑，"科律自有减死一等之法，不死即为减"。据《钟繇传》，其时朝议者有百余人之多，而大多赞同王朗之说，故而此议还是不了了之。但事后明帝下诏改定刑制，召集陈群、刘劭、庾嶷、荀诜一班人，参酌汉律，制定魏法，作《新律》《州郡令》等。关于曹魏复议肉刑之前后概要，可参看《晋书·刑法志》相关记载，此不赘述。

其实，事情还没有完。正始年间，又有夏侯玄、李胜、曹羲、丁谧等人追议肉刑。这些人都是大将军曹爽的心腹（曹羲还是曹爽胞弟），明帝时因"浮华"被抑黜，及曹爽辅政时期又开始活跃。这些人居然没有意识到司马氏之危险存在，仍以执政者心态沉浸在关于刑律的玄理性讨论之中。其实，玄学一派并非不涉现实政治，只是将礼法与刑法问题学理化了。他们的讨论大抵是朝议之外的清议或私议，亦各有著论（见于《通典》和《艺文类聚》）。

此外，侍奉曹氏三朝的高柔，精研刑律，可谓矻矻不休，其传中所述案例甚详。老吏断狱，自是明于人情法理，这里姑不一一举述。

如何执政执法，始终是曹魏士人的兴奋点。从史家那些冷冰冰的叙述中，不难感受到他们乐此不疲的兴味。

三

当初与王粲一同制定典仪的还有另一位侍中，就是卫觊（又作卫顗，《三国演义》作卫凯）。此人做过茂陵县令，建安初年为尚书郎。曹操征袁绍时，怕刘表偷袭身后，派遣卫觊往益州请刘璋出兵牵制。行至长安道路被阻，卫觊滞留关中，发现一个大问题：以前战乱时流入荆州的十余万家难民正陆续返回，可是归来者"无以自业"，关中诸将（郭汜、李催旧部）竞相招募"以为部曲"。他意识到，若大批难民充实那些不可掌控的军队，而"一旦变动，必有后忧"。于是作书荀彧，提出重启盐政以解难民生计，有谓：

> 夫盐，国之大宝也。自乱来放散，宜如旧置使者监卖，以其直益市犁牛。若有归民，以供给之。勤耕积粟，以丰殖关中。远民闻之，必日夜竞还。又使司隶校尉留治关中，以为之主，则诸将日削，官民日盛，此强本弱敌之利也。

这是一石数鸟的妙招：百姓既有谋生之路，官府亦增开赋税之门，同时断绝关中诸将之兵源。荀彧报告曹操即被采纳，命卫觊镇抚关中督办盐政。卢弼《三国志集解》认为，"卫觊此谋，与枣祗屯田之议论，同为当时要政"（《卫觊传》注）。顺便说一下，枣祗建置屯田在建安元年（一九六），其人开曹魏军垦之先导，亦是吏治典范，事见《武帝纪》《任峻传》裴注引《魏武故事》。后来典农中郎将任峻又大力发展垦殖，进而实现曹操"强兵足食"的目标，故任传有曰："军国之饶，起于枣祗，而成于峻。"

陈寿传述由地方官员起家的曹魏大臣，特别注意他们解决民生问题的政策举措，何夔、卫觊即是其例。不过，更具代表性的或是任峻、苏则、杜畿、郑浑、仓慈那些人。

苏则起家为酒泉太守，后徙安定、武都、金城，都在西陲凉州地界。本传谓之"少以学行闻"，后来并没有以学问才艺名世，却成了克尽厥职的务实官员。本传记述他担任金城太守时扶贫济民之所为，完全是实干家作风：

> 是时丧乱之后，吏民流散饥穷，户口损耗，（苏）则抚循之甚谨。外招怀羌、胡，得其牛羊，以养贫老。与民分粮而食，旬月之间，流民皆归，得数千家。乃明为禁令，有干犯者，辄戮；其从教者，必赏。亲自教民耕种，其岁大丰收，由是归附者日多。

苏则既有"恤民"之效，更有"平夷"之功。建安、黄初之际，先后有李越、麴演、张进、黄华等纠合胡人部落叛乱，苏则以一郡守号召诸郡，倾力援救武威，进击张掖，收复陇西。为官一方，保境安民，真是拳打脚踢不遑宁处。《魏志》又记杜畿事略，单车直往河东赴任，摆平暗通并州高干的关西诸将，其胆略识见可与苏则比肩。杜畿治理河东，以宽惠为方针，走富民之路，按陈寿描述简直就是打造和谐社会：

> 是时天下郡县皆残破，河东最先定，少耗减。（杜）畿治之，崇宽惠，与民无为。民尝辞讼，有相告者，畿亲见为陈大义，遣令归谛思之。若意有所不尽，更来诣府，乡邑父老自相责怒曰："有君如此，奈何不从其教！"自是少有辞讼。班下属县，举孝子、贞妇、顺孙，复其繇役，随时慰勉之。渐课民畜

牸牛草马，下逮鸡豚犬豕，皆有章程。百姓劝农，家家丰实。畿乃曰："民富矣，不可不教也。"于是冬月修戎讲武，又开学官，亲自执经教授，郡中化之。

杜畿任河东太守十六年，使河东"常为天下最"，曹操称之"股肱郡"。以当日情形，郡县之稳定与发展，直接关系到军国大计，乃为军需供给有力保障。如，曹操西征韩遂、马超，军粮全仰仗河东一郡，"及贼破，余蓄二十余万斛"。

又，郑浑创制"移居之法"，安排移民生计，亦为安农息盗之垂范。郑浑先后治阳平、沛郡、山阳、魏郡，所到之处皆以稼穑为本，其传曰：

> （沛）郡界下湿，患水涝，百姓饥乏。（郑）浑于萧、相二县界兴陂遏，开稻田，郡人皆以为不便。浑曰："地势洿下，宜灌溉，终有鱼稻经久之利，此丰民之本也。"遂躬率吏民，兴立功夫，一冬间皆成。比年大收，顷亩岁增，租入倍常，民赖其利，刻石颂之，号曰郑陂。转为山阳、魏郡太守，其治放此。又以郡下百姓，苦乏材木，乃课树榆为篱，并益树五果。榆皆成藩，五果丰实。入魏郡界，村落齐整如一，民得财足用饶。

凡事如此亲力亲为，不能说仅仅是恪于职司，想来必有其热情与兴趣投入。从陈寿记录的情况看，曹魏官员对于农耕和乡村建设倾注的心力实非他人可比。所以，司马芝后来夸嘴说："建安中，天下仓廪充实，百姓殷足。"（上奏明帝语）

四

相对而言，蜀汉、东吴很少有人真正面对那些"三农"问题。

诸葛亮渭南分兵屯田，是在人家地盘上与魏军争夺农户与耕地，只能说是征战时"患粮不继"的权宜之策。当然，以诸葛亮之眼光，不会想不到应该从乡村夯实郡县根基，屯田垦殖也当于自家墙垣内作长久之计；但问题是，谁来做这样的事情？这方面，他几乎没有可用之人。诸葛亮麾下，只是张嶷镇守越嶲颇有治绩，而这样的人物曹魏那边却不胜枚举。如，牵招出屯陉北，"外以镇抚，内令兵田，储畜资粮"的做法就高明得多。而且，此人还有事必躬亲的作风，为解决当地井水咸苦，他亲自勘察地形，组织开渠引水。又如，正始中，王昶都督荆、豫二州，对于屯守与防御亦有切合实际的考虑。本传述其方略，有谓：

> （王）昶以为国有常众，战无常胜；地有常险，守无常势。今屯苑（宛）去襄阳三百余里，诸军散屯，船在宣池，有急不足相赴，乃表徙治新野，习水军于三州（按，即三洲口，在襄阳东北），广农垦殖，仓谷盈积。

王昶趋附司马氏颇为史家非议（所谓"风节不立"），但论其屯田垦殖，可谓事功卓著。

五

按陈寿传述，蜀汉的士大夫们"雍容风议"者居多，埋头做事的很少。如，庞统做耒阳县令，居然"在县不治"，因为他是做大事情的人，不屑治理百里之县（东吴鲁肃誉之"非百里才也"）。然而，许多官员并不具有庞统的才能，却也"心大志广"。如，彭羕就是这样的例子，《蜀志》本传描述其人亦颇有趣——

（彭）羕仕州不过书佐，后又为众人所谤毁于州牧刘璋，璋髡钳羕为徒隶。会先主入蜀，沂流北行。羕欲纳说先主，乃往见庞统。统与羕非故人，又适有宾客，羕径上统床卧，谓统曰："须客罢，当与卿善谈。"统客既罢，往就羕坐。羕又责统食，然后共语，因留信宿，至于经日。统大善之，而法正宿自知羕，遂并致之先主。先主亦以为奇。数令羕宣传军事，指授诸将，奉使称意，识遇日加。

看来此人更像是《世说新语》叙说的魏晋人物，甚而过之。他是"从布衣之中擢为国士"，后来稍被疏忽，竟撺掇马超造反。这彭羕确实很有名士派头，不仅让庞统、法正青眼有加，又被刘备看中，由此见得蜀汉风气及人才取向。还有长水校尉廖立亦类似，"自谓才名宜为诸葛亮之二"，不知其居官有何治绩，本传尽述其"臧否群士""诽谤先帝"一类言论。

无独有偶，简雍亦有"优游风议，性简傲跌宕"之名，就跟彭羕见庞统一样，本传描述他在刘备面前同样是跅弛不羁："在先主坐席，犹箕踞倾倚，威仪不肃，自纵适；诸葛亮已下，则独擅一榻，项枕卧语，无所为屈。"简雍和糜竺、孙乾都是刘备座中谈客，大概经常聊些天下大势、小道八卦之类，刘备显然喜欢有人陪他瞎侃。另，杨仪之得宠，也是凭他一张嘴："先主与语，论军国计策，政治得失，大悦之，因辟为左将军兵曹掾。"其实，诸葛亮亦有此癖好，后来失街亭的马谡就常在他那儿坐而论道，"每引见谈论，自昼达旦"。

蜀中崇尚才辩，太傅许靖就是"清谈不倦"的主儿，其他以言语、捷悟闻名的还有伊籍、秦宓、邓芝数辈。《蜀志》各传描述他们的轶事，更像是《世说新语》里的段子，篇幅所限不能悉述。但有一人更为奇特，就是刘琰。本传称其"有风流，善谈论"，亦颇得刘备喜爱，传曰："（先主）厚亲待之，遂随从周旋，常为宾客。"刘备入蜀后，让他做了固陵太守，后主时竟官至车骑将军（这原是张飞的班位），"然不豫国政，但领兵千余，随丞相（诸葛）亮讽议而已。车服饮食，号为侈靡，侍婢数十，皆能为声乐，又悉教诵读《鲁灵光殿赋》"。此人除了炫其风流，并无施政才能，居然位陟显赫。刘琰后因挝妻被诛，亦是奇事，故有史家怀疑其妻与后主有染（《三国志集解》注引刘家立语），亦可为蜀汉士林百态之注脚。

另，按诸传所述，蜀中士大夫不少都是研经博古的学问家。如：向朗"潜心典籍，孜孜不倦，年逾八十，犹手自校书"；张裔"治《公羊春秋》，博涉《史》《汉》"；杜琼擅内学，"著《韩诗章句》十余万言"；许慈"善郑氏学，治《易》《尚书》《三礼》《毛诗》《论语》"；胡潜"虽学不沾洽，然卓荦强识，祖宗制度之仪，丧记五服之数，皆指掌画地，举手可采"；孟光"博物识古，无书不览，尤锐意三史，长于汉家旧典，好《公羊春秋》"；来敏"涉猎书籍，善《左氏春秋》，尤精于《仓》《雅》训诂"；尹默"通诸经史，又专精于《左氏春秋》"；李譔"五经诸子，无不该览……著古文《易》《尚书》《三礼》《左氏传》《太玄指归》"；陈术"博学多闻，著《释问》七篇，《益部耆旧传》及《志》"；谯周"诵读典籍，欣然独笑，以忘寝食。精研六经，尤善书札"；郤正"博览坟籍，弱冠能属文……凡所著述诗、论、赋之属，垂百篇"……

真是硕儒群集，这些人凑一个国学研究院绰绰有余。这些人见了先主或后主，满嘴都是二帝三王之治，谈论国祚运势也是一套套的，可陈寿就忘了记述他们是如何处理政事。或者人家干脆就没有那档子俗务，如谯周就是以备咨询的角色，传谓"不与政事，以儒行见礼，时访大议，辄据经以对"云云。朝中配置这样的班子，自然跟刘备的兴趣大有关系。《先主传》说刘备少时"不甚乐读书"，可这时候就怕人家说自己没学问。听说许慈与胡潜讨论辞义，以致"谤讟愤争，形于声色"，刘备竟兴致大增。于是召集群僚大会，找来倡优，扮许、胡二人登场，"效其讼阋之状，酒酣乐作，以为嬉戏"。近人钱振锽讥之曰："此事不唯为汉儒门户之终，且为后世梨园之始。"（《三国志集解》卢弼注引）

六

东吴士人亦不乏才学之辈，如张纮、虞翻、陆绩、严畯、程秉、阚泽、薛综数者皆是。但东吴立国面临更多问题，不仅北方曹魏虎视眈眈，江南宗部和山越更是肘腋之患，攘外安内都是紧要之务，不遑经营文藻风流。像顾雍、周瑜、朱治、朱然、吕范、朱桓、陆逊、贺齐、全琮、吕岱、陆凯一班做事情的大臣，都有讨逆征虏及治理郡县的经历，大抵明白百姓生计乃军国大计之本，故而士大夫往来大体亦见质率之风。

不过，东吴君臣之间始终存在某种紧张状态。孙权本性刚愎而悍戾，又长期称臣于魏，含忍勾践之辱，遇事多有独断之谬。因此，士大夫直言敢谏便成常态。如，张昭、顾雍、虞翻、陆逊、陆瑁、吾粲、步骘、顾谭、朱据、陆凯等这些有声望的大臣，皆有直谏之名。据《吴志》诸传，士大夫们犯颜谏争，主要集中于若干重大事件：

一、交通辽东公孙渊，丞相顾雍以下几乎所有朝臣都反对。老臣张昭泣谏不听，干脆"称疾不朝"，以致孙权不惜烧其家门，逼他上朝。

二、又因公孙渊背盟投魏，孙权欲亲自率兵征伐，陆逊、陆瑁、薛综等皆上疏谏阻。

三、渡海征夷洲、朱崖（今台湾和海南），亦遭驳议，陆逊亟言"反覆思维，未见其利"，孙权不听其言，后来大悔。

四、任用吕壹为典校（曹魏称校事），纠劾百官，搞得人心惶惶。太子孙登数谏不纳。诸臣虽不敢言，却凝聚了同忾赴难的抵拒力量。

五、立储之事屡现变故（鲁王孙霸觊觎储位，与太子孙和形成二宫构争，孙权又废孙和立孙亮），先后有陆逊、吾粲、顾谭、朱据、屈晃、陈正、陈象等人抗言干预。结果吾粲、陈正、陈象"下狱诛"，顾谭流徙交州，朱据、屈晃廷杖一百。朱据是孙权女婿，竟未能得免，又被"追赐死"。《吴主五子传》曰："群司坐谏诛放者十数，众咸冤之。"

（相反，向称曹魏用法深重，高堂隆屡谏不已，却有"匡君"之誉。明帝治宫殿，其切谏从俭，帝曰："观隆此奏，使朕惧哉！"如此竟成一桩美谈。《魏志》收入诸臣谏疏甚多，高堂隆仅其中一例）

当初出兵海外，大司马全琮（孙权另一女婿）亦有规谏。孙权后来悔悟，与全琮言及此事，全琮说："当是时，群臣有不谏者，臣以为不忠。"他不像陆逊那样凡事敢于执正谏争，这里说的却是一句大实话，盖士风如此。不过，也不能简单说是忠不忠的问题，士风作为一种集体意志，亦是士人夫们的话语表达形式。

七

吴中尚有另一种风气，就是崇信怪力乱神。当初，孙策不信神仙，被于吉戏弄，是《江表传》《搜神记》记述的故事。但在陈寿笔下，孙权偏嗜谶纬符命，每出师征伐，必占问凶吉；因有吴范、刘惇、赵达那几位"神明"，专门伺候这事儿。按诸传记述，他们的占候推步之术几乎皆有应验。如，关涉东吴运势的几桩大事——破黄祖、刘表死、擒关羽，皆在吴范预测之中。韦曜《吴书》称：孙权登基时，让人推算自己能做几年皇帝，赵达说得很准："高祖建元十二年，陛下倍之。"（自黄龙元年至太元二年，恰好二十四年）又，刘惇曾根据星相判断丹阳有灾变——孙权的弟弟丹阳太守孙翊被人刺杀。说来孙翊亦好占卜问筮,其妻徐氏就擅长此道。可是出事当日稍有疏忽就被人捅了。吴人这类故事说得有鼻子有眼,亦见得士人趣味所在。

吴范、赵达都早有预言——"东南有王者气",这话让孙权很受用。但孙权不只深信这类异术,自己也想学一手,无奈这些装神弄鬼的半仙都不以其术告人。赵达死后,孙权听说有书稿,遍求不得,竟开棺搜检。上有所好,下必甚焉,这套怪力乱神就在士大夫中间不胫而走,阚泽、殷礼、公孙滕一班名儒善士皆拜在赵达门下"屈节就学"。其实,这类以占验见知的方伎人物魏、蜀皆有(魏有朱建平、周宣、管辂,蜀有周群、张裕、赵直),亦不乏信众,却并未在士人中间形成风气。

检视《三国志·吴志》,所谓星变、灾异、祥瑞一类,层出不穷,所载远远多于《魏志》《蜀志》。被史家著录的这类现象,或多或少,亦自反映着各方士大夫之集体意识。

八

有意思的是,在陈寿笔下,曹魏大臣几乎没有昏官、贪官、庸官(曹爽兄弟及其朋党"骄淫盈溢之致祸败",乃与司马氏讧争之结果,此姑不论)。反之,品藻高洁者倒是大有人在,如田畴、管宁之俦,守志不屈而不求利禄,颇有夷皓之节。还有一个徐邈,其通介有常,不为世风左右,更为后人所称道。徐邈七十岁以后拜为司空,却固辞不受。他说:"三公论道之官,无其人则缺,岂可以老病忝之哉!"可见此人很有自知之明。其实,徐邈在凉州刺史任上治绩可观,不比何夔、苏则、杜畿他们逊色。传谓:

　　河右少雨，常苦乏谷。（徐）邈上修武威、酒泉盐池，以收虏谷；又广开水田，募贫民佃之。家家丰足，仓库盈溢。乃支度州界军用之余，以市金帛犬马，通供中国之费。以渐收敛民间私仗，藏之府库。然后率以仁义，立学明训，禁厚葬，断淫祀，进善黜恶，风化大行，百姓归心焉。

　　可是，蜀汉就几乎找不出这样的地方长官。东吴不乏良吏，但郡县都以剿抚山越为要政，亦自未能由富民之道改造地方。陈寿撰《三国志》，或许是从兴亡更替之际寻找何以兴亡的答案——为什么承袭汉祚而被人寄予同情的蜀汉早早出局，最后胜出的竟是峻苛、阴诈的曹氏、司马氏？其实，作为对比的选项，应该不只是各方君主贤明与否，也不仅在于将军和谋士，一国之士风与吏治或许是更重要的因素。

　　曹魏干部队伍何以如此纯洁而具有效力，倒也令人疑惑。这里是否有撰史者的改窜与加工，或以优化组合方式重塑这支队伍，重新营造士人风尚与人格形态？未必不能作此猜想。陈寿在《魏志》中另置《方技传》，纳入朱建平、周宣、管辂一类人物，似乎亦是纯洁队伍的隔离措施（蜀之周群、张裕，吴之吴范、刘惇、赵达等占候卜筮角色，却各入列传）。

　　《魏志》诸臣列传还有一个特点，就是以清廉相标举。如，荀彧、荀攸"皆谦冲节俭""家无余财"；袁涣"家无所储，终不问产业"；张范"救恤贫乏，家无所余"；国渊"居列卿位，布衣蔬食，以恭俭自守"；王修家中"谷不满十斛，有书数百卷"；毛玠"常布衣蔬食，家无所余"；鲍勋"内行既修，廉而能施，死之日家无余财"；司马朗"常粗衣恶食，俭以率下"；郑浑"清素在公，妻子不免于饥寒"；司马芝"卒于官，家无余财"；华歆"素清贫，禄赐以振施亲戚故人，家无担石之储";和洽"清贫守约，至卖田宅以自给"；杨阜"会卒，家无余财"；满宠"不治产业，家无余财"；田豫"清约俭素，家常贫匮"，徐邈"赏赐皆散与将士，无入家者，妻子衣食不充"；胡质"家无余财，唯有赐衣书箧而已"；王基"治身清素，不营产业，久在重任，家无私积"，等等。士大夫以清廉俭约为率，自是令人敬佩，但何以非要搞得家无余财、妻儿饥寒？为官致贫成了政治正确标签，难免没有某种炫耀成分。

《毛玠传》有谓：当初毛玠为丞相东曹掾，主持选举，"务以俭率人，由是天下之士，莫不以廉节自励"。对此，曹操赞叹不已："用人如此，使天下人自治，吾何复为哉！"

"使天下人自治"，这正是曹氏乃至司马氏统驭天下之家法。

二〇一七年十二月十九日记

祥瑞与灾异

——三国叙事的天人之际

一

古代史官记录天文、物候乃至草木虫鱼等自然界反常现象，作为王朝兴衰、人事休咎之征验，称为祥瑞或灾异。这套天人感应的神秘观念几乎贯通二十四史，亦为中国古代叙史文本之一大特点。通常，这些专讲征兆与事验的记载，在正史中分门别类列入天文、五行、符瑞各志。但陈寿撰《三国志》未列志篇（其他割据政权断代史大多亦无此体，如南北史及北齐、梁、陈诸史），祥异现象主要记录于帝王纪传。如《魏志·文帝纪》，延康元年（二二〇）三月"黄龙见谯"，就被作为魏王受禅代汉之征验。曹丕践祚后，本纪追溯其预言：

> 初，汉熹平五年，黄龙见谯。光禄大夫桥玄问太史令单飏："此何祥也？"飏曰："其国后当有王者兴，不及五十年，亦当复见；天事恒象，此其应也。"内黄殷登默而记之。至四十五年，登尚在。三月，黄龙见谯，登闻之曰："单飏之言，其验兹乎！"

这"黄龙"即受命之符。人们可以说世上没有这种东西，但它存在于史官记述，更存在于官场乃至民间的流言与想象，犹似语言文字确立的鬼神系统。当然，它必须存在，因为这是曹魏建国合法性的标识。不仅黄龙，这一年还有其他祯祥相继出现。如，"夏四月丁巳，饶安县言白雉见"，"八月，石邑县言凤皇集"。在沈约《宋书·符瑞志》中，其间还见有白虎与麒麟。就在这年十一月，献帝禅位，曹丕即祚，改元黄初。按五行之说，曹魏以土德承炎汉之火，自然崇尚黄色，这是"黄初"作为魏国第一个年号的含义。然而，改朝换代的逻辑似乎仍在黄龙、白雉、凤凰、白虎和麒麟之类，这些瑞兽瑞鸟预示着天命神明之应。但看《文帝纪》裴松之注引《献帝传》所载禅代众事，诸臣劝进无不诉以祥瑞诸物，太史丞许芝更是列述图谶符命，亟言"天命久矣，非殿下所得而拒之也"。乃谓：

> 《易传》曰：圣人受命而王，黄龙以戊己日日见。七月四日戊寅，黄龙见，此帝王受命之符瑞最著明者也。又曰：初六，履霜，阴始凝也。又有积虫大穴天子之宫，厥咎然，今蝗虫见，应之也。

许芝怕是黄龙、白雉之类还不够，又搬出蝗虫来加码。卢弼《三国志集解》讥之曰："蝗虫亦为符瑞，则世无妖孽矣。"但卢氏称之符瑞实谬，所谓"今蝗虫见"，是由反面强调鼎革易祚之义。按《汉书·五行志》："传曰：言之不从，是谓不艾（义），厥咎僭，厥罚恒阳，厥极忧。时则有诗妖，时则有介虫之孽，时则有犬祸，时则有口舌之疴。"所谓"介虫之孽"，《说文》释为"蝗，螽也"，乃"阳气所生"。许芝劝说曹丕别老是这么端着，倘违拗天命而失在过差，难免亢阳不艾，眚灾迭见——蝗虫即其征验。

其实，曹魏代汉自是大势所趋（既成三分鼎立，"挟天子"再无必要），但曹丕很看重话语作用，登基之前必须让人将劝进文章做足（裴注引述诸臣劝进之言连篇累牍，读来不胜其烦）。有意思的是，从献帝禅位诏书到大臣们的疏奏，都拿天文运势祥瑞图谶说事儿，没人直言弱肉强食才是硬道理。后来孙权称帝之前，同样借祥瑞大做文章，"夏口、武昌并言黄龙、凤皇见"（《吴志·吴主传》），这样才让孙权心安理得做了"大皇帝"。这就是君权神授的合法性，也是史官笔下的文明法则。

二

龙，作为帝位与权力象征，在所有符瑞中尤其显得重要。《三国志》魏·吴诸帝纪传多有黄龙青龙见于某地记载，仅曹叡、曹髦、曹奂在位时就不下十余次：

> 青龙元年春正月甲申，青龙见郏之摩陂井中。
> 景初元年春正月壬辰，山茌县言黄龙见。（以上《明帝纪》）
> 正元元年冬十月戊戌，黄龙见于邺井中。
> 甘露元年春正月辛丑，青龙见轵县井中。夏六月乙丑，青龙见元城县界井中。甘露二年二月，青龙见温县井中。甘露三年，是岁，青龙黄龙仍见顿丘、冠军、阳夏县界井中。甘露四年春正月，黄龙二见宁陵县界井中。
> 景元元年十二月甲申，黄龙见华阴县井中。三年春二月，青龙见于轵县井中。（以上《三少帝纪》）

明帝时青龙见于摩陂井中，于是改年，又改摩陂为龙陂，曹叡还亲率群臣前往观看。《三国志》所录眚祥通常不作占验，但这事情显然被认为是吉兆。其实，是凶是吉还两说。卢弼注引《宋书·五行志》曰："凡瑞兴非时，则为妖孽，况困于井，非嘉祥矣。魏以改年，非也；晋武不贺，是也。干宝曰：自明帝终魏世，青龙黄龙见者，皆其主废兴之应也。"其谓"晋武不贺"，是指司马炎太康五年有二龙见于武库井中，大臣刘毅以非其所处，劝帝不贺（《宋书·五行志五》）。龙见井中之事，以前汉惠帝时就有，《搜神记》卷六引京房《易传》占曰："有德遭害，厥妖龙见井中。"不过，《宋志》未称摩陂之龙为"妖龙"，其谓："案刘向说：'龙贵象，而困井中，诸侯将有幽执之祸也。'魏世龙莫不在井，此居上者逼制之应。"这是暗指司马氏专政，魏主困厄之应（确实，明帝及三少帝时黄龙青龙屡见，只有一次不在井中）。龙厄井中作为一种喻象，似乎将权力关进笼子的同时指向另一种权力，预示着此消彼长的"并世盛衰"——在史家的宏观视野中，历史进程便是演绎被赋予神秘旨意的"五德终始"。

所以，史书上龙的出现往往预示着改朝换代或是宫廷之变。但看《宋书》《晋书》五行志（二志记录三国时期灾祥最多），那些眚咎事验都被称作"龙蛇之孽"。古人以龙蛇并称，二者实视为同类。翻检《三国志》各帝王纪传，有一点让人颇感疑惑——其时龙孽甚多，却未见之于蛇。而《宋书》《晋书》各志所记蛇孽层出不穷，但不是在汉灵帝之前，就是晋宋之事，偏就不见三国这一段。这难免不让人猜想，三国时抑或蛇亦作龙，见之各处或困于井中之龙难道不会是某种大蛇？

在小说《三国演义》里边，开篇第一个场景就是青蛇蟠于御座——

> 建宁二年四月望日，帝御温德殿，方升座，殿角狂风骤起，只见一条大青蛇，从梁上飞将下来，蟠于椅上。帝惊倒，左右急救入宫，百官俱奔避。须臾蛇不见了，忽然大雷大雨，加以冰雹，落到半夜方止，坏却房屋无数。

随之京师地震，海水泛滥。再往后则是雌鸡化雄，黑气腾空，白虹贯日，山崩地裂……这说的是汉灵帝时灾异不断，一切征验指向阉宦干政，盖因蛇孽既主兵灾，又是妇人之象（宦竖亦作"妇寺"）。于是，十常侍的宫闱之乱引出黄巾和董卓，继而十八镇诸侯开启分分合合之杀局……小说家梳理出这样一个层层推进的叙事脉络，起点即在于蛇见御座。这眼前灵异突现的景象，并非小说家虚拟，乃取自《后汉书·张奂传》，如谓："是年（按建宁二年，一六九）夏，青蛇见于御坐轩前，又大风雨霜，霹雳拔树，诏使百僚各言灾应。"之前司马彪《续汉书·五行志》亦有传述，时间则在熹平元年（一七二），曰："四月甲午，青蛇见御坐上。是时灵帝委任宦官者，王室微弱。"可见故事早已在史家笔下生成。由灾象推衍人事乃史家常见笔法，其叙述逻辑自是将天意作为大前提。

然而，这个蛇见御座的故事亦见于《搜神记》，只是年代又往前推至桓帝时候，有谓：

汉桓帝即位，有大蛇见德阳殿上。洛阳市令淳于翼曰："蛇有鳞，甲兵之象也。见于省中，将有椒房大臣受甲兵之象也。"乃弃官遁去。（卷六）

《搜神记》成书年代虽晚于《续汉书》，但所述之事在桓帝即位时（一四七），大抵另有来源，未必采自司马彪。干宝笔下这个蛇孽奇象，相应验的是延熹二年（一五九）剪除"浊乱王室"的大将军梁冀。其事乃解决外戚擅政，可谓拨乱反正，与许多年之后"岁在甲子"的内外交乱不可同日而语。而《续汉书》《后汉书》将蛇见御座置于灵帝末年，串起十常侍、黄巾、董卓一系列乱象，自有其目的性建构。

三

　　凤凰被古人认为是"仁鸟"，亦是重要符瑞。《宋书·符瑞志》关于凤凰的介绍最为详备（其文繁复，不录），又称："唯凤皇能为究万物，通天祉，象百状，达王道，率五音，成九德，备文武，正下国。"看上去是满满的"正能量"。可是，犹似龙蛇一体之例，凤凰与某些大鸟亦常混为一谈。如，《吴志·三嗣主传》：孙亮建兴二年："十一月，有大鸟五，见于春申。明年，改元五凤。"在吴人眼里，那种不知名的大鸟自然就成了传说中的凤凰。

　　可是，凤凰毕竟只在想象与传说之中。续志记章帝、安帝、桓帝、灵帝时多处见"五色大鸟"，时人以为凤凰，司马彪则视之"羽孽"，引《乐叶图征》说："五凤皆五色，为瑞者一，为孽者四。"为什么是孽者而不是瑞者，因为"政治衰缺"（当时皆由黄门或外戚专权）。《宋书·五行志》载录东吴大鸟之事，同样认为是羽虫之孽，所谓"政治衰缺，无以致凤"，是因为"孙亮未有德政，孙峻骄暴方甚，此与桓帝同事也。"

　　孙亮改元五凤后，第一年夏天就有令人匪夷所思之事——"交阯稗草化为稻"（裴注引《江表传》《搜神记》）。杂草变稻粱，荒野成粮仓，岂非太平景象？但《搜神记》《晋书·五行志》却认为是灾异，是"草妖"。在占候家看来，这变种孕育某种灾异。史家认定的事验则是孙亮被废，数年之后大将军孙綝以孙休取而代之。

　　可见，很难就一物而言祥瑞或是灾异。有时候明面看是龙凤呈祥，却被史官和占候家解读为蛇孽、羽孽或草木妖孽，自是找出昏君贼臣的某些烂事与之应对。这不能不让人作想，被视为表象的祥异与作为征验的史实究竟是什么关系，二者如何相关联？其实，好像没有什么规律性，因为这并不是一个史学问题。祥异与史实之间是一片言语芜杂的开阔地，任由象征、隐喻、连类取譬的修辞手法充塞其间。

所以，究天人之际，难免凶吉参证，互文见义。就具体征象而言，要看从哪个方面解释，而史书记录的事验往往甩出一种脑筋急转弯式的解读路径：

东吴太平三年（二五八），孙綝废少主孙亮，立孙休为帝。《吴志·三嗣主传》专门拈出孙休为琅琊王时的一则轶事，曰："居数岁，梦乘龙上天，顾不见尾，觉而异之。"孙休以藩国继位本属意外之获，这个"乘龙上天"的美梦自然被作为吉谶。可是孙休死后，大臣们不让太子霅嗣位，另立乌程侯孙皓，殊不知"顾不见尾"竟是凶验。孙休的儿子未能嗣位，恰好暗合那条缺了尾巴的龙，这种比附充满文学意味。

围绕孙休之缺嗣，另外还衍生出好几个段子。如传谓永安四年"安吴民陈焦死，埋之，六日更生，穿土中出"，此事亦见《搜神记》，这死人复生之验正是孙皓顶了太子霅。按干宝说法："乌程孙皓承废故之家，得位之祥也。"孙皓是前废太子孙和之子，原本是"废故之家"，这下不啻死棋走活了。另一则，又以衣服之制喻以孙休父子得位与失位，互见《搜神记》与《宋书·五行志》。有谓："孙休后，衣服之制，上长下短。又积领五六，而裳居（裾）一二。盖上饶奢，下俭逼；上有余，下不足之象也。"上衣长，是说孙休占了大便宜；下衣短，则谓太子霅真是太亏了。

再看其事其验，有如谜面与谜底，故事生成即已指涉应验之史实。

四

天变星变以及其他自然异常现象，被认为是人事休咎的重要征兆，这些在《三国志》帝王纪传中亦自有记载，如魏明帝曹叡在位十四年间，天文事件就不下二十余起。

太和四年十一月，太白犯岁星。五年十一月乙酉，月犯轩辕大星。戊戌晦，日有食之。十二月甲辰，月犯镇（填）星。六年三月乙亥，月犯轩辕大星。十一月丙寅，太白昼见；有星孛于翼，近太微上将星。

青龙二年春二月乙未（己未），太白犯荧惑。五月，太白昼见。冬十月乙丑，月犯镇星及轩辕。戊寅，月犯太白。三年春正月乙亥，陨石于寿光县。冬十月壬申，太白昼见。四年春二月，太白复昼见；月犯太白，又犯轩辕一星，入太微而出。秋七月甲寅，太白犯轩辕大星。冬十月甲辰，有星孛于大辰；乙酉，又孛于东方。十一月己亥，彗星见，犯宦者天纪星。

景初元年秋七月辛卯，太白昼见。冬十月丁未，月犯荧惑。二年二月癸丑，月犯心距星，又犯心中央大星。五月乙亥，月犯星距星，又犯中央大星。秋八月癸丑，有彗星见张宿。闰十一月，月犯心中央大星。（以上见《明帝纪》）

这些并非明帝时星象变化之全部，《宋书·天文志》载录更为详尽。《宋书》和《晋书》均以"唯记魏文帝黄初以来星变为天文志"，三国之事亦可备查证。更重要的是，二志所记星变多有占语和事验。如，太和四年十一月"太白犯岁星"，占曰"有大兵"，应占之事即来年春天诸葛亮再出祁山攻魏。青龙二年二月"太白犯荧惑"，占曰"大兵起，有大战"，乃是年四月，诸葛亮进据渭南，东吴亦起兵应之。五月"太白昼见"，亦以蜀吴连横伐魏为事验。当然，这并不是简单归结于太白主兵。如明帝时多见"太白昼见"，按《史记·天官书》之说："（太白）昼见而经天，是谓争明，强国弱，小国强，女主昌。"又曰："太白,大臣也,其号上公。"(《晋志》释义抄此)由此可见,在史官和占候家的符号学中,太白又喻示某种居于次位的挑战者,其时外指屡屡北伐的诸葛亮,内指司马氏势力之崛起。

天文占候是综合日月星辰之宿度、躔次、分野、明暗、盈缩以及时间等诸多因素作出占察,似乎是很专业的技术套路。古人以日月五星为七曜,五星即岁星(木)、荧惑(火)、填星(土)、太白(金)、辰星(水),此外还有更多的星宿,如北斗、太微、轩辕、二十八舍(宿),等等。自太史公著《天官书》以来,史官们一直悉心记录和研究这些天体与人事之关系。据《晋志》引述,东汉史官张衡有这样一个简明扼要的说法:"众星列布,体生于地,精成于天,列居错峙,各有攸属。在野象物,在朝象官,在人象事。"就是将地面上之蠢蠢庶物系命于天象变化,以日月星辰为天意之机枢,而世间一切只是呈现"体生于地"的物质形态。虽说占验祥异的一切招数皆与易学衍生的"数术"有关,但涉及天文经星尚有一套专门的知识内容,那就是以神秘主义的自然崇拜确立的推步之术。汉儒所谓"天人合一",实质上是一种去主体化的思维方式,那些有关天文占察的整套技术更以"知识"门槛建立其话语权威。

五

让人稍感诧异的是,三国时期的星变少有祥瑞之说,通常是报忧不报喜。如,魏黄初六年(二二五),五月壬戌"荧惑入太微",《晋志》曰:"人主有大忧。"第二年五月曹丕就死了。景初二年(二三八),秋八月癸丑"有彗星见张宿",《宋志》曰:"为兵丧。张,周分野,洛邑恶之。"何焯断言:"天将除曹氏矣。"(《义门读书记》卷二十六)不过其时距司马炎受禅尚有二十七年之久。又如,吴赤乌十三年（二五〇），夏五月"荧惑入南斗"，《晋志》曰："荧惑逆行，其地有死君。太元二年（孙）权薨，是其应也。"魏、吴二国此类恶谶甚多，不遑具述。

但事有例外，蜀汉却见两度星辰吉兆。《先主传》建安二十五年（二二〇），刘备称帝之时，诸臣照例鼓噪一番劝进说辞，上言称：

> （建安）二十二年中，数有气如旗，从西竟东，中天而行。《图》《书》曰：必有天子出其方。加是年太白、荧惑、填星，常从岁星相追。近汉初兴，五星从岁星谋；岁星主义，汉位在西，义之上方，故汉法常以岁星候人主。当有圣主起于此州，以致中兴。

此际未见黄龙、凤凰之类，以岁星为受命之符，倒也自创一格。《晋志》称：岁星"人主之象也"。蜀臣所谓"五星从岁星谋"，是以义者为王，亦如《汉志》所说："凡五星所聚宿，其国王天下；从岁（星）以义……五星若合，是为易行，有德受庆，改立王者，掩有四方，子孙蕃昌。"刘备由此承袭汉室，还赚了个有"义"有"德"的名声。

《后主传》所记一事亦颇为奇怪，即景耀元年（二五八）"史官言景星见，于是大赦，改年"云云。景星被认为是瑞星，又曰德星，自然是吉兆。《史记》天官书有谓："天精而见景星。景星者，德星也，其状无常，常出于有道之国。"《晋志》引刘叡《荆州占》列瑞星四种，一曰景星、二曰周伯星、三曰含誉、四曰格泽，但三国天文记录中仅有景星见于蜀汉这一次。刘禅昏聩无能之君，倒也做了四十一年皇帝，是三国在位最久的君主，这大概就是所谓"有道之国"的事验。可是，景星出现五年之后（炎兴元年，二六三）蜀汉就亡了。

对比魏帝、吴主诸纪传充斥祥瑞灾异的记录，先主、后主在位四十三年却唯独出现景星这一次，其他妖星（孛星、天枪一类）一概不见，亦未有蛇孽、羽孽、草孽、虫孽之灾。这事情好像怎么解释都不对。

蜀汉缺少祥异记录，按陈寿说法是诸葛亮施政简率，不置史官，没人载录这类名堂——"国不置史，注记无官，是以行事多遗，灾异靡书。"（《后主传》评曰）但景星之见明明出自史官报告，可见蜀中并非没有此职。况且，蜀汉官员中更有周群、张裕、杜琼一干占候家，而诸葛亮、谯周都能计算星守躔次，星变灾异他们岂有不知？

天地盈虚，蜀中如何无消息？这是后世学者颇为疑惑之事。

六

粗略统计，《三国志》诸帝纪传所述祥瑞灾异凡一百三十六事。其中曹魏五十九事（曹丕九、曹叡二十八、曹芳九、曹髦八、曹奂五），蜀汉二事（刘备、刘禅各一），东吴七十五事（孙权三十九，孙亮、孙休、孙皓各十二）。这些肯定不是全部事况，此外诸臣列传也有若干记录。

如，《吴志·诸葛恪传》所记朝会之日，诸葛恪出门时"犬衔引其衣"（之前有服丧者入其屋中，又有白虹绕其车船），果然被孙峻所害。《宋志》《晋志》皆谓"犬祸"。

又如，《魏志·王凌传》："（嘉平）二年，荧惑守南斗。"《毌丘俭传》："正元二年正月，有彗星数十丈，西北竟天，起于吴楚之分。"王凌、毌丘俭起兵反叛，都以星占定计。可是他们没搞清楚星象的含义就贸然从事，以史官的看法他们都是逆天意而行。

祥瑞或灾异，主要是鉴证帝王治国之绩，故而《三国志·武帝纪》未载录此类事况（曹操是被追谥"武皇帝"，其时仍用汉献帝年号）。不过，《武帝纪》建安五年（二〇〇）提到关于曹操的一则吉谶，即官渡破袁绍后，追溯早年预言：

> 初，桓帝时，有黄星见于楚宋之分。辽东殷馗善天文，言后五十岁，当有真人起于梁沛之间，其锋不可当。至是凡五十年，而（曹）公破（袁）绍，天下莫敌矣。

这前后时间跨度长达半个世纪之久，其事其验的长镜头颇有恢弘意慨。

由祥瑞或是灾异导引历史进程，无疑是一种建构性的似乎带有合法化功能的叙史话语，看上去是先验的思维方式，却有着元叙事的基本特征，因为所有的占验都可以根据史实来设置，所有的史传事验都是史家已知的谜底。撰史者以为自己站在某个制高点上，俯瞰熙来攘往、兴衰无常的人世间，将王朝兴替的文章挦过一遍又一遍。当臆构已经成为本体，冥冥之中那个看不见更摸不着的主宰者仿佛就在身边。

在许多自然现象还不能解释的时候，这一切就像是真的，就像某个哲学家所说，是一种无法被证伪的"真伪"。

二〇一八年二月十四日记

三国叙事之怪力乱神

一

《三国演义》作为讲史小说，自然以纪实手法叙事，其基本材料取自《三国志》（包括裴松之注及所引各书）、《后汉书》、《晋书》诸史，情节推进大致按《资治通鉴》排定的编年次序。但书里间或亦有神仙灵异，此消彼长的人间杀局突然蹿入一段志怪风格的游戏片段，颇有八卦解颐之趣，亦似乎带有某种警省之义。

如，小说第二十九回"小霸王怒斩于吉"即是一例。眼见臣民膜拜那个名叫于吉的道人，孙策是十分厌憎，不顾众人谏阻硬是将他捉起来，最后还给杀了。不料，死后的于吉披发而来，不时在他眼前作祟。此前孙策已被许贡家客击伤，经不住于吉这百般戏弄，终而气绝身亡。书中说于吉能医人疾病，也能祈风祷雨，孙策却以为此人即"黄巾张角之流"，可是不信邪的小霸王这回真就撞上神仙或曰妖孽了。

第六十八回"左慈掷杯戏曹操"，则有"眇一目、跛一足"的左慈大施幻术。曹操将他系枷下狱，转而又现身王宫大宴。左慈嫌庖

孙策怒斩于神仙，《三国演义》清初大魁堂本
插图

人做的鱼脍用料不地道，现场从池中钓出松江四腮鲈鱼，又像变戏
法似的变出紫芽姜，继而上演一幕掷杯戏曹操的活剧，然后遁身而去。
无疑，这是一个能够藏形变身的神仙，就像孙猴子那样能化出几百
个身形。曹操将左慈们一个个捉了去杀头，却见"人人颈腔内，各
起一道青气，到上天聚成一处，化成一个左慈"。

　　于吉、左慈一类神仙异术虽云小说家言，却非《三国演义》作
者所臆撰，早在魏晋时期已见诸记载。也就是说，这些神仙与三国
人物差不多同一时期（或稍后）进入叙述文本。如，于吉其人（神）
见诸《江表传》、《志林》和《搜神记》（《吴志·孙策传》裴注俱引），
亦见道教神仙传记《洞仙传》（《云笈七签》卷一百十一引）。至于左慈，

魏王宫左慈掷杯，《三国演义》清初大魁堂本插图

更是于史有征的人物，《后汉书·方术列传》就有左慈传，而范书之前，《搜神记》《神仙传》均已记述其事。

孙策杀于吉，曹操杀左慈，似乎是憎于妖道"煽惑人心"。毛宗岗在第二十九回总评中说："孙策不信于神仙，是孙策英雄处……孙策之怒，非怒于吉，怒士大夫之群然拜之也。"这不啻将孙策斩于吉视作破除迷信之举。毛氏身处康熙盛世江南富庶之地，尚痛感当日百姓之愚昧，曰："至今吴下风俗，最好延僧礼道，并信诸巫祝鬼神之事。"可是，在一切都受制于权力和武力的当日语境中，鬼神之设亦是克制人事的思路，未必只是迷信。换一个角度看，让于吉、左慈这类神仙出来煞风景，抑或正是表达某种冀以遏制世俗权力的意思。

按《搜神记》所述，孙策明显是感到自己的权威受到挑战：

> 孙策欲渡江袭许（昌），与于吉俱行。时大旱，所在焦厉。策催诸将士，使速引船。或身自早出督切，见将吏多在吉许。策因此激怒，言："我为不如吉耶，而先趋附之？便使收吉。"（卷一"于吉"条）

再看《洞仙传》，举述事例不同，却同样表明于吉以巫祝之术僭于孙策：

> （孙）策将兵数万人，欲迎献帝，讨曹公，使（于）吉占风色，每有神验。将士咸崇仰吉，且先拜吉，后朝策。

虽然《三国演义》并未以这种对比显示孙策权威之失落，可是那位于神仙终究以不死之身逼死孙策，这般魔幻叙事无疑就是制约世俗权力的隐喻。左慈的故事自是同样道理，曹操目睹黑风中群尸皆起的骇人场面，不由惊倒在地，竟"惊而成疾"，导致其死亡的脑疾由此落下病根。将曹操之死与左慈幻术作此关联，隐然包含神灵与强权相克之逻辑。

二

神异故事在《三国演义》中都是短暂的插曲。左慈之事不了了之，继而由曹操脑疾引出半神半人的管辂，事在第六十九回（《卜周易管辂知机　讨汉贼五臣死节》）。管辂不能说是神仙，倒是一个占卜算卦的异人，被称之"神卜"。曹操久病不愈，管辂说是幻术所致，不必为忧。他这以卜代医像是心理治疗，还真管用，曹操的脑疾似乎渐渐就好起来了。看上去，管辂是一个与权贵合作的角色，经常以其卜筮之术周旋于官府，旋又成了曹操的座上宾。曹操令占卜天下之事，他预言刘备汉中攻势、夏侯渊战死、东吴鲁肃身故、明春许昌火灾诸事，以后皆有应验。后于一百六回（《公孙渊兵败死襄平　司马懿诈病赚曹爽》），正势如中天的何晏、邓飏请管辂占问前程，他却警告二人"哀多益寡，非礼勿履"，暗示有杀身之祸。十余日之后，二人果为司马懿所杀。

管辂亦是见于史著的人物。在《三国志·魏志》中，管辂与华佗、杜夔、朱建平、周宣等方伎人物同列一传，但辂传记略最详。小说中许芝向曹操介绍管辂曾为安平太守王基作卦，亦为新兴太守诸葛原、平原太守刘邠射覆（小说作"覆射"）诸事，以及后来为何晏卜筮梦中青蝇意故，均见其传。其中琅琊太守单子春召管辂讨论易理，见于裴注引《管辂别传》。但许芝最后说及为赵颜求寿之事，唯见《搜神记》卷三（赵颜，别本又作"颜超"）。管辂事迹在几种文本中互有参差，但基调一致，这是一个能预见未来之人。

《管辂别传》有一节，说到管辂如何从某种征候中发现"凶气"。如，邓飏走路时显得"筋不束骨，脉不制肉"，可称"鬼躁"；而何晏那副"魂不守宅，血不华色"的样子，则谓之"鬼幽"。这神神叨叨的说法愈益显其神验，管辂是吃准了二人命不久矣。其时何、邓二人居大将军曹爽左右，正是炙手可热。本传称，管辂的舅舅责怪其在何晏、邓飏面前说得太露骨，管辂却道："与死人语，何所畏邪！"

掐算生死是管辂的强项，自谓："吾前后相当死者过百人，略无错也。"本传叙其为钟毓卜筮生死之日，先算生日竟无半点蹉跌。钟毓不敢再让他算下去，愕然曰："君可畏也！死以付天，不以付君。"有趣的是，能预知五运浮沉的管辂，实不能避讳自己的死期，本传和别传皆谓其"自知四十八当亡"。他死于魏正元三年（改甘露元年，二五六），正是这岁数。

按本传提供的卒年推算，管辂生于建安十三年（二〇八），小说写他见曹操是在建安二十二年（二一七），那时才是八九岁的孩子，显然不可能像书中描述的那么精于易理而道行深厚，为曹操卜筮纯属虚构。其实，管辂所依傍的是司马氏，他活动的年代正是司马懿父子柄国时期。在他死的前一年，其弟管辰还以为他能借由权贵背景而飞黄腾达——"大将军待君意厚，冀当富贵乎？"（本传）此谓"大将军"者，乃司马昭也。管辂本人不作此想，却长叹曰："吾自知有分直耳，然天与我才明，不与我年寿。"他是明白人，一辈子玩的就是命理和定数。

《三国演义》将管辂这样一个人物写进故事里，并非只是搞出一点玄怪噱头；在叙史作品中以术筮开通天命观之视角，亦非罗贯中诸辈所发明。管辂，乃或于吉、左慈，之所以出现在魏晋六朝史家笔端，本身是一种观念存在，其中亦自包含古代史家心目中历史元叙事的神话结构。小说卷首引用明人杨慎那首《临江仙》咏史词，无疑道出老庄意味的"大叙事"进程的合法化本质——"是非成败转头空"，历史在辉煌与寂灭中将一切都扯平了。如此看待汉室悲剧、魏晋禅代，亦是一种谶应，作为话语慰藉好像再恰当不过。

卢弼《三国志集解》认为管辂不同于一般的方伎人物，而类似《史记·日者列传》所传述的汉初司马季主。司马迁对这种预言家很是崇敬，曰："自古受命而王，王者之兴何尝不以卜筮决于天命哉！"但太史公笔下的司马季主只是在宋忠、贾谊面前为卜者辩诬，阐发"导惑教愚"之义，并没有记载他有何伟大预言。管辂有一大堆预言，倒也没有甩出什么大谶兆。他是不敢说或是不能说透。其实不用说，

"是非成败转头空"，自然亦是颠覆成功的咒语。

三

当然，《三国演义》诉诸怪力乱神，有其叙述立场，亦不免带有情感倾向。最明显的例子是关羽玉泉山显圣和曹操砍树而触犯梨树之神。

第七十七回（《玉泉山关公显圣　洛阳城曹操感神》），写关羽死后，其魂魄不散，直至荆州当阳玉泉山，在空中大呼"还我头来"。普静和尚一声棒喝："云长安在？"才使关公英魂顿悟。关羽与玉泉山之关系可能另有来源，但这番情节大抵是由宋人周密《齐东野语》卷一"真西山"条改写而来。在那个故事里，道人游魂归来，因肉身被毁，无以寄附，只得绕山呼号"我在何处"。适有老僧预闻，亦是一声喝问："你说寻'我'，你却是谁？"于是其声乃绝。那无身道人走入妇人孕娠胎中，是为北宋大儒真德秀之前身。这无头关公"稽首皈依而去"，转而成了关圣或关帝。

关羽显圣不唯一处。第七十七回稍后又附身吕蒙，在东吴庆功宴上大闹一场。折腾得吕蒙倒地不起，七窍流血而死。第八十三回（《战猇亭先主得仇人　守江口书生拜大将》）猇亭之战，关兴追杀潘璋走入山庄，在供奉关公神像的老者家中，幸赖父亲显圣斩杀了仇人。又，第九十四回（《诸葛亮乘雪破羌兵　司马懿克日擒孟达》）与羌兵大战，关兴被越吉元帅围在垓心，突然又出现了绿袍金铠、手提青龙刀的关公，使之成功突围。

关羽死后如何成为神祇，很难依据文献作清晰考辨，就现存三国叙事文本而言，其神化大抵始于《三国演义》。晋人干宝《搜神记》多有记述三国神异人物，如左慈、于吉（卷一）、管辂、华佗

（卷三）皆在其中，还有天使预告糜竺家将有祝融之灾（卷四，小说见第十一回《刘皇叔北海救孔融　吕温侯濮阳破曹操》），以及黄巾起事口号、曹操砍树遭厄、白马河出妖马（卷六）、诸葛恪家犬衔引其衣之凶兆（卷九），等等。其中没有关羽什么事儿，更无显圣之说。宋初编纂的《太平广记》尽搜汉代以来神仙、异人、谶应之事，亦无关羽显圣。其中唯独提到关羽一条，列于"将帅"目类（卷一八九），曰："蜀将关羽善抚士卒而轻士大夫，张飞敬礼士大夫而轻卒伍。"（出唐李亢《独异志》）这只是比较关、张二人品性与统军风格。大略唐宋之前，关羽在人们眼里还只是将帅，不是关圣或关帝。

小说一边以显圣笔法神化关羽，一边又请出神仙以鞭挞曹操，这亦体现了以"尊刘抑曹"为政治正确的叙述基调。第七十八回（《治风疾神医身死　传遗命奸雄数终》），曹操欲建宫殿，在洛阳城外跃龙祠寻得一株可作殿梁的大树，可是"锯解不开，斧砍不入"。曹操大怒，"是何妖神敢违孤意！"于是拔出佩剑亲自动手砍树，竟"铮然有声，血溅满身"，原来是招惹了"梨树之神"。是夜，这神木化作披发仗剑的皂衣人，进入曹操梦中，要索取其性命。曹操忽而惊醒，脑袋痛不可忍，从左慈那时落下的病根又犯了，未久便一命呜呼。

然而,这个怪诞的故事倒是有其史传来源。《三国志·武帝纪》（建安二十五年）裴注引《世语》曰：

> 太祖自汉中至洛阳，起建始殿，伐濯龙祠而树出血。

又引《曹瞒传》曰：

> （魏）王使工苏越徙美梨，掘之，根伤，尽出血。越白状，王躬自视而恶之，以为不祥。还，遂寝疾。

这里引述的两事并不相干，小说将其捏合到一处，并虚构了具有人形的"梨树之神"，演化成梦中索命的一幕。此等怪力乱神不仅是作为提神醒脑之插入性叙事，似乎亦有粘连情节的结构功能。

四

小说中于吉、左慈、管辂都是点缀性人物，关羽显圣已勾连再三，而显示神异功能最多的却是诸葛亮。鲁迅批评《三国演义》写人颇有偏失："以致欲显刘备之长厚而似伪，状诸葛之多智而近妖。"(《中国小说史略》第十四篇) 不说刘备如何"似伪"，诸葛亮之"近妖"确实不假，从借东风的装神作法到最后在钟会梦中显灵，诸葛亮的神魔形象一再升级。

小说家并不满足将诸葛亮仅仅塑造成智者和谋略家，更让他往奇门遁甲、星相命理一路发展。比如，夜观天象，测生死休咎；见西方星坠，哭庞统丧命，又有将星落于荆楚之地，便知关羽已殁。这至少是半个神仙了，第四十九回 (《七星坛诸葛祭风　三江口周瑜纵火》) 借东风之前，诸葛亮就在周瑜面前自称"曾遇异人传授八门遁甲天书，可以呼风唤雨"。就当时之特定情形而言，"借东风"或许可以作经验性解释，但诸葛亮还有更匪夷所思的法术，其功力不亚于左慈、于吉之辈。

第八十四回 (《陆逊营烧七百里　孔明巧布八阵图》)，陆逊在鱼腹浦 (位于夔门之西) 着实领教了诸葛亮的厉害。刘备猇亭兵败，陆逊引兵追至此地，却见江边乱石堆中杀气冲天而起。原来那八九十堆乱石，正是诸葛亮入川时排成的"八阵图" (当初就想到日后用以阻击东吴军队)。陆逊找人打探，又仔细察看，以为"此乃惑人之术耳"，率众骑直入石阵。不料进去就犯晕，"一霎时，飞砂走石，

八阵图白伏陆逊，《三国演义》清初大魁堂本插图

遮天盖地"，耳边尽是剑鼓之声。岂料这些石堆就是八门遁甲之阵，可抵十万精兵。如果不是诸葛亮岳丈黄承彦大发善心将其引出石阵，陆逊怕是出不来了。比起传说中喝茅成剑、撒豆成兵的妖术，诸葛亮的堆石成阵更胜一筹。

八阵图并非全由小说家臆造，《蜀志·诸葛亮传》有"推演兵法，作八阵图"之语。这应是标记阵法的图式，鱼腹浦石阵大抵是一种大比例的野地模型。《水经注》卷三十三："江水又东迳诸葛亮图垒南。石碛平旷，望兼川陆，有亮所造八阵图，东跨故垒，皆累细石为之。自垒西去聚，石八行，行间相去二丈，因曰八阵。……今夏水漂荡，岁月消损，高处可二三尺，下处磨灭殆尽。"这大概是现存最早关于鱼腹浦石阵的记载。又，唐韦绚《刘宾客嘉话录·补遗》："王武子曾在夔州之西市，俯临江岸沙石，下看诸葛亮八阵图。箕张翼舒，鹅形鹤势，聚石分布，宛然尚存。"后文明确指出，那些石块只是"标聚行列"而已。

小说家将那些石块活生生地神化为御敌之阵列，实在是很有想象力。

按《三国志·吴志·陆逊传》和《通鉴》胡三省注，刘备败退时吴兵未予穷追，是因为驿夫沿途搜集溃兵丢弃的皮铠和铙鼓，在石门隘口焚烧以断后。同时，陆逊亦怕曹魏方面有异动。其传谓："（孙）权以问（陆）逊，逊与朱然、骆统以为曹丕大合士众，外托助国讨（刘）备，内实有奸心，谨决计辄还。无几，魏军果出，三方受敌也。"烧铙铠断道，在小说中换以石阵为阻，而曹兵犯境自然也就成了陆逊"惧石阵而退"的托词。从荆州之失到猇亭之溃，最关键的两度败局诸葛亮恰恰缺位，然后以其一己之术将东吴大军拒之国门，这神化之笔用在这里亦恰是地方。

此后七擒孟获、六出祁山，诸葛亮亦多施以诸般魔法和祈禳之术。第一百二回（《司马懿占北原渭桥　诸葛亮造木牛流马》），对付司马懿劫寨，诸葛亮真是大显神通。先用遁甲之法，使阴云四合，黑气漫空，趁暗黑消灭敌军，再驱六丁六甲扫荡浮云，天空又现清朗。但蹊跷的是，既然能操控风云，能呼风唤雨，最紧要关头为何不再使出这手绝招——后回（《上方谷司马受困　五丈原诸葛禳星》）火烧上方谷，却因骤雨倾盆而至，"满谷之火尽皆浇灭，地雷不震，火器无功"，陷于谷中的司马懿父子竟得以死里逃生。此时诸葛亮何不祭出六丁六甲？这不能不说是叙事逻辑的纰缪。但诸葛亮自有说法，小说写道："哨马报说司马懿父子俱逃去了。孔明叹曰：'谋事在人，成事在天！不可强也。'"这是说，纵然有神仙之术也拗不

孔明秋夜祭泸水，《三国演义》清初大魁堂本插图

过上天的旨意。

天不灭曹，亦不灭司马，难道不是"事后诸葛亮"的视角？

话说回来，将历史命运诿卸于天意和天命，却是史家关于成王败寇的法理性解释。这是汉魏儒生和方士共同打造的历史观，深刻影响着后世的读书人和不读书人。当然，以小说重述历史，同样亦是一种后设的视角。但就《三国演义》而言，强调这种天命观自有弥合叙事话语的悖谬之义。小说已将一切赞美与同情都寄予蜀汉一方，读者最想不通的就是这一点：以诸葛亮之智谋与法术，刘备之仁义与贤明，五虎上将之忠诚与骁勇，为何蜀汉却连折于东吴再被司马师所灭？唯一的解释只能将其失败归咎于天意。

第一百三回，诸葛亮扶病出帐，仰观天文，已知命在旦夕。姜维冀望以祈禳之法挽回之，诸葛亮说："吾素谙祈禳之法，但未知天意如何？"于是便有帐中禳星一幕，孔明"披发仗剑，踏罡步斗，压镇将星"，犹似道人忙乎做法事。魏延入帐报告魏军来犯，不慎将主灯踏灭，姜维愤怒不已，诸葛亮却叹曰："死生有命，不可得而禳也！"

五

在史家眼里，于吉、左慈、管辂一类神仙异人本身就是三国人物，魏晋迨至六朝已陆续见诸各种文本。但关羽、诸葛亮之神化，大抵是宋元以后的想象与重述。三国叙事之怪力乱神，既有缘自史传文本之原型，也有小说家乃至民间作手的文学加工，其中递述着历史与神话交织舛互的人文传统。

怪力乱神并不只是小说家之文学想象，其实史家多半亦有神话书写的冲动，在他们看来，让人觉得匪夷所思的那些超自然事件，恰恰印证着天道自然。从这个意义上说，史书大量记载的祥瑞和灾异无疑是作为一种经验性存在，是沧桑贸迁之谶证。他们援据"天道""天命"之规律性和合法性，寻绎宏观历史的"势"和"道"，也正是太史公所谓"究天人之际，通古今之变"的大叙事。

黄老之术、谶纬之学以及佛教东来，凡此种种，促使当日知识精英重组思想与信仰，与儒家意识形态的价值理性形成某种复杂关系。读书人虽说谨记"子不语怪力乱神"的祖训，其实对鬼神之事却是相当着迷。可想，若是没有读书人书写，后人又从何得知那些怪力乱神？魏晋时期不仅史学繁盛（如王粲、王沈、鱼豢、习凿齿、杨戏、韦曜、王隐、陈寿等等），亦是志怪之风大行其道之时。志史与志怪自是两路，一则由记述故实演绎分分合合的天道轮回，一则以世俗化的神学思路摹写想象中的某种现实。这两种笔墨亦自有交集。而且在史家眼里，那些记述异人异事的志怪书亦视如史著，如裴松之注征引书目中就不乏《列异传》《搜神记》《博物志》《高士传》《异物志》《逸士传》这样一些"异著"。

虽说《三国演义》采用的神异事件大多未载于《三国志》，但这部史著记述的怪力乱神也实在不少。如，《吴志·吴主传》所记隐身神仙王表，就是典型的志怪故事。其曰：

> 太元元年夏五月……初，临海罗阳县有神，自称王表。周旋民间，语言饮食，与人无异，然不见其形。又有一婢，名纺绩。是月，遣中书郎李崇赍辅国将军罗阳王印绶迎表，表随崇俱出，与崇及所在郡守令长谈论。崇等无以易。所历山川，辄遣婢与其神相闻。秋七月，崇与表至，（孙）权于苍龙门外为立第舍，数使近臣赍酒食往。表说水旱小事，往往有验。

此节有裴注引孙盛评议，曰："盛闻国将兴，听于民，国将亡，听于神。（孙）权年老志衰，谗臣在侧，废适立庶，以妾为妻，可谓多凉德矣。而伪设符命，求福妖邪，将亡之兆，不亦显乎！"其实，鬼神异象作为谶应，实有正反两面之说。如曹丕登基后，《文帝纪》（延康元年）即有如下记述：

> 初，汉熹平五年，黄龙见谯（按，谯县，曹氏故里）。光禄大夫桥玄问太史令单飏："此何祥也？"飏曰："其国后当有王者兴，不及五十年，亦当复见；天事恒象，此其应也。"内黄殷登默而记之。至四十五年，登尚在。三月，黄龙见谯，登闻之曰："单飏之言，其验兹乎！"

《武帝纪》（建安五年），曹操官渡破袁绍后，亦载有类似谶言。如果说黄龙、凤凰一类祥物表示王者之兴，那么王朝衰落便有妖孽出世。如，魏明帝之将崩也，则有寿春农民妻自言为天神所下，《明帝纪》曰：

> 初，青龙三年中，寿春农民妻自言为天神所下，命为登女，当营卫帝室，蠲邪纳福。饮人以水，及以洗疮，或多愈者。于是立馆后宫，下诏称扬，甚见优宠。及帝疾，饮水无验，于是杀焉。

至于蜀之亡，自然也跟鬼巫邪说有关。蜀汉景耀六年，姜维闻钟会"治兵汉中，欲规进取"，打算在阳平关、阴平桥头等处设防，启奏后主却被黄皓搅黄了，《姜维传》谓："（黄）皓征信鬼巫，谓敌终不自致，启后主寝其事，而群臣不知。"此事《三国演义》有述。

小说第七十八回，曹操死前梦三马同槽而食，是一个极为有趣的谶兆，乃暗示司马懿父子将取代曹魏。但这一隐喻亦非小说家原创，恰恰来自史家想象，出自《晋书·宣帝纪》。

六

诸葛亮、关羽这两位蜀汉人物，并未在魏晋小说和六朝志怪书中被赋予神异色彩，他们在宋元以后被追捧和被神化，自有不同背景和传播途径，此姑不论。但其中有一个相同的因素，那就是蜀汉悲剧之审美发现，开始引发世人对失败英雄的凭吊与赞美。苏轼《志林》记载宋时街巷"说三分"情形，有谓"至说三国事，闻刘玄德败，频蹙眉，有出涕者"。研究者们时常提及的这个三国故事的传播轶闻，可以说是关于蜀汉悲剧的早期认识。当然，更早的记载应该追溯到唐人笔墨："出师未捷身先死，长使英雄泪满襟。"杜甫于丧乱之后痛悼诸葛亮的诗句，无疑表达了对于失败者的理解之同情。

成王败寇的历史观在文学叙事中发生了反转。

从关羽败走麦城到诸葛亮殒命五丈原，恢复汉室的目标一再落空，人们的心理期待终于转化为持续生发的悲情。操觚者不能改写失败者命运，但是有一种表述叫作虽败犹荣，这就是"尊刘抑曹"叙述动机。《三国演义》这套叙事话语大约来自之前的宋元说话，是将历史审美化的一种创造。自澶渊之盟至中原沦亡，最容易引起世人共鸣的正是失败的英雄，哪怕是所谓无效的抵抗。

当然，如此重述历史，必须突破史传中固有的人物行状，塑造一种更为神奇的形象，以平衡他们在胜利者面前相形黯淡的功业。当陆逊陷入鱼腹浦石阵之际，诸葛亮完成了由人到神的转变，这使得精神沦丧的受众获得心理满足。关羽死后显圣，成为一种忠勇节义的精神存在，正好填补世人的失落。这就是怪力乱神的叙事作用——借助世俗化的神学思路，以神性包装失败的英雄，亦将受众纳入求仙得仙、求道得道的思想轨迹，这背后大抵是一种普泛的救赎心理。

像这样出于悲情审美的文学想象，也许不能简单地概括为鲁迅所说的"精神胜利法"（当然也很难摆脱自我慰藉的意味）。鲁迅对于阿Q的嘲讽在于批判那种自欺欺人的精神顽疾，但借助想象飞升的关羽和诸葛亮却是从历史的阎罗殿里破茧而出，重新游走于庙堂与江湖，寄托着五花八门的心灵诉求：从治世御侮、卜课凶吉到保佑发财，等等。

二〇一七年九月初稿，次年二月改定

舌尖上的三国

其实，舌尖上的三国叙事没有多少可说。《三国演义》不像《水浒》《金瓶梅》《红楼梦》，吃吃喝喝的事情吝丁笔墨，找不山一份像样的食单。《三国志》更是不提这一茬。史书记载的皆属军国大事，口腹之欲不是史家所要关注的问题。不过，史家心性不能一概而论，舌尖上的故事亦可体现某种撰史人义，譬如太史公笔下就不乏饮馔之事。《史记·孔子世家》对于孔子作为美食家的品位颇为津津乐道："鱼馁，肉败，割不正，不食。席不正，不坐。食于有丧者之侧，未尝饱也。"吃，还是不吃，俨然关乎政治伦理正确。另一篇《楚元王世家》，从吃货心态说到女子淑德之缺失，蹭吃蹭喝的事情庶乎影响汉家王朝政治轨迹。

刘邦早年游荡乡间（《高祖本纪》谓之"不事家人生产作业"），经常带一帮哥们儿去大嫂家蹭饭，其嫂存心不让客人吃，拿勺子嘎啦嘎啦刮着锅子发出逐客令。书中原文是："嫂厌叔，叔与客来，嫂详为羹尽，栎釜，宾客以故去。"这里说的"羹"，不是汤羹，而是带汤汁的肉食。这种肉羹很美味，《说文解字》谓之五味之盉，段玉裁注解释说："芼及醢醢盐梅是之谓五味之和也。"芼是指蔬菜或野菜，醯是醋，醢是肉酱，可见古人治馔也很讲究。吃货到底是吃货，大嫂那点小伎俩骗不了他，"已而视釜中尚有羹，高祖由此怨其嫂"。后来刘邦做了皇帝，分封昆弟，唯独将大嫂的孩子撇在一边（其长兄早亡）。做了太上皇的刘太公为之说情，刘邦说："某非忘封之也，为其母不长耳。"多年后依然怀恨在心，不得已给那个大侄子刘信封了个"羹颉侯"。颉（读 jiá），谓之刮羹釜，这分明是恶搞的意思。奇怪的是，太史公将这刮羹釜的事儿写入《楚元王世家》，而《汉书·楚元王传》亦同样采入此事。楚王刘交是刘邦的弟弟，刮羹釜跟他扯不上，不过从楚王传述中可以看出，刘邦的兄弟们与之早已怨怼相向。后来楚王交的孙子刘戊跟着吴王濞造反，闹得天下大乱。吴王濞乃刘邦二哥刘仲之子，刘仲初封代王又因弃国之事被褫夺，这兄弟两房后裔的窝里反各有缘由，可也难说跟他们那位叔母或叔祖母一辈子的憋屈没有关系。

一

陈寿作《三国志》，尽量摒除那些吃喝拉撒的事儿，文字比较枯涩。此公才情差着太史公太远，又总是为尊者讳。如，《魏志·武帝纪》写董卓入京，曹操逃离洛都，"变易姓名，间行东归"，遮遮掩掩，不知要说什么。照裴松之注所引《世说新语》和孙盛《杂记》记述，其间有过故人吕伯奢之事。《杂记》曰："太祖闻其食器声，以为图己，遂夜杀之。"《三国演义》曹操杀吕乃由此节敷衍而成。吕伯奢家人摆弄食器，正待大张筵席，一家老小就被警惕性极高的曹操干掉。十步杀一人，千里不留行。这可不是刺客传奇，是请客吃饭引发的血案。

三国叙事不能谈吃，提及饮馔之事，明里暗里都有凶险之象。

小说中这类事情甚多，不妨略举数例。如，董卓于省台大宴百官，闻说司空张温暗通袁术，当筵命吕布将其脑袋割下，众官面面相觑，一个个吓得小脸煞白（第八回《王司徒巧使连环计　董太师大闹凤仪亭》）。可吕布一转身进了王允的密室，二人推杯换盏之时，已注定董卓灭亡之期（第九回《除暴凶吕布助司徒　犯长安李催听贾诩》）。后来李催、郭汜交恶，起因就是郭汜常往李催府中饮宴，太尉杨彪趁机向郭妻灌输一整套饭局阴谋论（第十三回《李催郭汜大交兵　杨奉董承双救驾》）。再往后，王子服等人衣带诏事泄，便是在曹操夜宴上被拿下（第二十三回《祢正平裸衣骂贼　吉太医下毒遭刑》）。曹操煮酒论英雄，让刘备心惊肉跳，饮酌之际竟闻言失箸（第二十一回《曹操煮酒论英雄　关公赚城斩车胄》）。还有，蔡瑁欲谋害刘备，大张筵席请君入瓮，幸赖伊籍相助使之逃过一劫（第三十四回《蔡夫人隔屏听密语　刘皇叔跃马过檀溪》）。刘备赴宴，多半是朝刀斧上撞去，赤壁大战前往樊口见周瑜，饮宴之际岂知壁衣中密密麻麻排满刀斧手（第四十五回《三江口曹操折兵　群英会蒋干中计》）；后来赴东吴招亲，周瑜又在甘露寺导演这一幕（第五十四回《吴国太佛寺看新郎　刘皇叔洞房续佳偶》）。前一次因关羽护驾人家不敢下手，后一次幸而吴国太认了这门亲，这才化险为夷。

　　说来，东吴一班人最擅长在饭局上摆弄刀斧剑戟。就连老实人鲁肃也动起这般歪脑筋，在陆口临江亭摆下酒宴，本想逼关羽归还荆州，却弄出个关大王流芳千古的单刀会（第六十六回《关云长单刀赴会　伏皇后为国捐生》）。许多年之后，东吴大将军孙綝擅权僭主，吴主孙休用老将丁奉之计剪除之，在鼎食钟鸣的宫廷筵席上将他摁住（第一百十三回《丁奉定计斩孙綝　姜维斗阵破邓艾》）。之前，太傅诸葛恪专权恣虐，正是被吴主孙亮和掌管御林军的孙峻以同样的方式干掉（第一百八回《丁奉雪中奋短兵　孙峻席间施密计》）。

孙綝乃孙峻从弟，孙峻死后权柄尽归于他，可是他忘了当年孙峻正是在饭局上搞掉了诸葛恪。

这样的桥段真是屡见不鲜。所以，当吕布来请刘备饮宴，关羽、张飞都以为是鸿门宴，劝曰："兄长不可去，吕布必有异心。"吕布是要阻止纪灵与刘备相拼，酒行数巡，便上演了辕门射戟一出，让双方罢兵（第十六回《吕奉先射戟辕门　曹孟德败师淯水》）。在当日诸多豪强中，吕布乃一另类，虽是反复无常的豺狼性格，却并不玩阴的。可是别人不这么傻。

鸿门宴的杀招无疑有悖于仁者之伦理原则，《三国演义》出于"尊刘抑曹"的叙事立场，在兵不厌诈的叙事语境中，还尽量避免让刘备和蜀汉一方施用这类龌龊手段。可是，刘备诛韩暹、杨奉，也不得不袭用这个套路，只是此节未作正面描述，过后刘备见了曹操自其口中叙出："乃设一宴诈请议事，饮酒间掷盏为号，使关、张二弟杀之。"（第十七回《袁公路大起七军　曹孟德会合三将》）后来，刘备入西川之时，在涪城迎接刘璋的筵席上，庞统、法正二人策划趁机除掉刘璋，让魏延、刘封登堂舞剑，亟欲动手。最后还是被刘备喝止（第六十回《张永年反难杨修　庞士元议取西蜀》至六十一回《赵云截江夺阿斗　孙权遗书退老瞒》）。

二

刀尖上舐血的饭局让人提心吊胆，不管摆上多少珍馐美味，舌尖上咂摸不出食物滋味，所以吃些什么干脆按下不表。反正吃什么都无关宏旨。

《三国演义》只有为数不多的几处提到具体食物名称，而且都称不上什么美馔佳肴。读者最有印象的一物，大概就是曹操之"鸡肋"了。曹操拿不下汉中，屯兵斜谷，此际进退不得，心中颇纠结。庖人送来鸡汤，正好夏侯惇入帐禀问夜间口令，老曹瞥见碗中鸡肋，随口以"鸡肋"为口令。鸡肋者，食之无肉，弃之可惜，主簿杨修由此悟出曹操已有归计，结果招来杀身之祸（第七十二回《诸葛亮智取汉中　曹阿瞒兵退斜谷》）。还有，就是袁术最后的午餐或是晚餐，厨子端来麦饭，他嫌饭粗，不能下咽。兵败之时军中只剩三十斛麦麸，许多人都饿死，这厮竟要厨子拿蜜水来止渴。厨子说："止有血水，安有蜜水！"袁术听了，大叫一声，呕血斗余而死（第二十一回）。袁术咽不下的麦饭，让人想起献帝困顿之际所食粟饭。其时李傕、郭汜长安火拼，銮驾流落荒野，"晚宿于瓦屋中，野老进粟饭，上与后共食，粗粝不能下咽"（第十三回）。献帝没有死于流亡途中已是万幸，此后窝窝囊囊做了二十四年皇帝，实是行尸走肉。

　　生命以食物为保证，死亡却与饮馔相偕而行。其中关联最为直截的一个例子，莫过于猎户刘安为打理刘备用膳而杀妻。刘先主有无数回走投无路的遭遇，此回被吕布追到山里，自是疲惫不堪而饥肠辘辘，有铁粉刘安为之安排食宿，实为大幸。但刘安遍山遍野找不着野味，只得回家将自己老婆给宰了。刘备吃着山里人的肉羹，问曰："此何肉也？"刘安答曰："乃狼肉也。"此句以下，又谓，"玄德不疑，遂饱食了一顿。"（第十九回《下邳城曹操鏖兵　白门楼吕布殒命》）"嘉靖本"此处作"二人饱食"，原来杀妻者刘安自己也照吃不误。这已经不是舌尖上的叙事，在易牙烹子和介子推割股的政治伦理说辞背后，乃何其恐怖尔耳！

　　以饮食名义加诸死亡之实，还有更具隐喻性的一例，就是曹操的谋臣荀彧之死。荀彧反对曹操晋魏公加九锡，使曹操忌之恨之，派人给荀彧送去"饮食一盒"。盒上有其亲笔封记，臣僚得到这种赏赐应该是莫大的荣耀，可是打开食盒，里边空无一物。"（荀）彧会其意，遂服毒而亡。"（第六十一回）此事不见《三国志》，却未是小说家臆构，《后汉书·荀彧传》、孙盛《魏氏春秋》均有记载。这个前人称之"隐诛"的故事，偏以"饮食"害命。

真正说到食材与烹饪的话题，唯见于书中第六十八回（《甘宁百骑劫魏营　左慈掷杯戏曹操》）。那次曹操在宫内大宴百官，被押在牢里的左慈突然现身筵席。见厨子端上鱼脍，左慈很内行地说，做鱼脍须用松江鲈鱼才好。鱼脍是将鱼肉细切的做法，最讲究的就是明人高濂《遵生八笺·饮馔服食笺》所述"吴郡鲈鱼脍"（松江属吴郡）。但松江隔着千里之遥，曹操说你这是扯淡。可一转眼，左慈竟从堂下水池里钓出几十尾大鲈鱼。没错，就是松江四腮鲈。左慈又道，做松江鲈鱼少不得紫芽姜，于是又像变魔术似的变出一盆紫芽姜。左慈是神仙人物，这些食材和佐料，这番烹饪高论，以怪力乱神之虚幻手法写出，不啻表明舌尖上的三国叙事如水月镜花之虚无。

空无一物的食盒，意味着死亡，亦不妨视为一种"刮羹釜"式的象征。

三

《三国演义》不写人们吃什么，倒是大书饮酒之事。开篇第一回，写刘备、张飞看招军榜文而觉意气相投，"玄德甚喜，遂与同入村店中饮酒"。随后又来了关羽："入店坐下便唤酒保：'快斟酒来吃，我待赶入城去投军！'"桃园结义之前，是乡村小酒店将刘关张撮合到一起。然后才有桃园中宰牛设酒，痛饮一醉。然后来了两位中山商客赞助金银马匹，又是置酒款待。"上报国家，下安黎庶"之前，哥儿几个已是喝得昏天黑地。

剿灭黄巾之后，刘备三人往安喜县赴任，于是便有张飞鞭笞督邮大人之事。张飞是"饮了数杯闷酒"之后，闯入督邮下榻的驿馆。仗义行侠之举，亦须仗着几分醉意才行。后之第五回（《发矫诏诸镇应曹公　破关兵三英战吕布》），关羽温酒斩华雄，正是曹操酾热酒一杯壮其英雄胆气。酒这个东西，在小说家笔下往往贮满了"正能量"。所以，张飞在岩渠山与张郃对峙五十余日，天天在山下寨前饮酒，饮至大醉。诸葛亮知道张飞用意在麻痹对方，还派了魏延去给张飞送酒，车上插着黄旗，大书"军前公用美酒"，搞得十分夸张（第七十回《猛张飞智取瓦口隘　老黄忠计夺天荡山》）。当然，张飞酒后误事也不少。当初丢了徐州就是酗酒酿成祸端（第十四回《曹孟德移驾幸许都　吕奉先乘夜袭徐郡》），最后出征东吴前又因大醉为部将所害（第八十一回《急兄仇张飞遇害　雪弟恨先主兴兵》）。

关羽亦好饮，却有节制，跟张飞完全不同。千里走单骑过沂水、荥阳二关，人家亦设鸿门宴，竟拿他毫无办法（第二十七回《美髯公千里走单骑　汉寿侯五关斩六将》）。有时他也会佯作醉态，单刀会上就如此捉弄鲁肃（第六十六回）。至于刮骨疗毒之时，关羽"饮酒食肉，谈笑弈棋"，直是一身英雄壮气。

《三国演义》写各种人物饮酒，自有不一样的情态。赤壁大战前曹操踌躇满志，喝得头重脚轻，立于船头横槊赋诗，这时被扬州刺史刘馥扫了兴致，竟"手起一槊，刺死刘馥"（第四十八回《宴长江曹操赋诗　锁战船北军用武》）。这老曹酒后总有故事，早年驻扎宛城时，喝醉酒便要寻妓，搞上了张绣的婶婶。已经归附的张绣这就拼命跟他死磕，竟让曹操折了一子一侄和猛将典韦（第十六回）。

吕布也是喝酒喝出了问题，最后走投无路，终日窝在下邳城内与妻妾痛饮，以致"酒色过度，形容销减"。当他痛下决心戒酒之时，部将侯成却来送酒，这叫哪壶不开提哪壶，吕布竟把人家打得半死……这恰是导致他在白门楼被缚的直接原因（第十九回）。

各色人物中，赵云是一特例。此人堪称高大上完美形象，饮酒不乱性，亦是模范。诸葛亮拿下南郡后，命赵云取桂阳，郡太守赵范纳降，还与赵云结为兄弟。赵云入城之日，赵范在衙署设宴招待，"酒至半酣，（赵）范复邀（赵）云入后堂深处，洗盏更酌，云饮微醉，范忽请出一妇人，与云把酒"，密室中醇酒美人私房菜（菜肴只能由你自己想象），像是搞腐败的情形，但赵范是要将自己孀居的嫂嫂介绍给赵云为妻。岂料赵云大怒而起，厉声曰："吾既与汝结为兄弟，汝嫂即吾嫂也，岂可作此乱人伦之事乎！"赵范大概没想到这一茬，巴结不成反倒惹了麻烦。赵云是将伦理正确看得比什么都重要，真正是拒腐败永不沾的好同志。后来诸葛亮都责怪他："此亦美事，公何如此？"刘备还想为之撮合，赵云坚辞不允。难怪毛宗岗夹批中称其"道学之极"。（第五十二回《诸葛亮智辞鲁肃　赵子龙计取桂阳》）

小说中酒量最好要数神仙人物左慈，自称"饮酒五斗不醉，肉食全羊不饱"（第六十八回）。当然神仙人物不能以常理揆之，其饮酌之事实难以给人留下深刻印象。刘备每每不胜酒力，照样称英雄或枭雄，酒量大小不足与道。东吴甘兴霸未以酒量著称，率百骑劫寨，与众人共饮，说来让人热血沸腾："以酒五十瓶，羊肉五十斤，赏赐军士。甘宁回到营中，教一百人皆列坐，先将银碗斟酒，自吃两碗，乃语百人曰：'今夜奉命劫寨，请诸公各满饮一觥，努力向前！'"（第六十八回）出征前以酒壮怀，其场面也壮，现在成了影视里常见的一幕，喝完了还得将酒碗啪啪啪的往地下一摔。

诸葛亮、司马懿、周瑜这些谋略家都没有嗜酒的毛病，只是周瑜擅长拿酒做文章。饮酒之于周郎，莫如说是一种行为艺术，一种机谋与韬略。且不说意欲加害刘备的那次鸿门宴，便是早年同窗契友蒋干自江北来访，脑子里即时就转出一套反间计。这便大张筵席，摆下"群英会"，唤文武官员轮换行酒，还让太史慈做监酒官。觥筹交错之际，又自起舞剑作歌，最后佯作大醉之状，和衣卧倒，呕吐狼藉，故意让蒋干在帐内偷视其文书……借了这位契友之手，他如愿除掉了为曹军训练水师的蔡瑁、张允（第四十五回）。

小说最后一回，也有一番很特别的饮酒文字。镇守襄阳的羊祜与东吴陆抗各守疆界，却是互有通问，长相往来。羊祜叫军士送还东吴这边射杀的猎物，陆抗闻说羊祜善饮，便让来人送去自用佳酿。羊祜部下恐有奸诈，说是这酒千万不能喝，羊祜不听，竟"倾壶饮之"。毛宗岗批曰："关公饮鲁肃之酒是大胆，羊祜饮陆抗之酒是雅量。"说得也对。小说里难得有这样一段温情文字，敌对双方将领改变不了战争格局，却在酒壶中传递着一份关爱——岂止惺惺相惜，也是天下苍生之念。

但不管怎么说，这里依然有一个问题：除了喝酒，《三国演义》所有的食馔都是虚写，所有的宴飨都成了一种礼仪场面（或是埋伏了刀斧手的外事活动），书中很少提及食物本身，这是为什么？可以对照的是，梁山泊人物进得店里，唤店家"切二斤熟牛肉"，往往能让读者有食欲反应，可是到这里你只管喝酒，佐酒的菜肴你得自己去想象。

四

相比之下，《水浒传》于此多花了一些笔墨。如，阎婆将宋江拽到家中，便去巷口买得时新果品、鲜鱼、嫩鸡、肥鲊之类，回家即忙着装盘、烫酒、摆弄酒器餐具……整一段描述说不上多么细腻，却也能让读者想象一幅居家饮酌小景。其实，此节也是饮馔中蕴藏杀机，就像后来在浔阳楼上吃着喝着沉醉之际腥风血雨不觉将至。

《三国演义》不像《水浒传》这么有生活质感，完全顾不上食物之甘美。抑或是题材所限，戎马倥偬之场搁不下一张餐桌，折冲樽俎之际只能惦记着宏大叙事。不过，也未必就是这番道理，罗贯中的三国叙事不乏笔墨张弛之变化，战事间隙中自有场景转换，风云暂歇，忍不住就要设宴置酒。问题是，这部小说并不关注人间烟火，更不去找寻舌尖上的感觉。如，许田打围，狩猎之后照例有宴饮，却是"围场已罢，宴于许田"一句草草交代。再如，大宴铜雀台一节，偏是以大量篇幅描写武官比试弓箭，表现诸将尚武精神；回到宴会本身，只是"乐声竞奏，水陆并陈，文官武将轮次把盏，献酬交错"数语带过。

食物和烹饪的多样性被剔除了，生命的物质能量就这样被通而约之，简化为一种可以越过舌尖而直接灌入喉咙的液体。大口大口灌下去，随之而来的烧灼感使人兴奋，然后使血脉贲张或心智紊乱，然后就是一根筋的打打杀杀……这有点像是福柯所说的那种舍弃自我的"主体化"过程。虽说福柯谈论的是针对色欲的战争，这里要灭除的则是口腹之欲——食色性也，二者有区别吗？在食欲被压抑和转换之中，尽管符号技术有些粗糙，却隐然建构了某种意志与精神目标。于是，一切都被强行纳入豪强纷争、王朝兴替的轨迹。这就是历史，这就是历史合法性之存在。所以，剥离了生活场景的王霸之道成了一种历史的精神慰藉。

二〇一七年四月二十九日记

《三国演义》的叙事悖谬

　　鲁迅对《三国演义》多有负面评价，在一次讲演中列其"缺点有三"：曰"实多虚少"，曰"描写过实"，曰"文章和主意不能符合"（《中国小说的历史的变迁》第四讲）。这里不拟讨论前两条关于虚实的问题，其中第三条意见涉及叙事悖谬，鲁迅作此解释："作者所表现的和作者所想象的，不能一致。如他要写曹操的奸，而结果倒好像是豪爽多智；要写孔明之智，而结果倒像狡猾。"应该说，这种悖谬恰好印证了这部小说美学意义上的复杂性，其中有些问题可以作进一步辨析，好像不只是一种"缺点"。

　　笔者认为，鲁迅在《中国小说史略》及《中国小说的历史的变迁》中关于古代小说的研究，主要追溯其缘起、著录和体式之沿革，或亦涉及叙事艺术和审美批评，自有洞贯灼见，但未必都是不易之理。即如"文章和主意不能符合"之说，就很有讨论余地。应该说，这是一个值得深入考察的问题。

　　批评家维姆萨特和比尔兹利曾提示过这样一种创作现象："一个作家原来企图写一部较好的作品，或是某一方面较好的作品，而现在作品已经写出来了。结果是，他从前的具体意图倒不是他的意图了。

哈代笔下的乡巴佬警官说过：'他就是我们寻找的那个人，那是真的，可是他并不是我们要找的人，原因是：我们寻找的那个人并不是我们要找的那个人。'"（《意图说的谬误》）这就像是"失之东隅，收之桑榆"，不经意处自有收获。

当然，这种悖谬在《三国演义》中可能呈现更为复杂的情形，事实上很难断识，小说家是要将历史进程演绎为一种忠奸对立模式，还是以人物各自命运印证"是非成败转头空"的旷世谶言？这部大书，既是表现忠勇节义的英雄叙事，何以又成了玩转谋略的优胜记略？

一

《三国演义》叙事逻辑最明显的悖谬是优汰劣胜，最具政治优势的蜀汉最先出局，赢家是篡汉的曹魏，最后得天下的又是篡魏的司马氏。从大处看，小说并没有篡改历史走向，但小说提供的伦理和情感内容却与历史本身的经验范围形成某种错位。问题就在这里。

在小说语境中，刘备绝对是"政治正确"，作为汉室嗣息，又极具"以人为本"的仁厚色彩，更有诸葛亮这样安邦定国的良相和谋略大师，加之关张马赵黄等骁勇善战的一流战将，政治上军事上都占尽优势。还有一点很重要，从先主到后主，蜀汉一向内政稳定，几乎没有内部讧争（唯诸葛亮死后魏延倒戈，旋即被灭），而魏、吴两国屡见废立之局，宗室和权臣的内斗相当惨烈。蜀汉看上去样样都好，虽说后主昏聩、平庸，比起曹魏三少帝和孙吴三嗣主也差不到哪里去，何况有姜维这般忠心辅主的大将军，可到头来非但未能进取中原，自己却先覆亡。这故事如何讲得通？

作为讲史小说，《三国演义》自然不可能改写赓续曹魏的司马氏最后一统天下的历史事实。但不管结局如何，基本叙述过程纳入了"汉贼不两立"的对抗语境，并且不断再现蜀汉军事征伐之辉煌，以其合法、正义和持续胜利操纵读者的审美反应。这是一种留滞或延宕的叙事策略，可以暂且撇开实际的历史进程，用一系列文本事件构筑另一种历史存在。也就是说，结局归结局，重要的是讲述过程。

其实，汉末的豪强纷争不能简单地判识正邪之分。按史书记述，蜀汉一方自然不具有小说描述的诸多优势，诸葛亮也没有那么神奇。宋人苏辙《三国论》分析曹操、孙权、刘备三人优劣，认为刘备"智短而勇不足，故有所不若于二人者"。不过，他认为刘备用人行事略有汉高祖刘邦之风，可惜是"不知所以用之之术"。苏辙具体提出这样三条：一、"弃天下而入巴蜀，则非地也"；二、"用诸葛孔明治国之才，而当纷纭征伐之冲，则非将也"；三、"不忍忿忿之心，犯其所短，而自将以攻入，则是其气不足尚也"。前两条说的是诸葛亮的问题，最后是指刘备亲自率师为关羽报仇之事。入巴蜀是诸葛亮三分天下的战略擘划，但在苏辙看来远离中原就很难争天下；至于诸葛亮相业有余而将才不足，原是《三国志》本传之定谳。不管苏辙的分析是否正确，他所依据的正是蜀汉僻陋一方之颓势，这是宋代以前人们所知道的三国事况。显然，后来成书的《三国演义》给刘备、诸葛亮和蜀汉将士注入了正义和道义的力量，亦赋予其种种神奇色彩。

将美好的东西撕碎了给人看，符合悲剧美学原则，也便于掩盖叙事的逻辑悖谬。

小说在编织蜀汉神剧的同时，似乎并没有完全回避它走向衰亡的若干缘由。最严重的挫败自然是荆州之失。因关羽被害，刘备率师伐吴，结果兵败猇亭，又殁于白帝城。同样，关羽的噩耗亦导致张飞之死。小说不是绕过这些对蜀汉不利的史实，只是挫折之后又不断注入新的叙事动力，让读者欣喜之中产生新的期待。如，刘关张之后，诸葛亮重拾连和东吴政策，很快扭转了外部局势，其国内情形转而蒸蒸日上：

> 却说诸葛丞相在于成都，事无大小，皆亲自从公决断。两川之民，忻乐太平，夜不闭户，路不拾遗。又幸连年大熟，老幼鼓腹讴歌；凡遇差徭，争先早办。因此军需器械应用之物，无不完备；米满仓廒，财盈府库。（第八十七回《征南寇丞相大兴师　抗天兵蛮王初受执》）

在阅读中这样的概述很容易被忽略，但这是小说家确立的一种叙述基调。接下去便是诸葛亮征服南方蛮夷的战争，"七擒孟获"写得绘声绘色，大为提振人心。然后进入"六出祁山"的连续征伐，因为已将战场推至魏境，不难让人对蜀汉的王者之师正义之师充满期望。其实，蜀军进入的只是魏国边陲之地，尚且不能据而有之——即便按小说描述，诸葛亮最终也是寸土未得。然而，读者脑子里不算这本账，人们印象至深的却是蜀军捷报频传：陈仓道口斩王双，木门道中狙杀张郃，上方谷火烧司马懿……小说家笔下蜀军总是胜多负少。纵然遭遇"失街亭"而深陷危局，一出"空城计"化险为夷，继而"斩马谡"更将诸葛亮治军之法、德、情一并提升和完善。改编为京剧的《失空斩》可以说是浓缩了这部小说最重要的叙事策略，也即如何将实际的不利转化为精神层面的胜利。

诸葛亮殁后，又有姜维"九伐中原"的故事。虽然依旧虚构蜀军的胜利，但虚构的军事优势在逐渐消弭，因为距离蜀亡不远，小说叙述不得不照应被叙述的历史。这期间宦官黄皓成了颠覆性因素，第一百十三回（《丁奉定计斩孙綝　姜维斗阵破邓艾》）和一百十五回（《诏班师后主信馋　托屯田姜维避祸》）两度说到黄皓唆使后主诏令姜维撤军，因此北伐之计终成画饼之谈。其实，小说是将黄皓弄权的作用放大了。姜维从祁山回来要杀黄皓，后主解围说："黄皓乃趋走小臣，纵使专权，亦无能为。"这个出自《华阳国志》的说辞倒是一句大实话。黄皓乱政之事固然亦见史书记载，但要将蜀亡的根源归咎这"趋走小臣"，实在是过于勉强。不过，这乱臣贼子的解释亦自有读者的经验介入。

于是，英雄牌打不下去的时候就变成了冤情牌和悲情牌——愈到后边，姜维苦其心志的征伐愈是显得悲慨而动情。其假手钟会逆袭天下的诈降之计几乎功败垂成，姜维自刎前仰天大叫："吾计不成，乃天命也！"读者看到这里，真可为之一哭。毛宗岗说"先主基业，半以哭而得成"（第一百十九回《假投降巧计成虚话　再受禅依样画葫芦》总评），此言不假。悲情本身亦是道义优胜的表达方式，这里情感意义变成了指示意义，足以控驭读者心智，弥合那种优汰劣胜的逻辑悖谬。应该说，不是弥合，是直接删除。

蜀亡于乱臣贼子，更亡于天命，便无可究诘，剩下的只是情感因素替换了叙事逻辑。

二

就文本而言，《三国演义》复杂的叙事意图不像是叙述者的主观意图，这样说似乎本身也是悖谬。不过考虑到这部小说由史乘到"说话"再到成书的整个过程，其叙事意图亦未必就是小说家自出机杼。按照所谓"元叙事"的本体论观念考量，在相互缠绕的各种意图中，建构"政治正确"的忠奸对立模式无疑是最重要的叙事动机，亦借此表达了重建国家意识形态的士人情怀。自开篇刘关张桃园结义开始，小说就以忠诚二字捏合了公义与私谊，归结为"上报国家，下安黎庶"的行为宗旨，其中包含的人伦道义自然构成了叙事话语的正义性。然而，仅凭道义和忠义、正义不能实现光复汉室的政治目标，

祭天地桃园结义，《三国演义》清初大魁堂本插图

在武力纷争的杀局中自然离不开武力塑造的英雄主义。

　　这就有一个问题：三国语境中的英雄主义有其特殊语义，实际上往往与机会主义互为表里——因为"英雄"既以天下为念，成其功业与建树，不能不倚助机会主义运作。落实到故事里，心机、谋略与手腕不仅是叙事策略，也被作为一种英雄品格而加以描述和褒扬。譬如，刘备得益州之前，投靠过袁绍，依附过吕布，归顺过曹操，又奔走于刘表、孙权之间，那些豪强没有一个是他真正的盟友，也没有一个彼此能够好聚好散。作为权且之计，如此蝇营狗苟斡旋于各派势力，要说是生存之道抑或未可厚非，可是却被誉为英雄韬略。小说一边扬厉节操与义行的政治伦理，一边则标榜甘受胯下之辱的生存法则，英雄主义的人格与道德原则无法聚焦于两个互相悖离的主题，却改头换面整合在机会主义的行动之中。说来这种行事方式并非源自说书人或小说家之想象，亦非魏晋史家之构撰，而是先秦纵横家的套路，甚至可以追溯到越王勾践卧薪尝胆那种古老的充满励志色彩的政治传统。

在刘备开创蜀汉基业的过程中，弱肉强食和诡诈权变是两条最根本的原则。刘备挂靠刘表之日，诸葛亮总是惦着如何吞下荆州这块肥肉。后来出兵西川，是打着帮助刘璋抵拒张鲁的旗号。这里没有道义和忠诚可言，曹操篡汉是攫取中央政权，刘备觊觎的荆、益二州亦是汉家宗室地盘，他们的攘夺本质上没有区别。所以，曹操在刘备面前挑明了说，"今天下英雄，唯使君与操耳"。在当日豪强纷争的语境中，英雄亦是枭雄、奸雄同义语，刘备有枭雄之称，曹操更负奸雄骂名，有趣的是偏是奸雄、枭雄二者煮酒论英雄。关于"英雄"，曹操给出这样的定义："夫英雄者，胸怀大志，腹有良谋，有包藏宇宙之机，吞吐天地之志者也。"这天地宇宙的说辞何其壮哉，却是剔除了道义与忠诚。一部弘扬忠勇节义的讲史小说，落实到主要人物的角色行为，归根结底还是成王败寇的价值标准。

然而重要的是，撇开了道德因素的英雄人格，倒是更为契合那个纷乱时代的伦理常例和复杂的政治生态。这也是刘备、曹操、司马懿那些人物之所以能够摆脱脸谱化的根本原因。其实，即便相对次要的人物，譬如吕布，亦因此获得了既招人喜爱又让人鄙夷的多面性（关于吕布，可参见本书《白门楼记》一文）。有意思的是，小说明明以忠奸对立模式展开叙事，许多角色并不是简单地标识为好人坏人。比如，王允以貂蝉美色设套，使董卓、吕布反目为仇，最后成功地刺杀董卓，此公为汉室之存亡续绝可谓苦心卓绝。可是连环计那种龌龊手段，以及刺董卓后主持朝政的大清肃（如缢杀蔡邕，不赦李傕、郭汜等），亦透露其性格中阴暗可怖的一面。

所有这些去道德化、去浪漫化的性格描述，无疑是对忠奸对立模式的矫正。应该说，小说家以"尊刘抑曹"的立场叙写蜀汉悲剧，大抵反映着宋元以后现实语境带来的悲慨诉求，"汉贼不两立"的决绝立场恰恰符合想象中建构国家意识的终极信念。但是，如果完全按照这种理想模式去描述故事和人物，一切都会成为标签化的东西。所以，小说在很大程度上依然回到了历史现场，在三国语境中刻画三国人物，这就大大消解了忠奸对立的说教意图。

从《三国志》和裴松之注所引魏晋诸史来看，汉末至三国之风俗人心颇似纵横家大行其道的战国时期，在割据与纷争的大格局中难以确立衡定的价值理念。顾炎武论及周末风俗说过这样的话："春秋时犹尊礼重信，而七国则绝不言礼与信矣。"（《日知录》卷十三）其实三国亦如七国，处处要讲权谋机变，也很难容得下"礼"与"信"二字。但看《三国演义》，小说家倒是很有意识地表现这般历史风俗，最明显的例子就是将权谋和计策施用推向极致。众多军师和谋士的运筹和较量读者自是耳熟能详，诸葛亮、庞统、荀彧、荀攸、贾诩、程昱、郭嘉、司马懿、鲁肃、张昭、阚泽、陈宫、田丰、沮授、审配……这些智谋人物和计策之用也成了英雄造世的重要推力。其实不光是战场上的智力角逐，从王允的连环计到司马懿智赚曹爽，从刘备的韬晦之计到东吴几度废立之局，这世界人人都在玩心眼儿玩计谋，书中这些描述更甚于《三国志》和魏晋诸史提供的史实，这部讲史小说最大的虚构成分偏偏就是那些编织谋略的情节。

但从另一方面看，小说叙事不可能完全回到三国现场。首先，不能忽视其成书在中原沦丧后的实际语境，此际以小说重述那段"分久必合"的历史，自然难免代入国家认同的政治伦理；另外，宋代士人和儒者因"君子小人"之争而相激相荡，早已确立了忠奸对立的思维模式。因之，小说家借讲史阐发国家意识形态自是其叙事意图之一，而小说文本亦必然反映读者构成的能动性（不能忽视之前说话、戏曲与接受层面之互动）。尤其后来通行的毛宗岗评改本，叙述者的政治情怀和道德情怀更是处处可见。最明显的是对蜀汉政权合法性、正义性的充分肯定（有关《三国演义》的争论多半缘此而发，大抵由历史评价纠缠其间），除了表现刘备之仁厚与政治正确，还突出塑造关羽的忠义和诸葛亮的忠恪。

小说家用一套近乎完美的君臣关系阐释家国伦理大义，却又无可奈何地让所有人置身于那个龌龊而黑暗的世界。

三

有关人物形象的悖谬因素，亦须作进一步探讨。

鲁迅说《三国演义》要写曹操之"奸"，结果倒像是"豪爽多智"，而类似的悖谬还见于刘备与诸葛亮："至于写人，亦颇有失，以致欲显刘备之长厚而似伪，状诸葛之多智而近妖。"（《中国小说史略》第十四篇）按鲁迅的看法，小说在人物塑造方面似乎往往用力过甚，以致出现反面效果。这不能不说是叙事悖谬的几个显例。关于"刘备之长厚而似伪"，民间向有"刘备摔孩子——收买人心"的歇后语，无疑亦是受众的一种共识。

看上去确是"文章和主意不能符合"，但这未必就是文章的缺失。其实，"欲显……而似……"这种悖谬恰好显出性格塑造的某种妙诣，即由不同话语路径楔入而形成叙述张力，凸显人物形象的多个侧面。

按说，刘备本性良善是小说刻意用笔之处，但问题是：人主之仁厚大抵与治国平天下之宏大目标相联系，故而往往转移为手段，脱离其仁者之本义。作为统驭人心（或曰"收买人心"）的手段，实

蜀主刘备像，阎立本《历代帝王图》

际上很难摆脱某种伪饰意味。比如，第四十一回（《刘玄德携民渡
江　赵子龙单骑救主》）当阳撤退携十万民众而不弃不离，乃谓"夫
济大事者必以人为本"云云，其实目标恰恰已非"以人为本"，而是
"济大事者"。所以，后来就有阵前摔孩子的一幕。毛宗岗评曰："袁
绍怜幼子而拒田丰之谏，玄德掷幼子以结赵云之心；一智一愚，相
去天壤。"称之为"智"，乃政治理性，亦是一种心机，是以仁厚统
驭人心的表演与说辞。然而，相比董卓、曹操、袁绍、袁术、吕布、
孙权、司马懿等各色强人，刘备身上"恶"的成分确实很少，却未
必没有"伪"的色彩，其性格刻画之妙，亦恰恰在于很难落实为长
厚还是伪善。他的某些仁义之举，如"三让徐州"，竟让人看不透是

出于仁者谦谦之意，还是为赚取名声的作秀，抑或军事上的审时度势？人物形象能有这些耐人寻味的多面性和不确定性，实在是一种极好的叙事手段。

过去有一种流行说法，认为《三国演义》写的全是类型化人物（更有脸谱化之说），其实像刘备、曹操、袁绍、吕布、关羽、孙权、周瑜、诸葛亮、司马懿这些人物，都是极富审美内涵的复杂性格。正因为他们身上集合着某些悖谬因素，绝非单向度的描述，很难用某一类型去认定。比如，曹操就是另一个典范，其雄才大略与无赖气质集于一身，生性狡狯而豁达，权变而清通，多疑而果断……你能说这是何种类型人物？

（按：《三国演义》人物众多，大多亦属类型人物，但若干重要人物不在此列。究之根源，类型化造型应归咎三国题材的戏曲作品。三国戏至少在元杂剧中已是一个重要门类，后世京剧和各种地方剧种的三国戏更是不胜枚举，影响极大。戏曲注重情节与冲突，至于人物塑造往往只能凸显性格之某个方面，如戏台上的曹操多半就是凶残奸诈的二花脸。在文化尚未普及时代，民众接受的三国叙事主要是三国戏，而不是文字表述的《三国演义》，来自戏台的脸谱化印象很容易形成某种接受定势。）

在《三国演义》书写的大量人物中，占据道德制高点的是刘备与关羽，而偏偏刘备有伪善之嫌，关羽则刚愎自矜，即按古人的道德准则，他们也不是完人。关羽丢了荆州，刘备轻率伐吴，亦是由性格缺陷造成重大失误。有意思的是，小说从各种悖谬因素中挖掘人性的丰富性，并不追求人物性格的十全十美，反倒大大彰显其政治正确和道德情怀。尤其关羽，俨然成为正义和道义之神（关羽成为官方与民间祭祀的神祇，亦与小说传播的显圣有关，此姑不论）。此中手法之高明，远非一味颂扬正气的《杨家将演义》《说岳全传》

关云长夜走麦城，《三国演义》清初人魁堂本插图

那样的历史演义所能比肩。

　　然而，正义与道义在《三国演义》中并不是同义语。这里特别需要指出，小说虚构的人物行为往往在正义与道义相对立的情形中陷入价值悖谬。比如，魏延即是一例。第五十三回（《关云长义释黄汉升　孙仲谋大战张文远》）中，魏延救黄忠、杀韩玄、献长沙，是功是罪，便有两说。在刘备看来此人弃暗投明功莫大焉，诸葛亮却要喝令刀斧手推出斩之。诸葛亮的理由是："食其禄而杀其主，是不忠也；居其土而献其地，是不义也。"即认为魏延卖主求荣，亦如"三姓家奴"的吕布一类。这里，刘备讲的是政治正义，诸葛亮讲的是人伦道义。在小说语境中，二者往往互为因果，却又不是一回事。

由于小说将刘备"匡扶汉室"之诉求作为唯一的政治正确，书中一些背弃旧主而投奔蜀汉的人物，通常被认为是弃暗投明的选择，如黄忠、马超、严颜、张松、姜维、夏侯霸等。不过，这些人在读者心目中并不具有相同的人格价值，像张松早与刘备暗通款曲（还曾打算将益州卖与曹操，在人家那儿讨了个没趣才转售刘备），你可以说是良禽择木而栖，却也难以摆脱卖主求荣的恶谥——其投靠刘皇叔算是正义之举，恰恰以捐弃士者道义为代价。按说诸葛亮也该喝令刀斧手推出去听斩，只是取西川之事关涉战略大计，还得待之以上宾。这可以说是典型的双重标准。

如何将正义与道义完美地捏合到一起，这是小说叙事难以回避的大问题。其实，自开篇桃园结义而始，小说家就明显给出以江湖道义依傍家国大义的思路。不可低估这套私盟为公义的叙事话语，作为结契的大目标——"同心协力，救困扶危，上报国家，下安黎庶"，首先是维系汉家社稷，同时涵纳了相应的组织和纪律，包括士者的忠诚、勇敢与节义。此后在刘关张和蜀汉阵营的叙事中，为此设计了许多富有表现力的感人情节，如关羽千里护嫂寻兄，赵云长坂坡单骑救主，君臣之义、兄弟之情一并写入，而诸葛亮斩马谡则是尽法而尽情。

最有意思的是，第二十五回（《屯土山关公约三事　救白马曹操解重围》）关羽在下邳城外陷于曹军重围，不得已归附曹操，这个本来可称之失节的插曲，却被转写为曲折而动人的忠义传奇。按陈寿《三国志》记述，建安五年（二〇〇）刘备投奔袁绍时，关羽被曹操擒获，其时刘备家眷并不在其军中。小说虚构了护嫂一节，于是委身曹营就成了忍辱负重的正面文章。被人津津乐道的"降汉不降曹"之说，可谓小说家调文饰词的神来之笔，如同徐庶"身在曹营心在汉"（徐庶是因为忠孝不能两全，那是另一种两难境况），实在是一种刮垢磨光的修辞，彻底改写了这段不体面的经历。从史书上看，关羽被俘，因曹操待之优厚，斩颜良以报效，之后又回到刘备身边，这些固然有之，但这些固有的素材显然不足以支撑小说家的英雄叙事。毕竟，史书上"各为其主"的旧说只是出于士者的人伦道义，而关羽形象还须体现"汉贼不两立"的政治正义。

小说家清晰地意识到，忠诚的两个不同取向尽管往往被混为一谈，但终归有其悖谬的一面，只能用一种更高的意识形态原则加以统率。

二〇一八年五月二十五日记